中国少数民族经典民间故事

彝族民间故事

林继富　主编

黄龙光　选编

四川党建期刊集团　四川民族出版社

图书在版编目（CIP）数据

彝族民间故事/林继富主编. — 成都：四川民族出版社, 2016.3（2019.9重印）

（中国少数民族经典民间故事）

ISBN 978-7-5409-6174-9

Ⅰ. ①彝…　Ⅱ. ①林…　Ⅲ. ①彝族—民间故事—作品集—中国

Ⅳ. ①I277.3

中国版本图书馆CIP数据核字（2016）第001678号

中国少数民族经典民间故事

彝 族 民 间 故 事

YIZU MINJIAN GUSHI

林继富　主编

黄龙光　选编

责任编辑　伍丹莉　王　矾

装帧设计　李　娟

责任印制　袁　祥

出版发行　四川党建期刊集团　四川民族出版社

邮　　编　610031（成都市三洞桥路12号）

照　　排　四川胜翔数码印务设计有限公司

印　　刷　香河利华文化发展有限公司

成品尺寸　160mm×230mm

印　　张　27.25

字　　数　390千

版　　次　2016年3月第1版

印　　次　2019年9月第2次印刷

书　　号　ISBN 978-7-5409-6174-9

定　　价　55.00元

中国少数民族经典民间故事
编委会

顾　问

刘魁立　刘守华　梁庭望　满都呼　毕　桪

主　编

林继富

编委会成员

（按姓氏拼音排序）

总　序

林继富

一

　　民间故事是民众喜爱的传统文化，讲故事是民众日常生活的组成部分，亦称"讲经""说古""讲古话""讲瞎话""粉白（话）""讲大头天话""摆龙门阵"等，各地说法不一样，反映了民众对民间故事的不同认知方式和使用状况。

　　讲故事是中国各民族重要的精神活动之一，优美动听的故事陪伴人们度过无数美好的时光。"冬季是农闲季节，寒夜又那样漫长，于是，躺在温暖的炕头上，或围坐在火盆边，嘴里吧嗒着旱烟袋，也许手里还纳着鞋底，手不闲、嘴也不闲地讲述着。夏季挂锄季节，夜晚坐在大树底下，或在庭院里讲故事、听故事，以此来抵御夏天的酷热。秋后扒苞谷米或扒蚕茧，需要人手多，讲故事会吸引来劳动帮手，还会让人忘记疲劳。"①这是我国北方民众以讲故事打发农闲时间、消除劳动疲倦的典型场面。

　　讲故事是中国民众表现生活、表达情感、记忆历史、描绘现实、倾吐心

---

①张其卓：《这里是"泉眼"——搜集采录三位满族民间故事讲述家的报告》，见《满族三老人故事集》，沈阳：春风文艺出版社，1984年，第589页。

声的主要方式，是他们感受社会生活、传递民族文化传统最灵活、最便捷、最普及的手段。尽管讲述人年复一年地讲述着似曾相识的故事，但是，他们的每一次讲述就是对历史的一次记录和回味，是将古老文化与现代生活相连接、相融通，以彰显其对社会的认识和人生的理解。也正是这样，流传千百年的故事因在讲述人那里得到别样景致的重现而摄人心魄。

中华民族"由许许多多分散孤立存在的民族单位，经过接触、混杂、联结和融合，同时也有分裂和消亡，形成一个你来我往，我来你去，我中有你、你中有我，而又各具个性的多元统一体"[①]。这种多元一体的民族结构决定了中国民间故事多元一体的格局。各个民族的民间故事在多姿多彩的地域景观和人文传统作用下，既具有民族、地域个性，又呈现出相互交流、彼此借鉴的局面。一方面，汉族的很多民间故事在我国少数民族地区家喻户晓，代代相传，比如《水浒传》《杨家将》《包公案》等。少数民族民间故事对汉族民间故事的影响，亦是中国各民族民间故事交流与整合的重要表现。另一方面，各少数民族之间的民间故事交流和影响的历史也很久远。在许多少数民族中，流传着内容和情节极为相似的民间故事。比如，西南、中南地区各民族都有"狗耕田"型故事、"百鸟衣"型故事、"灰姑娘"型故事以及"找幸福"型故事等，这些不同类型的民间故事在各民族交往过程中均存在着不同程度的借鉴和融合。

中国民间故事在漫长的历史年代里，通过多种渠道与世界许多国家进行着广泛而深入的交流和互鉴。佛教传入中国，带来了大量印度故事；中日频繁交往将中国民间故事传播到日本；"丝绸之路"沿线民族和国家的民间故事彼此交流、借鉴的现象更为突出，这种吸纳与输送、交流与碰撞使得中国民间故事具有浓厚的民族根性和兼容并蓄的世界品格，不仅丰富了我国民众的生产生活，而且丰富了世界民间故事的文化宝库。

[①]费孝通：《中华民族的多元一体格局》，载《北京大学学报》（哲学社会科学版）1989年第4期。

中华民族是一个重视传统的民族，民间故事的讲述往往被拉进历史文化体系，这种特点突出地体现在中国古代笔记小说、"野史"乃至"正史"对民间故事的记录方面。这些故事的记录者往往在原本虚幻的故事开头或末尾，以真实的口吻添加一些可信成分，由此增强民间故事的历史感和现实精神。

二

在中国，讲故事的活动在两千多年前就已经被文字记录下来了，然而，要推算最早的民间故事讲述，恐怕要追溯到无文字的原始社会。

先秦时期的史官和文人就有以简单的文字记述民间故事的风尚，特别是在《尚书》《周易》《楚辞》《山海经》《穆天子传》《淮南子》和《史记》等书中保留了丰富的民间故事。春秋战国时期，利用民间故事进行政治游说和思想表达的例子更是数不胜数，《庄子》《战国策》《孟子》《韩非子》《论语》等就是用故事进行说理的极好范例。加上一些君主有听故事的喜好，如齐宣王、楚庄王等为了能够及时听到诙谐幽默的故事，便在身边豢养了专门说隐语的倡优，这大大助长了民间通过改编故事以隐语寄寓道理的社会风气。

三国时期邯郸淳的《笑林》第一次汇总了当时流传的笑话。南北朝时期的《搜神记》《搜神后记》《博物志》《述异记》和《续齐谐记》等成为我国许多民间经典故事的最早渊薮，诸如"白水素女"故事、"东海孝妇"故事、"飞升星球"故事等在这个时候就已经相当成熟。至于佛经故事《经律异相》的出现，则说明古代印度故事借助佛教传播深入中国民间社会的事实，自此以后，中国民间故事交互影响的现象越来越深入，越来越全面。

隋唐时代，市井生活不断繁荣，城市经济空前发展，故事讲述活动变得十分频繁，尤其是脱胎于佛教的"俗讲"，逐渐发展成唐代市民文艺最具影响力的"说话"艺术。这种具有职业素养的"说话"与街头巷尾的日常故事讲述成为当时都市民间文化的亮丽风景，极大地推动和催化了乡村民间故事的创作与传播，也使文人更加重视民间故事。

"变文"的讲唱不仅保留了大量的佛经故事，而且加快了这类故事深入民心的速度，如《目连变文》《太子成道变文》《伍子胥变文》《王昭君变文》《张义潮变文》《舜子变文》《孟姜女变文》《董永变文》等至今还活跃在老百姓的口耳之间。在唐代，记录民间故事最为丰富的还有笔记小说，诸如段成式的《酉阳杂俎》、戴孚的《广异记》和句道兴的《搜神记》，以及牛僧孺的《玄怪录》、李复言的《续玄怪录》、玄奘的《大唐西域记》等。这些笔记小说、野史杂录和游记漫笔保存了丰富而生动的故事资料，像"叶限""吴堪""田章""月下老人""鼠壤坟"等故事均有完整详尽的书面记录，构成了中国民间故事发展的重要阶段。

宋代城市建设较唐代有了更大发展，市民生活富足，工商业兴盛，城市里的"勾栏瓦肆"培育了大量的说话艺人，形成了风格各异的说话流派。宋代有关民间故事的记录可以说是中国民间故事发展史上最丰富、最夺目辉煌的，尤以《太平广记》《夷坚志》等为代表。这些卷帙浩繁的文献将历代故事加以分类汇编，成为中国民间故事辑录的里程碑。比如，收集精怪故事最全的北宋太宗太平兴国年间编纂的《太平广记》卷368—373专门列出"精怪"一类，所收为器物精怪，其他各类则分别附收精怪故事，如"草木"类末附"木怪""花卉怪""药怪""菌怪"等。

明清时期农民文化生活仍然以民间说唱、民间游戏和民间讲述为主，此时的内容除了承继先前的鬼狐精怪故事以外，还出现了大量生活故事和民间笑话。民间故事讲述引起越来越多人士的注意和重视，如晚清文人许奉恩曾对家乡安徽桐城一带的民间故事讲述情形做了这样的描述：

> 其或农工之暇，二三野老，晚饭杯酒，暑则豆棚瓜架，寒则地炉活火，促膝言欢，论今评古，穷原竟委，影响傅会，邪正善恶、是非曲直，居然凿凿可据，一时妇孺环听，不自知其手舞足蹈。言者有褒有贬，闻者忽喜忽怒。事之有无姑不具论，而藉此以寓劝

惩，谁曰不宜？①

当时，文人和乡村知识分子常聚集在一起，言今论古，谈精说怪，遂留心辑录。

> 予今年四十有四矣，未尝遇怪，而每喜与二三酒朋，酒觞茶榻间，灭烛谈鬼，坐月说狐，稍涉匪夷，辄为记载，日久成帙，聊以自娱。②

文人以笔记小说的方式记录了不少民间流传的故事，像王同轨的《耳谈》、蒲松龄的《聊斋志异》、纪昀的《阅微草堂笔记》就是清代此类作品的代表。他们喜爱民间故事，通过各种途径搜集故事文本，并对其进行加工、改造。譬如，蒲松龄就利用民间故事进行创作，在中国文学史上树立了典范。

> 情类黄州，喜人谈鬼。闻则命笔，遂以成编。久之，四方同人又以邮筒相寄，因而物以好聚，所积益夥。③

> 每当授徒乡间，长昼多暇，独舒蒲席于大树下，左茗右烟，手握葵扇，偃蹇终日。遇行客渔樵，必遮邀烟茗，谈谑间作。虽床笫鄙亵之语，市井荒伧之言，亦倾听无倦容。……晚归篝灯，组织所闻，或合数人之话言为一事，或合数事之曲折为一传，但冀首尾完具，以悦观听。④

---

① （清）许奉恩：《兰苕馆外史》，合肥：黄山书社，1996年，第16页。
② （清）和邦额：《夜谭随录》，郑州：中州古籍出版社，1993年，第15页。
③ 朱一玄：《明清小说资料汇编》（下册），济南：齐鲁书社，1989年，第1164页。
④ 朱一玄：《明清小说资料汇编》（下册），济南：齐鲁书社，1989年，第1215页。

蒲松龄尤爱鬼狐精怪故事，他将所见所闻与自己的丰富幻想融汇在作品里，从而为保留他所在的那个时代的民间故事做出了突出贡献。

我国文人通过创作辑录民间故事是一贯的传统。采录笑话、汇编专集在明清时代成为民间故事的重要活动与特征，如明代冯梦龙的《笑府》《广笑府》《古今笑》、赵南星的《笑赞》、李贽的《山中一夕话》、刘元乡的《应谐录》、浮白斋主人的《雅谑》、江盈科的《雪涛谐史》、陈继儒的《时兴笑话》、乐天笑笑生的《解愠编》、潘游龙的《笑禅录》，清代石成金的《笑得好》、独逸窝退士的《笑笑录》、小石道人的《嘻谈录》、陈皋谟的《笑倒》、游戏主人的《笑林广记》、程世爵的《笑林广记》等。

中国民间故事的采录到明清之际运用了多种手段，采取了多种方式，故事内容也从神灵鬼怪、精魍妖魅深入实际生活，故事世界呈现出虚幻与现实、灵域与人域胶合一体的格局。生活故事、民间笑话等从前较少出现的故事种类开始受到了人们的关注，成为采录的主要对象。

三

进入20世纪，中国社会发生了巨大变化，新科技革命带来民众生活质量的提高，新思想运动从城市蔓延到农村，进而引发中国农民从根本上动摇了原有的神权与族权观念，人们追求自由、提倡民主的呼声越来越高，他们期望从本质上改变自己的生活。然而，文化的变迁并非一蹴而就，必须经过长时间的浸染与渗透。因此，在20世纪初期的中国农村，农民的文化生活仍以传统的民间文艺活动为主。

1942年，毛泽东发表了《在延安文艺座谈会上的讲话》，号召广大文艺工作者学习"萌芽状态"的文艺，鼓励他们到基层、到老百姓的生活中去学习民间文艺，搜集民间文艺。于是，在20世纪40年代，解放区形成了采录民间故事的热潮。"晋绥文艺工作者深入到农村，在农村工作中，逐渐地接近了民间故事，采集与整理工作认真地搞起来。在1945年以后，就接续地出版了《水推长城》《天下第一家》《地主与长工》三个民间故事集子。"①同时期，我国西南地区的文化建设和研究则是另外一番景象。"卢沟桥事变"爆发后，华北和东南沿海的大批高等学府和一些科研院所纷纷西迁。尽管战乱不已，但仍然有一大批知识分子进入西南的彝族、白族等地区调查，在此过程中采录了大量的少数民族民间故事。比如，凌纯声、芮逸夫的《湘西苗族调查报告》就收录了他们采集的神话、传说、故事、寓言等63篇。当时采集这些内容的目标并非采录口传叙事，而是学者们在做民族生活、历史和文化的调查时将民间故事视为民族文化传统而纳入记录范围。

1949年以后，新中国政府十分重视民间文艺。1950年成立的中国民间文艺研究会（1985年改为中国民间文艺家协会），负责组织、协调全国的民间文学工作。采录民间故事成为文化工作的一项重要内容，特别是自1954年开展的全国民族识别和"民族五种丛书"的写作经历了较为深入的田野调查，在此过程中，大量的少数民族民间故事被采录，为新中国民间故事的理论建设积累了宝贵的第一手材料。诚如一位学者发表于1964年的一篇文章中指出的那样：

> 据不完全统计，十五年来省市以上出版的民间故事集就有五百多种。全国五十多个民族，都发掘了数量不等，各有特色的民间故事。已经出版了单行本的就有蒙古族、藏族、维吾尔族、苗族、彝族、壮族、朝鲜族、白族、黎族、纳西族、高山族、鄂伦春族、土家族等十几个民族。绝大部分民族都是第一次把他们祖先长期以来精心创造的民间故事呈现在全国人民的面前。②

---

①李束为：《民间故事的采集与整理》，见《中华全国文学艺术工作者代表大会纪念文集》，北京：新华书店，1950年。
②《绚丽多姿的百花园——建国十五年来民间文学作品巡礼》，载《民间文学》1964年第5期。

这些被采录的民间故事成果集中体现在1989年出版的《中国少数民族民间文学丛书·故事大系》中。1995年又在此基础上调整编辑出版了《中华民族故事大系》，全书共分16卷，精选了全国56个民族的神话、传说、故事共计2500篇，参与讲述、搜集、整理和翻译的人员达到7000余人。

1985年大规模启动的《中国民间故事集成》的搜集和编纂工作历经十余年，动员人力数以万计。除大量的手稿、录音等资料散存于各地组织和个人手中之外，还出版了为数不少的县市卷本，据不完全统计，共有2000余卷。据1990年全国民间文学集成办公室统计，采录的民间故事达183万余篇。

在这个时代，民间故事讲述人受到前所未有的重视，一大批不同民族、不同地域、不同性别的杰出民间故事讲述人纷纷登台亮相。在1984年至1990年民间故事的搜集过程中，我国已发现的能够讲50则以上故事的传承人就达9901人。[①]如内蒙古的秦地女，辽宁的谭振山、李明，山东的胡怀梅、尹宝兰、王玉兰、宋宗科，山西的尹泽、梁力，河北的纪文道、靳正新，河南的曹衍玉，湖北的刘德培、孙家香、罗成双、刘德方，湖南的孙明斗、易法松，四川的魏贤德，江苏的陈理言以及鄂伦春族的李水花，蒙古族的金荣，朝鲜族的金德顺，满族的傅英仁、马亚川、李成明、佟凤乙，藏族的黑尔甲、七尖初，侗族的杨雄新等，不仅能够讲述几百则民间故事，而且讲述质量也属一流。在他们周围活跃着一大批知名的民间故事讲述人，他们讲述的故事不仅多，而且讲述技艺高超。这些故事具有强烈的民族特色和地域特色，受到广大民众的普遍欢迎和认同，并被听众广泛传讲。

在中国，民间故事讲述成为地方的一种重要文化传统，民间故事作为中国非物质文化遗产得到了很好的保护，诸如湖北省的伍家沟、都镇湾、下堡坪，重庆市的走马镇，河北省藁城县的耿村，辽宁省大洼县的古渔雁、喀左东蒙、北票，西藏嘉黎等地的民间故事，内蒙古通辽市的巴拉根仓故事，山

---

① 贺嘉：《中国民间文学集成的普查与耿村故事家群的发掘》，载《民间文学论坛》1991年第6期。

西万荣的笑话等均被列为国家级非物质文化遗产代表性项目，得到了政府的高度重视。这为这些地区民间故事的传承发展带来了新的契机，也为中国民间故事遗产保护和传承提供了可资借鉴的经验。

然而，今天的中国社会变迁速度比以往任何时候都要迅猛，现代化的生产方式和生活方式全方位地影响着农村文化生活的变革，现代传播媒介对民间故事讲述、传承产生的重大影响更是不言而喻的。在这样的时代背景下，群众性的文化娱乐活动不可逆转地发生着变化，文化的多样化、娱乐的现代化特点越来越突出。中国乡村社会树荫下簇簇人群听故事的专注神情，火塘边兴奋地讲故事、听故事的一张张被火光映红的脸庞……这些动人的场景已经离我们越来越远了。讲故事活动的传统熟人社会结构被打破，讲故事的热闹场面逐渐在消失。在世界各国政府加紧采取措施保护自己的民族文化的时代，保护和传承我国丰厚的民间故事资源显得更加紧要和迫切。

四

少数民族民间故事是中华民族传统文化的重要载体之一，是中国各民族民众生活的重要组成部分。新中国成立以来，我国各级部门、各类人员采集和整理了数量众多的少数民族民间故事，2014年至2015年，我带领学生对上个世纪被采集翻译为汉文的中国少数民族民间故事进行了一次全面、系统的信息采集，其数量之惊人、成绩之斐然，让我兴奋了很久。但是非常遗憾，中国不同时期采录、整理的少数民族民间故事资料大多被束之高阁，或者仅仅供学者研究使用，并没有真正发挥少数民族民间故事应有的社会文化功能，并没有很好地利用各民族民间故事在教育和知识传播上的优长。为了全面、系统地凸显中国少数民族民间故事的"经典性"，我们组织编选了"中国少数民族经典民间故事"系列丛书，在包括神话、传说，还有动物故事、幻想故事、生活故事、笑话、寓言，以及民族或地区特有的口头散文叙事文学体裁的基础上，尝试着从"经典"的视角推介和传承少数民族民间故事，提升中国少数民族民间故事的价值和社会影响力。

中国少数民族民间故事经历了不同的发展道路，这些民间故事不仅承载着中华民族的传统文化，而且在各民族共同生活、相互学习的过程中，民间故事在交流中融合，在融合中创新，构筑成中华民族千百年来共有的精神家园。

中国少数民族民间故事种类繁多，同一种民间故事在不同民族之间有不同的演变形态，对中国少数民族民间故事"经典"进行系统汇纳，有利于加强民族乃至地域之间的文化交流和文化理解，彰显中国各民族民间故事的文化认同功能，也有利于培养民众的道德情操，传递生活知识。

中国少数民族民间故事包含民众的生活情感、价值观念和审美期待，人们习惯地认为民间故事属于"草根"文化，"中国少数民族经典民间故事"打破人们对"经典"认识的藩篱，将少数民族民间故事视为"经典文化"，在每个民族丰富的民间故事中精选100则民间故事编辑成册，采取经典化的选编方法、经典化的传播方式，让这些世代流传的经典民间故事走进中华多民族民众生活之中，为中国少数民族民间故事的传承、创新而开辟"经典化"的路径。

"中国少数民族经典民间故事"既是抢救中国少数民族民间故事，又是在现代化背景下，以"经典"为视角系统总结中国少数民族民间故事，推进文化多样性建设，让少数民族传统的经典故事走向更为广大的民间，从深度和广度上影响更多的读者，在传承和保护中国少数民族民间故事方面做出特殊的贡献。这是我们希望的，也是我们愿意做的。

导读语

黄龙光

一

　　大约在4000—5000年前，云南金沙江南北两岸的土著部落与早期南迁的古氐羌人融合而形成了彝族。而后，彝族不断开疆拓土，向四方迁徙。金沙江畔，大小凉山，乌蒙山脉，红河两岸，都是彝族自古繁衍生息的广袤故土。历史上，彝族曾联合其他民族，建立过"古莽""夜郎""古滇""哀牢""自杞"等一系列地方民族政权。

　　彝族是一个历史悠久的拥有自己文字的民族，自古就创制和使用着本民族的语言和文字。由于自然地理、迁徙分居以及语言内部演变等原因，彝语分为北部、东部、南部、东南部、西部和中部等六大方言，方言内还细分为若干次方言和土语。在不同的历史时期，悠久灿烂的彝文体系被称为"夷字""爨文""韪书""蝌蚪文""倮倮文""毕摩文""西波文"等，新中国成立后统称为"彝文"。千百年来，彝族祖辈自古适应西南多元立体的自然生境，在其日常生产生活中，以彝母语和彝文为鲜活媒介，不断创造和传承着自己丰厚而独特的民族文学。

　　彝族是一个诗性的民族，彝族民间自古有着歌诗的传统。彝族文学总量异常丰富，题材广泛，个性鲜明，审美独特。每一个彝人从小都在彝族民间文学的熏陶中长大，他们不仅能歌善舞，而且知礼明义。浩如烟海的彝族民间文学，不仅活在人们婉转灵动的口头上，而且被载入了卷帙浩繁的彝文典籍（含金石铭刻）中；不仅叙唱在彝族民间社会生产生活中，而且吟诵于彝族大大小小的神圣祭祀仪式活动中。歌诗与叙事，对于彝族来说不仅意味着一种艺术审美，更重要的是，它也是一种神圣的责任与义务，缅怀先祖以记忆历史，训诫礼德以整合民族。彝族民间文学以自身口传与文传相结合的独特双轨传承制，千百年来使得彝族民间文学生发创造并拥有蓬勃的传承活力和发展动力。从这个意义上说，彝族民间文学早已脱域于文学的边界，被融入整个彝族社会文化体系之中，蕴涵着彝族的历史记忆、宗教哲学、生产生活与艺术审美。因此，彝族民间文学具有文学价值、历史价值、文化价值与社会价值等多重价值。

二

与作家文学相比，民间文学是一种高度生活化的群体语言艺术审美，作为民众日常生活艺术化和艺术生活化结合的活态精神产物，它自然流淌于广大民众的口耳之间，代代相传，成为民众自身固有的一种艺术化生活叙事。在过去的传统社会生活中，主要以口头语言为传承媒介的民间故事，不仅在田间地头、街头巷尾等原生传承场被反复讲述和聆听，而且在民间婚丧嫁娶、起屋建房时与年节假日里更是传统节日叙事的核心内涵。它犹如磁石一般强烈地吸引并凝聚着族群内的每一个成员。

今天，工业化裹挟着城市化与商业化，如潮水般席卷全球，民间文学在当代现代性社会语境下遭遇到了前所未有的一系列冲击，过去那种相对封闭的面对面讲述和聆听的自然自为的民间叙事传统几近断裂。因此，选编过去搜集整理的以及新采录整理的各族民间故事经典作品，对推进中国民间故事经典的当代传播具有重要的现实意义。

本书采用广义民间故事的概念，其外延涵括狭义的神话、古歌、史诗、传说与民间故事等相关民间文学体裁，其内涵不仅指涉创世、族源、祖先等神圣叙事，也包括反映生产、生活的世俗故事，同时包括处于二者之间的带有魔幻性质的各类传说故事。

彝族民间故事的总量非常丰富，题材异常广泛。彝族民间故事自古以口头语言和经籍彝文进行双向传承，很多故事还与彝族民间各种大大小小的祭祀仪式相交织。彝族民间故事的题材，从天地开创到风物传说，从宗教哲学、物质生产到艺术审美、社会生活无所不包。《开天辟地》《洪水漫天地》《人祖的由来》《雪子十二支》等具有创世神话性质的起源故事，至今仍是彝族各种祭祀仪式上必诵的经典。史诗与传说，特别是历史传说与风物（俗）传说在彝族民间故事中占据了相当重的分量，《支格阿鲁》（《阿鲁举热》）、《笃米》、《毕·阿苏拉则》与《南诏始祖细奴逻》、《奢香夫人》、《阿诗玛》、《彝海结盟》、《火把节》、《阿细跳月》等均为人们耳熟能详的代表性作品。勇敢机智人物故事是彝族民间故事的一大特色，作为表现了千千万万彝族人民聪明才智的代表人物，他们是阿苏诗惹、错尔木呷、罗牧阿智、松谷克忍、张沙则、么刀爸、普丕等。此外，当然还包括大量反映彝族社会生活的世俗故事以及带有寓言性质的动物故事。

彝族民间故事有着自己鲜明的叙事个性和美学特征。首先，彝族是一个非常讲究礼仪的民族，其民间故事的讲述自始至终隐含着彝族独特的传统礼仪文化。传统礼仪通过艺术化的民间叙事教化了一代又一代的彝族人，由此实现彝族社群的自我治理和社会团结。其中，敬老尊老是彝族传统礼仪文化的首要内涵，它不断地上升并系统化为彝族传统的祖灵崇拜信仰情结，最后在民间宗教实践中形成一种彝族固有的根骨溯源的神圣文学叙事传统。其次，彝族民间自古拥有歌诗的传统，并藉此建构起发达的彝族诗学体系。在彝族日常社会生活中遍布大大小小的歌场，它们不仅是彝族民间故事的叙事场，更是彝族传统文化的传承场。记述彝族历史、宗教、政治、社会、军事、文化、艺术、医药等内容的卷帙浩繁的彝文经典存在一个惊人的共同特点，即它们均无一例外地以诗体语言写就，尤以五言体居多，因此，易于记忆，便于叙唱。一千多年前彝族就有了举奢哲和阿买妮等人的诗文理论。民间叙唱、言传叙教、经抄经唱与特有诗论完整建构了彝族发达的诗学体系，这就是为什么彝族天生地具有一种诗性气质的根本原因。

三

彝族民间故事体量庞大，在深度阅读一度缺失的今天如何有效传播民间故事，经典化应该是一个可行的思路与路径。将浩如烟海的彝族民间故事进行经典化评价与选编，其重要意义在于借助现代媒介重新激活经典故事文本的传播动力，使人们重新认真阅读并聆听故事，让故事以某种形式在当代社会生活中复活，使民间故事成为我们现代社会生活的一部分。

经典是具有权威性的典范，是经得起历史检验的具有持久价值的不朽作品。某一民族的文学艺术经典，应该是能浓缩、凝聚该民族独特的语言和思想的象征符号，在某种意义上，甚至应该成为该民族文化身份的独一无二的标志。因此，凡是称得上经典的作品必须具备原创性和独特性、超越性和开放性、持久性和生命力有机结合的综合属性。对丰富多彩的民间故事进行经典化选编，首先需要制定经典化的筛选标准，当然从实际操作的层面来实施这个标准时，我们既要心怀理想又要观照现实。

由于历史的变迁与地理的阻隔，共时地看，彝族文化在地域和支系上虽呈现出一定的差异性，但历时地看，彝族文化的同源性和整体性显而易见，这在有关彝族的历史、宗教、历法、语文及其相关习俗等方面最为显见。因此，彝族经典民间故事必须以其民族性超越地域性和支系性，能够入选中华民族民间故事大系。选编彝族经典民间故事，就是将那些能够反映作为一个内部凝聚整体的具有彝族文化特质的民间故事逐一遴选并进行合理编排。彝族文化的特质主要深深蕴含在迁徙历史、洪水人祖、祖灵崇拜、彝文创用、英雄情结、火崇拜、过人才智等方面，它们由神话（史诗）故事《洪水漫天》《人祖的由来》《六祖分支》《更资天神》《毕·阿苏拉则》《支格阿鲁》

等，勇敢机智人物故事《勇敢的阿苏诗惹》《错尔木呷》等，风俗故事《火把节》《阿细跳月》《彝族姑娘的鸡冠帽》等，以及寓言性动物故事《乌鸦为什么是黑的》等各类标志性彝族故事进行叙事表征和艺术呈现。在资料来源上，我们立足于前辈学者搜集和整理的各种文本，在此基础上增加了编者近年采录的《彝族妇女花围腰的由来》《败家子的故事》两则民间故事。

彝族民间故事数量丰富，题材广泛，限于篇幅和版面，对其进行经典化选编实属不易。但经典民间故事选编作为一项极富传统文化传承价值的工作，总得有人先来承担。而且，这样的文化工程并不是开展得早了，而是开展得晚了。因编者水平有限，难免挂一漏万，恳请各方专家和广大读者批评指正。

目 录
CONTENTS

开天辟地

　　远古的时候，天地间雾蒙蒙地相连着。天不在上面，没有太阳、月亮、星星，也没有天亮天黑，白天和黑夜都是一个样；地不在下面，没有高山、深谷和平坝，既不长草，也不长树；中间没有风，没有水。天地黑沉沉的，没有光亮；浑浊浊的，什么也看不清。坎下的蛇和坎上的蛙互相商量说："这样下去不是个办法，我们应该请天神把天地分开。"天神恩体谷兹听到了蛇和蛙说的话，他正好也有这个想法。这时，东南西北四方降生了四个神仙孩儿：东方杉林生了个神孩儿叫如惹古达，西方柏林生了个神孩儿叫苏惹赫达，南方的红云生了个神孩儿叫斯惹底尼，北方的熊生了个神孩儿叫阿俄苏补。这一天，恩体谷兹派鸽神登补阿赫去喊东方的杉树神如惹古达，如惹古达又去喊北方的熊神阿俄苏补，阿俄苏补又去喊来工匠的始祖格莫阿赫。他们来到天神恩体谷兹家，会同别的神仙一起商量开天辟地的事。天神恩体谷兹说："请各位神仙来，商讨开天辟地的事，请各位神仙们献计献策。"于是，各位神仙商量了九天九夜，杀了九条牛做小菜，喝了九坛酒润嘴皮也没有商量出一个好的办法来，又杀了七只羊做小菜，喝了七坛酒润喉咙，商量了七天七夜也没有商量出一个好的办法来，又杀了三条牛做小菜，喝了三坛酒润嘴皮，商量了三天三夜。风神赫史阿俄把他的想法和地仙阿依苏尼商量了以后，牵来两条大牯牛，想用牛角把天地顶开。两条牯牛顶了很久很久

也没有能把天地顶开。智神波利阿约把他的想法和柏树神苏惹赫达商量以后，赶来两只猪，想用猪把天与地拱开，结果没有拱开。柏树神苏惹赫达和杉树神如惹古达商量后，捉来两只鸡，想用鸡爪把天与地刨开，却只刨出来一对铜弹子，一对铁弹子，一升铜沙子，一升铁沙子。后来，云神斯惹底尼去找来九块有铁锅那么大的铜块和铁块，交给工匠的始祖格莫阿赫。格莫阿赫接过铜块和铁块，用手指当铁钳，用嘴当风箱，用拳头当铁锤，用膝盖当铁砧，打造出四根铜叉、铁叉来，交给四位神仙。东方的杉树神如惹古达，拿了一根铜叉插入天地之间，使劲地一撬，东方被撬开了一条缝，一丝风从缝隙里吹了进来。西方的柏树神苏惹赫达拿来了一根铜叉，将它插入天地之间，使劲一撬，西方被撬开了一条缝，一丝风从缝隙里吹了进来。南方的云神斯惹底尼拿了一根铁叉，将它插入天地之间，使劲地一撬，南方被撬开了一条缝，水从缝隙里流了出来。北方的熊神阿俄苏补拿了一根铁叉，将它插入天地之间，使劲地一撬，北方被撬开了一条缝，水从缝隙里流了出来。他们一齐用力把天往上掀，把地往下按。天被掀上去了，地被按下来了，天地被分开了。他们刨开地下的泥土，出现片片大地，东西南北四方已划清。天神恩体谷兹四方查看了一遍后，说："天和地离得太近了，还得把天再升高一些，把地再压低一些。"他见地上还有四块铜和铁，就让七匹骏马去把铜块和铁块刨出来。骏马用蹄子刨了很久很久，没有刨出来。他又让七只公羊去把铜块铁块刨出来。公羊刨了很久很久，仍然没有刨出来。他又派了黄黑四头猪去把铜块和铁块刨出来。四头猪去拱了很久很久，才把铜块和铁块拱了出来。

云神斯惹底尼又去请来工匠的始祖格莫阿赫。格莫阿赫用铜块和铁块打造了九把铜扫帚和铁扫帚。斯惹底尼就把这九把铜扫帚和铁扫帚交给了九个仙女。仙女们非常勤快，她们手执铜扫帚和铁扫帚把天往高处扫，天越升越高，变成蓝悠悠的天空。斯惹底尼用四根顶天柱把天托住，不让它往下落。东边的顶天柱木勿哈达立在天边；西边的顶天柱木克哈尼立在地角；南边的顶天柱尼木和萨立在彝区；北边的顶天柱和木底尼立在汉区。后来这四根顶天柱就变化成四座高山。九个仙女手拿铜扫帚和铁扫帚，把地往低处扫，地越落越低，变得黑油油的了。斯惹底尼用四根大绳把地绷住。这四根大绳从东拉到西，从南拉到北，互相交叉着，把地绷得紧紧的。他再用四块压地石压住地的四角，不让地往上冒。

　　天地分开了，但没有太阳和月亮。斯惹底尼将鸡刨出来的两个铜弹子，一个丢向东方，东方升起了太阳；一个丢向西方，西方现出了月亮。他又将两个铁弹子，一个甩向南方，地被打凹了，成了湖泊；一个甩向北方，地被打凹了，成了江河。他又将一升铜沙子撒上天，天上有了星；再将一升铁沙子撒上天，天上有了云雾。波立阿约神负责万物的生长，他打了九把铁斧头来打山，一山打平养羊，一山打平养牛，一山打来种田，一山打来撒荞，一山打来做战场，一山打来流水，一山打平住家户。

更资①天神

蒲依生更资

更资天神住在石姆岩哈的三重天上②，他是天地万物的缔造者和主宰者。更资的母亲名叫蒲依③。

蒲依不是人，也不是神；她不是植物，也不是动物。

蒲依本来是一股气。在太古的时候，天地还没有被开辟前，头上没有天，没有星云雷雨；脚下没有地，没有生灵草木。宇宙间清浊二气搅缠在一起，天地像锅底一样，黑漆漆的，不透一丝光亮。蒲依便在浊气里形成，在清气里出生，然后自由自在地飘荡在清浊二气里。浊气是她的食物，清气是她的饮用水。她在浊气上睡觉，在清气里玩耍。这样过了九千九百九十年，气蒲依变成了云蒲依，有了云的形象。

这云蒲依长着螃蟹的脚，但她的脚是红云；云蒲依长着鱼的鳞，但她的鳞是黑云；云蒲依长着牛头马面，但她的面是白云；云蒲依长着穿山甲的

---

① 更资：彝族各方言支系神话中，掌握天地万物的最高神王。亦译为"策耿纪""恩体谷兹""陈根子""格祖天神"等。
② 彝族认为，宇宙间共有人、鬼、神三界。石姆岩哈是神界。
③ 蒲依：有一则彝族神话说，天地万物都是蒲依生出来的。

尾，但她的尾是花云；云蒲依长着猪身子，但她的身子是浓云。

到了九千九百九十年的头三年，云蒲依忽然感到心烦起来，喝清气不能解她的渴，吃浊气不能饱她的肚，在浊云上睡不着觉，在清云上没兴趣玩。因为定不下心来，她只好到处乱走，走着走着，便走到车云吾嘎托的碑基木来了。碑基木有一棵玛支玛柯神树①，他的树干是一股扭结在一起的浊气，生长在清气里，并在清气里分股叉开，变成繁茂的树枝。他的陈叶是浊云，他的嫩叶是清云。这棵树会唱风的歌，会唱水的歌。见了云蒲依，他就唱道："蒲依飘过来，蒲依荡过来，是不是找伙伴？我就是伙伴，是不是找朋友？我就是朋友。"

蒲依听了，就朝玛支玛柯神树飘过去，先挂在他的树枝上玩了三天，又绕着树干飘了三天。在最后的三天里，云蒲依觉得没有兴趣玩了，她失望极了，于是不满地唱道："玛支玛柯树，树梢光秃秃，树枝干巴巴，树干光溜溜，只能做我影子的伴，不能做我心中的伴。我不想和你做伴，我不和你玩。"唱完就要飘走，玛支玛柯神树急了，伸出树枝抓住蒲依的裙裾，接着唱道："蒲依不要飘，蒲依不要荡，你若是找心伴，我做你心伴，蒲依莫飘走，把脸转回来。"

蒲依想飘飘不走，想荡荡不开，于是回过头来问："玛支玛柯树，你别骗我好不好，你别哄我好不好？你在我的身外，你怎么做我的心伴，你如何做我的心伴？"

玛支玛柯神树唱道："你看我的枝干多粗壮，我要在上面开出三朵花，一朵是金灿灿的金花，一朵是银汪汪的银花，一朵是红艳艳的鸡冠花。只要你把三朵花采食了，我就到了你的心里，我就成了你的心伴。从此以后啊，你飘到天南，我伴你到天南，你荡到地北，我随你到地北，我到了你心里，时时陪伴你，永远不分离。"

---

① 神树：这里的树，应当"树神"解。后文的牛羊猪马亦如此。故事原意中，这里的树是抽象的，并不代表实体。

彝族民间故事

玛支玛柯神树说完，放开了蒲依的裙裾，把自己的枝干抖了三抖，抖得天摇地动，云团被撕裂，大气被搅乱。接着它又扭了扭树腰，扭得天地气云如炸雷般"轰轰"直响。接着红光一闪，鸡冠花开出来了；金光一闪，金花开出来了；银光一亮，银花也开出来了。三朵花一开到树上，神树四周的云团就变成了五光十色的锦衣；气流变成了千万条闪动腾舞的彩虹。蒲依的心醉醉的，就像喝了酒，蒲依的眼迷迷离离，就像在做梦。于是，她便把金花、银花和鸡冠花摘食了。

蒲依刚把仙花吞下，玛支玛柯神树就消失不见了。蒲依很着急，大声喊起来："玛支玛柯神树，你到哪里去啦？"玛支玛柯神树在她的肚子里答道："我在你的心里呢，我正在做你的心伴呢！"

蒲依一听，有点害怕，心慌起来了。她说："你到了我心里，真能做我的心伴吗？"

玛支玛柯神树在她的心里答道："你如果想听歌，我就给你唱歌；你如果想说话，我就和你说话；你如果想飞翔，我就帮助你飞翔。"

蒲依正想叫玛支玛柯唱歌，可是心里像着了火，嗓子被烧得辣燥燥的。蒲依吓得哭了起来，她说："啊呀！不得了，心里烫烫的，脖子干干的，我想去喝水，我想去喝水。玛支玛柯，你救救我的命，告诉我水在何处。"

玛支玛柯神树在蒲依的肚子里唱着答道："蒲依莫着急，蒲依莫心慌。展开你的翅，向西一直飘；启动你的身，向西一直荡。西方尼尔夺有一股神水，三天泛红波，三天泛绿波，三天泛黑波。你喝干神水，口渴自然消。"

蒲依听了，急忙腾身飘起，一直向西赶去。尼尔夺的神水，看着像泉水，实际不是水，它是一股气，在空中流来流去。蒲依张开大嘴，把这股水全部喝干了。喝了尼尔夺神水后，蒲依的心润润的，喉头甜甜的，心神果然宁静了。于是她又开始在浊气和清气之间荡来荡去地玩耍，和心里的玛支玛柯唱唱说说，日子过得非常快乐。

这样的日子过了三年，蒲依又开始不满足起来了。于是她拍着心口向玛支玛柯神树说："宇宙空荡荡，像个黑窟窿，我心虽有伴，但身却无伴，飞时不见影，玩时没对象，形单影孤独，无依又无靠，你还是出来，出来做伴吧。"

玛支玛柯听了，唱道："我一进你心，不能出来了，如果你要玩伴，我把你的心割一半，加上我的心一半，给你造个玩伴，让他出来跟你玩。"蒲依答应了。她忽然感到一阵撕心裂肺的剧痛，昏天黑地地挣扎了半天，等剧痛稍微减轻后，她生气地问："玛支玛柯神树，你是吃了我的心呢，还是咬我的心？你再不住手，我就要死了。"玛支玛柯答道："我是在割你的心，我是在撕你的心，我要用你的心做你的玩伴。现在你蹲在浊云上，把尾巴翘一翘，我把你的伴丢出来。"蒲依依言蹲在浊云上，把尾巴翘一翘，忽然有什么东西从她的肚子里掉了出来，落在浊云上，哇呀哇呀地哭叫开来。蒲依吓了一大跳，把那东西拖起来一看，是个人模人样的小男孩。他长得胖乎乎的、嫩嫩的，张着嘴巴在蒲依的胸前乱拱，把蒲依拱得心痒痒的，神荡荡的，喜爱得头发昏。小男孩拱呀拱，什么也没拱到，便伸脚踢手，张开嘴哇呀哇呀哭起来。蒲依无论如何地也哄不住，急得跟着哭起来。她问玛支玛柯："我的心为什么哭？我怎么才能哄住他？"玛支玛柯在她心里答道："你把胸前的衣裳打开，我让你的血流到胸口上。你的心肝宝贝吃了你的血，才会不哭不闹变快乐。"蒲依依言把胸衣打开，胸前便鼓呀鼓，鼓起了一对乳房。小男孩吃了蒲依的奶，才安安静静地睡着了。

从此以后，蒲依心里有了伴，身外也有了伴，这个伴是她的心，不会离她而去。她快乐极了，一天到晚抱着孩子，逗他哭，逗他笑，给他吃奶，哄他睡觉，并给他取了个名字叫"更"①。慢慢地，小孩长大了，长成一个淘气可爱的大男孩。蒲依出门的时候，他拉着蒲依的衣角跟着跑，蒲依休息时，他就欢蹦乱跳着，在一边玩。万物的主宰神更资，就这样出生，长大了。

---

①更：是更资天神的本名。因为他是天地万物至高无上的主宰者，所以别人称呼他时，便加上一个"资"音，意为"主宰者"或"掌管者"。"恩体更资"，就是"居住在上界主宰万物的神更"之意。

神仙出世

更和蒲依妈妈一起，东飘西荡，玩了很久，慢慢地就感到日子过得乏味，不能满足了。有一天，他对母亲说："妈妈，宇宙间为什么除了气和云，什么也没有？我厌烦得很，我要新玩物。"蒲依听了，忙问肚子里的玛支玛柯："我的心说厌烦气和云，要找新玩物，你说怎么办？"玛支玛柯说："我也没办法，不过你可以抽一股浊气上来，立在清气里，做成我当时的模样，让你的心去爬着玩吧。"蒲依听了，便去抽浊气。她先抽起两股浊气来，做成两棵杉树，然后问儿子："够不够？"儿子摇摇头。蒲依又抽出两股浊气，做成两棵松树，又问儿子："这下够了吗？"儿子点点头，一天到晚就在四棵树上爬上爬下地玩。

更就这样快快乐乐地玩了很久。后来有一天，更正爬在树干上唱歌，忽然听见两棵杉树和两棵松树里传出婴儿哇呀哇呀的哭叫声。更越听越奇怪，连忙跑去对蒲依说："妈妈呀妈妈，真是奇怪了。四棵树子都学着我的声音在哭呢。"蒲依跟着儿子跑去一听，可不是吗，四棵树子里婴儿的哭声就和更小时候的哭声一模一样。蒲依用手去撕树干，刚撕开一个口子，就跳出两个只有甑子高的小人来，一个是男的，一个是女的。这样，四棵树里各跳出两个小人，一共是四男四女。为了便于记认，蒲依便给他们一人取了一个名字：从第一棵杉树里跳出来的男孩叫如惹古达，女孩叫儒木力力；从第二棵杉树里跳出来的男孩叫阿阿呒书布，女孩叫书嫫却却；从第一棵松树里跳出来的男孩叫书热尔达，女孩叫书木吉吉；从第二棵松树里跳出来的男孩叫斯惹底尼，女孩叫妮木布布。这四对兄妹可不像更要食母乳才长大，而是见风长，转眼就变成了四对高大健美的人。更喜欢他们，便对他们说："我给你们做伴，你们和我玩耍，我们在一起生活，可以吗？"

四对兄妹说："我们很想和你玩耍，很想要你做伴，但是你是气生的神，我们是树生的仙，仙只能做神的属民，不能做神的朋友，只能听神的使唤，不能做神的玩伴。"

更失望地说："我真不明白，为什么会这样？"四兄妹便又告诉他说："因为你的父亲是玛支玛柯，他是先天的浊气精；你的魂是尼尔夺神水，那是先天的清气精；你的母亲又是浊气和清气的精，所以你是天地万物的主宰。而我们的母亲杉和松是你母亲抓起来的后天的浊气，我们的母亲是因为你在树上玩耍，才生我们的，所以我们不能和你平起平坐。"

更听明白了，就说："既然是这样，那我吩咐你们和我玩。"四兄妹只得和更一起玩。可是他们对更唯唯诺诺，不能平起平坐，这样更玩得很别扭，一点也不痛快，于是只好把四个男的封为四神，把四个女的封为四仙，把他们派去掌管宇宙八方。

打发走四神四仙后，更便缠着蒲依要个和自己一样的玩伴。蒲依没办法，只得拍着胸口对心里的玛支玛柯神树说："你把我的心和你的心再割一点下来，给更做个伙伴吧。"玛支玛柯神树说："心是不能再割了，我割一半肝试试。"接着，蒲依昏天黑地地痛了一会儿，肚子里又掉出来一个人模人样的小男孩，蒲依给他取了个名字叫"阿尔"①，又开始哺养他，更也一天到晚兴高采烈地背着他玩。但不幸的是，这个名叫阿尔的小男孩只能在浊气上行走，不能升到清气中去，而且无论怎么长也长不高，个头总是只有更的一半高。这时的更，已经成长为一个魁梧英俊的男子汉，个头就像大山，四肢如同杉树。他捏一把浊气，可以把浊气捏成铁，揉一把白云，可以把白云揉成铜。他喜欢像一条黄鳝一样，在浊气和清气里自由自在地钻来钻去。阿尔做不了他的伴，无法陪着他玩耍。这使更很失望，于是给阿尔起了个名：德布②。阿尔的名字从此成了"德布阿尔"。后来，更封德布阿尔为神匠，让他掌管浊气层。天地被开辟出来后，德布阿尔便成为主宰人间的地神，被称为"米色③德布阿尔"。

①阿尔：蒲依所取三兄妹的名字，音节按次序排列，后者均比前者多一个音，似有以音节多少区别和确定胎次之意。
②德布：又矮又胖的小人。
③米色：地神，哀牢山一带又叫土主。

彝族民间故事

更因为找不到伙伴，感到很孤独，一天到晚尽唱些伤感的歌。蒲依一听儿子的哀歌，心里就会一阵一阵地绞痛。她实在不忍心了，便拍着胸脯，向心里的玛支玛柯神树说："玛支玛柯啊，我的心肝这么孤独悲苦，我们再想办法给他找个玩伴吧。"玛支玛柯为难地答道："我不知道给他找个什么样的玩伴才适合，你还是先问问你的心肝吧。"于是蒲依就问儿子："我的更啊，你希望有一个什么样的伙伴呢？"更想了又想，告诉母亲说："一颗杉树里能跳出一男一女两个伙伴来，妈妈你不能也给我生一个像杉树仙女那样的人吗？"蒲依听了，说："等我问一问你父亲。"于是她拍拍心口，问玛支玛柯神树："你能不能再割一块心肝，做一个女孩出来给更做伴？"玛支玛柯神树说："心不能割了，肝也不能割了，我割一块肺来试试吧。"接着蒲依又感到一阵昏天黑地的剧痛，这次她翘了翘尾巴，果真从肚子里掉出来个女孩。这女孩名叫吾司木。因为她长大后喜欢穿红艳艳的衣裙，飘在天上，像一团黄灿灿、红莹莹的云团，所以人们都叫她底诗底妮吾司木[1]。娇憨淘气的吾司木出生了，更有了最开心的玩伴；聪明美丽的吾司木长大了，更有了上天入地的好伙伴。蒲依既宠爱更又宠爱吾司木；而更却只宠爱吾司木一人。所以，吾司木成了更的影子，只喜欢和更在一起，一步也不愿离开他。因为更太强大了，他飞在空中时，吾司木便吊在他手上，骑在他脖子上玩耍，躺在他背上睡觉；更休息时，吾司木就在他身上爬来爬去翻上滚下地玩耍。和更在一起，吾司木犹如有了依靠的藤子，可以长到天上去了。蒲依见自己的心肝常常忘记了她，既高兴又悲哀，于是住到德布阿尔家去了。吾司木和更隔一久去看她一次，其他时间都在浊气和清气里游玩。

天宫的诞生

吾司木跟着更在清气和浊气里自由自在地游玩了很久，早先时还兴高采

---

[1] 底诗底妮吾司木：红云黄云天仙女。

烈的，又新奇又陶醉，但慢慢地，她一天到晚噘着嘴。更想逗她笑她却哭，问她要什么她又说不清。这可把更急得眼睛瞪成杯子大，好久都不敢说话。正好这时德布阿尔要在浊气里盖一座华丽的宫殿，打算请更为他捏浊气造铁，捏清气造铜。德布阿尔这人，虽没有上天入地的本事，而且身瘦力弱，但却非常聪明，是个很有发明创造本事的匠人。他已经掌握了铸铁锻铜的技术，而且叫蒲依抽浊气为树，树为他生下个妻子，他很快儿孙满堂，日子过得很惬意。更和吾司木应邀去帮他捏铁捏铜，过了九九八十一天，阿尔的宫殿盖成了：黄闪闪的铜顶，黑亮亮的墙，又庄严又豪华。吾司木越看越喜爱，于是就噘起小嘴对更说："我也要一座宫殿，得比二哥的堂皇，还要盖在清气顶上，进门要能做主人，出门要能观宇宙，还要把妈妈接来，做我们的伙伴。"

　　更二话没说，便飞到清气顶上，选好了地盘，可是妹妹却不要用铜做顶、铁做墙的宫殿，这把更难住了。他敲了三次自己的高额头，又学母亲拍着胸口打主意，但无论如何也想不出比铜和铁光灿的材料。于是他问眨着眼躲在他的胳肢窝里数腋毛的吾司木："你要的宫殿到底像什么？"吾司木脸上笑眯眯，大眼亮闪闪，比手画脚地说："我要的宫殿吗？墙壁黄灿灿，房顶银汪汪，进门一个天，出门一个天。"更实在没办法，只好去问蒲依："妈妈呀妈妈，妹妹要一座墙壁黄灿灿，房顶银汪汪的宫殿，我该用什么材料做？"蒲依说："等我问问你父亲。"接着她便拍着胸脯问玛支玛柯。玛支玛柯也说不清，蒲依只好说："你问问老二，看他有没有办法。"更依言去找阿尔，黑脸膛的矮个子阿尔，正在大汗淋淋地抽浊气造树。更问他："二弟阿尔呀，你是个聪明的匠人，你知不知道，比铁还光亮的是什么，比铜还光灿的是哪样？它们该用什么来制造？"德布阿尔想了想，说："比铁还亮的东西，应该是银了；比铜还光灿的东西，应该是金了。浊气只能造出铁来，清气只能捏出铜来。你把清气和浊气掺在一起捏捏看，看能捏出什么来。"更觉得这办法应该试一试，于是先抓了三把浊气，合着一把清气捏，果然捏出了亮闪闪的银子；接着他又抓了三把清气，合着一把浊气捏，捏出

了金灿灿的金子。金银捏成了，更便用银去盖房顶，用金去做墙壁，造出了一座大院套小院，高房套矮房，共有九千九百九十九个院子的宫殿。这宫殿都是金灿灿的墙，亮汪汪的顶，辉煌的光芒洒出去，房左的云白了，房右的云红了，房前的云黄了，房后的云紫了。房上房下，清气化为千万道彩虹，群起群落地绕着宫殿飞舞。吾司木高兴极了，原先嘟成鸭子嘴的两唇，这会儿变成一朵娇艳的红花，白牙齿欢欢地往外跑，嫩嫩的甜舌头直探头。她嘻嘻呵呵地笑着，嘤嘤咛咛地唱着，像只花蝴蝶，骑在更的脖子上，要更驮着她满院子奔跑。她把这座宫殿取名叫"石姆岩哈①"。

这样跑了九天，她的嘴又嘟起来了，眉头又皱起来了，话没有了，歌也不唱了。更一看妹妹的样子，心里真是难过极了。他问道："妹妹，你想要什么？哥哥去给你找。"吾司木说："宫殿这么大，却只有我们兄妹俩，又清冷又孤独。这宫殿应该热闹一些才好。"更听了，心想：找来些伙伴，宫殿虽热闹了，妹妹不就把我忘了吗？他想了又想，却不敢违拗妹妹的心愿，便去抓浊气捏动物，捏出了牛羊猪马，捏出了飞禽走兽，然后朝它们吹一口气，这些动物都活了，欢蹦乱跳地叫起来。动物们虽然有鼻子有眼，也能说话唱歌，但必须四脚落地走，而且浑身长毛，没有人的灵性，只能凑热闹，不会成为人的知心朋友。更很满意，便把动物们全赶进天宫里去了。天宫顿时热闹了起来，吾司木高兴极了，小嘴窝窝又开成了花，甜唇嫩舌唱着笑着，一天到晚要更驮着她，赶着动物们进进出出地在天空游荡。后来有一天，吾司木看见了天宫四周的彩云，就对更说："哥哥，我要穿彩裙，就像云霞一样美的彩裙。"更便把天宫周围的彩云撕下几幅，拼成一套鲜艳夺目的彩裙，给吾司木穿在身上。从此，吾司木飞到哪里，哪里便一片金黄；吾司木站在哪里，哪里就亮堂堂。

接着，兄妹俩把母亲接到石姆岩哈来，让她掌管宫殿和动物。蒲依接管了石姆岩哈后，便把动物们分成两等，一等是蠢笨糊涂的动物，将其命名为

①石姆岩哈：至高无上的宫殿。

牛、马、猪、羊、鸡、鸭、鹅，专供更和吾司木宰食和骑用；另一等是精灵聪明的动物，将其命名为虎、兔、龙、蛇、獐、熊、豹等等，担任天宫里的差使奴仆。以虎为领头的是不长角的肉食动物，它们负责天宫的警卫和防务；以野猪为领头的是不长角的果根食动物，它们负责其他杂务；以凤凰为领头的是色彩最艳丽的鸟群，它们负责更和吾司木的起居饮食；以大雁为领头的是善于远飞的鸟群，它们是更的随从和护卫；以乌鸦为领头的是其他鸟类，在宫殿里听蒲侬使唤。至高无上的天宫石姆岩哈，从此有规有矩，秩序井然，成为一个热闹繁华，但又异常庄严神圣的地方。更、吾司木和蒲侬，出门一大群，进门一大帮，显得无比高贵和气派。动物们把更叫更资，把吾司木叫木色嫫；把蒲侬叫资落果。更资开天辟地，缔造万物，主宰万物的时代，就从这时开始了。

哥哥留在月亮上

很久很久以前，人类居住在月亮上。那时他们不吃大米，不吃白面，以羊肉为食，所以家家都养着成百上千的羊子。

其中一家有兄妹二人，哥哥放羊，妹妹纺毛织线，日子过得很美满。哥哥的心十分仁慈，每当见到他亲手饲养大的羊子死在人们的刀下时，就十分伤心。但他又无法改变人们吃羊的习惯。所以，他要让他放的羊在死之前吃到最好的植物。哥哥放的羊什么都吃过，唯有他家背后小山上的一棵大叶子树没有吃过。这棵大树非常特别，长得有四五围那么粗，树干笔直得直冲云霄，从树根向上约十来丈高的地方一片树叶也没有。哥哥想：要让羊子吃到这棵树上的叶子，只有将大树砍倒。一天，哥哥提起斧头去砍树。由于树干太粗，哥哥砍到半夜三更才砍了三分之一。他想：看来今天是没有办法砍断了，明天接着砍吧。可他第二天上山，昨天砍过的地方又长还原了。哥哥感到非常奇怪，但他并不灰心，又砍，但他不论怎样使力，总是只能砍到这棵树的三分之一，第二天去又长还原了。哥哥想：今晚砍了干脆不回去，就在砍过的槽子里睡觉，我看你怎么长。于是，哥哥砍到半夜，放下工具就躺到砍过的地方睡觉。等他醒来，太阳都出来老高了。突然，哥哥觉得身子不能动了，原来他的身子被大树抱在槽口里了，只剩下一个脑袋在外面。他哭喊着，呼救着。待大家赶到一看，不由得惊呆了，有人要拿斧子来把哥哥从树中挖出来。等那人拿来斧子，第一斧刚砍下去，只听得哥哥一声惨叫，被砍过的地方流出滴滴鲜血。原来，哥哥的身子和大树融为一体了。妹妹伤心地在大树旁哭啼，围观的人虽然很多，但谁也没有办法。妹妹日复一日地守在树旁，总希望大树能掉下一些叶子来，让羊儿吃到树叶，了却哥哥的心愿，但总不见树叶掉下一片。后来，月亮上的羊子竟一个连着一个地死去了，人们就要面临饥荒。于是，人们纷纷迁到地上。不久，月亮上天翻地覆，草木不生了，唯独这棵大树完好无损。

人们来到地上后，带来的叶子所剩无几，为了生存，他们学会了种地，改吃大米白面了。

哥哥永远留在月亮上了。他的妹妹来到地上后，由于想念哥哥，哭干眼泪死了。妹妹死后，变成了一只小鸟。每逢春末夏初，人们便能听到"等哥哥、等哥哥"的鸟叫声，那就是妹妹在呼唤哥哥。为了纪念他们兄妹，人们便称这种鸟为"等哥哥雀"。

每当花好月圆之夜，只要你一抬头，便能看见月亮上那棵大树，大树的枝干上横卧着一个人，那就是仁慈的哥哥。而羊子来到了地球上由于没有吃到月亮上那棵树的树叶，所以，无论怎么死的，总是大睁着双眼。

寻天地相连的地方

　　很多年前，有个名叫伊特的人和邻家打赌，伊特说天地总有相连的地方，邻家说根本没有。伊特不服这口气，于是，他准备好干粮，找了根一丈长的铁棍作为拐杖，背起四岁的儿子斯里，开始寻找天地相连的地方去了。他给乡亲们留下话："如果我死了，我的儿子将继承我的事业，直到找到天地相连的地方为止。"乡亲们看到伊特这种豪迈的壮举，既担心又敬佩，议论纷纷，他们表示如果伊特两父子回不来，要把这件事流传给后代。

　　不知过了多少年，人们不见伊特父子的影子，前辈人相继离世，后人却记住了这件事。一天，有个陌生人来到这个彝寨，说他是伊特的儿子，名叫斯里。他告诉乡亲们，父亲已经死了多年，并从口袋里拿出只剩下五寸多长的铁拐杖，告诉众人他走了千千万万座山，过了千千万万条河。

　　不知哪一年中的哪一天，斯里翻过一座青山，前面出现了异常优美的景色。他大声吼道："这是不是我要找的天地相连的地方啊？"突然，他眼前出现了一个穿黑衣服、骑黑牛的人。"你知道天地相连的地方吗？请你指引一下。"斯里问道。

　　"天地没有相连的地方。你带有干粮吗？"骑黑牛的人说。

　　斯里马上答复："别的没有，只有点炒面。"骑黑牛的人下了牛背说："请你拌一碗炒面，撒在牛蹄壳上，然后跳到对面山顶就会明白。"斯里照办了，一眨眼就到了对面山顶，那里一片光明，天地都亮透了。

头一个出来的是太阳。斯里问道："太阳公公，请你告诉我，你知道天地相连的地方吗？"太阳说："天地没有相连的地方。我很忙，人间正等我出工、放牧呢。月亮在后面，请你问她吧！"月亮来了。"月亮婆婆，请你告诉我，你知道天地相连的地方吗？"月亮说："天地没有相连的地方。我很忙，人间等我收工、关牲畜。格牛①在后面，请你问他吧！"一会儿，格牛来了。斯里问道："格牛大爷，请你告诉我，你知道天地相连的地方吗？"格牛说："天地没有相连的地方。我很忙，人间出现了许多不公正的事，我要去断道理。核克②在后面，请你问他吧。"核克随后到了。斯里问道："核克二爷，请你告诉我，你知道天地相连的地方吗？"核克说："没有天地相连的地方。我很忙，一天在一方，人间出现了许多疑难案件，等我去裁决。吞比③三父子在后面，请你问他们。"小吞比来了，他告诉斯里说："没有听说过天地相连的地方。我也很忙，人间的小孩还等着我取名，请你问吞比哥。"吞比哥来了，他说："我也没有见过天地相连的地方。我一月在一方，很忙，人们放羊要避暑，他们需要我。父亲在后面，请你问父亲就清楚了。"吞比的父亲来了。他说："我不知道天地相连的地方。请你站到上方去，免得落到我头上了。我是三年在一方，很忙，人们出门是否吉凶还需要我预示。"

斯里刚站到上方，突然看见一条龙，破壳而出。斯里也扒去衣服，变成了年轻人。于是，他又断续往前长途跋涉。有一天，他没想到竟然又回到了自己离开多年的家乡。

---

①格牛：指天老爷。
②核克：指天上的神。
③吞比：指天上的神。

拆掉通天的桥

很古很古的时代，天和地是相通的，地上有座通天的桥，天上人常到地上玩，人们还互相开亲，相处得非常和睦。

后来，天上出现了一个名叫鲁宙的暴君，管天霸地，天上地上全是他的。天上人对地上人就不再一般看待了，地上人成了天上人的奴隶，每年要向暴君缴纳牛、马、羊、粮租及人租。地上人喂羊不得用，喂马不得骑，喂牛不得耕，种粮肚不饱，织布不得穿。没有牲口和粮交租，人就要被抓去抵。天兵还常下来捉拿地上人去当奴隶，做苦工。过去是一年交一次租，后来，这暴君逼地上人一年交两次租。地上人被逼得无法生存，个个都很寒心，可谁也不敢吭声。

再后来，地上出现了一个能腾云驾雾，千变万化的硬汉，名叫吐鲁汝。他十二岁时就常到天上去玩，天上九方他都游玩过了，也就清楚了天上人的吃住穿着。天上人个个玩得好，吃得好，穿得好；而地上人劳累成疾，还是吃不饱穿不暖，他看到眼里，恨在心里，决心要除掉暴君鲁宙。

这天早晨，吐鲁汝收拾起程了。他来到半空中，天上的一位星神叫了他一声："吐鲁汝，请你站住，我有话给你讲。"星神把他带回家中，倒满两大碗酒，两人同时端起来喝，结拜为干兄弟。他俩连续干了六十大碗后，谈起天上事，共同商量怎样除掉暴君。星神叫九个家兵抬出一把剑，要把这把剑送给吐鲁汝，说这剑已经保存了八万年，是古人传下来的，一直没人能用。吐鲁汝轻轻拿起剑，叹息说："这剑太小太轻，不够使。"星神又叫家兵抬出另一把剑，不一会儿六六三十六个家兵气喘吁吁地抬来一把剑，说这剑已存放了十万年，没人能用。吐鲁汝左手轻轻一提，右手抽剑甩了两甩，还是叹息说："太轻不适用。"家兵一个个都被吓得目瞪口呆。星神对吐鲁汝说："兄弟，我这里再也找不到够你使用的剑了。听地神说他有一把大砍刀，已搁了十万年，无人能使，现藏在地上南边洪鲁山的岩洞里。那刀是把神刀，我俩去看看，是否够你使。我这里还有一张弓，古时打仗要九十九个人抬，六十六个帮工才使得动，现在送给你用。"吐鲁汝提着弓同星神一起来到洪鲁山岩洞，找到那把神刀。神刀真是不一般，搁了十万年却无一处生锈，刀背像山样厚，刀刃像岩样宽。吐鲁汝用手轻轻提起，往后一抽，拉垮了九座山，刀越抽越长。吐鲁汝拿在林中一试，一刀就劈倒了一片林，砍倒了九座山。他很满意这把刀，急忙把弓扛上肩，把神刀挎在腰间，同星神一起来到地中央，准备动员四方百姓反天庭。正在这时，天兵下来收租抓人，地上四方闹嚷嚷，男叫女哭，鸡飞狗跳。吐鲁汝和星神一起杀向天庭，打得天兵死的死，伤的伤，逃的逃。逃回去的天兵向鲁宙告状，说地上出了两个能人，把他们拉来的牛马、收来的粮食和抓来的人都全部抢回去了。

鲁宙听了非常气愤，他想：这怎么了得？天上地上全是我的，若轻易饶了他俩，让他俩捡了便宜，我和天上人以后吃什么，穿什么？奴隶、美女哪里来？他立马召集起全部天兵天将，降到人间。

吐鲁汝和星神早有提防，他俩就在半路上等着迎战。不一会儿，天兵天将遮天盖地呼呼降来，他俩就截住天兵天将大打起来。吐鲁汝挥舞神刀，张弓搭箭，一刀砍倒九千天兵，一箭射死六千天将；星神一剑削了六千天兵的头、三千天将的颈。不到一顿饭的工夫，天兵惨败。鲁宙在天门上亲眼看见这惨状，口里念咒语降下雷神来，想用雷劈他俩，用火烧他俩。一时火光满天闪，雷声震天地，星神一箭就把雷神射落了，张口就把火吞下肚。吐鲁汝和星神一下就突破了十一层天。鲁宙见势不妙，亲自督战，把所剩的兵将

彝族民间故事

全部集中起来对付吐鲁汝和星神。吐鲁汝左右劈，星神前后杀，不到半个时辰，天兵天将十有八九已死伤。鲁宙带着残兵败将往西逃，他俩紧紧追赶。鲁宙见他俩追上来，忙命令放箭，箭像雨点般射来，却无论如何也射不着他俩。鲁宙又命令降火闪来烧，火闪又被星神全部吞了。星神鼓足气，一口喷出火闪，把鲁宙的兵将全烧死，独剩下鲁宙。鲁宙和他俩对打，打了三天，还是不分胜败。到了第七天，吐鲁汝和星神前后夹击，星神一手抓住鲁宙，活捉了这暴君，把他捆起来带到地上杀了。

后来，吐鲁汝和星神拆掉通天的桥，从此结束了天上人下凡间来的时代，也切断了天上人与地上人的交往，地上的一切永远属于地上的人了。

洪水漫天地

古时候，天上住着恩体谷兹家。他统治着天上和地上的一切，人们叫他天神。

天地相连的中间，住着德布阿尔家，地上住着曲布居木家。那时候，地上的人年年都要向恩体谷兹交粮纳税。

有一年，天神派了一个差人到地上来收税。这个差人到了人家，要金子做的板凳才坐，喝水要用金子做的碗喝，吃饭要金子做的金匙才吃。差人决定先到曲布居木家去收。曲布居木家里很穷，哪里有这些贵重的东西给他用呀？哪来这样多的金银和粮食纳税呀？

差人沿着森林，穿过小溪去找曲布居木家。曲布居木家有三个儿子，大儿子叫居木惹依，二儿子叫居木惹列，三儿子叫居木武吾。一天，老大惹依走在路上，遇着了差人便问他："你到什么地方去？"差人说："我到曲布居木家去收税。"

惹依说："你们天神收税也不要收得太多了，我们百姓才不会抵抗。天神少收一点，百姓拿快一些，大家合适点不就行了吗？"

差人说："这是天神的旨意，我不能随意改变，你的话我可以告诉天神。"说完，就气冲冲地走了。惹依想把他喊住再说些好话，可是一眨眼差人早不见了，只有一条大黑牛在前面跑。

惹依回到家里，把这件事告诉两个弟弟。二弟惹列听了说："天神太可恶了，我们哪来这样多的东西拿呀！"三弟武吾说："等他来了再说吧！"

弟兄三人在家里等了几天，都不见差人来。有一天，老大惹依出去放牛，可是，牛放出去就不见。第二天，老大又出去放牛，牛放出去，又不见了。惹依感到很奇怪。第三天，他就悄悄跟在牛后面，想看看到底是怎么回事。

这条牛跑到一块草坪上，昂起头翘起尾巴，不断哞哞地叫着。这时，忽然从沟里钻出一条大黑牛来，两条牛碰在一起，活像冤家遇到对头，你一角戳过去，他一角顶过来，谁也不服输，谁也不让谁。打来打去，慢慢地那条大黑牛招架不住了，后脚一滑便倒了下去，这条牛追上去，用角一戳，就把黑牛戳死了，然后昂起头哞哞地叫起来。

惹依跑过去一看，被打死的黑牛不见了，躺在地上的原来是那个从天上下来收税的差人。惹依吓慌了，赶忙牵着自己的牛跑回家。三兄弟一商量，决定把死尸藏起来。他们抬起死人，到处找地方藏，找了很久，才在一个山洼处发现一棵空了心的大树，便把死人藏在树里。那时正是冬天，天上下着鹅毛大雪，不一会儿，雪就把树洞和那人的尸首埋了。

天神等了很久也不见收税的人回来。荞花开了，天神叫人去看，也不见他回来。树叶落了，天神叫人去看，仍然不见他回来。冬天又来了，到处是白茫茫的一片，天神又派人去看，还是不见他回来。天神感到奇怪，心想：该不是出了什么事吧？他急忙吩咐白云去找。白云在天空飘来飘去，找了很久，没有找到。天神派雾去找。雾在山顶和山口转来转去，找了很久，还是没有找到。天神又派风去找。风在山上和沟里刮来刮去，找了很久，仍然没有找到。春天来了，冰雪化了，天神又派雨去找。雨下来后，向四面八方流着，流来流去，流进了那棵空心树子里，找到了差人的尸首。雨回去告诉了天神。天神听了生气地说："这些人太大胆了，竟敢杀我的人。是谁杀了我的收税人呢？"他想了一阵说："杀人的人只能是中间那家或地上那家。"

天神先派人去问中间住的德布阿尔家。德布阿尔说："我们根本不知道。"他为了表示自己真的没有杀人，便打死一只鸡、一只狗来表示清白。

他边打边念：“我家假如杀了你家这个人，明天曼德尔去山上的一切都要变黑；假如我没有杀，一切都要变白。”

第二天，曼德尔去山一片雪白。那人相信了，接着又去问地上住的曲布居木家。

老大惹依说：“我们根本不知道。”说完他也打死一只鸡、一只狗来表示清白。他边打边念：“假如我家杀了你家这个人，明天吉耶梭罗山上什么都要变白；假如我没有杀，什么都要变黑。”

第二天，那人跑到吉耶梭罗山一看，果然什么都是黑的。那人相信了，便回去告诉了天神。天神听了，哪里肯信。明明派下去的人被杀了，怎么找不到凶手？他非常气愤地说：“现在我要惩罚地上所有的人，让他们知道我天神的厉害。”

天上的人都晓得天神非常残暴，听了这话个个都替地上的人担心，但又不敢说什么。

一天，地上曲布居木家的三个儿子准备去开地。他们用格尼树做犁头，用阿吉树做枷担，用嫩竹做牵绳，用黄竹做鞭子。一切准备好后，老大居木惹依把枷担架在一条黄脸黑头的牯牛身上，老二居木惹列拢起犁头，老三居木武吾吆着牛，三兄弟便到阿呷底妥去开地去了。

第一天开好了，第二天地还原了，跟没有犁过一样。第二天开好了，第三天地又原了。三兄弟觉得奇怪，商量一阵，决定晚上去守地，看看到底是什么东西在作怪。晚上，老大躲在地上面守着，老二躲在地中间守着，老三躲在地下守着。天黑不久，忽然地里来了一个叫阿格耶苦的白发老人，赶着一只黄脸大野猪，后面还带着几个仙女。到了地里，老人坐在地上歇气，野猪在前面用嘴在地上拱，仙女在后面用扫帚扫，犁过的地又还原了。

老大看了很气愤，马上跳起来说：“把他捆起来打！”

老二看了也生气，站起来说：“把他捆起来杀！”

老三不慌不忙地说：“杀也不要杀，打也不要打，先问一问，等问清楚了再说。”

　　老大老二同意了，于是他们一起去问老人。老人说："天神派下来收税的人被地上的人杀死了，天神很生气。为了惩罚地上的人，他决定放九个湖的水下来。洪水就要朝天了，你们还耕什么地？"三弟兄慌忙问道："怎么办呢？"

　　老人说："老大是一个了不起的人，能说会道，你可以用铁做只柜子，把口粮放在外面，把锁挂在外面；把公山羊、公绵羊和其他竹木铁制用具放在里面。"老大听了，便回去做铁柜去了。

　　老人又对老二说："你是一个聪明的人，你去做一口铜柜，放的东西和你的哥哥一样。"老二听了，便回去做铜柜去了。

　　老人对老三说："你是一个很善良的人，去做一口木柜，把锁安在里面，把口粮放在里面，把公山羊和公绵羊放在里面。另外，带上一只母鸡，当母鸡咯咯咯地叫时，就把柜子锁上。过了二十一天，当小鸡吱吱吱地叫的时候，你就把柜子打开。"说完，他变成了一团雾升上天去了。老三回家去照老人的话做了木柜。

　　牛日那天，天上开始布云了；虎日那天，天上开始打雷了；兔日那天，天上开始落细雨了；龙日那天，四面八方下大雨了；蛇日那天，地上到处涨水了；马日那天，地上开始出现洪水，洪水慢慢涨上了天；羊日那天，老鼠和水獭漂到水面吃松叶；猴日那天，树叶飘到了天涯海角。

　　洪水泛滥了，把世界上所有的东西都淹没了。老大老二做的铁柜铜柜很重，里面又放了许多东西，因此，在水上没有漂多久就沉下去了。只有老三的木柜装得很轻，所以一直漂在水面上。

　　过了二十一天，正逢鸡日，小鸡吱吱吱地叫了。老三把柜子打开一看，到处是洪水，没有一棵树木，没有一株花草，没有一户人家，没有一缕炊烟。

　　居木武吾漂到了一座山边，山被水淹得只有荞壳那样大了，这座山就被取名为"阿子提果山"。武吾又漂到一座山，山只有斗笠大的一点地方了，就被取名为"吾地尔曲山"。武吾漂到又一座山，山只有星星大的一点地方了，就被取名为"基尔基日山"。武吾就这样漂呀漂，漂过一座山又一座山，每座山都只有一点点大，或者只够站一个小动物，每一座山都被他取了名字。

最后，武吾漂到了兹合尔尼山（也有说是漂到了曼德尔曲山），就在山顶上住了下来。不久，水里漂来了老鼠、牛、虎、兔、龙、蛇、马、羊、猴、鸡、狗、猪、乌鸦和青蛙等二十种动物，武吾把他们捞起来，做他的朋友。后来，武吾又捞了许多动物，但他只记了十二种动物的名称，这十二种动物的名称就成为彝族计算年岁的十二属相了。

武吾劈了一条箭杆粗的干树枝作柴，从喜鹊那里找来火石，从老鼠那里找来生火用的火草，从乌鸦那里找来火镰，生起了一小堆篝火，火里冒出一缕箭杆粗的烟子升上天去了。

洪水退去后，天神派白云去看地上怎样了。白云飘在天上，分不清云和烟，没有看见什么，回去对天神说："地上什么都被淹没了，白天听不见牛叫，晚上看不见火光。"

天神不相信，又派雾去看。雾飘在山头上，也分不清雾和烟，什么也没有看见，回去对天神说："地上什么都被淹没了，到处都是平平的了。"

天神不相信，又派风去看。风下来一吹，把烟吹散了，也没有看见什么，回去对天神说："地上什么都被淹没了，没有一棵树，没有一株草。"

天神还是不相信，又派雨去看。雨到处都能去，看见了烟子，回去对天神说："地上什么都没有了，只有兹合尔尼山上有一股箭杆粗的烟子。"

天神听了，便明白老三武吾还没有死，于是派三个人去看。三个人来到武吾家里。武吾只有两只羊和一条母猪，他杀了母猪招待他们。三人走时，武吾送了他们一只羊，对他们说："请你们回去告诉天神，地上的人都被淹灭完了，人类没有了后代，请天神嫁一个女儿下来吧！"

他们三人看武吾又纯朴又忠厚，回去便把他的要求告诉了天神。天神听了大发脾气，说道："胡说！天上的仙女不能嫁给凡人。"三人没有办法，只好算了。

武吾等了很久，不见天神回信，于是找其他动物商量。那时候，地上的

彝族民间故事

动物要算青蛙最聪明，它说："朋友们，别人对我们好，我们就要报恩；别人害我们，我们就要狠狠地还击。主人武吾救了我们，我们要报他的恩。大家说是不是？"

动物们都点头翘尾表示同意，夸奖青蛙最有见识。

青蛙又说："我们的主人现在要娶一个妻子，只有到天上去娶，可是天神又不答应，大家说怎么办？"

蛇说："我能咬人，但不能上天。"

蜂子说："我能锥人，但不能上天。"

乌鸦说："你们把人整病了，我不能治，但我能上天。"

青蛙说："你们一同上天去吧，治病的事由我负责。"最后它又把上天后如何对待天神的事一五一十地告诉了它们。

蛇缠在乌鸦脖子上，老鼠坐在乌鸦屁股上，蜂子夹在乌鸦翅膀下，乌鸦带着它们飞上天去了。

它们来到天神家里，老鼠钻到主位上方，蛇卧到主位下方，蜂子飞进房间，乌鸦站在房檐上叫着。蛇咬伤了天神妻子的脚，蜂子锥伤了天神女儿的前额，老鼠咬烂了祖灵和天书。做完这些事后，它们回去了。

天神听见乌鸦在房子上叫，看见妻子的脚被咬了，女儿的前额也肿了，祖灵也被咬烂了，知道出了不吉利的事。天神去找天书，想看看到底出了什么事，可是天书也被老鼠咬烂了。天神没有办法，只好叫人去请特勒毕摩。

特勒毕摩看了这些情况后说："这一切只有地上的武吾知道，他可以医好你妻子和女儿的伤，不过你得嫁一个女儿给他。"

天神听了毕摩的话，又气愤又为难，气愤的是武吾太可恶了，为难的是如果不把女儿嫁给他，他不会来。没有办法，天神只好假装答应嫁一个女儿给他，计划等病好了再反口。天神打定主意，便派了一个人到地上来请武吾。武吾说："我不懂药，也不会治病。"

青蛙在一边听了，忙说："我很懂药，又能治病。"武吾说："那你去吧！"

那人带着青蛙，来到天神家里。青蛙头天用好药把伤口敷上，第二天也用好药把伤口敷上，慢慢地伤口好起来了。青蛙知道天神不会真心愿把女儿嫁给武吾，临走那天，用了点烂药敷在伤口上。

天神看见妻子的脚好了，女儿的肿也消了，就收回自己说过的话，不愿意把女儿嫁给武吾。

地上的动物知道了这个消息，又气愤又着急。青蛙看见它们唉声叹气的样子，便说："你们不要着急，我还留了点尾巴。"接着，青蛙便把上天治病的前后经过说了一遍，大家才放心。

过了几天，天神妻子和女儿的病果然复发了，一个痛得呼天喊地，一个疼得叫爹叫娘。天神只好又派人去请青蛙。青蛙说："这回主人去，我不去了。"说完，拿了三包药给武吾，并告诉他如何才能医好天神妻子和女儿的病，怎样才能娶到妻子。

武吾不会上天。天神派下来的那个人向天上喊了三声，忽然东南西北出现了四根铜柱铁柱，把天地连起来；那人又喊三声，天上掉下来了两根金链和银链。武吾拉着链子上天去了，走累了，便在水塘侧边的一棵树上歇气，他的影子映在水里，显得格外年轻、英俊。

这时，天神的大女儿背水走到塘边，看见水里的影子，像疯子似的大吼大叫："有鬼呀，有鬼呀！"边叫边跑了。

二女儿背水走到塘边，看见水里的影子，像傻子一样把塘水搅浑就走了。

三女儿来背水了。她走到塘边，看见水里有一个又年轻又英俊的青年的影子，红着脸抿着嘴轻轻地抬起头，看见树上的武吾，含羞地笑了笑就走了。

武吾见三女儿既聪明又美丽，便从心里爱上了她。

武吾来到天神家里，照青蛙告诉他的办法，头天敷上了坏药，天神的妻子和女儿疼得更厉害了。天神很焦急，忙问武吾："你为什么越医越疼呀！"

武吾说："怕是你不是真心实意愿把女儿嫁给我吧！"天神说："我真心愿意把女儿嫁给你，我敢发誓。"

武吾等天神发誓后，就用麝香医好了天神妻子的脚，用樱桃树叶治好了

彝族民间故事

天神女儿的前额，用老鼠屎补好了天神的祖灵。天神没有办法，只得把女儿嫁给他。

天神先把大女儿喊出来，武吾一看，她双手拿的是金子，头上顶的是金子，武吾没有选她。

天神又把二女儿喊出来，她双手拿的是银子，头上顶的是银子，武吾也没有选她。

天神又把三女儿喊出来，她没拿金，也没顶银，只穿了一件非常朴素的衣服，武吾选上了她。

于是，他们订婚了。

过了二十一天，武吾听说三女儿病了，就牵着一只公山羊到天上去替她治病。山羊看见一棵罗合藤子，跳起来了；三女儿看见武吾，抿嘴笑了，病也好了。从此，彝族有了两句谚语：公羊看见罗合藤子就跳，女人看见丈夫就笑。

三女儿的病好后，武吾就和她结婚了。结婚这天，天神给了女儿很多嫁妆，有金子银子，绫罗绸缎，猪、牛、羊、鸡、狗等很多动物。女儿临走时，天神对送亲的人说："你们到了地上，任何人都不能吹口哨。"

他们来到地上，走进一座森林里，有一个不懂事的人吹起了口哨。啊嘀，这一吹把什么都吹跑了：金银变成了山岩，动物跑进了森林，变成了现在的野兽（也有说是因为喜鹊叫了一声，这些动物被吓跑了）。

武吾娶到了妻子，非常感谢所有的动物为他出的力，就杀猪宰羊大办酒席招待它们，临走时，又送了它们很多礼物。可是，武吾忘记了请蚂蚁，也没有给布色送礼。

蚂蚁生气了，去把铜柱弄断了。

布色生气了，去把铁柱弄断了。

从此，天地再不相连了，地上的人不能上天，天上的人也再不能下地。

天神嫁女儿时什么东西都给了她，只有无根菜没有给，因此决定派人送下去。这时，一个老太婆对天神说："你女儿把无根菜偷下去种了，已经长得很高了。"

天神听了非常生气，心想：要拿就该明说，为啥要偷呀！他沉着脸骂道："愿你们栽的无根菜长得像石头一样，吃的时候像吃水一样，吃饱的时候大喘气，饿的时候浑身抖。"

从此，人们在背无根菜的时候，就像背一背石头那样重，吃无根菜就像吃水一样，吃饱了无根菜总是呼噜呼噜喘粗气，吃无根菜饿了以后，周身像筛糠一样发抖。

有一天，那个老太婆又对天神说："你的女儿把甜荞偷下去种了，荞根有扫把那样粗了，荞叶有斗笠那样大了。"

天神听了生气地说道："愿你们栽的荞子，割的时候像招魂一样，打的时候像收尸一样，吃了等于没有吃。"

从此，人们在收割甜荞的时候，东一把，西一把，像招魂一样难，打甜荞的时候荞子很不容易被打下，像收尸一样难，人们吃了甜荞粑，总不经饿，像没有吃一样。

有一天，那个老太婆又对天神说："你女儿把麻偷下去种了，长得活像杉树林一样。"

天神听了更加生气，骂道："看你把麻拿去做什么，只有抬死人时才有用。"

从此，人们在抬死人的时候，总是用麻绳缠木杠。

天神更加恨女儿女婿了。

过了三年，武吾的妻子生了三个男孩，但都不会说话。武吾不知道是什么原因，决定派动物到天上去问。

武吾派狐狸去问。狐狸去到天神家，天神正在烤火。他看见狐狸来了，非常生气，就用燃烧的柴块打狐狸，一打打在脸上，把狐狸的脸打花了。狐狸虽然逃回去了，但它的脸直到现在还是花的。

武吾又派麂子去。当麂子走到天神门口的时候，天神的妻子刚洗完脸，正在倒水，恰好把一盆滚水倒在麂子的鼻梁上。麂子虽然逃回去了，但鼻梁

被烫皱了，现在还没有好。

武吾又派野鸡去。野鸡来到天神家里，天神的妻子正在织布，看见野鸡，便一织布板打去，把野鸡的头打烂了，鲜血流在脸上。直到现在，野鸡的脸还是红的。

武吾又派山鹬去。山鹬走到天神的院坝里，看见一个漆匠正在漆东西。漆匠看见山鹬飞得快，把红漆泼在它的嘴上。从此山鹬嘴上被抹了一层永远褪不掉的红色。

武吾又派乌鸦去。乌鸦也碰到了漆匠，漆匠顺手把黑漆泼去，乌鸦来不及躲开，黑漆泼了它一身，抖也抖不掉，直到现在它周身还是黑的。

武吾又派兔子去。兔子来到天神家里，天神的孩子正在切菜，看见兔子，便一刀砍去，兔子跳得快，但刀已经砍在嘴唇上。所以，兔子的嘴唇直到现在还是缺的。

武吾又派鹌鹑去。鹌鹑胆子大，一飞就飞进了天神的堂屋，几个人撵来捉它，赶来赶去，捉住了它的尾巴，鹌鹑用一力挣，把尾巴扯掉飞跑了。所以从此鹌鹑没有了尾巴，是个圆屁股。

武吾又派蜘蛛去。蜘蛛跑得慢，被天神捉住了，砍成了三截，把头扔在杉树林里，腰扔在了河里，肚扔在山岩里。

过了一些时候，天神忽然病了。他一天到晚昏昏沉沉，水不想喝，饭不想吃。他派人去问特勒毕摩自己得了什么病，特勒毕摩说："是武吾派来问事的使者被你害死了，它现在要报复你。"

天神着急了，连忙派人去找蜘蛛。麂子和獐子对森林最熟悉，天神派它们去找蜘蛛的头，它们把头找回来了。

蜂子对山岩最熟悉，天神派它去找蜘蛛的肚子，也找回来了。

水獭对河里最熟悉，天神派它去找蜘蛛的腰。水獭到了河里，找了三天三夜，始终没有找到蜘蛛的腰。它怕天神打它，就不敢回去，从此永远躲在水里。

天神没有办法，只好把蜘蛛的头和肚子连在一起，把它救活了。蜘蛛没有了腰，很不服气，要天神赔它。天神没有办法，只好说："我拿丝给你做网。夏天你把网安在山谷和林子边，会捉到很多的昆虫，那些苏尼①没有肉吃，你有肉吃；冬天你把网安在房檐上，会捉到许多昆虫，那些土虱没有肉吃，你有肉吃。"从此以后只要蜘蛛把网张开，就能捉很多昆虫，虽然它没有腰，但一年四季都有肉吃。

蜘蛛回到武吾家里，把一切都告诉了武吾和那些动物。大家听了都很生气，决定一起去找天神说理。

乌鸦飞到天神的房上，哇哇哇地叫着；老鹰飞到天神的院坝里去捉鸡；老虎跑到天神的牛圈里咬羊子；豹子跑到天神的牛圈里咬牛；小黄雀钻进天神家，藏在葫芦里（也有说藏在装木匙的篮子里），悄悄地偷听。

天神的妻子着急了，忙问天神："你看嘛，鸡被捉跑了，羊被咬死了，牛被咬伤了，乌鸦上房不吉利。你若晓得女儿的三个儿子为什么不说话，就告诉他们吧！"

天神说："我恨他们，知是知道，就是不告诉他们。"妻子问："你有什么办法使哑巴说话？"

天神悄悄地说："他家后山上有三棵竹子，把中间的一棵砍来，拿三节在火塘里烧，烧的时候，把三个儿子抱来坐在火塘边，他们就会说话……"

不懂事的小黄雀没等天神说完，就在葫芦里吱吱地叫起来："我听见了，我听见了！"说完，便飞了出来。天神忙吩咐大家："捉住它，捉住它！"

小黄雀东逃西躲，飞也飞不掉，躲也躲不脱，忙钻在锅底下，被人一下扯住了尾巴，小黄雀慌了，用力一挣，便飞跑了。小黄雀虽然逃脱了，但周身沾满了锅烟墨，尾巴被扯脱了一半。所以，直到现在小黄雀身上还有像锅烟墨的黑花，尾巴也只剩了一半。

小黄雀回到武吾家里，把一切都告诉了武吾。武吾从后山上砍回三节竹子，叫三个儿子坐在火塘边后，就把竹子丢进火塘烧起来。一会儿，竹子

——————————————————

①苏尼：彝语音译，即巫师。

彝族民间故事

的第一节爆了，爆在大儿子斯沙身上，把他烫痛了，叫了一声"沙拉麻呷则"，便盘脚坐在地上。后来，他成了藏族的祖先。

竹子的第二节爆了，爆在二儿子拉伊身上，把他烫痛了，叫了一声"哎哟"，便跑去坐在门槛上。后来，他成了汉族的祖先。

竹子的第三节爆了，爆在三儿子格支身上，把他烫痛了，叫了一声"阿兹格"，便坐在地上。后来，他成了彝族的祖先。

人祖的由来

　　很古很古的时候，上没有天，下没有地，只有飘飘的清气和沉沉的浊气。慢慢地，清气上升变成天，浊气下沉变为地。后来，从天边飞来一对银雀，这对银雀叫哎和哺①，哎与哺相配就有了人类。

　　那个时候，男人不知道娶媳妇，女人不知道出嫁。人们只知道母亲，不知道父亲，居住在森林中与野兽相伴，饿了摘野果，渴了喝山泉。后来，哎和哺慢慢地兴起了婚嫁的规矩，有的人家娶来媳妇，有的人家嫁出女儿。

　　又过了许多年，他们生出的后代只有一只眼睛，叫独眼人。后来，独眼人生下了竖眼人，竖眼人生下了横眼人。

　　天上有个神仙叫兹阿玛②，他见人间一片混乱，决定要用干旱惩治人间。兹阿玛从天上请来九个太阳、八个月亮。白天，火辣辣的太阳晒得花草、树木都干枯了；夜里，月亮出来吸海水，把所有的海水都吸干了。飞禽走兽全被晒死了，独眼人、竖眼人都死光了，只剩下他们的后代横眼人。

　　后来，九个太阳走了八个，八个月亮去了七个，于是，海里又有了水，

---

①哎：乾，为阳。哺：坤，为阴。
②兹阿玛：天宫仙人。

彝族民间故事

花儿又开了，鸟儿又唱歌了，横眼人的日子好起来了。天上派出策耿纪①来试试人间人心的好坏。他先到东方，东方有一家人很富裕，粮食堆成山，牛羊肥又壮，鸡群满山林。策耿纪骑着龙马走到这家门口，说："我是天神官，走的路太长，我的龙马甲已脱落，龙腰已折断，想要一点金银、绸缎、人血和人肉，好接龙腰，补龙甲，请你们各样给我一点吧！"这家人听过后，装穷叫苦地回答说："啊呀，仙官呀，我们穷得光打光，白天吃的荞粑粑，夜晚睡的木板床，哪有东西给你啊！"他们什么都不给策耿纪。策耿纪只好又往前走，但每到一处，遇到的富人都这么说。策耿纪憋了一肚子气。

一天，他遇到了一个贫穷的人。策耿纪上前问："你是谁？"这人回答说："我是居住在这里的笃慕②。"笃慕亲亲热热地问策耿纪："请问客人从哪里来？如今要到哪里去？"策耿纪说："我骑的龙马生了病，治马要用人血和人肉。"笃慕听了后，眼睛都没有眨一下，就叫策耿纪拿刀来，要割自己腿上的两块肉，放自己肘上的一股鲜血给策耿纪。策耿纪很感动，就把实情告诉了他："好心的人啊，我来人间不是为了要什么东西，只是来试一下人们心肠的好坏，富人们都没有好心肠，唯独你这贫穷的人心好。好心的笃慕啊，请你听清楚，等到一年零一百天的时候，我就要用洪水来整治人间，另外换一发③人！"策耿纪说着，拿出一颗葫芦种交给笃慕说："你把这颗葫芦种种在门口，好好护理它，等它长大。另外你到山上去找三种蜂蜡来，以后好用。"笃慕按照策耿纪说的，等到春耕时，将那葫芦种种在家门口，勤浇水、勤培土，到了秋收时，又砍树搭架。

葫芦结出来了，又肥又大，长有一庹。这时，策耿纪又来人间对大家说："人们听好，老天要下大雨了，大雨要把大地淹没，你们各自备船逃命吧，有金的打金船，有银的打银船。"人们听后，有的说："老天降雨灭干

---

①策耿纪：掌管天地万物的天神，又叫"更资天神""恩体谷兹"等。
②笃慕：人名，传说是彝族最早的祖先。
③一发：一拨。

旱，正好犁田来栽秧。"有的说："洪水来了也不怕，骑上牛背就无事。"有的说："我家房后有棵又高又大的树，洪水来了我就爬树尖。"不过，他们还是半信半疑地造起了金船、银船。笃慕无金无银做不成金船银船，只是摘回了成熟的大葫芦当船。

一年零一百天到了，笃慕藏进葫芦里，用山上找来的三种蜂蜡封住了葫芦口。霎时间，天昏地暗，日月无光，天上的黄龙抖身子，蓝龙舞巨爪，黑龙翻白眼，白龙翘尾巴，青龙长大口。五条巨龙一起翻腾跳跃，把大雨降到人间。大雨哗哗啦啦，整整下了七天七夜，万物都被淹没，大地变成一片汪洋，滔滔洪水一直翻滚到云间。石蚌、青蛙在天上叫，野鸭、大雁都上了天，金船银船沉进了海底，只有葫芦顺水漂着，一直漂到洛尼山①。后来，大水落下去，地面露出来。可是，这里无人烟，冷了无火烤，饿了没饭吃，天亮鸡不叫，门前狗不咬，笃慕的日子实在难过。策耿纪见他这样苦，就从天宫派下太白神来帮他。太白神变成一只大黑蜂，飞到一截木头上，用刺蜇木头，左转三转，右转三转，木头就冒烟起火，笃慕就跟黑蜂学会了钻木取火。

不久，策耿纪又来到人间，看见笃慕孤苦伶仃的，独自淌着眼泪。策耿纪问："好心的笃慕，你为什么两眼泪汪汪？"笃慕回答说："十里路上不见人，百里路上无人家，我孤孤单单一个人，没人来做伴。"策耿纪马上派三个仙女下凡，与笃慕结成夫妻。笃慕的三个老婆，大老婆叫蚩以武吐，生下慕雅考、慕雅切两个儿子；二老婆叫能以咪冬，生下慕雅热、慕雅卧两个儿子；三老婆叫尼以咪哺，生下慕克克、慕齐齐两个儿子。笃慕的六个儿子长大后，个个都很成器。他们就是彝族的六个祖先。

后来，这六个祖先子生孙，孙生子，子子孙孙多得如树干分支。人越来越多，他们就分居到各个地方。武乍二支系的先祖是慕雅考、慕雅切，他

---

① 洛尼山：地名，在今东川、会泽地区。

们居住在楚吐①以南；糯恒二支系的先祖是慕雅热、慕雅卧，他们向洛博②以北开拓；布墨二支系的先祖是慕克克、慕齐齐，他们在实液③中部一带发展。

---

①楚吐：地名，今滇东北一带。
②洛博：地名，今四川一带。
③实液：地名，今贵州、广西一带。

雪子十二支

有一天，天上掉下一个灵位来，落在恩吉杰列①。这个灵位一落到地上就变成了一团火，烧了起来。白日里烧得烟雾升空，黑夜里烧得火光冲天，一直烧了九天九夜，烧红了天，烧红了地，将天地间不干不净的东西全都烧光了。

大火烧过后，地上冒起了三团云雾，遮住了天，遮住了地，一连降下了三场雪——白雪、黄雪和红雪。这三场雪从早下到晚，从天黑下到天明，下了九天几夜，将天上不干不净的东西都洗干净了。

红雪下过以后，山上堆满雪，地上铺满雪。有一天，一个雪球从山顶滚落下来，它越滚越大，越滚越大，滚到平地时，裂成了十二块。这十二块雪变成了十二种生物，但它们没有筋骨、皮肉、血液、呼吸和眼睛。于是，冰变成了它们的筋骨，雪变成了它们的皮肉，雨水变成了它们的血液，风变成了它们的呼吸，星星变成了它们的眼睛，它们变成了十二种生物。

由于这十二种生物是从红雪里生出来的，他们都有着雪的特征：他们的手掌（或叶片）都像雪花的形状，都有掌和指。这十二种生物，六种身上有血，六种身上没有血。

①恩吉杰列：地名，在云南省境内。

彝族民间故事

没有血的六种生物：第一种叫野古草，第二种叫山白杨树，第三种叫柏树，第四种叫枫树，第五种叫秩草，第六种叫山藤。

有血的六种生物：第一是蛙。蛙生活在水泽里，它的三个儿女分成三个支系，老大是癞蛤蟆，老二是红腿跳蛙，老三是青蛙。

第二种是蛇。蛇生活在洞穴里，它的三个儿女分成三个支系，老大是蛟龙，成了蛇类的首领，老二是蜥蜴，老三是口吐红信的蛇。

第三种是鹰。鹰生活在天空中，它的三个儿女分成三个支系。老大这一支系里，长房是鸟类中的皇帝，叫大鹏鸟；二房是鸟类中的首领，叫孔雀；幺房是鸟类中的长者，叫作大雁鸟。老二这一支系，长房是鸟类中的"巨人"，叫秃鹰；二房是白眉鸟；幺房是苍鹰。老三这一支系是鹞鹰。

第四种是熊。它的三个儿女也分成三个支系，都生活在森林里，老大是黑熊，老二是熊猫，老三是白熊。

第五种是猿猴。它的三个儿女也分成三个支系，都住在山岩上，老大是灰褐色的短尾猴，老二是金丝猴，老三是小黑猴。

第六种是人，普天下都有人类，人类从此诞生了。

诸神争大

很久以前，只有风，别的啥都没有。以后风吹出白云和黑云。后来，白云黑云长大了，黝黑一团布满天地。有一天，黑云白云炸开了，白云上升为天，黑云下沉为地。天和地又变成了神，天的名字叫米姑鲁，地的名字叫米阿那，两位神都是独眼龙，千年不生病，万年不会死。后来，风也变成了名叫黑作直的大神。

米姑鲁、米阿那、黑作直三个大神互相争大。米姑鲁说："天地间我为大。"米阿那说："我才是最大的。"黑作直也说："最大的是我。天地间的一切都靠我才生长，没有我，就没有你们。你们都得听我的！"米姑鲁吼道："反正我最大，谁敢和我争，我就要他的老命！"黑作直说："明明是我大，偏说你最大，我要同你拼。"米阿那说："我属阴，争不过你俩，你两个争吧。"米姑鲁和黑作直就盟誓：谁胜谁为大。这样，他俩就动起手来了。黑作直提着地一样长的地神棒，米姑鲁提起天一样长的天神棒，两个打了九十九天也难分胜负。后来他俩比变化，黑作直变成座山，高耸上天，米姑鲁一棒把他打倒；黑作直又变成万座山，米姑鲁又举起棒呼呼打，打落了它无数根毛，毛就变成了无数的山；黑作直变成参天树木，米姑鲁就变成把刀，飞砍大树，砍下的木渣变成了遍地的大石头；米姑鲁又变火来燃烧木渣，木渣就变成了岩；黑作直变成了狂风，呼呼猛吹，刮得天摇晃；米姑鲁

变作炸雷，劈断狂风。之后他俩又恢复原神，厮杀了九天九夜，还是胜负不分。米姑鲁变成草地，黑作直就变成牛马来吃草；米姑鲁变成剑，刺死牛马；黑作直变成大鸟，米姑鲁变成鹞鹰，疾飞猛追，啄落鸟的头、翅膀和尾毛，就变成了现在的各种鸟类。他们又恢复成原神，在南方斗了六天六夜，还是不分胜负，可二神都已筋疲力尽，身上各处都受了重伤，就躺在半空中休息。二神的伤口流出的点点鲜血变成了星斗，米咕噜的眼睛变成了太阳，黑作直的眼睛变成了月亮。

二神在空中休息了三年，体力恢复了，又继续开打。米姑鲁举起棒朝黑作直头上狂打猛击，黑作直变成一堵岩。米姑鲁嘘一口气，顿时起了茫茫大雾。黑作直吹三口气，各处狂风四起，地皮翻九层，山中树木全被拔起。米姑鲁变成座大山挡住了风，黑作直变成大海朝天翻腾，米姑鲁变成彩虹喝干海水……他们就这样打得天昏地暗，只要天一亮就三百年不黑；只要天一黑，就三百年不亮。他们打了几万年，变了几千回，不分胜败，就在这厮打之中，日月星辰和世间万物都产生了。

过了好几万年以后，米阿那生了个儿子，取名叫史鲁米。史鲁米一生下来就会说话，能走路，还精通天地间的一切事物。他一天长一丈，十天长十丈，才一年，史鲁米就长到三百六十丈高，到了三岁，就练得一身武艺。

有一次，米姑鲁和黑作直又交战了，史鲁米就去看。双方打了三年不分胜负，变了三年不分输赢，这时史鲁米翻了个筋斗站在他们中间说："二位大神，你俩打了几万仗，变化千万样，不分胜败，你俩都不分大小。我给你俩来说和，米姑鲁为天神，管天上的日月星；黑作直为风神，管打霜下凌，布云下雨，雷轰电闪。"二神心里虽不服气，但一见史鲁米的高大身材和翻的筋斗，都有些胆怯，也就默认了。

黑作直心里不服，跑回地上后，弄出茫茫烟雾遮住大地。米姑鲁在天上感到孤独，很想看看大地，却无法看清。这样过了三百年。有一天，米姑鲁太生气了，就呼呼吹了三口气，驱散了大雾，见地上绿油油一片，他就用九个太阳暴晒大地。草地全被晒死，河流尽被晒干，唯独留下一棵刺老包，一株野梨树，一个麻苦海。史鲁米知道后，就提着弓箭到洪鲁山顶去射太阳。他先射落一个，血流成江河，再射下一个，草木转青了，连续射下八个太阳，最小的第九个太阳逃到东边躲了起来，不敢出来了。

史鲁米射下太阳后，就上天去找米姑鲁算账。他对米姑鲁说："你不知道地上苦，不晓得民间愁，出九个日头，草木被晒死，江河被晒枯。今天我来同你比个高低。"米姑鲁哈哈大笑："想同我交手，胆子真够大，你不怕你的嫩骨成粉粉吗？"话都还没说完，他就提起天神棒，史鲁米也提起弓箭，两个就开打。他们打了七天七夜，打遍了整个天地间，米姑鲁变成黑云，史鲁米就变作狂风吹散云；黑云又变成星斗高挂天空，狂风就变成箭射下星斗。最后又打了三天，米姑鲁实在招架不住了，就向史鲁米求饶。史鲁米对米姑鲁说："你既然认输，我不杀你，可你必须听我的话，若有半句不听，我就叫你五官不齐全，脚手离老家。"米姑鲁说："我和黑作直打了几千几万年都不分胜败，今天输给你，我算服气了，从此，一切听你安排。"史鲁米说："你管天上的日头月亮。日头要暖和，月亮要明朗。日头出在白天，月亮出在黑夜，白天黑夜都要照耀大地各方。"米姑鲁答应了。史鲁米又去找黑作直说："你同米姑鲁打几千几万年不分胜败，我几天就征服了他。我与他讲定了，他一切听我的，现在我来找你，看你是愿打还是愿和？"黑作直着了慌，就说："史鲁米呀，既然米姑鲁都听你的，我也一切听你的，你是天地间最大的神。"史鲁米说："既然如此，你就仍然做风神，天晴下雨由你管，三天一场雨，日夜有轻风，大地各处要风调雨顺，不可错降风雨。"史鲁米又找来米阿那，米阿那说愿意服从史鲁米。史鲁米就说："你为地神，地上万物你来生长，若生不出万物，我也不会轻饶你。"米阿那乖乖听从，不敢有二话。

天、地、风三神安排好了，从此以后，月光明朗，可就是没有太阳，大地还是黑阴沉沉的。史鲁米就召集飞禽走兽，问谁能把那个躲藏着的太阳喊出来。牛说它的声音最大，它能唤太阳出来，可它哞哞叫了半天，太阳也没出来。蜜蜂飞上洪鲁山，嗡嗡地叫着围着山转了三圈，可蜜蜂

的声音太细小，太阳没听见，也没出来。公鸡出来说它的声音最响亮，不大也不小，它能唤太阳出来。半夜里，公鸡就伸长脖子长声吆喝："太——阳——出——来！"这样接连叫了三遍，太阳就在东边慢慢地冒出头来。太阳出来了，遍地亮晶晶，到处暖暖和和的。

天、地、风、日、月、星全有了，万物也齐备了。史鲁米召集众神商议，把天地分为四方，一年分成四季，把四方四季分给天、地、日、月四位大神来管。史鲁米把北方分给米阿那管，冬季也分给他，要米阿那在冬季下雪下凌；南方和夏季分给米姑鲁管，要他在夏季又晒又有雨；把东方和春季分给太阳神管，要他在春季催万物吐芽；把西方和秋季分给月亮神管，要他管秋天果实熟，叫星星跟着月亮走。

四方四季都分定了，史鲁米又想，嗯，不对，没有监督的也不行，风神黑作直还没有分得一方一季呀，不如让他居住在中央，监督各方各神所管的气候，这不是很好吗？但又怎么个分法？史鲁米想，把中央分给风神黑作直，再把一年三百六十天平均分配给天、地、日、月四位大神和风神黑作直，让他们各管七十二天。

于是，史鲁米把四大神各管的一季九十天里，各减去十八天来分给风神管，大家都没有意见。大家平分，各管一方，一年之中各管各的七十二天。

从此以后，四方神各管各方并各管七十二天，中央风神不仅要管好自己的中央及七十二天，还要监督四大神所管辖的方位和时间气候，需要调节时，风神就出来调节。这样，天地间就有了东西南北中五方，一年的三百六十天也分成了五份，每份为七十二天。彝族的十月历法也就是这样来的。

笃　米①

　　很久很久以前，人多得要命，土地不够种，山被挖平，树林被砍光，所有的平地、山林、河谷都被耕种完了。山神、岩神、林神无处藏身，就联名告状，告到了天君策举祖②那里。

　　住在帕米山下的一家兄弟三人，老大名叫笃古，老二叫笃叟合，小兄弟叫笃米。他们心地善良，把自己原有的地全让给无地的人们耕种，自己却到处找地种，可找了很久，跑了不少地方，连田边地角也没找到一小块。一天，他们找到一块山坡荒地，弟兄三人就一起动手，开始开荒挖地了。但是，他们头天挖好的地，到第二天去看，却都复原了，连草木也长回原处，一连三天都是这个样子。他们左想右想想不通，三兄弟就商量，再好好地挖一天，熬个夜在这里守着，看看是什么东西作怪。

　　这天，他们饿了不吃，渴了不喝，累了也不歇，挖了一片荒地，晚上就躲在岩石后面看。黄昏时分，在地的那一头，来了个满头白发，手拄龙头拐杖的老头子，在刚挖过的荒地里喃喃地念着什么，龙头拐杖指向哪里，哪里的土就边翻边合拢，很快一切恢复了原样。笃古见了起老火，就吼老头

---

①笃米：笃慕，也叫阿普笃慕、笃阿嫫，川滇黔桂四省区彝族远古共祖。
②策举祖：天神策耿资，又译资、更资等。

彝族民间故事

043

子："不管你是什么天仙地神，今天我也饶不了你。我们受了多少苦，跑遍了多少地方，才找到这一块立足的荒地。你存心不让我们种，一连几天把我们挖好的地全翻还原。"说完就要去揍老头子。这时笃叟合已冲到老头子跟前，想要大打出手，笃米急忙拦住大哥和二哥，劝二位不要动手，好好向老头问清楚。

老头子对他们说："我是天上神，见你们找地跑遍四方，饿了不吃，渴了不喝，累了不歇，才来劝你们不要再挖了。天君策举祖说，地上的人太多了，到处都被耕种尽了。水神、岩神、林神们无处藏身，这些神已经告了无数次状，人间怎么能没有山、水、草、木？而所有这些全部被人破坏了。天君要用洪水来淹没世界。"笃米三兄弟听了，一齐跪下请求老人救命。白发老头说："你们三兄弟，老大造个铜桶，老二造个铁桶，老三造个木桶。洪水来了，就各自坐进桶里逃命。"笃古和笃叟合就忙着去造铜桶铁桶去了。老头子继续对笃米说道："你就坐木桶，我给你一个鸡蛋，你把它夹在胳肢窝下，什么时候听见鸡叫，你就什么时候踢开木桶出来。"说完，白发老头就消失得无影无踪了。

事过三天，果真打了整整三天三夜的恶炸雷，下了九天九夜的大竹竿雨，洪水慢慢地平了峡谷，淹没了山头，三兄弟各自躲进桶里。这天笃米胳肢窝下的蛋孵出了小鸡，小鸡"叽叽"地叫了。笃米踢开木桶出来时，木桶停在高高的洛尼山顶上，不见一个人影，只见洪水滔天。九九八十一天后，洪水才慢慢消退了。他知道他的大哥和二哥已被淹死了。

笃米就在洛尼山上弹月琴，唱歌，以此来排遣孤独和烦恼。掌管宇宙的天君策举祖听到笃米那悠扬又凄惨的歌声，就在拜谷肯呷设歌场，邀请笃米去唱歌，还请来东方天神沾色尼的女儿尼友咪补，南方天神洛色娄的女儿娄友咪多，北方天神布色偷的女儿偷友武仕。三个女子见了笃米都非常惊奇，也非常爱慕，她们就与他对歌，请他跳舞。从那以后，她们常约他到拜谷肯呷唱歌跳舞。

策举祖见他们情投意合，就成全他们，把三女许配给笃米做妻子，让他们传下彝族后代。后来每个仙女各生了两个儿子，发展成彝族的六大家支。

阿什色色和布阿诗嘎娓

据说很古的时候，男人不娶，姑娘不嫁，一家骨肉围着妈妈的火塘，团团圆圆地生活在一起。后来的娶妻嫁女是一个叫阿什色色的人兴起来的，他是婚嫁的始祖。

阿什色色是阿司色匹那个地方的人，他是妈妈最宝贵、最宠爱的独儿子，也是彝山上最顽强最勇敢的男子汉。他长大成人之初，一天到晚站在门口，盯着房屋发呆。他妈妈奇怪了，就问他："阿什色色，你为什么总是这样看房屋？"

阿什色色反问道："哦，妈妈！一棵树是不是有花才好看？"

"是啊，开花的树最好看！"母亲说。

阿什色色又问："如果没有水，山是不是会好看？"

"如果没有水，山就没看头了。"母亲答道。

阿什色色说："我看我们家的房子又矮又黑，就像没有水的山，没有花的树，总是不好看。"

母亲说："这事有点不好办，你打算怎么来弄呢？"

阿什色色毫不犹豫地答道："雌雄箐鸡住在一起，一花一绿配着才好看；英雄的男人居住的房屋里，要有美丽的姑娘才会光彩夺目。我要去找父亲，找父亲来与母亲同出同入；我要去说个媳妇，说媳妇来做我的伙伴。"

母亲阻止说："太阳和月亮不能见面，男人和女人不能做伴。这事最好莫提！"

可是母亲说服不了儿子，阿什色色还是上路找父亲、说媳妇去了。他穿着浦莫列衣①织的布衣，抬着哈依德谷②用过的弩箭，带着色色坡尔③酿制的美酒，拿着阿尔得坡④制作的竹笛，披着特子洛俄⑤编织的蓑衣，戴着热可阿吉⑥编织的篾帽，把头发编成勒则比克⑦的冲天英雄结，口唱穆尔都惹⑧创作的歌曲，骑着达里阿宗⑨的马，一路问着找父亲去了。

阿什色色走啊走，来到日诺吉觉，看见一群放牧的姑娘，正在玩用树枝和草搭房盖屋的游戏。阿什色色走过去，和她们互通了姓名，然后问她们说："你们知不知道我的父亲是谁？我要找他给我说个媳妇，请问你们知不知道我的父亲在哪里？"

姑娘们非常喜欢阿什色色，想留他在身边，于是争着对他说："你的父亲是谁，在哪里，我们都知道，但是你得留下来和我们一起玩，我们才告诉你。"

阿什色色依言留了下来。他和姑娘们一起玩盖房子的游戏，盖出了一间木房子。姑娘们不敢把他带回家去，晚上就让他一个人住在木房子里，白天才来找他玩，给他带各自认为最好吃的东西。

这样的日子过了很久，姑娘们总不告诉他父亲的下落，这使他感到无聊起来。后来他忍不住了，就问放羊姑娘："请你告诉我，我的父亲到底在哪

---

①浦莫列衣：彝族传说中有名的织女。
②哈依德谷：彝族传说中有名的弓箭手。
③色色坡尔：彝族传说中有名的酿酒师。
④阿尔得坡：彝族传说中有名的制笛师。
⑤特子洛俄：彝族传说中有名的蓑衣织匠。
⑥热可阿吉：彝族传说中有名的篾帽制匠。
⑦勒则比克：彝族传说中著名的英雄。
⑧穆尔都惹：彝族传说中有名的歌师。
⑨达里阿宗：彝族传说中有名的驯马师。

里？"放羊姑娘说："你没有父亲，所以你不用去找了，你和我们在一起多快乐！"他不相信，又去问放牛姑娘，放牛姑娘回答说："你的父亲有没有我不知道，但我知道你是我怀中孩子的父亲！"放猪姑娘也说："你要找父亲，还是去问你的妈妈吧，她知道你的父亲在哪里。"

阿什色色很感激放猪和放牛的姑娘，给了她们良好的祝愿，猪从此不用被放牧了，牛从此听话不跑了，但放羊姑娘受到了诅咒，她的羊一天要跑九架山。

阿什色色按放猪姑娘的吩咐，回来问母亲，母亲告诉他说："你面向东方，迎着太阳走，第一个碰见的人，就是你父亲。"阿什色色依照母亲的指点朝东方走去，走到帕布里之山，在山洞里遇见了一个白胡子长齐脚尖，已病得奄奄一息的老人。这老人一见阿什色色，便面露笑容，用很兴奋的声音问道："你是不是阿什色色？你是不是我儿子？如果你是阿什色色，请你治父亲的病，请你救父亲的命。"

阿什色色高兴地说："我是你的儿子，我是阿什色色，我来治你的病，我来救你的命。"

父亲告诉儿子："在你母亲的枕头下边，压着我的命；在你母亲的针线袋里，装着我的魂；在你母亲的贴身包里，装着我的火草、火石。你把这一切给我偷来，我的病才会好。你用火石、火草打出火来烧掉我的胡子，我就会变得年轻。"

阿什色色依言把父亲要的东西偷来了，父亲的病好了，人变得又年轻又健壮。可是母亲病倒了，转眼间变成了一个风烛残年的老太婆。阿什色色很着急，便来问父亲，该怎么医治母亲。父亲告诉他说："你母亲的命在我的口袋里，你母亲的魂在我手心上。要治好她的病，只有让我去和她做一家。"

父亲的话合了儿子的心愿。阿什色色回到家里后，便对母亲说："妈妈呀妈妈！如果爸爸是树你是花，如今花不在树上，你哪能不枯萎？如果父亲是水你是山，没有水山怎么会不荒废？我还是把父亲找来和你做一家吧。"母亲觉得儿子的话很对，于是同意了。阿什色色把父亲接来跟母亲做了一

家，母亲的病就好了，人也变得又年轻又漂亮。父亲和母亲，出门是一双，进门是一对，有说不完的话，乐不够的事。母亲生下弟弟妹妹，父亲来抚养，日子过得越来越热闹。阿什色色见了这一切，去说媳妇的心更加坚定，于是他又穿着浦莫列衣的布衣，拈着哈依德谷用过的弩箭，带着色色坡尔酿制的美酒，拿着阿尔得坡制作的竹篾，披着特子洛俄编织的蓑衣，戴着热可阿吉编织的篾帽，把头发编成勒则比克的冲天英雄结，口唱穆尔都惹创作的歌曲，骑着达里阿宗的马，一路找着问着唱着去了。

阿什色色朝东方走了又走，不知穿过了多少密林和村寨，不知跨过了多少悬崖和江河，在寒风像乱刀、白雪铺地的图尔山脚下，遇上了一个遍身长脓疮、满头生烂肉的人，正疼得呼天叫地地在树林里打滚。他一遍又一遍地哀求阿什色色说："年轻人，救救命吧！"阿什色色很同情这个病人，决心帮助他，于是问他："我该怎么救你的命呢？我该用什么治你的病呀？"病人告诉阿什色色说："如果你真心帮助我，如果你是个勇敢的人，那你必须背着我穿过图尔山口的三十三股乱刀风，爬上图尔山冰雪坡上的九十九层悬崖，我的病才会好！"阿什色色毫不犹豫地答应了。病人告诫他说："三十三股乱刀风里是魔鬼的世界，魔鬼会把你撕成碎片；九十九层悬崖是狼虫虎豹的乐园，它们将使你死无葬身之地。如果你中途后悔，不变石头就变成冰块。这一切你不怕吗？"阿什色色说："人是要脸的，嘴是要尊重饥饿的，说过的话不反悔！"病人说："那好，只要你对什么都不理睬，什么都不能害你；只要你不回头，你就会成功。"

阿什色色背着病人，闯过了三十三股魔鬼乱刀风，爬上了九十九层虎狼崖，魔鬼扑来他不理，毒蛇猛兽挡道他不睬，也不回头望，只管大步朝前走，很快就安全到达了图尔山山顶上。病人一到山顶，马上变成一个红光满面、健壮魁伟的男人。他对阿什色色说："我不是什么病人，我是天地万物之主恩体谷兹①。因为在北方的日浦觉觉，人们完全违背了祖传的规矩，各

---

①恩体谷兹：天神。

家族不是友好相处，而是互相吞并，杀得尸横遍野，血流成河，他们不敬奉共同的族魂，不祭祀万物之灵，不遵守天神的安排，荒芜了土地去吃草木，放弃了六畜去抢人，我想用天神的力量来惩罚他们，又怕拖累其他安分守己的人。所以我要寻找一个勇敢的凡人，带着兵去征讨他们，现在你就代我办这件事，办成了会有你的好处。"

恩体谷兹说完，给了他一把蚕豆，一把豌豆，让他把这两把豆子撒出去，变出了满山遍野的兵和将。阿什色色带着黑压压的豆兵豆将，很快把日浦觉觉的战乱平定下来了。他把动乱者集中起来，问动乱的根源，很快就把事情的来龙去脉搞清了。

原来，在日浦觉觉出了一个惊世绝俗的美女，名叫布阿诗嘎娓。布阿诗嘎娓到底美成什么样，没人能形容出来，但据说她坐在房子里，房子就会变得又高又大又明亮，就像安了一个太阳；她走在山路上，树木就会开满鲜花；她唱起歌来，万物都会围着她舞蹈；她喝过的水比蜜还甜，她织在布上的飞禽走兽会跑；她在阴天出走，天空便会云开日出；她在热天出走，彩云就要飘来护卫。

布阿诗嘎娓是嫉妒产生的根源，嫉妒是从她身上开始的。

布阿诗嘎娓和哥哥是坐在妈妈的两条腿上长大的，一个坐在一边；他们是吊着妈妈的两只奶长大的，一个吊在一边。哥哥拉着妹妹的手，兄妹俩是拉着手长大的。哥哥是妹妹的魂，妹妹是哥哥的心，魂离不开心，心离不开魂。哥哥生怕别人看见了布阿诗嘎娓，把她抢走，就盖了一间九层楼的木房把妹妹关起来，自己坐在门口把守。妹妹很感激，给他唱最好听的歌，讲最动人的故事，兄妹俩就这样快快乐乐地过了一天又一天。但没有多久，她美妙的歌声被放牧的儿童听去了，放牧的儿童就到处去传，结果九十九个部落的小伙子闻讯跑来瞧，看见了美貌的布阿诗嘎娓，谁也离不开一步了，都争着去求爱。布阿诗嘎娓见一个答应一个，九十九个小伙子都得到了她的爱情，但他们都不能走近布阿诗嘎娓。因为她哥哥从中作梗，不肯把妹妹让给外人。九十九个小伙子嫉妒起来，最后发了疯，他们把九层楼的木房用火烧

了，把嘎娓的哥哥捆起来扔进岩洞，把布阿诗嘎娓抢跑了。

布阿诗嘎娓落入九十九个部落手中后，九十九个部落的仇杀和嫉妒就开始了。布阿诗嘎娓落入这个部落，其他部落就来抢；落入那个部落，其他部落又去夺。人们忘记了敬奉供祖，祭祀万物之灵，忘记了种田和放牧，无休无止的暴乱就是这样开始的。

阿什色色问明了这一情况后，把布阿诗嘎娓叫来，又从岩洞里放出她的哥哥，让兄妹俩回去耕种放牧。可是布阿诗嘎娓的哥哥说："大英雄阿什色色呀，如果你不把九十九个部落全部杀尽，抢夺我妹妹的战争就无法平息。这个地方永远不会安宁。"阿什色色听了，去问被他降服的人们，九十九个部落的人异口同声地说："大英雄阿什色色，最好的办法是你把布阿诗嘎娓杀死，否则我们不能保证在你走后能不能平静下来。"

阿什色色觉得这事他无法做主，于是回到图尔山上去找恩体谷兹，把事情全部对他说了一遍。恩体谷兹说："在告诉你怎么处理这事之前，我想问问你，你为我做了这么大一件好事，有什么愿望要我帮你实现？"

阿什色色说："我的愿望就是娶一个妻子，让她时时刻刻和我生活在一起，共同管理土地财产，共同祭祖、生育儿女。"

恩体谷兹说："两件事可一起办，你就把布阿诗嘎娓娶来做媳妇，这就能平息九十九个部落的争斗。但你不能让她回到她生长的地方，见到她的父母兄弟和亲友。如果这事你能做到，那就请你召集日浦觉觉的人，我要从天上给他们传话。"

阿什色色奉命把日浦觉觉的人召集在一起，恩体谷兹就从天上传下话来："日浦觉觉的美女布阿诗嘎娓要嫁到遥远的阿司色匹去，给阿什色色做妻子。这事如果有人阻挡，那日浦觉觉就要陷入无穷的灾难，六畜要死光，人烟要绝种。如果布阿诗嘎娓出嫁后往回跑，那么天下的女人从此都要嫁人，谁不嫁人谁就浑身腐臭，谁不嫁人谁就灾难重重，九死一生。"

天神的话是不能违抗的，人们虽然舍不得布阿诗嘎娓，但不敢不让阿什色色把她娶去。布阿诗嘎娓出嫁的那天，她的哥哥抱着妹妹哭，哭了三天三夜，把兄妹从小到大的情意说了一遍又一遍，接着她的母亲又来哭，把母女的深情哭诉了三天三夜，然后亲邻的姐妹女友都来哭，把大家的深情讲了三天三夜。这样哭着唱着，唱着诉着，一直哭了九天九夜才让姑娘启程上路，到阿司色匹去了。

布阿诗嘎娓嫁到遥远的阿司色匹后，日里想哥哥，眼泪下饭吃；晚上想父母，眼泪作床铺。她把出嫁时哥哥唱的话唱了一遍又一遍，又把父母唱的话唱了一遍又一遍，最后把姐妹们唱的话唱了一遍又一遍。因为天神恩体谷兹有话在先，头年她想回家不敢回，第二年她想回拜父母哥哥不敢回，到了第三年，她实在不能忍受了。在收麦的时候，她去捡麦穗；割荞的时候，她去捡荞粒，总共捡得了三斗三升麦粒和三斗三升荞粒。她用荞粒和麦粒酿出了六坛酒，先拿两坛去拜见公公和婆母，她问公公和婆母说："公公和婆母啊，你家有没有嫁出去的姑娘？如果有出嫁了的姑娘，她们能不能来拜望你们？如果她们能来拜望你们，那我也该回去拜望父母兄弟了，请你们答应我这个小小的愿望。"公公和婆母说："我们家没有嫁出去的姑娘，如果有，你也不能回去拜望父母兄弟。"布阿诗嘎娓的第一层心绝望了。她又拿了两坛酒去求小姑子："姑娘啊姑娘，你想没想过有一天你要出嫁？如果你出嫁后还回不回来见父母？如果你会回来的话，请你允许我回去见父母。"姑娘回答说："我是不会出嫁的，如果我真的会出嫁，也不允许你回家。"布阿诗嘎娓的第二层心也绝望了。她最后拿了两坛酒，去见自己的丈夫阿什色色："尊敬的阿什色色，你是不是有妹妹？你的妹妹会不会出嫁？如果你的妹妹会出嫁，你让不让她回来拜望你？如果你允许她回来的话，请你允许我去见一次哥哥。"阿什色色因为牢记着天神的话，不允许她回去："泼出去的水不能收回瓢，出嫁的姑娘不能回娘家，我不允许你去。"布阿诗嘎娓的最后一层心就这样彻底绝望了。

山头上杜鹃叫，山腰里阳雀催，天上大雁唱，布阿诗嘎娓一天也不愿停留了。在一个月黑风高之夜，她逃出了阿司色匹，跨过九条河，翻过九座山，穿过九片林。当她来到蕨草梁子时，跳出雌雄仔三只老虎来，雄虎分去

了她的头，雌虎分去了她的四肢，仔虎分去了她的腰，蚂蚁分去了她的心肺肠肚，苍蝇分去了她的血。美女布阿诗嘎娓再也走不出蕨草梁子了，再也见不到父母哥哥了。因为布阿诗嘎娓违反了恩体谷兹的话，天下姑娘从此都要嫁人。人间的婚嫁就是这样开始的。

布阿诗嘎娓的哥哥，因为太思念妹妹，就在妹妹逃离阿司色匹时，也赶来探望妹妹。结果在蕨草梁子上，他看见妹妹变成了老虎的食物，从此痛不欲生，成为一个无所依附的流浪汉。他做成了口弦，制作了芦笙，把妹妹的苦难和自己的思念编成了哭嫁歌，专门在婚礼场上唱。彝族婚礼中的哭嫁歌就这样流传下来了。

智水和哑水

远古时候，世间的一切动物、植物都会说话。这事被天神恩体谷兹知道后，害怕这些动物、植物将来会危及自己的统治和安全，于是设计出一条毒计：用哑水喂这些动物、植物，使他们全部变成哑巴。毒计设好以后，他就装成好人请天下的动物、植物都来喝"智水"。

天下的动物、植物听说天神邀请他们喝智水，都高兴地前来。恩体谷兹趁动植物还在路上的时候，就叫手下人把哑水倒在金碗、银碗、铜碗里，把一点真智水倒在一个鸡蛋壳里，然后把金碗搁在上方，银碗摆在中间，铜碗放在下方，鸡蛋壳里的那一点智水就丢在一边。

天下的动物、植物争先恐后地来到恩体谷兹放"智水"的地方，看见金碗、银碗、铜碗里盛着满满的"智水"，就你争我抢地喝了个一干二净。结果，这些会说话的动植物都一个个变成了哑巴。据说，今天世界上的动植物不会说话就是由此而来的。

再说人和青蛙因走得慢，落在了后头。等他们走拢的时候，金碗、银碗、铜碗里已是空空的了，只有边边上的一个鸡蛋壳里还有一点儿水。人后悔自己走得太慢，叹息了一阵后，就心不在焉地捡起那蛋壳，把里面的那点水倒进嘴里。没想到这点真正的智水起了作用，从此，人就更加聪明了。据说，人比一切动物聪明就是从这个时候开始的。青蛙走拢以后，见

金碗、银碗、铜碗里的"智水"已被舔得干干净净，只有那个鸡蛋壳里还剩有几滴，就把蛋壳拿起来把水滴舔干净了，从此以后，青蛙也比以前聪明多了。

毕摩撰字

　　很早以前，子君①的老祖先就已经学会说话，有了语言但却没有文字，他们用细藤打结记事。时间长了，细藤疙瘩越结越多，反而把人弄糊涂了。

　　后来，在撒摩都②的先民中，出了一位绝顶聪明的人，他叫毕摩。毕摩从小立下了撰字的决心，到处拜师访友。一天，他走在回家的路上，遇上了一个好心的老倌，指给他一个很远很远的地方，告诉他那里住着一个学识渊博、广收徒弟的老道士。

　　毕摩要去很远很远的地方拜师，寨子里的乡亲送来了很多苦荞粑粑让他在路上吃，盼望他早日学成归来。

　　毕摩走啊走，爬呀爬，苦荞粑粑吃完了，鞋子穿烂了，衣服穿破了，头发胡子长了几尺长。他一共走了三年零三天，终于到达了目的地，找到了那位学识渊博的道士。这位道士就是太上老君，毕摩毕恭毕敬地跪在太上老君面前。老君开口说："毕摩，你已经翻了九千九百九十九座山，过了九千九百九十九条河，走完了九千里路程，念你心诚意坚，我决定收你为徒。"

　　原来，太上老君就是毕摩三年前在回家路上遇到的那位老倌。毕摩累极

①子君：彝族支系，主要在今昆明官渡。
②撒摩都：彝族子君人的自称。

彝族民间故事

了，一觉睡去，睡了三天三夜才醒来。从此毕摩就在老君门下做了徒弟，他每天早起打扫庭院，挑水劈柴，白天到后山放牛，晚上听老君讲经说道。干活时他勤勤恳恳，听讲时他如痴如醉。

毕摩勤奋地学习了十年，在他放牛的山坡上，到处可见他画写的字迹。形象的文字终于在毕摩手下撰出来了。有一天老君邀他到山上去，问了他好多话，毕摩谦虚地一一做了回答。老君说："你拜师学经撰字已整整十年，你要走的路没有尽头，但你该回家了，你的乡亲们等着你去传授文字呢。"毕摩苦求师父再留他学几年，老君说："学问要靠自修、自学、自悟。你所学之道法传内不传外，但所撰文字要广传凡人，造福子孙，好生牢记。"

第二天，毕摩去跟师父辞行时，老君已于头天晚上周游天下去了。毕摩只好依依不舍地往山下走，但他走了一天，天快黑时仍在他放过牛的山坡上徘徊，满地都是他平日间所写所画的字。毕摩觉得很奇怪，这时从树林里传来一阵笛声，于是他在黑夜中顺着笛声寻找而去。他走了一会儿，只见一片栗树林深处的一间草房里面亮着灯，他到了草屋前笛声就止住了，屋里空无一人。毕摩不敢擅自进去，便靠在柴门边慢慢地睡着了。

毕摩一觉醒来，眼前空荡荡一片荒山，没有了树林和草屋。他自己睡在一块青石板上，那条他放养了十年的牛拴在他脚杆上，旁边放着蓑衣、篾帽和一支竹笛。毕摩明白，这是老君师父送给他的法宝。

毕摩回到了家乡，教会了撒摩都人使用文字，一代传给一代，直到如今。

人们为了纪念毕摩，就把这种文字称为毕摩文。

阿苏拉则变鸟传字

有一天，阿苏拉则①出门，在路上碰见一个叫麦尔都惹的人。这人曾经做过他的徒弟，所有本领都是从他那里学来的，念经、作法都和他一样。但两人分别了十多年，见面时互相都认不得了。

两人坐在路旁休息，各人说各人的本领。麦尔都惹很自负，阿苏拉则便向他说："年轻人，想来你的本领很强，但你若真有本事，就把对面的山用咒语念垮吧！你念垮了，我还能把它念还原。"

麦尔都惹说："老爷爷，你先念吧！你念垮了，我来念还原。"

于是，阿苏拉则开始念咒了。他一念完，山就垮了。麦尔都惹再一念，山又还原了。阿苏拉则心里一惊，心想："这年轻人真有本事，跟我一样。"那年轻人也想："这老头真有本事，跟我一样。"年轻人想着想着不觉起了嫉妒心。当阿苏拉则上马时，他在他身后念咒说："这该死的老头子，你死时应该是马在一边，鞍在一边，人在一边。"

阿苏拉则听了，还嘴说："小孙孙，你将被披毡蒙着头死在路旁。"

---

①阿苏拉则：传说中的彝文创造者，彝族人民对他很崇敬。彝族人在说"尔比"（格言）或"巧语盘词"时，经常提到他，以免子孙遗忘。他是一位仅次于英雄支格阿鲁和大力士惹地索夫的传说人物。

两人的咒都应验了，因此，两人都死了，一个是从马背上跌下来死的，死时，果然马在一边，鞍在一边，人在一边；一个是在大风雪中蒙着披毡被巨大的飞石打死的。

阿苏拉则生前制了许多彝文，他死了后，再没有人认得这些字了。因此，他死后灵魂一直很不安，就变成了一只洛龙歌布曲鸟①，飞到他的哑巴儿子拉则格楚那里去了。

拉则格楚生来不会讲话，看见鸟在自己身旁飞着，就跟着它，走到一个森林中。鸟高声唱歌，又吐出丝丝的血滴在阔叶上，阔叶上立刻现出了笔画美丽的字来。拉则格楚很喜欢，摘下树叶，在上面照样子画着。从此，每天鸟一来，他就跟着它到林中画着，有时候深夜也不回家。

他上山放猪，常常猪回家了，他却留在山上几天几夜不回家。他妈妈不放心，问他他又说不出话来。于是妈妈暗中用一个羊毛线团扎在他身上，当他放猪又没回来时，妈妈就顺着羊毛线去找，在一个大树林子里找着他了。

她看见一只彩色的鸟儿站在树上，嘴里吐着一丝丝的血，每一丝血滴在叶上都变成了字，拉则格楚正照着那些字在树叶上专心地画着。

妈妈以为他贪玩，就大声地喊道："娃娃呀！你怎么贪玩得连家也不回呀！"

她这一喊，鸟一惊就飞走了，但拉则格楚一惊却开始说话了。他向妈妈说："阿嬷呀！你为什么这时候来？你来晚一点多好！阿爸的书还有三页没抄呢！"

从此，拉则格楚会说话了，并且能够教人们认识他父亲遗留下来的字，但由于有三篇没抄完，因此，现在的彝文有些不够用。

---

①洛龙歌布曲鸟：彝族传说中的五色彩鸟，类似汉族所说的凤凰，毛色美丽。彝族古民歌中说："猴子不知自己的丑，总往树顶上坐；洛龙歌布曲鸟不知自己的美，总往森林里飞。"

毕·阿苏拉则

毕·阿苏拉则是个非常了不起的毕摩[1]。他张口能把人咒死，闭口也能把人咒死，他能咒得大山倾塌，他能咒得江水断流。

有一次，兹莫[2]连惹请他去送祖灵，由于他没有儿子当助手，只有一个名叫施色的女儿，于是他便叫女儿装扮成一个小伙子跟随他去念经。父女二人来到兹莫连惹家后，女儿施色爬到桃树上去摘桃子吃，兹莫连惹的一个管家正好路过，抬头一看，看见了施色裤脚里露出的一段彩裙，他就把这件事告诉了兹莫连惹。兹莫连惹生气了，说："这胆大的毕·阿苏拉则，竟敢让女儿来念经，这岂不有渎祖灵吗？等念完了经，一定要把他杀掉。"

兹莫连惹的这一决定，毕·阿苏拉则并不知道，仍然虔诚地念经。他用山羊和猪作祭牲，念了一场消灾解危的经；用绵羊和猪作祭牲，念了一场祈求幸福安康的经；又用牯牛作祭牲，念了一场让亡魂永升天界的经。

毕·阿苏拉则在兹莫连惹家念经的日子里，都是住在老奴隶阿卡拉惹家里。阿卡拉惹又老又穷，日子过得十分艰难，因此，每当兹莫连惹派人给毕·阿苏拉则送来丰盛的饭菜时，他总是要分出一半给阿卡拉惹吃。渐渐

---

① 毕摩：彝语音译，彝族的巫师。
② 兹莫：彝语音译，彝族部落首领。

地，他们相互有了了解，阿卡拉惹认为毕·阿苏拉则是个好人。

这一天，毕·阿苏拉则又把许多肉食分给阿卡拉惹吃。阿卡拉惹一边吃着，一边忧伤地看着这父女二人，好像有什么话要说似的。毕·阿苏拉则问道："你有话要对我们说吗？"阿卡拉惹点点头，但不说话。毕·阿苏拉则说："你是害怕兹莫连惹家那本会说话的书——《哈提特伊》吗？"阿卡拉惹又点了点头。

兹莫连惹家世代相传的那本《哈提特伊》十分厉害，不论是谁，也不论在什么地方，只要说了对兹莫连惹不利的话，这本书就会把这个人和他说过的话记住，待兹莫连惹问起时，它就能一字不漏地重述出来。许多奴隶就是因为说了几句不满兹莫连惹的话，被《哈提特伊》重述出来后惨遭杀害的。因此，奴隶们都闭口不言。

毕·阿苏拉则对阿卡拉惹说："你不用害怕，我自有办法。"说完，找来一个高脚木碗，往里面盛满水，然后用一个多眼背篼将碗罩住，再用一段去掉节的竹子穿过多眼背篼插进水里，让阿卡拉惹含着竹子说话。阿卡拉惹说："兹莫拉惹已经决定在念完了经以后杀死你们父女二人。"阿卡连惹刚把话说完，水碗里就咕噜噜地冒起了一串水泡。

毕·阿苏拉则听完了阿卡拉惹的话以后，叹息着说："过了河就丢拐杖，念完了经就要杀死毕摩，世上果真有这种无情无义的人。"

尽管毕·阿苏拉则已经知道兹莫连惹要杀害他了，但仍然装作若无其事的样子念经。念着念着，他对兹莫连惹说："兹莫，明天我就念完经了，但现在却出现了一个非常危险的兆头，如果处理得好，你家就兴旺发达；如果处理得不好，那么，在你管辖的范围内，就会十家死九家，十人死九人。"兹莫连惹不以为然地笑了笑，说："是什么样的预兆呢？"毕·阿苏拉则说："明天会有一只头上长着开叉长角的马鹿跑到你家院坝里转一圈后就逃走。你最好派人守住大门，不要让它进门来；如果它进了大门，就得把它打死，才能消灾解难。"兹莫连惹说："你难道还不知道我的厉害吗？在我的头顶上，我不会允许任何一片云彩遮住阳光；在我的脚下，我不会允许任何一寸土地漏走一滴水珠。偌大一只马鹿，它能逃到哪里去！"

于是，兹莫连惹立即传下令去，命令各处调集壮丁，带上弓箭长矛，严加防守，不准放走马鹿。

晚上，毕·阿苏拉则悄悄地对着一块大石头施法念咒，把它变成一只马鹿。第二天，毕·阿苏拉则一声召唤，这石头变成的马鹿就来到兹莫连惹家门前。

兹莫连惹家的大门，这天守卫特别森严，人们里三层、外三层地堵住门口。众人看见马鹿奔来，立即一齐围了上去，想把马鹿捉住。但这只马鹿十分机灵，穿过层层防守，跑到兹莫连惹家院里转了一圈以后，又穿过层层防守，扬起四蹄，飞奔而去。

兹莫连惹亲眼看见发生的一切，气得暴跳如雷，立即带领所有的壮丁奋力追去。他们一连追了三天三夜，才把马鹿围困在一个山沟里。可这时，马鹿起了变化。这个人看它像个石头，那个人看它也像个石头，所有的人看了都觉得它像个石头。众人连忙禀报给兹莫连惹。兹莫连惹亲自走上前去，射了一箭，打了一棒，也觉得它确实是个石头，气得大声吼叫："这个毕·阿苏拉则真狡猾，快赶回去把他捉住。"

但是，当兹莫连惹返回时，毕·阿苏拉则父女已经走得很远很远了。于是兹莫连惹连忙拿出会说话的《哈提特伊》来，对着书问道："书啊书，快快告诉我，是谁走漏了我要杀死毕·阿苏拉则的消息？"只听见会说话的《哈提特伊》书里，先是"咕噜噜"地响起了一片水泡声，接着，一个声音说道："是一碗水走漏了消息，是一个多眼背篼走漏了消息，是一段没有节的竹子走漏了消息。"接着，就是毕·阿苏拉则的声音："过了河就丢拐杖，念完了经就要杀毕摩，世上果真有这种无情无义的人。"

兹莫连惹不听则已，一听更是气昏了头，他大声叫道："这本会说话的《哈提特伊》已被毕摩收买了，快把它丢进火里烧掉。"

从此，没有了会说话的《哈提特伊》，奴隶们大大地松了一口气。

再说毕·阿苏拉则父女带上一些米粮，逃离了兹莫连惹家后，走了一

天，来到一个靠河的山洞里，正在歇息时，忽然从河里冒出来一个浑身上下披着青苔的水鬼，对父女二人说道："我饿极了，你们来得正好，让我把你们吃掉吧！"毕·阿苏拉则说："我们不会轻易让你吃掉的，你如不信，就仔细地看着我手中这把刀，它能劈开大山，它能让江水断流。"水鬼说："那么，你们总带有点吃的吧？"毕·阿苏拉则说："只要你不再吃人，我们可以送一些米给你吃。"

水鬼答应他后，一边吃着米，却一边问道："你那把刀总有什么东西砍不动吧？"毕·阿苏拉则知道水鬼说的是什么意思了，就答道："有的，砍南瓜就砍不动。"

第二天，父女二人涉水过河时，只见满河里漂着南瓜，阻住去路。毕·阿苏拉则就拔出刀来，一刀一个，南瓜都被砍成了两半，其中一个里面还有昨天吃下去的米粒呢。从此，河边再没有了吃人的水鬼。

毕·阿苏拉则父女又走了一天，来到安宁河边，河上虽然架着桥，但是桥上坐满了织布的妇女。行人无法通过，只得涉水过河。

这些妇女为什么要坐在桥上呢？这是因为桥上有顶盖，坐在桥上吹着河风十分凉爽，再说，她们多数是兹莫连惹的亲族，早已养成了骄横的习性，认为除了她们头顶上的蓝天，别处就连云彩也不会有；除了兹莫这个家族，就再也不会有像样的人家了。

毕·阿苏拉则背着经书，怕涉水时书被打湿，想请她们从桥上递过去。只见那些妇女嘻嘻哈哈地笑道："这倒怪好玩的。"于是用织布的织板挑起经书，你甩给我，我甩给你，从桥这头甩往桥那头。毕·阿苏拉则父女忍气吞声地从桥下涉水过河，刚走到岸上，听见一个妇女说："我们应用手互相传递，免得书掉进水里弄湿了。"说着拿起经书交给毕·阿苏拉则。毕·阿苏拉则问道："好心的大姐，你姓什么？叫什么名字？"她说："我是奴隶，哪有什么姓，人们都叫我普阿莫比火。"毕·阿苏拉则说："你一定能交上好运，子孙昌盛。"

毕·阿苏拉则父女又走了一天，来到一个村寨，见一个妇女在晒谷子，就对她说："大姐，请你给我们煮点吃的行吗？我们饿得走不动了。"那位大姐说："这倒容易，只是我在晒谷子，没人替我撵麻雀。"毕·阿苏拉则说："你放心，交给我好了。"于是那位大姐转去煮饭了，随后果然有很多麻雀飞来吃谷粒。毕·阿苏拉则就从地上抓起一把土来，念起咒语往外一撒，只见那些麻雀就纷纷掉落下来，在地上扑腾几下就死了。这时，那位大姐慌忙跑出来说："手下留情，留下一公一母，留下一公一母。"毕·阿苏拉则连忙住手，感叹道："你真是个好心的人，我得感谢你，是你点醒了我，做什么事都不能过头，都应该有个分寸。"

毕·阿苏拉则父女吃罢饭，告别了那位好心的大姐，就来到了莫勒红莫。毕·阿苏拉则念起了咒语："我面对安宁河，撒出一把土去，山顶快起雾，天上快起云。好心的人们啊，子孙昌盛，作恶多端的只是兹莫连惹一人。"

他刚念完咒语，顷刻间狂风大作，乌云翻滚，暴雨如注，电闪雷鸣，只一会儿，安宁河洪水触天。但由于毕·阿苏拉则受到那位好心大姐的启发，他已改变了要使兹莫连惹管辖范围内十人死九人，十户死九户的决定，所以，这次洪水仅仅淹死了兹莫连惹一人。

人死做斋的由来

　　远古时代，人还不会说话，不会种庄稼，不会冶炼铜铁，更不懂得读书写字。那时的人，吃的是草籽、果实，穿的是兽皮禽毛，不会生病也不会死，老了，在七个晒坝上晒七七四十九天，便会白发变黑发，缺牙生白牙，返老还童。后来人们怎么会病会死呢？

　　民间有个传说：在什勺时代，什勺家有个儿子上山打猎，一箭射死了一只猴。他把猴扛了回来，大家一看，这只猴子的头脚都很像人，就说这是人的祖先。什勺家就给猴子做道场，给它做斋。为了祭祀祖先，他们打牛杀羊，杀猪宰鸡，敲鼓打锣，震得天地摇动；又跳起跳脚舞，灰尘漫天飞扬。锣鼓的响声震得天君策举祖耳聋，飞扬的灰尘呛得策举祖透不过气来，使他坐立不安。策举祖发怒道："凡间是怎么回事？如此惊天动地，使得我心不安神不宁。什勺一家不会病也不会死，他们到底在做什么，出了什么大不了的事？"

　　于是，策举祖立即派乌鸦到凡间查清楚问明白。乌鸦来到凡间，围着斋场转了三转，绕了三圈。由于斋场太大，乌鸦只听到咚咚锵锵的锣鼓声，只看见漫天灰尘，其他什么也听不清、看不明白，只好飞回天宫对策举祖说："我到什勺家，斋场太大，围满了九座大山、九个大坝，我只见有八十一个歌场和三十六个神位，其余什么也看不见；只听见咚咚锵锵的锣鼓声，不知出了什么事，也不晓得他们在做些什么，我实在没法弄明白。"

天君策举祖听了很生气，决定无论场合怎样大也要弄清楚。他又派了第二批使臣。这次他派的是大象。他想，大象高大威风本事强，这次一定能查清楚。大象下到凡间也不过是转了几转就回天庭去了。大象的回答和乌鸦一样，没有什么结果。连去两次都没有弄明白，策举祖不甘心，再次派使臣去查，这次派的是苍蝇。苍蝇来到什勺家，最初也查不清，反复再三察访，把八十一个歌场和三十六个神位都查了，还是闹不清是什么事，最后苍蝇查到斋场中央，发现九层兽皮紧紧裹着一样东西。苍蝇钻进去逐层地查，查到最末的第九层，一看里面的东西身上长得像牛毛，头部、面部像个人，最后查明是只猴子，才知什勺原来是在给猴子做大斋。苍蝇急急忙忙赶回天庭禀报策举祖，把所见的一切详细地向他讲述。

策举祖听后怒从心中起，就站在天门边大喊："什勺呀什勺，你凡间人既然想病想死，我现在撒一把病根，撒一把死根下你凡间，从此以后，叫你凡间人不论男女老少都会病会死，让病根死根永远不离凡人，也随你做斋。"从此，凡人会病会死了，做斋也从此开始了。

阿鲁举热①

阿鲁举热出世

迭补索洛②有一个美丽聪明的姑娘，名叫朴莫乃日。她是滇池龙王的孙女，是彝家第一个会织布、第一个会做锣锅帽③、第一个会缝裙子的人。

朴莫乃日16岁那年的一天，她手撑牙巴骨，坐在织布机上想心事。忽然天上飞来一只神龙鹰，影子罩在她身上，飞了三转，影子罩了她三次。神龙鹰一次滴一滴血下来，三次滴了三滴血下来，一滴落在锣锅帽上，一滴落在披毡上，一滴落在裙子上。从此以后，朴莫乃日的肚子一天天大起来，怀孕九月零九天，她生了一个儿子。这个儿子是个怪人，生下地以后只是哭，不吃人的乳，不穿人的衣。朴莫乃日想，怕是大树的儿子，便把他抱到大树边，可儿子不吃树的果，不穿树的皮。她又想怕是石的儿，便把他抱到岩石边，可儿子不吃石的乳，不穿石的皮。她再想怕是斑鸠的儿，便把他抱到斑鸠窝旁边，可儿子不吃斑鸠的食，不穿斑鸠的衣。朴莫

---

① 阿鲁举热：彝族英雄支格阿鲁，也译为支嘎阿鲁。
② 迭补索洛：泛指滇池地区。
③ 锣锅帽：（凉山）彝族已婚妇女荷叶形八角黑布帽，因状似锣锅俗称锣锅帽。

乃日拿儿子没办法，她想起了神龙鹰的影子，就把儿子抱到神龙鹰那里去，儿子才止住哭，神龙鹰给的食他吃了，神龙鹰给的衣他也穿了。朴莫乃日把儿子交给神龙鹰带走了。神龙鹰精心地把儿子抚养长大。后来人们叫这个男孩阿鲁举热。

阿鲁举热找阿妈

神龙鹰把阿鲁举热养到十六岁，阿鲁举热已经长大成人。他想起亲生的母亲，要去找阿妈。神龙鹰也想让儿子自己去闯闯世界，练练本事，就让他走了。阿鲁举热找阿妈呀，找到东方没找着，找到西方没找着，找到南方和北方也没找着。最后他走到一个平展展的大地方，母亲还是没有找着，却找到大头领日毋家。

日毋叫他去放猪，交给他七头老母猪去放。过了一久，他放的七头母猪都下了崽，主人很欢喜。可是有一天，七头母猪领着七窝小猪跑呀跑，全都跑散了。阿鲁举热找到山头找不着，找到山脚找不着，找不着猪又不敢回日毋家。他走呀走，走到天黑才看见一个住家户。他要求借住一晚，这家人答应了，还把他当贵客接待。主人说："尊敬的贵客，我家没有东西招待你，家里还有三只鹅，杀一只来招待你。"听说要杀鹅，公鹅、母鹅和小鹅商量开了，公鹅说："把我杀了招待客人，你们母子俩好好活着。"母鹅说："把我杀了招待客人，你们父子俩好好活着。"小鹅说："把我杀了招待客人，你们二老好好活着。"阿鲁举热听到鹅的议论，就对主人说："你不要杀鹅了，我是长翅膀的儿，不吃长翅膀的肉。"主人家听了也就不杀鹅了。

第二天早上天刚亮，阿鲁举热就起身走了。他刚走到河边，只见三只鹅早已在那里等着。老鹅们感谢阿鲁举热，说："因为你不吃长翅膀的肉，所以，我们都活着。你这样匆匆忙忙地走，究竟有什么事？"阿鲁举热说："我把日毋家的七窝猪放丢了，找不着猪不敢回家去。"公鹅说："你是个好人，你有难处我们应该帮助你，你只要找着两件宝物，就可以制服日

毋。"阿鲁举热问："哪两件宝物？到哪里去找？请你们告诉我。"公鹅说："你莫急，等我们抖抖身子看。"公鹅抖三抖，没有抖下毛来；小鹅抖三抖，也没有抖下毛来；母鹅抖三抖，抖下一根毛。母鹅告诉阿鲁举热说："这不是一根普通的毛，是一支神箭。你拿着这根毛到对门大石板上绕三转，石板自己会开门，里面丢出小针你莫接，丢出大针你莫接，丢出一顶锣锅帽，你就赶紧接着，因为锣锅帽里面装着九十九庹长的头发，那就是神线。你拿着神箭和神线，指山山会垮，指海海会干，指人人会死。你有这两件宝物就再也不用怕日毋了。"阿鲁举热照着母鹅说的去做，果然找到了九十九庹长的头发。他拿着这两件宝物往回走去，回到了日毋家。日毋责问他："你不好好去放猪，拿着鹅毛和头发玩，你要干什么？"阿鲁举热说："我拿的是神箭和神线，指山山会垮，指海海会干，指人人会死。"日毋不相信，说："那你就指给我看看。"阿鲁举热用神箭和神线向对面岩子斜着指一下，岩子垮了一半；直着指一下，岩子全垮了，然后对门前的水塘斜着指一下，水干了一半；直着指了一下，水全干。日毋心里惊慌，但嘴还硬，他说："你有本事再指指我的坐骑试试。"阿鲁举热拿着神箭和神线，对着日毋的马斜着指一下，马站不稳；直着指一下，马倒地死了。日毋的心"怦怦"跳，但仍不服气。他想狗会辟邪，就对阿鲁举热说："你再指我的白狗试试。"阿鲁举热拿起神箭和神线对白狗斜着指一下，白狗全身发抖；直着指一下，白狗倒地死了。这下日毋害怕了，不跑，生怕神箭指着自己；要跑，又怕丢失脸面。他定神想想：我是主子，它是奴隶，哪有主子怕奴隶的道理？于是壮着胆子对阿鲁举热说："你指死的那些都是些短命小鬼，你有本事来指我试试。"阿鲁举热说："你是主子，我是奴隶，我咋能指你？"日毋认为自己真的命大，阿鲁举热不敢指他，就大声说："我叫你指，你就指。"阿鲁举热只好抬起神箭和神线，对着日毋指一下，日毋就站立不稳；对着他的心口指一下，日毋倒地死了。从此以后，日毋的家产变成了阿鲁举热的财产，日毋的两个老婆都归阿鲁举热所有，阿鲁举热在这块地盘上当起了主子。

阿鲁举热射日月

日毋的两个老婆都很喜欢阿鲁举热这位英俊的大神人，都愿意做他的妻子。但两个妻子给他出了个难题说："你手里有两件宝物，指山山会跨，指海海会干，指人人会死，你能用它制成神箭射月亮和太阳吗？现在天上有七个太阳，晒得万物不能生存；天上有六个月亮，弄得白天和夜晚分不清。"阿鲁举热回答说："等我试试看。"阿鲁举热砍来岩桑做弓，用鹅毛做箭，用九十九庹长的头发做弓弦，带上弓箭去射太阳、月亮。他先站在蕨枝上射，蕨枝倒在地上趴着。阿鲁举热对蕨枝说："蕨枝呀蕨枝，你不成器，以后人们把你的头掐来当菜吃。"从此以后，蕨枝一发嫩芽，人们就把它掐来当菜吃。阿鲁举热站在青松上射，松树的枝丫又被踩断了。阿鲁举热对松树说："青松树呀青松树，你骨头是硬的，树叶也是青的，想不到这么脆弱，以后世人把你砍来做火把，砍了不会发。"从此松树砍掉以后就再也长不起来，只有借风的力量把松子吹到别处生长。阿鲁举热爬到羊耳朵树上去射太阳、月亮。可是羊耳朵树叶子团团的，张不开，不好站上去。阿鲁举热对羊耳朵树说："羊耳朵树呀羊耳朵树，你的叶子团团张不开，以后你不会长成材。"从此羊耳朵树就长不成材。阿鲁举热站在马樱花树上射，马樱花树撑住了。七个太阳被射下来六个，六个月亮被射下来五个，太阳和月亮各剩下一个。阿鲁举热对马樱花树说："马樱花树呀马樱花树，你是好样的，以后你不要长成材，人们就不来砍你了，只是用你做饭勺，用你做酒杯，人们吃饭喝酒都不会忘记你。你的花是金花银花①，到处都可以见到你。"从此以后，彝家人最崇拜马樱花。阿鲁举热把多余的太阳和月亮射掉了，白天、夜晚分得清了，万物能生长了，他的两个妻子更敬佩他了，所有的彝家人也都感谢这位能干的主子。

---

①金花银花：指红马樱花和白马樱花。

朴莫乃日想儿子

话说朴莫乃日把儿子抱到神龙鹰那里时，鹰给的食他吃了，鹰给的衣他穿了，哭也不哭了。她放心地转回来，半路老妖婆吹了一阵妖风，把朴莫乃日卷进妖洞去了。老妖婆想吃朴莫乃日，但是吃不了。因为朴莫乃日是龙的后裔，她身上又有神龙鹰的三滴血、天龙的三滴水。老妖婆几次想吃她，可一触着她的身子，老妖婆就会全身麻木。老妖婆不敢吃朴莫乃日，但也不敢放她，就让她在妖洞里受折磨。

朴莫乃日扳着指头数数，她在妖洞里整整十六年了。她自言自语地说："儿子呀儿子，神龙鹰把你养大成人了吧？妈妈想看看你。"说也奇怪，母亲自言自语地一说，阿鲁举热的心就"怦怦怦"地跳起来。他占有了日母的地盘，过上了主子的日子，又射下了太阳、月亮，名声也大了，人们都很敬仰他，可是心一跳，他就想起寻找亲生母亲的事。阿鲁举热背上弓箭，向两个妻子和家人告别，继续寻找母亲去了。

阿鲁举热往东、南、西、北到处寻找母亲，他走到西边的一个山寨里，看见一群姑娘躲在屋里不敢出门。阿鲁举热去找她们，见那些姑娘个个愁眉苦脸，问她们有什么苦楚，谁也不敢说话。阿鲁举热对她们说："我是阿鲁举热，有什么难处你们可以告诉我。""哦！你就是大神人阿鲁举热。"这下姑娘们一拥而出，有的拉住他的手，有的抱住他的脚，苦苦哀求他救救她们。原来在西边的木克哈尼山岩洞里住着一个老妖婆，能够耳听八方，谁说她的坏话，她都知道，并且马上就来害谁，所以谁也不敢议论她。这个村的姑娘只要长到十五六岁，就要被老妖婆抓去吃。阿鲁举热心中暗想："难道我母亲也被这个老妖婆抓去了吗？"阿鲁举热抬起脚就要去找那妖婆，姑娘们不让他走，哀求说："大神人呀！愿你永远和我们在一起，不然我们很难活命。"阿鲁举热说："我先去把那妖婆除掉，才能保住你们的性命，你们还是让我走吧！"姑娘们依依不舍地送了他一程，便指给他妖婆居住的山。

阿鲁举热按姑娘们指的方向走去，经过一块草坪，忽然遇着一匹神马。这匹神马长着九层翅膀，经常在草坪上横行，无人敢接近它。阿鲁举热看到神马反而心里高兴，暗想若能把它拉来当坐骑该多好。那神马看到有人走进草坪，就气势汹汹地扑过来，阿鲁举热趁机一跃骑上马背，把神马压倒在地，使它动弹不得。神马说："从来没有人把我压倒过，大神人阿鲁举热，请你饶我一条命吧！我愿当你的坐骑听候你使唤。"就这样阿鲁举热收了一匹会飞的神马当坐骑。

当他骑着神马来到一片松树林的时候，忽然跑出一头野牛精，头上长着三只角。那野牛撞倒一棵树，然后大吼一声，表示它的力气大。神马告诉野牛精说："这是大神人阿鲁举热，你不要和他较量。"野牛精说："他本事再大，力气也不会有我大，哪有被力气比我小的人降服的道理？"野牛精一头撞向阿鲁举热，阿鲁举热顺手将野牛精的角拔掉一只。那野牛精血流满面，只好跪在阿鲁举热面前求饶说："大神人，饶我一命吧！以后我不再作恶，老老实实为人们拉犁。"从此牛便为人犁地，现在的牛也只有两只角了，因为有一只角被阿鲁举热拔掉了。

阿鲁举热骑着神马继续往前走，要到妖洞里寻找阿妈。神马告诉他，妖婆特比阿莫非常厉害，她嘴里喷出的水能把人喷倒；她念咒语，能把人咒死；她的爪像刀子，能一把挖出人的心。阿鲁举热准备了三把倒钩，来到妖洞前。妖婆闻到生人味就走出山洞来。妖婆刚张开嘴，还没来得及喷水，阿鲁举热就扔出一把倒钩钩住了妖婆的舌头，妖婆有咒语也念不成了，另两把倒钩一把钩住妖婆的一只手掌心，然后阿鲁举热用铁链把三把倒钩连起来，牵着妖婆到洞里去找阿妈。在妖洞里关了十六年的朴莫乃日瘦得像一根草。阿鲁举热伤心地朝着母亲哭了起来，妖婆便趁机逃跑了。可是不管她跑到哪里，倒钩都取不出来。妖婆从此再也不能抓人、咒人了。阿鲁举热背着母

亲，骑着神马，回到了原来的住处扎扎结列①。

朴莫乃日试儿子

回到扎扎结列以后，朴莫乃日才知道她儿子就是射太阳、月亮的大神人。她高兴地说："我儿不愧是神龙鹰的后代。"但是她还想试试儿子的为人和孝心。她对儿子说："妖婆折磨我十六年，我天天夜里出冷汗，听说獐子血可以补虚，你能找到吗？"阿妈的话音刚落，阿鲁举热就出门了，不到一袋烟的时间，他便提回来三只獐子交给阿妈。朴莫乃日又说："妖婆恐吓了我十六年，我日日夜夜心跳，听说鹿心可以医治。"转眼间儿子又打回了三只马鹿。母亲又说："我在妖洞十六年，听不到外边的声音，耳朵也不好了，听说熊胆可以医治这个病。"一会儿工夫，儿子就从外面打回三只黑熊。朴莫乃日喝了獐血，吃了鹿心、熊胆，身体很快恢复了，又像十六年前那样好看了。

朴莫乃日知道儿子既能干又有孝心，很高兴，但是她还想试试儿子的胆量。她对儿子说："我发烧了，头晕眼花，你到大雪山危杰尔曲去取三块冰凌回来给我吃。"阿鲁举热去找神马商量说："危杰尔曲大雪山我听说过，但不知在哪方，这事请你帮帮忙。"神马点点头表示可以帮忙。神马是有九层翅膀的飞马，经常在半空中飞行，没有它不知道的山，不认识的水。阿鲁举热骑着神马去到危杰尔曲大雪山取回了三块冰凌给阿妈做药。母亲这下感到自己对儿子太苛刻了，今后再不能叫儿子去做危险的事情，所以她再也不给儿子出什么难题了。过了几天安稳的日子，阿鲁举热又想起南方的家。他告诉母亲，在南方的迭朴索洛，他已占有日母的地盘，有了妻室。朴莫乃日知道自己的母亲也是从迭朴索洛嫁到扎扎结列的，那里是祖宗在的地方，于是她对阿鲁举热说："儿呀，迭朴索洛是个好地方，既然那里有你的地盘，

---

①扎扎结列：地名，在迭朴索洛北面。

有你的妻室，我们应该搬到那里去住。"于是阿鲁举热又背着阿妈，骑着神马，回到迭朴索洛居住。

龙鹰大战

朴莫乃日想，儿子终日奔波，除妖除害，射掉了多余的太阳、月亮，为人间做了很多好事，应该平平安安过几天日子。她对儿子说："阿鲁举热啊，你生下来就一直在奔忙，我这当妈的看着实在不忍心，部落的事由阿妈来料理，你去找你的两个妻子，好好过几天日子吧！"阿鲁举热想，母亲是部落里最受尊敬的人，有母亲料理部落的事情，自己一百个放心，于是就骑着神马去找他的两个妻子去了。

他的大老婆住在迭朴索洛的西面，小老婆住在迭朴索洛的东面。阿鲁举热骑着神马，飞越迭朴索洛大海，东边住几天，西边住几天，两个老婆对他都很好。可是这种甜蜜的日子不长久，过了一段时间，小老婆心里嫉妒了，她希望阿鲁举热长期住在她那里，不想让他去看大老婆。一天夜里，她用剪刀把神马的翅膀偷偷剪掉了三层。天还没有亮，神马就"咴咴"叫起来，阿鲁举热以为神马催他回西方去，便骑上神马飞越迭朴索洛大海。飞到海中心，神马飞不动了，渐渐向海里落去。阿鲁举热伸手摸摸神马的翅膀，发现九层翅膀被剪掉了三层，这才知道小老婆下了毒手。水淹到他脖子的时候，他朝天喊道："我的父亲神龙鹰呀！我中了女人的诡计。"话音刚落，涌来一股海浪，阿鲁举热和神马便一齐淹没在大海之中了。

神龙鹰听到儿子的喊声，成群结队地飞到迭朴索洛上空，跟海龙王要儿子。龙王说："阿鲁举热是龙的后代。"鹰说："阿鲁举热是鹰的儿子。"两家都不肯让，因此发生了龙鹰大战。

龙鹰大战惊动了整个迭朴索洛，朴莫乃日和阿鲁举热的两个妻子都知道了阿鲁举热落入大海的事，她们跑到海边哭喊着："还我儿子！""还我男人！"朴莫乃日坐在大海的北边哭，阿鲁举热的大老婆坐在迭朴索洛的西边

哭，小老婆坐在迭朴索洛的东边哭，哭呀，哭呀，后来，朴莫乃日在大海北边变成了一座大山，阿鲁举热的大老婆也在海的西面变成一座大山①，小老婆的心不好，在海的东面变成一块大石板，天天被人踩。

①即昆明西山。现在还看得出西山头的线条像一个仰睡的女人，民间称其为"睡美人"。

英雄支格阿鲁

认妈妈

古时候，彝族出了一位英雄，名字叫支格阿鲁。

他是怎么出世的呢？传说他的母亲有天在屋檐下织布，忽然天空飞来一只岩鹰，滴了一滴血在她的裙子上，后来，她就怀了孕，生下了支格阿鲁。支格阿鲁生下来，一年不吃妈妈的奶，两年不和妈妈睡在一起，三年不听妈妈的话。妈妈想："这一定是个怪物，我不能留他。"于是，她把还是小孩子的支格阿鲁扔在了山沟里。

支格阿鲁在山沟里天天和蛇住在一起，一住就住了三年。一天，一个打羊皮鼓的苏尼①从沟边过路。支格阿鲁对他说："好心的苏尼，把我拉起来吧！"

苏尼说："我没有工夫，有很多病人等着我去救命呢！"说完就走了。

第二天，一个做生意的人从沟边过路。支格阿鲁对他说："好心的商人，把我拉起来吧！"

商人说："我没有工夫，我要去赚钱呢！"

①苏尼：巫师，不掌握文字，打羊皮鼓、念咒语。

　　第三天，沟边来了个农夫，他从沟里把支格阿鲁拉起来了。

　　支格阿鲁回到家里，对妈妈说："阿妈，你还认识我吗？我是你的儿子支格阿鲁。"

　　儿子长大了，妈妈看了不相信，说："如果你能给我找回三四庹长的人头发来，我就认你做儿子，不然你就不要再来了。"

　　支格阿鲁很爱自己的妈妈，就答应了。于是他出发去找三四庹长的人头发。晚上，他住在一个汉人家里。汉人准备好好招待他，就说："兄弟，你辛苦了，我今晚杀一只花公鸡给你吃吧！"

　　支格阿鲁说："谢谢你，大哥，我不吃鸡肉，因为我是岩鹰的儿子，凡是有翅膀的我都不吃。"于是，汉人没有杀公鸡。

　　第二天，支格阿鲁出发了，在路上，遇见了昨夜汉人准备杀的那只公鸡。公鸡对他说："善良的支格阿鲁，昨夜你救了我的命，现在，我要帮助你，你需要什么，我都可以办到。"

　　支格阿鲁说："我需要三四庹长的人头发。"

　　公鸡听了，就用脚在地上刨出一个瓶子交给支格阿鲁说："这是一个宝瓶，你要什么有什么。"并且还告诉他怎样可以得到三四庹长的人头发。

　　支格阿鲁接过宝瓶，谢了公鸡，又出发了。他来到一座大山边，照着公鸡说的话，拿宝瓶向山上一指，忽然大山分成两半，支格阿鲁大着胆子往中间走去。走了一程，他看见一个蓄着很长很长头发的白发人。支格阿鲁对那人说："可敬的老人，你能赐我一根三四庹长的头发吗？"

　　老人说："能。有了这根头发，你们母子就能团圆了。"说完就在头上扯了一根头发交给了支格阿鲁。

　　支格阿鲁回到家里，把头发交给妈妈。妈妈说："我的儿子，这头发是从哪里来的？"

　　支格阿鲁把公鸡给宝瓶和老人送头发的事告诉了妈妈。妈妈非常高兴，对儿子说："我的儿子，向宝瓶要点金银和粮食救救穷人吧！"

　　支格阿鲁很听妈妈的话，从宝瓶里要出了金银和粮食，分发给了穷人。

从此，大家过着非常幸福的生活。

寻找天界

从前，人们都说天和地是相连的。支格阿鲁骑了匹马，拿了一根铁拐杖，要替人们寻找天地相连的地方。他走了许多年，他的铁拐杖已经磨得很短了，他的马已经走得足趾毛都磨光了，但还没走到天地相连的地方。

有一天，支格阿鲁投宿在一户人家里。这人家有三只鹅：一只公鹅、一只母鹅和一只仔鹅。主人准备杀一只鹅款待支格阿鲁。支格阿鲁懂鸟语，这一夜他听见三只鹅在一起哭泣。公鹅一边哭，一边说："明天主人要杀我们中的一个来待客了，还是我去，让你们母子俩在一起吧！"

母鹅哭道："不，还是我去，让你们父子俩在一起吧！"

仔鹅哭道："不，还是我去，让阿达、阿嫫①在一起吧！"

支格阿鲁立刻起来，摘了一棵蒿草，走到主人面前说："主人，你千万不要宰鹅给我吃。"说着就用手把蒿草折断，又说："若我吃了你家的鹅，会像这蒿草一样折为两段。"于是，主人就不杀鹅款待他了。

第二天才黎明，支格阿鲁就动身赶路。这时，三只鹅正在路旁草上吸露水吃，一见支格阿鲁就跑到他面前说："你支格阿鲁是一个好心肠的人。昨晚若不是你，我们不是父子不能相见，就是母子不能相见。你把我们救了，我们才能在一起。你要到哪里去，告诉我们吧，看我们能不能给你帮忙。"

支格阿鲁说自己要到天地相连的地方去。

公鹅说："你到那里还要走许多年，路上有许多危险。就在前面森林边，有一块大石板，那里住着头塔布阿玛怪，它常把长舌头伸在石板上面，吸食来往的人，从来没有人能从那里走过。你现在去，非常危险，但是，因为你救了我们，我们应当帮助你。"

---

①阿达、阿嫫：彝语，爸爸、妈妈的意思。

于是，公鹅伸出它的翅膀拍着，一拍就从翅膀下落出一撮针。它把针交给支格阿鲁说："这针你拿去。走到那块大石板面前，你就用这些针把塔布阿玛怪的舌头钉在石板上。这样一来，它就不能吃你了，你就能征服它了。"

支格阿鲁向鹅道了谢，带着针走了。

他走了许久，来到一个大得无边的森林边上，林边有一块很大的金色石板。这时，塔布阿玛怪正把它的像一匹布一样大的红舌头放在石板上，不断地发出吱吱的声音。支格阿鲁急忙用针将它的舌头钉在石板上，并用铁杖打它。塔布阿玛怪不断求饶。支格阿鲁问它："你以后还吃不吃人？"

塔布阿玛怪说："我们从今以后再不吃人了，但是人们不能向着我们张口的方向走。"

支格阿鲁问："你们一共几个？你们的口张在什么方向？"

塔布阿玛怪说："我们一共是三个：一个是塔布阿布，是个男怪，每三月在一个方向，它龙月、蛇月、马月在东南方（鲁地火），羊月、猴月、鸡月在西南方（由西果），狗月、猪月、鼠月在西北方（克地火），牛月、虎月、兔月在东北方（扭黑果）。一个是我，我是女怪，每三年在一个方向，龙年、蛇年、马年在东南方，羊年、猴年、鸡年在西南方，狗年、猪年、鼠年在西北方，牛年、虎年、兔年在东北方。还有我的儿子塔彼惹，是个仔怪，他每天在一个方向，初一在东方，初二在东南方，初三在南方，初四在西南方，初五在西方，初六在西北方，初七在北方，初八在东北方，初九在地上，初十在天上。以后十九日或二十九日，也是一样。这就是我们张着口的方向了。若人们不向着我们的口走来，我们就不吃他们了。"

支格阿鲁见它说得很诚恳，就放了它，仍往前走。从此，世上的人有了出门卜方向的习惯。

他又走了许多年，有一天碰见一个须发雪白的老人，他的胡须几乎长到膝头上了。老人看见支格阿鲁，问道："年轻人，你要到哪里去？"

支格阿鲁告诉他自己要到天地相连的地方去。

老人笑了笑，微微把两眼一闭，忽然天地上下一片漆黑，什么也看不见了。不久他又睁开眼了。支格阿鲁非常吃惊，急忙向他请教，问他究竟哪里才是天地相连的地方。

老人回答说："天地没有真正相连的地方，只有你闭着眼那一刻是天地相连的时候，但你一睁开眼，天地就又不相连了。"

支格阿鲁不相信他的话，说他荒唐，仍往前走。

又走了很久，他来到一个大森林里。这一带苍蝇很大，能够吃人。当支格阿鲁歇下来时，成群的苍蝇向他攻来。支格阿鲁拔出身上的剑，向飞来的苍蝇砍去。不久，他的前后左右都堆满了苍蝇的尸体，但苍蝇仍不断地向他进攻，直到天亮，这些苍蝇才散去。他一看他的马，只剩一副可怜的白骨倒在那里，全身的肉都没有了。

支格阿鲁又继续往前走，走到一处，碰见一只大水牛。大水牛问道："客人，你到哪里去？"

支格阿鲁告诉了它自己要去的地方。

水牛说："客人，你若能做九盘炒面给我吃，我就告诉你天地相连的地方。"

支格阿鲁果然做了九盘炒面给它吃。水牛吃后就昂起头来，"唔唔唔"地叫了几声。它的叫声很大，当它叫第一声时，立刻地动山摇，鸟兽骇得到处乱飞乱跑；连叫二三声时，天立刻阴暗，阴云布满天空，黑雾笼罩着大地，周围看不清，就像天地都连在一起了一样。这样过了一会儿，牛又叫了第四声，立刻云消雾散，四周又晴朗起来，地不动了，山也不摇了。

这时，水牛对支格阿鲁说："客人，你不是要看天地相连吗？刚才那一刻天与地就相连了。你若想要看另外的天地相连，纵然走到头发白完了，走到老死，也不会看见的。"

支格阿鲁有点相信了，决定暂时回去。动身前他对水牛说："你的话也许有道理，但你叫时声音太大了，把鸟惊动了，兽也惊动了，以后，你的叫声还是小一点吧！"说完，就用一根绳在牛的脖子上勒了勒。

从此，水牛的叫声就小了，叫时，鸟也不惊了，兽也不惊了，而且水牛脖子上至今还有一条白纹，这白纹就是支格阿鲁的绳子勒出的。

射太阳和月亮

古时候，天上出现了九个月亮和七个太阳，把地上的庄稼晒枯了，草木也晒死了。人们眼泪巴巴地看着太阳和月亮，却没有法子。

这时，支格阿鲁骑着马来了。他左手提弓，右手拿箭，决定要把太阳和月亮射下来。

第一天，他站在虫树上射。虫树枝遮住了他的眼睛，他没有把太阳射下来。支格阿鲁很生气，对着虫树骂道："背时的虫树，你二天要断根绝种。"后来，虫树就再不发小枝了。

第二天，他又站在索玛树上射。他的眼睛被叶子挡住了，他没有把太阳射下。支格阿鲁生气了，对着索玛树骂道："背时的索玛树，你以后永远也长不高。"后来，索玛树就长得很矮小了。

第三天，他站在蕨芨草上射，连发七箭，射下了六个太阳，剩下一个被射瞎了一只眼后，躲了起来。

第四天，他又站在蕨芨草上射了九箭，射下了八个月亮，另一个被射跛了腿，也躲起来了。

支格阿鲁站在蕨芨草上，因为用力过猛，把草给踩平了。因此，后来的蕨芨草长出来都是平的。

太阳和月亮躲起来后，地上九天不亮，成了漆黑的世界。

支格阿鲁站在高山上对太阳说："快出来吧，我不射你了。"太阳说："我瞎了一只眼，怕羞，不出来。"支格阿鲁说："我送你一包针。有人看你，你就用这包针刺他的眼睛。"太阳同意了。

支格阿鲁站在峡谷里对月亮说："快出来吧，我不射你了。"月亮说："我想是想出来，就是跛了一只腿，走不动。"支格阿鲁说："那好办，我送你一匹仙马，你骑着马出来吧！"月亮同意了。

太阳和月亮又出来了，给人们带来了光明和温暖。

后来，人们在看太阳的时候，总觉眼疼，据说就是太阳用针在刺人们的眼睛。月亮在云里跑得最快，据说就是因为骑了支格阿鲁送给它的仙马的缘故。

降　雷

一天，晌午的时候，支格阿鲁肚皮饿了，想找点东西吃。他出门一看，东家不生火，西家不冒烟，觉得奇怪。于是他走进一户人家，问主人道："你们为什么不煮饭？"主人说："雷不准我们煮，它要打人。"

支格阿鲁说："你们煮，不要紧，雷来了，我去对付它。"

主人知道支格阿鲁是位英雄，便相信了，于是动手煮饭。他刚把火点燃，雷果然来了。支格阿鲁就和他打起来。雷打不赢，跑上天去了。支格阿鲁换了衣服，也追上天去了。

到了天上，支格阿鲁看见雷正在那里打铁锅、铜锤和铜网，就问它："你打这些干什么？"

因为支格阿鲁换了衣服，雷不认识他，就回答说："到地上去打支格阿鲁。"支格阿鲁问："什么时候去打？"雷说："蛇天去打。"支格阿鲁又问："怎么打法？"雷说："用九口锅护身，用铜锤打，用铜网装。"

支格阿鲁知道后，便打定主意要想办法对付雷。

到了蛇天，支格阿鲁在门角挖了一个坑，自己藏在坑里面。

雷来了，用九口锅盖住头，铜锤放在支格阿鲁家门口，铜网套在门上，等支格阿鲁出来好打他。

支格阿鲁从坑里爬出来，悄悄地跑到雷的背后把铜锤拿走了。雷等了很久都不见支格阿鲁出来，它掀开铁锅一看，发现铜锤不见了。这时，支格阿鲁举起铜锤打去，雷的脑壳缩得快，没有打着，但支格阿鲁已把锅打得稀烂了。支格阿鲁又用铜网捉住雷，边打它边问："你还打不打人？"

雷说再也不敢了。

支格阿鲁问："那你打什么？"

雷说："我只打树子。"

于是支格阿鲁把雷放了。从此，雷再也不敢打人了。

平　地

有一天，支格阿鲁父子二人各举了一只铜锤、一只铁锤去平地，决心在一天中把人间不平的地都捶平。

支格阿鲁跟儿子说定一人平一边，走时吩咐儿子说："孩子，平地对人们是件重要的事，一定要细心地平，不要偷懒睡觉。"说完，就一人平地去了。

支格阿鲁平得又认真又仔细，因此，他平的地都一望无际，非常平坦。

但是儿子睡着了。当他一觉醒来，太阳已经偏西，他急了，但没办法，他知道再平也来不及了。

从此，人间有大平原，也有高低不平的山地。那大平原就是支格阿鲁细平的，那高低不平的山地，就是他儿子偷懒睡觉起来后，慌忙用铜锤、铁锤胡乱打的。

驯动物

古时候，世界上的动物都不劳动。支格阿鲁把所有的动物都叫来，对它们说："从现在起，大家都要劳动。"

那些动物都不听支格阿鲁的话，只有人最听话，天天上坡劳动，过着勤劳的生活。

支格阿鲁见了非常高兴，对人说："你们听话，又能劳动，你们最聪明。"

从此，人们常常劳动，所以人最聪明，最有智慧。

支格阿鲁又对其他动物说："你们不爱劳动，就专门吃草，不准吃饭。"

从此，那些动物就吃草了。只有狼、豹和老虎不听话，既不劳动，又不吃草。牛、羊、马、猪不服气，就去告诉支格阿鲁。支格阿鲁说："它们以后总要遭绳子套，总要遭抢打。"

狼、豹和老虎知道了这件事，决定把牛、羊、马、猪吃掉。支格阿鲁就叫它们到人住的地方躲起来。后来，这些动物就住在人的家里，老虎、豹子和狼也不敢来吃它们了。

降 马

从前，马常常吃人，非常凶猛。

有一天，支格阿鲁出外旅行，在路上遇见一群马。马看见支格阿鲁一个人，觉得不够吃，就问他："喂，我们肚子饿了，你告诉我们人在哪里，我们好去吃。"

支格阿鲁说："这附近没有，要很远很远的地方才有。我本来可以带你们去吃，但是我走不动了。"

马说："这不要紧，你来骑在我背上，我驮你去。"

支格阿鲁说："你背上那样滑，我怎么坐得稳呢？"

马说："你去找一个坐垫放在我背上，不就可以坐稳了吗？"

于是，支格阿鲁找了一个可以坐的鞍子放在马背上，又说："虽然这样，我还是走不动了。因为坐在你背上，我会滚下来的。"

马说："你找一根绳子让我含在口里，你拉着，这样就是上坡你也不会滚下来了。"

支格阿鲁就去找了根绳子，做成笼头套在它的嘴上，然后骑上去，抓紧缰绳，勒住马笼头，用鞭子重重地打它，边打边问："你还吃不吃人，你还

吃不吃人？"

马因为套了笼头，东摆也摆不脱，西摆也摆不脱，被他打得又嘶又叫，只好求饶说："饶了我吧，饶了我吧！我以后再也不吃人了，再不吃人了！"

支格阿鲁这才下马来。从此，马再不吃人了。牧马人也总不轻易取下马嘴上的笼头。

打蚊子、青蛙和蛇

支格阿鲁四处旅行的时候，骑了匹仙马，牵了四条仙狗，天天从地下到天上，从海洋到山谷，到处游玩。那时，蚊子有拳头那么大，青蛙有铧口那么大，蛇有柱头那么粗，人们随时会被它们咬死。

支格阿鲁看了，非常气愤，就把蚊子、青蛙和蛇喊　蚊子、青蛙和蛇根本不听他的话，还是去咬人。

支格阿鲁把蚊子喊来，用拳头把它打得像菜籽一样大。蚊子连忙求饶："支格阿鲁英雄，我再也不吃人了。"

支格阿鲁把蚊子放了，从此蚊子再也长不大了。

支格阿鲁把青蛙喊来，用木棒把它打得像拳头一样大。青蛙连忙求饶，说以后再不吃人了。支格阿鲁把它放了，从此，青蛙只有拳头大了。

支格阿鲁把蛇喊来，用石锤把它打得像木棒一样细。蛇连忙求饶，答应以后再不吃人。支格阿鲁又把它放了，从此蛇只有木棒细了。

从此，蚊子、青蛙和蛇再也不敢吃人了。

兹兹尼扎

吾勒吉作的家中养了一群好猎狗，能追猎高山的猛虎，能追猎深涧的黑熊。

出猎这一天，报晓雄鸡唱了三声：头声叫醒睡在火塘边的女奴隶，起来煮狗食；二声叫醒睡在内房里的女主人，起来分狗食；三声叫醒睡在羊圈边的男奴隶，起来拴狗绳，黑狗拴黑绳，白狗拴白绳，花狗拴花绳。随后，吾勒吉作率领人带上狗启程了。

来到马切山，他们头天从山顶放狗进森林，猎狗可曾闻到野兽的气味？没有闻到野兽的气味；第二天从山腰放狗进森林，猎狗可曾找到野兽的脚印？没有找到野兽的脚印；第三天从山脚放狗进森林，不一会儿就传来猎狗"汪汪"的叫声。猎狗撵到了獐子？猎狗撵到了鹿子？不，都不是，是美丽的兹兹尼扎①被猎狗围困住了。

吾勒吉作赶上前，看了一眼，吃了一惊："世上哪有这么美丽的姑娘！"他怀疑自己遇上了妖精。吾勒吉作拉开弓，搭上箭，要射兹兹尼扎。

兹兹尼扎忙说道："吾勒吉作你听清，你住在马切山，我也住在马切山

①"兹兹"，泛指小鸟；"尼"，泛指女性；"扎"，是美的意思。意思是美丽的小鸟姑娘。

里，你是娘生父母养，我也是娘生父母养，你为什么要射我？我为了逃婚，为了嫁个意中人，才在这深山野林里逃奔。"

吾勒吉作一听心欢喜，连忙倾诉自己的心，说自己正在打单身，说自己正想娶个美人，说这是天赐好姻缘，说他对她一见钟情，深责自己真该死，错把美人当妖精。他赔了小心献殷勤，把兹兹尼扎娶进门。

兹兹尼扎自从嫁到吾勒吉作家，每天早早起，耕织忙不停，巧手织云霞，裁作七彩衣。她在山顶开出三块地，地里种荞麦，院里养鸡群；山腰开出三块地，地里种大麦，山坡放羊群；山脚开出三块田，田里种稻谷，圈里喂肥猪。

自把兹兹尼扎娶进门，吾勒吉作情不真。婚后第一年，他看她愈看愈美丽：长长的眉毛，端端的鼻梁，真是个罕见的美人；婚后第二年，他觉得她很一般；婚后第三年，他觉得她不如别的姑娘；婚后第四年，他愈看她愈嫌丑；婚后第五年，他看都不想看，看见就心烦，就好像她头上，左右盘着四根辫，前后长着两张脸。

吾勒吉作生恶念，吾勒吉作起歹心，假装说是心绞痛，就像插满了麦穗上的麦芒，谷穗上的谷针。兹兹尼扎连忙问："怎样才能治好你的心痛病？"吾勒吉作说："只有岩蜂的蜜，才能治好我的病。"

兹兹尼扎连忙去取岩蜂的蜜。她身上背着铁锤，口里含着铁钻，双手抓着岩上的杂草，双脚蹬着岩上的缝隙。顾不得岩石的坚硬，顾不得岩蜂的毒刺，她凿开岩石取出蜜，连忙赶路回家来。吾勒吉作伸手接过岩蜂蜜，转身倒掉岩蜂蜜。他不吃蜜糖不领情。

兹兹尼扎不知情，仍然诚心来询问："你的病情可减轻？"吾勒吉作连声哼，说是要吃黑熊胆，才能治好心头痛。

兹兹尼扎忙出猎，从东山打到西山，猎只黑熊取出胆，急急忙忙往家赶。吾勒吉作接过黑熊胆，转身丢掉黑熊胆，说是疾病已加深，头昏脑涨难安宁，要吃高山顶上雪，才能治好病。

盛夏已是满树荫，只有高耸入云的木曲山顶才有雪。兹兹尼扎忙动身，临行嘱咐道："千万不要弄熄红火炭，不要用倒钩刺咒人，不要请毕摩来念经。"

兹兹尼扎刚出门，吾勒吉作就请毕摩来念经。毕摩挖来倒钩刺，正在攀登木曲山的兹兹尼扎，立刻头痛脑热难安宁；毕摩折断荆棘来念咒，刚取到白雪的兹兹尼扎，手麻脚软路难行；毕摩泼熄红火炭，兹兹尼扎立刻双目失明。毕摩接着施魔法，正在摸索着往回赶的兹兹尼扎，立刻变成一只黄山羊，一进门就倒在毕摩的脚边。

　　兹兹尼扎虽然变成了一只黄山羊，但兹兹尼扎并没有变心。她蹄缝里夹着白雪，耳朵里兜着白雪，要为吾勒吉作治心病。吾勒吉作真绝情，喊声抓来叫声丢，变成黄山羊的兹兹尼扎立即被丢进河。

　　吾勒吉作家、俄曲节巴家、俄阿扎扎家，这三家的牧猪奴想要吃鲜鱼，放猪到河边，有的搬石头，有的来堵水，筑起拦鱼坝。头天只拦住泥沙，第二天只拦住了一些小鱼，第三天拦住了黄山羊。他们将羊剥去皮来煮进锅。吃了羊肉的这群牧猪奴，从早到晚上，变了三个样：上午时，这个哭来那个笑；中午时，这个嚷来那个嚷；到了黄昏时，一个个圆睁怒目，尽都变成了疯子。这群变成疯子的牧猪奴，有的手拿木棒，有的手拿砍刀，把负心的吾勒吉作团团围困在中间。

　　吾勒吉作想逃命，吾勒吉作想躲藏，吾勒吉作没逃脱，当场刀下把命丧。

　　吾勒吉作死后变魔鬼，魔鬼人人都憎恨。

火把节的传说

在彝族撒尼①人居住的圭山二十四寨里，流传着这样一个传说。

相传，很古很古的时候，大地上的人过着穿树叶、吃野果的生活。天上有位阿番神，看到人们生活太凄惨，于是背着天王，偷偷地推开天门，把天上的五谷种撒到地上。

人们得到了五谷种，却不会耕耘、栽种，就去请勤劳的蜜蜂教人们怎样耕耘、栽种，怎样收打粮食，怎样绩麻做衣服。由于五谷种来自天上，有神力的帮助，长出的庄稼茎秆粗，籽粒饱满，每到扬花季节，远远看去，就像成群的绵羊，白花花的，铺满了山坡，盖满了平坝。花谢结籽出穗，一吊吊的谷穗，就像松毛扭成节。到了收获时节，打场上，一对对连枷舞双蝶，一堆堆粮食装进仓。从此以后，人们过上了丰衣足食的生活。

这事后来被天王知道了，眼看人间的生活就要超过天上，他一怒之下招来大力士神，命他到人间，把人们种的庄稼全毁掉，让人们重新回到穿树叶、吃野果的时代。

这个大力士神趁夜黑星回的时候降落到人间。他来到地里，手拔、脚踏地破坏刚扬过花的庄稼。

---

①撒尼：彝族的一个支系。

大力士神正卖力地执行着天王的命令，人们从四面八方赶来，纷纷质问大力士神："凭什么要破坏我们人间的幸福生活？"大力士神依仗着浑身的力气，蛮横地说："我是天上的大力士神，浑身都是力气，在天上用不完，来到地上出出气。你们这些可怜的人，谁敢来和我比摔跤？要是你们摔倒了我，我就转回天上，再也不管人间事啰！要是不敢出来比，就趁早快些闪开，我今天要拔光所有从地上长出来的东西。"

大力士神为显一显浑身的力气，他看见山腰的牛群，便走过去，首先选了一条腰圆、肩高的黄牯牛，双手一托，将牛丢到山脚下，随后，他又找到一条排角的大水牛，双手抓住牛角，用力一扭，就一把把水牛扭翻在地上。正因为有过这桩事，所以，以后过节时，首先要斗牛，可是，人们谁也不愿充当那凶恶的大力士神，就只好让牛与牛斗了。

大力士神斗败牛以后，更是洋洋得意。他面对着围观的人群，双手叉腰，迈着步子走圆圈，边走边说："谁敢出来比一比，我好再出力气。要不敢就快些让开，我好……"

"慢着！别逞凶。"这时，从人群里走出英雄朵阿惹恣来。只见他裸露着上身，浑身上下黑黝黝的，腰上紧紧地用一条黑布扎着。

"要摔跤，我们找块宽敞的地方去斗一斗，别在这里踏坏了庄稼。"说完话，惹恣头也不回地走向深深的老圭山，接着，大力士神和人们也跟着来到老圭山头上。

大力士神与朵阿惹恣在山上，你抓着我，我扯着你，展开了一场恶斗。他们整整扭摔了三天三夜，分不出胜负。这时，山头上的小伙子们拨响了三弦，吹响了短笛，姑娘们拍红了手，跺痛了脚，都在为惹恣助威。突然，朵阿惹恣一下失了手，膝盖落了地。大力士神拼命压下来，想把惹恣压翻在地。惹恣单脚跪在地上，直压得地上出了个深窝窝。这个窝窝后来积满了水，天长日久，就变成了今天的圆湖啦！

眼看大力士神就要取胜，只见惹恣一收腰，吸口气，双手卡住大力士神的腰，猛一用力，站了起来，趁势将大力士神甩出去直落到几十里外的独石

山边，落在地上，把平平的地上压出一条长长的深沟来。大力士神的头撞通了跃宝山，山中的水淌到长长的深沟里，便成了今天的长湖。

这一下，大力士神再也不敢抖威风了。小伙子们更起劲地拨响了三弦，短笛也吹得四周回响，而姑娘们随着乐曲不停地拍手跺脚。这就是今天跳三弦的来由。

再说天王听到人们斗败了大力士神，看见人们欢歌起舞，气得眼冒火、嘴生烟。他亲自抓起案前的香火炉，顺手丢向人间。香火炉里的香灰面在空中飘飘荡荡，后来就变成了各种害虫，渐渐飞落到大地上，爬到地里，嚼食着刚刚灌浆的庄稼。眼看庄稼就要被毁坏了，聪明的人们很快找来了松树枝，点燃了一束束熊熊的火把，又抓起松香面，撒向火把，火把立即喷出一股股火龙来，直烧得天王撒出来的害虫焦头烂翅，再也难逞凶了。

自此以后，每年到了夜黑星回的六月间，朵阿惹恣斗败大力士神的二十四日这一天，人们都要穿上节日的盛装，打牛、宰羊来庆祝。节日里都要举行斗牛、摔跤、打火把等活动，以此纪念人们斗败天王，迎来新的丰收年。

火把节的来历

  很久很久以前，天神恩体谷兹有一名管事叫伍帝阿友。恩体谷兹派伍帝阿友到人间彝族居住的地方，一年四季不断地强迫人们交租上税，逼得彝族人们无法生活。

  伍帝阿友有个妹妹叫龙洞秋，长得如花似玉，四方的贵人都来提过亲，无数的人也来做过媒。但伍帝阿友将他们都回绝了，因为他常来彝区收租时，在阿都部落发现了一位勤劳勇敢、朴实大方的年轻人波则。为了便于在彝族地区长期收租逼债，有个落脚的地方，伍帝阿友主动把妹妹嫁给了波则。他们俩婚后，靠自己的双手，早出晚归，日子过得还不错。伍帝阿友常来收租，每次一来都在妹妹家做客。彝族对妻子的哥哥是最尊重的，所以伍帝阿友每次来波则都杀猪、杀羊，把家里最上等的东西拿来招待他，但伍帝阿友还是照样要收妹妹家的租子，长年累月下去，使妹夫对他产生了厌恶。

  有一次，波则对他的妻子说："这一次你哥又来收租的话怎么办？"媳妇对波则说："彝族有句俗话，虽然是亲兄弟，分了家就成了家门，女儿回娘家也只能待两三天，三天以后父母也会不耐烦的，何况是娘家哥哥。假如这一次他又来，我俩公开赶走他。"波则听了说："你说怎么个赶法？"媳妇想了一阵说："你用我家的那根长矛对准他的胸口，假装杀他，我就拉住长矛的后半截，吓一吓他，看他以后还敢来不！"两口子正在商量时，伍帝

阿友突然出现在院子里，说时迟，那时快，波则拿住长矛向伍帝阿友胸部刺去，媳妇跑上前去，拉住长矛的后半截，但波则用力过度，媳妇又没拉稳，长矛刺穿了伍帝阿友的胸部，他当场就死了。两口子后悔也来不及了。本来只想吓唬他一下的，现在人已死了，让天神恩体谷兹知道了，不仅是他们一家人，连地上所有的动植物都会遭殃的，这可怎么得了！于是他俩慌忙把尸体拖到屋后藏好，到了晚上，就把尸体转移到了龙头山脚下。波则本来想挖个坑埋的，但天气寒冷，媳妇也在说："用不着挖了，天上下这么大的雪，地上又积了这么厚的雪，不说是一个人的尸体，就连大山都被盖完了，怎么也不会露出来的！"于是两人把尸体丢在雪地上就走了。

恩体谷兹见伍帝阿友久久不回来，就派故惹席矛和恨惹留知来彝族地区寻找伍帝阿友。他们一路问到龙洞秋家："伍帝阿友到你家来没有？"两口子回答："没见踪影。"他俩说："假如没有在你家的话，地上的动物和植物是不敢动他的，那他一定是被大山老林吃了。"这个人命案就这样报到恩体谷兹那里去了。恩体谷兹马上命令捉拿最大的那匹山。属下们研究过去，商量过来，认为最大的是波地鲁曲山，这个人命案就落在了波地鲁曲山的身上。波地鲁曲山为了证明自己是清白无辜的，就请毕摩来念经，又把铧口烧红后，捧在手上，让众人看，如果真是它害死的，手立刻就会被烧伤，但它是清白的，所以顺利地捧着烧红的铧口通过了毕摩指定的地点。因此，波地鲁曲山至今一年四季都是白的，在那里的一切动物和植物都是白的。

恩体谷兹得知这个案子还没有了结，又命令捉拿龙头山。龙头山为了证明自己是清白的，也请笔摩来念经。因为伍帝阿友的尸体是埋在龙头山脚下的，所以龙头山在捧铧口的时候，手被烧着了，它背了黑锅，因此龙头山现在远看一片黑。一只狐狸吃了人肉，也变黑了，所以现在龙头山上的狐狸都是黑的。照彝族的习惯，人们听不得狐狸在附近叫，传说听到了就会死人。这就是那时狐狸吃了人肉的缘故。

第二年雪化完的时候，有一天，一群乌鸦和一些鸟在龙头山脚下飞来飞去地叫唤，原来是伍帝阿友的尸体现出来了，这个案子也彻底暴露了。原来伍帝阿友不是波地鲁曲山杀的，也不是龙头山杀的，是他的亲妹家杀的。当时就有了一句俗语："下雪盖尸体，化雪露尸体。"

恩体谷兹知道伍帝阿友是他的妹家杀的，就叫他家赔偿人命金。当时的谚语是这样的："赔脚要匹马，赔腰要宝剑，赔头要挂金。"彝族人们为龙秋洞两口子除掉这个恶人而大喜，所以，这一带的动物和植物都同意共同赔偿这条人命。就这样，动物和植物分类轮流去收这笔款。轮到动物中的兽类去收的那天，蝙蝠伸出翅膀说："你看，我是鸟类，已交给鸟类了。"鸟类去收的那天，蝙蝠又伸出四只脚说："你看，我是兽类，已交给兽类。"结果蝙蝠没有交款。轮到植物去收的那天，收到黄桷树那里时，黄桷树说："我已交给了动物。"动物去收那天，黄桷树说："我已交给了植物。"结果黄桷树还是没有交款。最后集中来算，就差蝙蝠和黄桷树的，大家就派人去处理。人遇到蝙蝠就说："你不是兽类，也不是鸟类，无脸见人，从此以后，只许傍晚才能出来找食吃。"派去的人又对黄桷树说："你既不是动物，也不是植物，只许你长在石板上。"所以现在黄桷树只长在石板上。

人命金已赔完，这个案子也算了结了。彝族人们以为万事大吉了，可万万没想到尼苏祖阿史骑着一匹黑色的骏马来到了人间，找到龙洞秋家。他说："我叫尼苏祖阿史，骑着黑马来到人间，收租认土地，要债认养子；不利的人倒起说，不利的牲口倒起走；事错在前面，治理在后面；亲属中表哥表弟最亲，我是伍帝阿友的亲表哥，你们已经赔了伍帝阿友的人命金，但我的那份还没有得到，今天非给我不可，如不给我，我就死在你们这里。"人们对他这种无理的行为感到气愤，说："天神也不会赔第二次，伍帝阿友的人命金早已赔完，你还有脸来要第二次吗？"尼苏祖阿史觉得无脸见人了，最后人和马都死在当地。他的尸体腐烂后，变成了蛆，蛆又变成了害虫。那时正好是六月间，庄稼正长得茂盛。这些害虫成群结队地飞到田野吃庄稼。人们发觉后，组织起来，找来干松枝，点燃火把，排成队，在山前山后、田边地角，举起熊熊的火把烧害虫，保护禾苗。在夜间，那些害虫见到火光便飞向火焰，自投罗网。人们用火把烧死了害虫，夺回了丰收。彝族人感到无

比高兴，富裕者宰羊，不富不贫者杀猪，贫穷者杀鸡，连寡妇也要做荞粑和辣子汤来庆贺。他们还举行了各种欢乐的活动，有斗牛的、斗羊的、斗鸡的、赛马的、摔跤的，还有比美的，那天是六月二十四日，这样就形成了每年六月二十四的凉山彝族火把节。

彝族为啥十月过年

　　原先彝族不是十月过年，后来才改成十月过年的。为什么会这样呢？有这样一个故事。

　　天神阿底窝勒养了三百头母猪，放在涅爽那山①下。木克勒热看见了，就把三百头母猪杀死了。天神阿底窝勒就去找刹摩摸喝山②，说："你为什么杀我的母猪？"刹摩摸喝山说："我这座山，一年四季都是雾沉沉的。我没有杀你的母猪，我如果杀了你的母猪，我这座山就会变成别的颜色。"

　　阿底窝勒又找到窝地罗曲山③，说："你为什么杀我的母猪？"窝地罗曲山说："我这座山，一年四季都是白的。我没有杀你的母猪，我如果杀了你的母猪，我这山就会变成别的颜色。"

　　阿底窝勒又找到涅爽那山，说："你为什么杀我的母猪？"涅爽那山说："我这座山，一年四季都是黑的。我没有杀你的母猪，我如果杀了你的母猪，我这山就会变成别的颜色。"

　　阿底窝勒就请三座大山帮忙，叫杀猪人赔他的猪。三座大山商量了一个

---

①涅爽那山：黄矛埂，在美姑县境内。
②刹摩摸喝山：凉山。
③窝地罗曲山：珠穆朗玛峰。

办法，叫阿底窝勒下一场大雪，把所有的山都盖起来，然后等十三天，雪化了再去看，猪死在哪里，杀猪的人就在哪里。阿底窝勒就下了一场大雪。

大雪化了，只见猪都在涅爽那山脚下堆起。阿底窝勒就去找杀猪人，一找就找到了木克勒热。阿底窝勒就要木克勒热还他的猪。一个天神和一个彝族人就坐下来商谈，一直从十月初一谈到十月十五才商定下一个结果：以后每年十月初一到十月十五这半个月，家家都杀猪来还天神阿底窝勒。

木克勒热想到过年要杀一回猪，十月间又要杀猪，哪里有这么多猪来杀呢？就把彝族年改在每年十月初一到十月十五了。

彝族十月过年，就是这样来的。

错尔木呷的故事

从前，有个彝族奴隶名叫错尔木呷，他非常聪明机智。当奴隶主虐待和压迫娃子的时候，他常常想出办法来为大家出气。至今彝族人民仍喜欢谈他，还说确实有这人，他的后代住在哪里哪里……

对付主子

当错尔木呷还是一个锅庄娃子的时候，因为他聪明能干，奴隶主每次出门都要带他一路去。木呷很不愿意，想方设法逃避这个差使，因为他出去总要饿肚子，还要跟奴隶主东奔西跑，十分劳累。

有一次，他跟随奴隶主去一家黑彝家做客，主人打猪打羊款待，但给奴隶主吃的肉多，给奴隶吃的肉非常少，木呷心里很气愤。当给奴隶主端肉来时，他接过就吃。主人说："木呷，这不是给你的，这是给你主子吃的。"

木呷假装不知道，说："主子吃的和我们不同吗？你们没给我说，我咋会知道呢？这碗肉我已经吃过了，请你再给我的主子端一碗来吧！"

主人不好再说什么，只好叫人另外再给奴隶主端一碗肉来。

奴隶主从此不喜欢他，就不常叫他跟随出门了。

又一次，奴隶主要出门，叫他备马。他故意把马的臀套①套在马颈上。奴隶主骂道："这是臀套，咋能这样套？"

木呷说："我自来是使牛的，懂得驾牛的法子，就是不懂得驾马的法子啊！"

从此，奴隶主认为他蠢笨，就不再叫他备马了。

后来，奴隶主有事出门，又叫木呷替他牵马跟着走。木呷故意不拉马笼头上的口嚼子，只拉着马笼头往前走。

走了一阵，奴隶主回头一看，马不见了，生气地说："木呷，你牵的马哪里去了？"木呷假装吃惊地说："这是咋整的？我以为牵着马笼头就牵着马了。"

奴隶主发了怒，逼着木呷去给他把马找回来。木呷趁此机会在山林里游逛了很久，才把马牵回来，任奴隶主气得暴跳如雷，他也不管。

从此，奴隶主认为木呷做事越来越笨，怕误了他的事，不但再不让木呷跟着出门，就是套马、牵马也不叫他了。

出　征

有一次，错尔木呷的奴隶主出兵打冤家，给了木呷一支长矛，叫他去打仗。他故意把长矛横扛着，在队伍中冲来撞去。众人说："错尔木呷，矛怎么能这样拿？顺着点吧！"木呷装着不懂，几下就把矛杆碰断了。奴隶主很生气，说他不会打仗，就叫他在自己身旁背糌粑。

木呷背了一羊皮口袋糌粑，一边走一边抓起来吃，又一路倒着。到了中午，奴隶主命令他说："错尔木呷，拿糌粑来吃！"

他把羊皮口袋拿给奴隶主，奴隶主说："口袋里的糌粑哪里去了？"

"口袋是漏的，糌粑在路上漏完了。"木呷回答说。

_____

①臀套：套在马臀上的鞍套索。

奴隶主十分生气，但也没有办法，只好命令他再回去背糌粑来。错尔木呷趁此机会急忙离开这个遍地血腥的战场，赶紧往回跑。他跑回奴隶主管辖的地界，那里有一座常年没人住的倒塌了的破房子，木呷在打仗前早就看见了，他立刻用火把那房子点燃，然后又跑回来向奴隶主报告说："打冤家的对方已经打进地界内去了。"

奴隶主打了一阵，一点便宜没占着，反被对方打死了自己许多人。他听了木呷的报告，又远远看见了自己地界内升起的火光，害怕他家受到损失，就急忙撤兵退了回来。

奴隶主这次打冤家打败了，死了许多人。错尔木呷凭着他的聪明才智，保全了自己的性命，也保全了别的许多被奴隶主逼着去打冤家的人的性命。

向奴隶主讨债

错尔木呷做了安家娃子以后，成天苦吃苦做，好不容易存了一点钱，被奴隶主知道后，强迫向他借了去，但借了很久，一直赖着不还。奴隶主仗着自己有钱有势，常常这样向他管辖的曲诺①和安家娃子强迫借钱、借猪羊，名叫作借，实际上不还，大家都把这叫作"奇怪的债务"。木呷辛苦积蓄的钱被奴隶主夺去了，心中气愤不平，决心想法叫奴隶主把借走的钱还回来。

不久，埔子里流行热病，错尔木呷想：收债的好机会到了。他挂着一根棍，装作病重的样子，弯着腰走到奴隶主家门前喊道："主家，请你们把借我的钱还我，让我拿去办丧事吧！我害了热病，活不久了。你今天不还我，我只好走进你的家，死在你家里了。反正我死了有人料理就行了，就让你们来料理我吧！"

①曲诺：新中国成立前大小凉山奴隶社会中，被统治阶级中的最高等级。他们仍隶属于奴隶主，负担一定劳役，但占有少量土地和生产资料，有自己的家室、儿女，有一定的人身自由，可以外出会亲及做生意。亦称"分居奴"。

奴隶主全家都害怕了，生怕他们黑彝家贵重的"黑骨头"染上了治不好的热病，急忙叫人挡着他，并且立刻拿钱出来还他。木呷收到了债，离开奴隶主家就丢掉拐棍，走到别的安家娃子和曲诺家中，告诉他们向奴隶主收债的办法。之后连续两天，奴隶主家门口都围着害热病讨债的人。奴隶主害怕热病，生怕大家进门讨债，也顾不得心疼钱，只好把众人的债都还了。

错尔木呷就用这种奇怪的办法，帮助大家向奴隶主讨回了"奇怪的债务"。

水换酒

有一次，奴隶主家里死了人，要作帛①。错尔木呷用大桶装了一桶水，又用小罐装了一罐酒，然后背着到奴隶主家去。

他说："死去的主子活着的时候是最爱喝酒的。我给他背了一桶酒来，都请他喝了吧！"说着，就把水背到火葬地去，要把它倒在那里。

众人听说是酒，觉得可惜，都来劝他不要倒。他说："主子爱喝酒，我怎能不倒呢？不倒，我心里多难受啊！"

众人劝不住，他还是倒了，众人十分惋惜。他说："没啥，我这里还有。"

说完，他就舀出罐里的酒来请大家喝。

奴隶主见他这样慷慨，怕客人们笑他家吝啬，只好捧出好些酒菜来请大家吃喝。错尔木呷和众人都吃饱喝醉了才回去，但只有他心里明白，这一顿酒菜都是他那一桶白水换来的，要不然，奴隶主家里的酒菜，穷曲诺和娃子们是很难吃到的。

_____

① 作帛：大小凉山彝族办丧事，做祭祀。

罗牧阿智的故事

案子断颠倒了

树太科这个地方，本来是庄稼人的，后来被不要脸的常土司霸占了。罗牧阿智看见自己的地里长着土司家的荞子，越瞧越辛酸，越瞧越火起，牙齿一咬，就把赶着的羊子吆到荞地里去，把荞子吃得一干二净。常土司晓得了，硬要阿智赔他的荞子。阿智说："老爷，你的羊吃了你家的荞子，反倒要我赔？好好好，我赔你就是了。"

晚上，阿智拿了几条大口袋到山上，把常土司家打好的荞子背了几口袋回来，第二天一早就送到常土司家去了。常土司摸摸荞子，斜着眼睛问阿智："咦？这些荞子这样好，沉甸甸的，怕是偷了我的来还我吧？"阿智说："老爷，你家的荞子是沉甸甸的，我的荞子还不是沉甸甸的；你家的荞子是三角形的，我的也是三角形的，你咋个不说你偷了我的呢？"土司瞪着眼答不出话来，就把阿智拉到禄劝县府去告状。

县官看见常土司跟个牛羊佬来打官司，问都不问，就断土司赢，阿智输。阿智听了，一面叫："多谢！多谢！"一面转过身来，把屁股对着县官磕头。县官几乎气昏了，拍着桌子大骂："你是什么东西，敢用屁股对着本县官磕头！"

阿智丝毫不怕县官那股臭威风，他大声说："你县官断案颠倒了，我磕头也要颠倒磕才合你县官的理呀！"

世代的规矩

一天早上，常土司在吃茶，听见门前有人叫："卖木勺！卖木勺！"他就叫阿智："快把他叫进来，我要买！"卖木勺的挑着木勺进来了，他问土司："老爷，你给多少钱？"常土司闭着眼睛想了一阵，就说："我土司家买东西从来不兴讲价钱，你卖的东西装得下多少米，就给你多少米。你要晓得，这是世代的规矩了。"卖木勺的无可奈何，接过土司的一木勺米，眼泪汪汪地对阿智说："大爹，我们做木勺辛苦了几个月，家里娃娃又多，连今早下锅的米都还没有呢！"阿智早就替他气不过了，就凑近他耳朵给他出了个主意。

过了几天，土司听见门前有人叫："卖箩箩！卖箩箩！"土司把他喊进来，卖箩箩的问："你要买箩箩吗？"土司说："不买叫你进来做什么？你这大箩箩要多少钱？"卖箩箩的人说："老爷家买东西从来不兴讲价钱，卖的东西装得下多少米，就给多少米。这是世代的规矩了，我是晓得的。"常土司留神一看，哎呀，碰着卖木勺那人了！弄得他哑口无言，又不好反悔，只好硬着头皮用大箩箩量了米，付给卖箩箩的农民。

只吃米饭的狗

阿智在深山老林中放羊，生活艰苦。可是狠心的土司每天只给他送点粗苞谷面去，其中一半还是狗吃的。阿智心想，土司是人，天天吃米；自己也是人，却和狗一样天天吃粗苞谷面，心中好不火冒。

从此，阿智天天训练牧羊狗，只要他一喊"阿窝①！吃米饭！"狗就摇

---

①阿窝：彝语唤狗用语。

着尾巴来了，这时他就拿粗苞谷面给狗吃；但他一喊："阿窝！吃糊都！"狗来了，他就用棒子猛打。日子长了，牧羊狗听见"吃米饭"，就跑来，听到"吃糊都"，就夹着尾巴跑掉了。

过了些时候，阿智回来对土司说："老爷，深山老林里狼多，牧羊人要放好羊全靠狗，如果没有得力的狗，羊就三天两头地被狼拖走。老爷家的狗也是像老爷一样只吃米饭，不吃糊都，一听说吃糊都，它就不再保护羊群，自顾自跑开了。昨天狼还拖走了一只肥羊！"

土司听了觉得奇怪，不相信，说："阿智！你专会哄人，世上哪有只吃米饭，不吃糊都的狗啊？"

"老爷，不相信，你就亲自去看看吧！"阿智答。

土司跟着阿智来到牧场上。阿智一喊"吃米饭"，狗就来了；他一喊"吃糊都"，狗就夹着尾巴跑了。

常土司看了口叹气说："狗也像我了，只吃米饭！"

打土蜂

有一年的火把节，土司家请客，真是热闹。罗牧阿智跑到后院对仆人们说："常土司把我们穷人整得好惨，今天当着客人，我要打他一耳光，给弟兄们出出气。"

有人反对说："你打土司，土司会要你的命呢。"但更多的人都表示赞成。

阿智事先抓了一只老土蜂，夹在手缝里，然后不慌不忙地走进客房里，刚到土司旁边，不说三，不说四，"啪！"打了土司一个耳光，土司的半边脸都被打红了。常土司定神一看，见是阿智打他，心中火冒三丈，一时不知怎样对付才好。

阿智却快嘴快舌地说："老爷！你看这老土蜂快飞到你的脸上来了，老土蜂会叮死人呢！幸好我眼快手快，从后院里赶来一巴掌把它打死了。不然，老爷的生命就危险啦！"

土司听了他的话，反觉得阿智是待他好，也跟着骂那"该死的土蜂"。

阿智也跟着说："害人的土蜂，老子打死你！打死你！"

这时，后院里响起了热烈的笑声。

烧 碓

罗牧阿智是常土司的牧羊佬。有一次，阿智和伙伴们在山上放羊，阿智说："你们信不信，我要把常土司家那张碓抬来当柴烧？"

伙伴们摇头说："那是土司天天舂米的碓，你想烧掉？嗨！不要胡思乱想了。"当天晚上，罗牧阿智同伙伴们一起来到土司家，正碰着土司家在舂米。

阿智侧着耳听了一阵，就跟土司说："唉！老爷，你家这张碓发出的声音有些不好听嘛！"

土司问："怎么不好听？"

"这……这……这叫我怎么说呢！一说出来不就糟蹋了你土司老爷啦？"

常土司不懂阿智的话，鼓起两只眼睛问："有什么不好说？碓是木头做的，不好就砍来烧掉！你说说，你说说看！"

阿智偏着耳朵，指着碓说："我的老爷，你听，你听那怪声气，它好像在说：'烂土司，烂土司！'"

不说不像，经阿智这么一说，倒越说越像。常土司也觉得碓里好像有个人在骂他说："烂土司！烂土司！"

常土司越听越火起，越听越害怕，脸色也越来越不好看。第二天早上，常土司便吩咐众家奴，把那张木碓砍掉烧了。

松谷克忍的故事

犁　地

　　春天，凉山的雾最浓了，相隔不到五尺远，什么都看不见。可是人们的对话、鸡鸣狗咬，都听得清清楚楚的。

　　一天早晨，雾特别大。松谷克忍的主人余黑彝吩咐松谷克忍去犁地。克忍看看雾这样浓，天这样冷，心想说不去，又怕要挨主子打，就打了一个主意，笑呵呵地对余黑彝说："色颇①，天气这样冷，要多准备点晌午和晚饭啊！"

　　余黑彝为了表示大方，气汹汹地说："随你吃好啦！"

　　松谷克忍把牛赶到地里，摸着黄牛背说："可怜的小黄牛，天气这样冷，你也该休息休息啦。"克忍把小牛拴在地角的小树上，自己披上披毡，先吼一声："阿热②！阿热！"接着又吼一声："阿打打！阿架干③！"就这样，反反复复一直吼到晚。

————————————————

①色颇：主人。
②阿热：走啊。
③阿打打、阿架干：歪下去，死牛。

彝
族
民
间
故
事

松谷克忍的朋友们非常惊奇："这个克忍啊，怎么精神这么好？力气这么大？一天吼到晚，难道不知道累吗？怪啰，调皮的克忍今天怎么变得这么老实呢？"

余黑彝整天都听到克忍在吆牛犁地，自然是满心欢喜，不得不给克忍多准备了一点饭菜。

第二天，浓雾已散，红彤彤的太阳照耀着凉山。余黑彝爬到山上，想看看松谷克忍犁的地，一看，连一块土地也没有犁过，气得余黑彝连连咂嘴。

打麦子

余黑彝对付不了松谷克忍，他想：家里的娃子，个个守规矩，独有松谷克忍不听使唤，把他卖掉吧，连买主都没有；留在家中，又不好好做活，真不合算。

一次，他叫松谷克忍去打燕麦，心想如果松谷克忍再像以前一样，派了活不去干，非要狠狠地打他一顿。

余黑彝怒气冲冲地喊道："松谷克忍，赶快给我打燕麦去！"

松谷克忍望了望余黑彝，只见他那铁锅似的脸上，圆圆地睁着两只大眼睛，好像要吃人一样。松谷克忍知道主人要发火了，便回答道："色颇，我克忍力气大呢！明天你要多多地准备起几架连枷，我克忍不愿打时就不愿打，一高兴起来就要打一山坡，不打它一石，也要打它八斗。"

余黑彝见松谷克忍今天还听使唤，心头的怒火消了一半，可是仍然大声地嚷道："好！明天给你准备一捆。"

第二天，余黑彝叫娃子拿了一捆连枷，共有十多架，一排排地摆在院坝里。松谷克忍也起来了，一面揉着眼睛，一面高高兴兴地对他的主人说："色颇，糌粑要多准备点，少了是不够吃的。"

余黑彝的老婆也显出大方的样子，不自然地笑着说："只要好好打麦子，随你吃吧。"

松谷克忍把连枷扛到打麦场上，顺手扯起一架连枷，在燕麦捆上随便打几下，便把连枷往石头上、木头上乱砸，一架崭新的连枷马上就被打坏了。松谷克忍又扯起第二架连枷，也是这样打法。这样，不到两袋烟的时间，松谷克忍把十多架连枷都打坏了。

松谷克忍走回他的主人家说："色颇，你家的连枷都打坏了，怪不得我啦！"说罢，披着衣裳，自由自在地走了。

余黑彝想：这个克忍啊！不知有多大力气，怎么能把十多架连枷都打坏了呢？他半信半疑地走到打麦场上，一看果真连枷都坏了，粮食却没打下几颗，才知道上了松谷克忍的当，只得又气又恨地说："算了，这个娃子不好管，让他走吧！"

从此，松谷克忍成了分居奴①。

敬祖的供品

小凉山的黑彝贵族有一条规矩，逢年过节，一般都要杀猪，先要把猪腰子、猪肝子、猪肠子分别烧熟一点，拿去敬祭祖先，然后再归主人食用。

有一年过年，余黑彝派松谷克忍去烧猪腰子，松谷克忍越想越生气：真是歪规矩，烧猪腰子是我的事，吃猪腰子就没有我的份！

克忍烧熟猪腰子，根本不把祖先神灵放在眼里，干脆把敬祖的供品给吃了。

余黑彝不见松谷克忍拿猪腰子来给他，便亲自去问松谷克忍。

"你烧的猪腰子呢？"

"啊巴巴！你的祖先肚子饿极了，嘴馋，我刚把猪腰子供上去，还不等我磕完头，他们就吃完啦！"

余黑彝惊恐地叹息说："啊巴巴！真灵，真灵！"

---

①分居奴：曲诺。

彝族民间故事

捞　鱼

大小凉山彝族人民个个都知道智慧多、主意多的松谷克忍。可是，有个黑彝就偏偏不相信松谷克忍的本事。说来也凑巧，有一天，他刚好碰上松谷克忍。

这个黑彝就说："你就是那个最会撒谎骗人的松谷克忍吗？"

克忍针锋相对地回答说："主人！我可不是那样的人，人们都说我有智慧！"

"好吧，今天我倒要考一考你的智慧，赌你骗我一次，哄了我，我就算输；要是哄不了我，我得狠狠地揍你一顿。"

克忍非常严肃地说："哪个有时间哄你哟，我要去捞鱼。人家在河里闹鱼①，一河都漂得白花花的。"克忍不理睬黑彝的话，独自匆匆忙忙地向前走去。

黑彝一听有人在闹鱼，口涎已淌出一拃②长，忙追上去问克忍："克忍，克忍，在哪条河里闹鱼啊？"

松谷克忍幽默地笑着说："这人，你不是赌我哄你吗？"

黑彝生气地骂克忍说："你这个死娃子，哄得老子跑了这么远。"

克忍十分委屈地说："主人啊！为了哄你，我还把准备去买一个娃子③的大事都耽误了，我不责怪你就够了，你还埋怨我！"

黑彝一听见买娃子心就痒。他想，好机会，这笔生意，非做不可！便急忙追问克忍："克忍，那个娃子在什么地方？买来就卖给我吧！"

克忍暗暗发笑，老黑彝又上钩了，忙说："那你就等着吧，我去带来卖给你！"说完便大步向前走去。

太阳快要落山了，黑彝仍不见松谷克忍的影子。这个老黑彝，白白地站

---

①闹鱼：土语，指把一种有毒的藤子根捣碎后撒在河里毒鱼的捕鱼法。
②一拃：拇指与食指叉开的长度。
③买娃子：凉山在民主改革前，奴隶被当作牲畜买卖。

到天黑。

哭

松谷克忍的主子死了，他一点也不在意。黑彝老婆看见了，便责问他："松谷克忍，你为什么不哭？"

松谷克忍便放声大哭了起来，说道："主人活着的时候，待我们很凶，连家里的棍子都给打断了。"

黑彝娘子听了很生气，便拿起一根柴来打松谷克忍，并问他道："你为什么这样哭？"

松谷克忍说："夫人，我哭的都是实情，我不哭，你要打；我哭，你也要打，你到底要我怎么办呢？"

张沙则的故事

洗不清

有一次，土司霸占了本村百姓的十五只羊，眼看大家今年又没有羊皮可披，只好穿麻布了。

沙则非常气愤，要为大家出口气，便带头到州府去告土司。沙则走进衙门，把呈文递给州官。州官大人不问青红皂白就判断土司为赢，沙则为输。

第二天，沙则把青布裤子粘上灰尘，高高地挂在竹竿上，大模大样地在大街上游逛。

众人见了就问沙则："这么脏的裤子，你怎么也不拿去洗呢？"

沙则一板一眼地说："大哥啊，不是我不洗，这里有天没太阳，再洗也洗不清。"

沙则弹琴

有一天，沙则来到城里，看到很多人都围在一家卖月琴的铺子里。沙则挤进去，顺手拿起一把月琴，向老板问道："老板，一把月琴卖多少钱啊？"

做生意的看沙则穿一身麻布衣裳，破破烂烂的，就鼻子一哼，冷笑道："你也会弹月琴吗？如果你真会弹，我不要你的钱，任你挑一把好的！"

沙则忍住心中的怒火，不慌不忙地站在柜台旁边，舒舒缓缓地弹了起来。沙则一口气弹了二十四首伤心调，一首比一首悲哀，一首比一首动人。听的人越来越多，个个都随着琴声落泪。

卖月琴的老板羞得满面通红。沙则弹完后，拿着月琴就走。他刚走到街心，又折回铺子里，把月琴"啪"地摔在柜台上，对卖月琴的老板说："天空中的雄鹰，看看谁飞得最快；高山上的狮子，比比谁跳得最有力；穿麻布衣裳的老汉，只为试试老板的心肠。谁稀罕你的一把月琴。"说罢，大摇大摆地走了。

迎土司

听说土司要下乡，团头①就在村子里叫喊："土司老爷要来了，家家要杀鸡，户户要备酒……"

村子里的老人们听了，个个暗中叹气，拉长语调说："土司下乡，百姓娃子遭殃！"年轻人听了捶胸跺脚，满肚子的愤怒，但又不得不准备。

可是，沙则却不慌不忙地对大家说："不要杀鸡，不必备酒，让土司饿饿肚子，不然，他总以为我们村子里的百姓年年都得喂他几台②肥肉呢！"

"不杀鸡，土司来了，咋个应付呢？"大家问。

沙则很有把握地对大家说："土司来了，我去应付。"

第二天，锣声当当，鼓声咚咚，沙则知道土司来了。他把裤脚、衣袖高高地卷了起来，手上、脚上都糊满了烂泥，然后，约上几个伙伴急急忙忙地跑到村头去迎接土司。

---

①团头：团是土司管辖地方的组织单位，每团有二三十户，一个团的头目称为团头。
②几台：云南方言，即几次。

土司见有人来迎接，只得停下。沙则兴冲冲地走在前面，伸手就要去拉土司。土司见沙则脏成那样，吓得连忙退让。

沙则装作歉意地说："我们在田里干活，听见老爷来了，手脚都来不及洗，就慌慌张张赶来迎接老爷！"不等土司答话，沙则接着又说："我们忙呀！拼命地盘庄稼。不然，哪有那么多的租子交给老爷啊！今年我们实在忙，忙得杀猪煮酒的空闲都没有啰！"说罢，沙则伸出大泥手，又去拉土司的绸衣裳，以表示关心和敬意。

土司怕弄脏了自己的绸衣裳，忙说："免了，免了！"

沙则趁机对大伙说："听清了吧？！老爷说啦，今年我们一切都免了，连租子也不用交了！"弄得土司无言以答。

捉沙则

州官、土司恨透了沙则，派了两个差人去捉他。差人来到沙则住的村子，见一个头戴黄毡帽，身穿麻布衣的老头正在搭桥。

差人气势汹汹地问道："喂！老头，你可晓得张沙则在家吗？"

老头一看就知道这两人是州府派来的官差，于是慢腾腾地说："在家，他刚从城里回来。"老头又说，"要捉沙则吗？他这个人可不好惹呢！你俩要小心点儿。"

两个差人原本对沙则就怕三分，听了老头的话，更加害怕了，只得向老头求助："老叔！州官派我们来捉沙则，请你帮个忙吧！"

"这倒可以，今天我要先把这座桥搭起，请二位公事大哥也来帮帮忙吧。"

两个差人自然十分高兴，连连点头。

天黑了，老头把两个差人领到家里，说："公事大哥，我去看看沙则还在家没有？"说罢，老头到屋外走了一圈，又回到家里来，对差人说："沙则现在已经出去了，二位就在我家歇上一宿吧！"

第二天，老头又对差人说："公事大哥，你们跑路实在辛苦，我煮点肉请你们两位吃。"于是他砍了一大块肉放在锅里煮，又对差人说："我再去看看沙则回来了没有。"老头走出门一会儿，又折回来关照说："不要乱走啊，公事大哥，村子里的狗恶得很呢！"

老头走后，两个差人闻着猪肉香喷喷的气味，实在欢喜，打算等老头回来一起吃早饭。可是他们左等右等，老头一直没有转回来。

老头家中的人劝他们："公事大哥，别等了，你们先吃早饭吧！"可是甑子一端走，肉就不见了。两个差人亲眼目睹煮的肉忽然不见了，心中十分惊讶恐惧，也不知是什么原因。

老头回来后，两个差人赶忙把这事战战兢兢地告诉他。

老头听了以后，叹了一口长气，说："我们彝家有句古话：'锅里不见祭神肉，出门大哥走为福。'公事大哥，我劝你们走吧！沙则的事以后再说，不然你们要吃亏呢！"

其实猪肉是用细麻线拴在甑底上的，一端甑子，自然肉就不见了。

两个差人听了，就回去对州官老爷说："沙则逃走了。"

沙则哪里逃走了？戴黄毡帽的那个老头就是张沙则。

沙则坐牢

天下老鸦同是一般黑，县官、土司同是一样狠毒。他们怕沙则，也恨沙则，终于把沙则捉进了县府，关进了牢房。

沙则在监狱里托人买了一大捆火麻，不分白天黑夜地搓麻绳。牢头问他："沙则，你搓这么多的麻绳，干哪样？"

沙则笑嘻嘻地说："我们彝家住在山尖尖上，山高水冷，人穷土瘦，住的尽是茅草房、木板板房，瓦房都盖不起。我看县老爷住的院子扎实①好看，扎实漂亮，又是粉刷油漆，又是雕龙画凤，我想把它背回去，让我们村

①扎实：非常、很。

里的老小见见世面。"

　　牢头听了，急忙报告县官。县官听了大吃一惊，害怕沙则闹出怪事，惹出更多的麻烦，赶快把他放了。

么刀爸的故事

捉麂子

　　么刀爸家里很穷，没有柴烧了，他想在田主阿波①来叫他干活之前，先到西山上捡一捆柴回来。到了山上，他碰到了好事，捡到一只被大火烧死了的麂子。他把麂子剥了皮，架在柴背子上背回来。刚走到田主阿波家门口，他刚好遇到阿波。阿波看见么刀爸背上的麂子，马上堆起笑容，说："么刀爸，你真勤快，这么早就给我找来了山味。走，进屋歇歇去。"

　　么刀爸知道阿波想抢占麂子，心里憋着怒气进了门。不出所料，一进门，阿波就张罗家里人炒麂子肉吃，并对么刀爸说："你真了不起，捉了这么大的一只。"

　　么刀爸一本正经地说："这算不了什么，还有比这大的。"

　　阿波一听，瞪着贪婪的眼睛问："真的？"

　　么刀爸有点生气地说："哪个和你开玩笑，就让他不得好死。今天山上麂子非常多，大多数都比这只大，我一个人捉不过来。你要是愿意，我可以和你去多捉几只回来。"

---

①阿波：云南南部彝语方言峨新土语，即爷爷，也作对年长者的敬语。

彝族民间故事

阿波只顾听么刀爸说话，连吸烟也忘了点火，连连点头说："是啰，是啰，我们吃过饭就去捉。"

"我家里的活计怎么办？"

"不要紧，明后日再做算了。"

他们两人来到山上，么刀爸吩咐道："阿波，你在对面山梁上堵，我在这个山梁上堵。下面箐沟里麂子很多，等会儿，我一喊叫，它们就会跑出来。我喊'上去了'，你就顺山梁上去捉，我喊'下来了'，你就往下堵，碰到就抓住它。"

田主不晓得怎么抓麂子，只得听么刀爸的吩咐，去了对面山梁上。这边，么刀爸在一个蚂蚁堆前蹲下来，心里觉得好笑。蚂蚁在洞口忙于找食，出出进进、上上下下地爬动着。当一群蚂蚁出洞下坡找食时，么刀爸就喊："下来了！"田主在对面山梁上听见了，便跌碰打滚地往下跑。当蚂蚁拖着食物从下面洞口爬上来时，他又喊："上去了！"田主又脚手并用地赶紧朝上爬。闹了半天，田主跑不动了，么刀爸又说："阿波，麂子从中间跑出去了！"

田主累得满头大汗，筋疲力尽，带着一手泥土，垂头丧气地回到这边山梁上。么刀爸惋惜地说："阿波，你跑得不得力，麂子全都从你那边跑出去了。"

卖 马

田主进城赶街，叫么刀爸给他牵马。他俩进城的时候，太阳已经偏西了。街上人来人往，拥挤得很。田主阿波打了个鬼主意："你哄我几次了，今天我来哄你一次，叫你饿着肚子赶街。"

他叫么刀爸停在一个墙旮旯里，嘱咐么刀爸道："里边拥挤，马不好走，你就在这里守着。但你要小心，城里的人很狡猾，连别人的眼珠都会换走的。你要护好自己的眼睛，等着我回来。"说着，还做了个用手蒙住眼睛的动作。

么刀爸一手拉马，用另一只手蒙上眼睛，从指缝中看着田主迈步向卖吃喝的摊子走去。看到这情景，么刀爸明白了阿波的用意。他坐在放下来的马鞍上，寻思开了：阿波不把自己当人看，马还有草料可吃，自己吃什么呢？他越想越气，最后干脆把马卖了，又用一点钱买了一些食物揣在怀里。然后他回到田主下马的地方，把马笼头和马铃铛拴在墙边一根木杆上，自己照旧用手蒙着眼睛站着。当他从指缝中看见田主远远地来了，便用一只手拉扯马绳子，扯得铃铛"叮当叮当"直响。

田主见么刀爸还是手蒙眼睛站着，老远就开玩笑说："来换眼珠了。"么刀爸惊恐地把头低到胸前，将眼睛蒙得更紧了。

田主走到么刀爸身边，才发觉马不见了，气呼呼地问："么刀爸，我的马呢？"

"我手里拉着呢。"么刀爸说着，扯了扯马缰绳，"叮当叮当"马铃铛就响起来了。

田主解下铃铛，扔到么刀爸面前，怒气大发，大骂起来："你这个傻瓜，眼睛长到屁股上去了！你赔我的马！"

"阿波，我咋个赔得起，不是你说人家会换眼睛，叫我蒙上眼睛的吗？"么刀爸一边仍然蒙着眼睛，一边振振有词地说。田主没法，只好和他一起去找马。可是，上哪里去找呢？

偷　羊

田主阿波家养着一大群山羊，领头羊是一只又肥又大的大骟羊。快到火把节的时候，田主把大骟羊从羊群中隔出来，交给么刀爸喂养，准备养肥了过节时杀来吃。到了火把节的前一天，么刀爸走进田主的院子，刚想与田主讲话，大骟羊抬头冲着他"咩咩"地叫了两声。

田主说："么刀爸，我的大骟羊也会招呼你这个客人了。"

彝族民间故事

么刀爸说："不是它爱护客人，而是它在说：'主人来了。'"

田主生起气来，心想："我不是它的主人，难倒你是它的主人？"便气势汹汹地说："你是它的主人？那我们打个赌，如果你能在三个晚上内把它偷走，不让我发觉，它就是你的。如果我发觉了，你倒赔我三只羊。"

么刀爸也不示弱："你等着瞧，就在这今明后三个晚上，我敲锣打鼓地来偷这只大骟羊。"

晚上，田主把全家人喊在一起，讲了这件事，叫全家人不要睡觉，好好守着羊，还把大黑狗拴在大门边守门。

第一天晚上，么刀爸一觉醒来，提着破锣去敲打了一阵，然后又去睡觉。田主家听见锣声，就慌作一团，到处察看。么刀爸睡一觉起来，又去敲打了一阵，再去睡觉。田主家又慌乱了一阵。这样一连几次，折腾得田主家不得安生。

第二天晚上，也是这样。

第三天晚上，田主家的人太疲倦了，都打起瞌睡来。田主还是吩咐家人："听见狗叫或锣响就起来察看。"么刀爸悄悄来到大门前，推开门，大黑狗刚想叫，他就把准备好的甜荞粑粑扔给狗吃。狗吃了荞粑粑，连声音也发不出来了，眼睁睁地看他进了门。原来，他在荞粑粑里放了捣细的花椒面，把狗嘴麻住了。么刀爸进去后很快杀了羊，将羊皮放在楼梯头上，羊肠子放在楼梯脚，羊肚子放在田主两个女儿的床中央，羊头放在小灶洞里，又撬开羊嘴用小棍支着，还割下一小段肠子套在吹火筒上。安排就绪，么刀爸背起羊肉回了家。

么刀爸把羊肉煮在锅里，才提着锣来到田主家门前敲打起来。田主家听见了，全家立刻慌乱起来：田主婆忙不赢穿衣裳裤子，光着身子就跑去点火。她拿起火筒朝大灶洞里猛吹，只听见一阵"巴！巴！"的声音，却吹不燃火。她又伸手去小灶洞里拿火石，手一进去就碰掉了支着的棍子，手被羊嘴咬住了，吓得她连声地怪叫。两个女儿也起来了，她们摸到湿湿的一团肉，好像一个才生出来的小娃娃，她俩你推我攘地争执起来。田主阿波住在楼上，一出来就踩着湿羊皮，滑倒跌了下来，跌得浑身疼痛，手刚好摸着羊肠子，也在楼梯脚呻吟怪叫起来。

这时，只听见田主家的院子里嚷作一团：

"灶神爷爷，放开我吧！下一次我不穿衣裳裤子，绝不敢进灶房来了。求求您，饶了我吧！"

"阿嫫①，阿姐生了个娃娃，光溜溜的！"

"阿嫫，不是我生的，是阿妹生的。"

"哎哟哟，还不快点火，老子的肠子都跌出来了！"

屋外，么刀爸的破锣声敲得更响了。

---

①阿嫫：彝语，母亲的意思。

普丕①的故事

烧　蜂

有一次，普丕在放猪的时候，在树林里看到了一窝碗口大的葫芦蜂，他高兴极了，急匆匆地跑回家告诉李士天："阿波！我找着一窝葫芦蜂了！"

李士天最爱吃蜂儿，他听普丕这么一说，也兴奋起来，但还是半信半疑："普丕，蜂窝有多大？"普丕伸出两只手臂围了很大的一抱，蜂窝的大小却用两只手掌比出碗大的圆来："阿波！这么大。"

李士天一看，高兴极了，他以为是普丕用手臂围起来的那么大，他想："我活了这么大，也没见过这大的葫芦蜂。"

接着，李士天和普丕商量起烧蜂的办法来。

这时，李士天的老婆跑进来劝他别去，他也有点犹豫不决，因为他以前烧蜂被叮着过好几次，叮怕了。但他又一想，这么大的葫芦蜂，不去烧太可惜了，想来想去，就对普丕说："普丕，还是叫阿奶陪你去吧！我在家里凑

①普丕：据传普丕出生在峨山彝族自治县六丫江（今槽子河）上流的六丫头村（今中正村）一个贫苦的彝族农民家庭。他从小丧父，母亲又眼瞎多病，年幼即到当地大户李士天家当了放猪娃。

火，等你们一烧回来就炒蜂儿吃。"

李士天的老婆也害怕起来，但一看李士天那脸色，只好答应了。

普丕领着阿奶气喘吁吁地来到一棵核桃树下。普丕对阿奶说："喏，阿奶！那窝蜂就在这棵树上。"阿奶抬起头一看，见树上吊着的蜂窝只有一个小碗大，顿时很扫兴。

普丕叫阿奶在树下等着，自己却麻利地爬到树上点起火把，把火把悄悄地伸到蜂窝底下。烧了一会儿，蜂窝就掉在地上了。

这时，普丕装出很害怕的样子紧紧贴在树干上，大声对下面的阿奶说："阿奶！赶紧把地上的蜂窝拾起来，不然，老虎闻见了会赶来的。"阿奶害怕了，赶紧拾起蜂窝。

普丕这才从树上跳下来。他们回到家里，刚跨进门就看见李士天正满头大汗地烧火做饭，准备炒蜂儿吃。普丕把蜂窝摆在李士天面前，说："阿波！你瞧。"

李士天看见只有一个小碗大的蜂窝，大吃一惊，接着就骂起普丕来："普丕！你刚才还说这么大，你又哄阿波了？"

普丕认真地说："阿波！没有哇！是你看错了我的手。"说着，普丕又用手比了一回。李士天这才晓得，普丕指的是手掌，不是用手围的那一抱。

李士天只好灰溜溜地熄了灶里的火，然后，恨恨地瞪了普丕一眼。

打蛇巧取卤腐

夏末，田边的埂草长得很旺，普丕带着银亮的镰刀去割埂草。

不多时，他已割了几条埂子。他正干得起劲，忽然，窜出一条青花蛇，摆着头直直地冲他咬来。他大吃一惊，急忙举起镰刀猛击过去，不一会儿青花蛇就被打死了。接着，他坐在埂子上正要把蛇打个稀烂，忽想起李士天这几日送的午饭，尽是些腌辣子，辣得普丕连午饭都吃不下。

想着想着，他就把死去的青花蛇小心翼翼地别在腰上。

普丕干完活计，等到吃晚饭时，就对李士天说："阿波！这些腌辣子我实在吞不下去了。""哦，那就去捞一碗腌卤腐。"普丕就捞了一碗卤腐，再把别在腰上的青花蛇放在上面，抬到李士天眼前，问："阿波！你瞧瞧！这是哪样啊？""蛇！咋个搞的？"李士天大吃一惊。普丕也装得很惊讶："可能是我捞卤腐时忘记了把罐子口盖上，蛇就钻进了罐子里。"

李士天生来就很迷信，以为这是不祥之兆。他怕外人知道了笑话他，于是对普丕说："赶快把卤腐倒掉，莫给人家晓得。"

普丕心里真高兴，答应道："好！"接着又对李士天说，"阿波！这样倒掉太可惜。这样吧，趁你家的几个长工晓不得，拿给他们吃，再说这样如果有哪样灾祸也转到了他们的身上了。"李士天听后，觉得普丕说得很有道理，就满口答应了。

这样普丕又得了一大罐子卤腐。

平分秋实

普丕在李士天家里做长工，种田、砍柴样样都干，李士天却总是欺压他，他很不服气，总是想设法整整李士天。

这年，到了栽插季节，李士天对普丕说："今年做工不给钱了，就用包给你的那丘田抵工钱，到了年底，粮食收下来，我俩各分一半。"

普丕听了觉得很气愤，他想：工钱本来就给得少，这会儿不仅不给钱反而说给粮食，而现在还不知道今年的收成如何，这不明显是压榨吗？他越想越不是滋味，决心想个法子治治李士天。

于是，他跑到李士天家里说："阿波！你给我一半粮食也行，可得定个规矩。""哪样规矩？"李士天看他这个样子，很得意。普丕说："今年种的庄稼，你要结在地上的，还是要结在地下的？"李士天一听，心想：今年包给普丕的田是要栽稻谷的，谷子结在上面，当然是要上一半；下一半是根根，普丕这回一颗谷子也别想要了。李士天就痛快地说："要结在上面的。"

出乎李士天的预料，这年包给普丕的田他偏偏栽了一丘藕，藕长得很肥。到了挖藕的时候，普丕把干枯的藕秆、藕叶全部割给李士天，藕全部留给自己卖钱。

李士天气得瞪直了眼，但想到自己预先定下的规矩，只得哑巴吃黄连。

到了第二年，普丕又问李士天："阿波！今年种的庄稼，你要结在上的，还是要结在下面的？"李士天想：去年要了结在上面的，上了普丕的当，今年定得要下面的。于是，李士天说："要结在下面的。"

这一年，普丕却把那丘田栽上了稻谷。

等到了收谷子的时候，普丕把谷穗给自己留下，把稻草连根都给了李士天。李士天又气红了眼，但又不好发作。

第三年，普丕又问李士天："今年种的庄稼，你要上面的，还是要下面的？"这回李士天想：前年要了结在上面的，上了普丕的当，去年要了结在下面的也上了他的当，今年索兴上面、下面的都要，这回可再也不能上他的当了。于是他说："结在上面的也要，结在下面的也要。"

第三年，普丕在田里种了苞谷。收获时普丕把结在中间的苞谷留下，把苞谷秆给了李士天。

这样李士天又上了普丕的当，他气得差点昏过去了。

从那年后，李士天再也不敢拿普丕包的田给他抵工钱了。

我怎么做，你就怎么做

一天中午，李士天不慎摔了一跤，弄脏了长袍，擦破了一点皮，这可把他吓坏了。回到家里，他吃不下饭，睡不好觉，就像掉了魂一样。

第二天一早，李士天便准备了一挑祭神献饭的食物，让普丕挑着，准备到摔跤的山上去还愿，把吓掉的魂叫回来。

李士天嘱咐普丕："去还愿的时候，不能说话，我怎么做，你就怎么

做！"普丕点点头："记住了。"

到了还愿的地方，他们点上香烛，摆好祭神献饭的食物。李士天抖了抖衣襟，撩起长袍跪下来，普丕跟着跪在他身边。忽然吹来一阵风，一点香灰飞到李士天的眼睛里，让他直淌眼泪。他急忙用袍子擦眼睛，哪知越擦越辣痛，只好掰开眼皮，要普丕替他吹吹眼睛。

普丕学着他的动作，也揉了揉眼睛，然后朝他掰开两片眼皮。李士天看普丕会错了他的意思，便朝他摇摇头，哪知普丕也朝他摇起头来。

李士天的眼睛越来越痛，气得向普丕踢了一脚。普丕也学着他站起来，用力朝李士天踢去。李士天更加生气了，用力给普丕一巴掌，普丕也就给了李士天一耳光。

还愿以后，李士天斥责普丕："你一个普丕，为什么敢打你阿波？"普丕说："你不是说，你怎么做，我就怎么做吗？"

南诏始祖细奴逻

唐初，在云南洱海地区有六个大部落，就是人们常说的六诏。六诏中，南诏部落经济最繁荣，诏主细奴逻是个很有才干的人。他的曾孙皮逻阁统一了洱海地区，建立了有名的南诏国。民间流传着许多南诏王的传说，下面就说说南诏始祖细奴逻的故事。

一

细奴逻生在哀牢山区，他妈妈叫摩利羌，是个眉清目秀、聪明能干的彝家姑娘。摩利羌十八岁时，有一天，她到离家不远的龙潭边洗衣服，看见水面上有一块滑溜溜的木板，木板慢慢漂到她脚边，她就把它捞起来，蹲在上面搓衣服。过了几天，摩利羌再去龙潭边洗衣服时，这块木板还在老地方，她又蹲到木板上去洗。这样经过两次，摩利羌就怀了孕，十个月后，生下了九个儿子。

在九个儿子出生的那天晚上，有条龙飞进了摩利羌的屋子，变成一个年轻俊俏的小伙子，对摩利羌说："这九个儿子是我的，今夜我领走八个，留下最后一个给你，他的名字就叫宠龙。你把他好好养大，让他服侍你。"说完就不见了，八个儿子也不见了，只有最小的儿子还在。从这天起，小儿子

身上便闪着一圈红光。摩利羌小心地把宠龙裹在包头布里，给他喂奶，抚养他长大。宠龙一天比一天大，他身子周围的红光也显得更明亮了。

在皇帝住的京城里，有一位天师，天天在观测天象。有一天，他发现西南边天上出现了奇异的红光，就去禀报皇帝。皇帝问他是怎么回事，他说："南天出红光，必有圣人降。"皇帝害怕有圣人降世，将来会和自己争皇位，就派大臣到西南方来察访，一定要把身上有红光的人抓到。

皇帝派了一个名叫弥芮忽的酋长来办这件事。弥芮忽带着兵马来到哀牢山区，挨家挨户进行查找。这时，哀牢山一个头人的儿子因为想娶摩利羌遭到拒绝，对摩利羌有怨恨，就向弥芮忽禀报说："摩利羌养着一个私生子，名叫宠龙，从小就有一团红光罩在身上。"弥芮忽一听非常高兴，便装成阿毕①模样，穿上羊皮褂，戴上挽发帽，拿上小铃铛，"叮叮当当"摇着铃来到了摩利羌家。

弥芮忽一进摩利羌家，就看见眼前有一团红光在闪耀。他高兴极了，心想如能抓得这个有红光护身的圣人归朝，皇帝一定有重金赏赐。他迫不及待地向摩利羌走去，边走边大声嚷嚷："听说你喜得一子，快抱出来让我为他祈祷，请祖宗神灵保佑他！"摩利羌正在院子里缝衣服，见这个陌生的阿毕一进门就要看孩子，觉得有些蹊跷，不知怎么办才好。这时她哥哥波洗匆匆忙忙地从门外进来，几大步走进屋子，抱出一个孩子递给弥芮忽说："好啰好啰，这就是我家妹的孩子，请阿毕祈福。"弥芮忽接过孩子，马上变了嘴脸，甩掉挽发帽，砸掉手中的铃铛，恶狠狠地说："这小孩是妖儿，我奉朝廷之命，前来降服。"说完，抱着孩子大步走出门去了。

事情这样突然，等摩利羌明白过来时，弥芮忽已经抱着孩子走远了。摩利羌悲痛欲绝，放声大哭。这时，波洗放低声音说："妹妹，不要难过了，宠龙还在里间睡着呢，刚才他带走的是乌呷。"原来他在外面听到朝廷派人来捉宠龙，就急忙回家给妹妹报信，但来的时候已经晚了，刚进家门就看见

---

① 阿毕：毕摩。

一个装成阿毕的人要看宠龙。他急中生智，跑进自己屋中，把自己的儿子乌呷抱出来，交给了弥芮忽。宠龙和乌呷是同一天出生的，所以弥芮忽也没有看出异样。

乌呷虽然被抱走了，但是波洗和摩利羌都知道，乌呷身上没有红光，只能瞒过一时，朝廷派来的人发觉后，必定还要来搜家。为了保护宠龙，他们想出一个办法：把家中的大母狗杀了，掏空肚子，把宠龙用布裹好放进狗肚子，用狗皮遮住宠龙身上的红光。把孩子放好后，他们把狗搬进狗圈，再引小狗来吃奶。

果然，弥芮忽发觉了抱去的小孩身上没有红光，波洗和摩利羌刚刚安置好，他就带着人来到摩利羌家搜查。但是他们翻遍了屋里屋外都找不到一个小孩，从狗圈旁边走过无数次，也没有发现什么可疑的地方，只见母狗闭着眼睛好好地睡在地上，小狗在吃奶。折腾了半天，他们一无所获，也没有发现家中还有红光，只好垂头丧气地走了。

弥芮忽带着人马一走，波洗忙从狗肚子里抱出宠龙交给摩利羌，摩利羌背着宠龙连夜逃出了哀牢山。

二

摩利羌背着宠龙一直朝着西南方走去，一路跋山涉水，走了十来天，来到巍宝山。巍宝山山势雄伟，气候温和，土地肥沃，这里的人生活习惯、风俗礼节和摩利羌的家乡一样。母子俩就落脚在巍宝山下，开荒种地，放牧牛羊。为了躲避朝廷的追赶，摩利羌改名为"羌壶"，宠龙也改名为"细奴逻"。羌壶带着细奴逻在巍宝山住了十多年，细奴逻长成了一个力大非凡的小伙子，能够帮母亲上山干活了。这一年，他在山坡上开了一大片荒地，种上了庄稼。但是山上没有水，庄稼长不起来，他便想挖一口井浇地。他发现在一块巨石耸立着的地方，有叮叮咚咚的流水声，就决定搬掉石头，把水引出来。但是这块石头大得很，和他一起种地的乡亲们见了都摇头。细奴逻独

自砸开石头，把井挖出来了。泉水从山肚子的白沙中渗出来，清甜凉爽，他就给这口井取了一个好听的名字，叫"白沙井"。从此，他们栽田种地就不愁没有水了。

这时候羌壶得了皮肤病，细奴逻到处为她寻医找药。有一天，他见山脚下有一个地方有白气腾空，好像云烟密布一样，下去一看，原来是一潭热气腾腾的温泉，就跳进去洗了一个澡。洗过后，他感到特别舒服，就把母亲挽到这里来洗澡，洗过后，羌壶的皮肤病居然就好了。从此以后，人们知道了温泉可以治病，大家都来这里洗澡治病，还给温泉取了一个美名，叫"蒙诏汤池"，这个温泉今天还在巍宝山下。

三

巍宝山属蒙舍诏，诏主常和邻居蒙嶲诏争夺领地，你攻我打。有一年，蒙舍诏主张乐进求决心挑选精兵，征服蒙嶲诏。他听说细奴逻力气大，有胆量，很受人尊敬，就亲自到巍宝山，想招收细奴逻入营当兵。

细奴逻这时已是一个魁梧威武的壮汉，不仅会耕地放牧，还会张弓射箭。张乐进求把细奴逻招进兵营，叫他当兵丁头目。

细奴逻英勇善战，屡建战功，深得全诏兵士的爱戴。经过一年多的战争，细奴逻辅助张乐进求打败了蒙嶲诏，统一了蒙舍川。

战争结束了，细奴逻凯旋回乡，巍宝山的乡亲父老特地开辟了一块打歌场，聚会打歌，为他庆贺胜利。

这个时候，有一个名叫蒙织的姑娘爱上了细奴逻，细奴逻也喜欢美丽、勤劳、善良的蒙织。他们在打歌场上建立了感情，第二年就办了喜事，第三年蒙织生下了一个儿子，祖母羌壶为他取名"逻晟"。

有一天，父子俩在山上犁地，蒙织去送晌午，路上看见一个老道人闭着眼睛，盘腿坐在一块石头上。当她走近时，老道人忽然睁开眼睛说："阿嫂，我三天没有吃饭了，把你的饭给我一点吧！"她见老道人可怜，就把晌午送给了他，自己又回家里重做。当她重新做好饭上山时，老道人又说了："好心的阿嫂，你给我的饭不够吃，再给我一点吧！"她想，救人要救到底，又把晌午送给了他，自己再回家做。她第三次上山时，老道人还没有走。蒙织说："你老人家可是还没有吃饱？"老道人点点头。蒙织叹口气，又把晌午给了他，自己又回家再做。等她第四次做好饭，送到山上时，太阳已经落山了。细奴逻父子肚子饿，已经解了犁耙，坐在树底下歇气，见她才来，问起原因，她就把路上的经过一五一十地说了出来。

细奴逻父子感到很奇怪，就跟她去看，果然看到路旁的一块石头上，一位老道人盘腿而坐。更怪的是，老道人面前有一条青牛、一头白象，他的头上还笼罩着五彩祥云。

老道人见他们过来，就笑着问："你们需要什么？"

细奴逻忙回答："我们小户人家只求神仙保佑我们五谷丰登、六畜兴旺。"

老道人听了，笑着说："你们是好心的人家，会有好报的。"边说边用手中的扇柄在细奴逻的犁把上敲了十三下，然后驾着五彩祥云飞走了。细奴逻一家再看时，那石头上还留着人的衣痕，还有牛、象的足迹。这个时候他只感到奇怪，不知道老人敲的十三下竟是指明以后南诏国王的代数。

又有一次，蒙舍诏举行祭柱大典。祭柱就是祭祀诸葛亮立下的白崖铁柱。那天，全蒙舍诏的男女老少都赶来参加，细奴逻一家也来了。祭柱活动刚开始，铸在柱顶的金丝鸟突然飞了起来，"扑哧、扑哧"地拍着翅膀，在空中盘旋了三圈，然后落在细奴逻的左臂上。细奴逻十分惊奇，也就不去惊动它。这只金丝鸟在他臂上整整停了一天才飞走了。这事引得整个蒙舍川的人都议论纷纷，说："细奴逻要当王了！"酋长张乐进求知道细奴逻是个能干的人，就想让位给他，但细奴逻硬是不肯，这件事就拖下来了。

过了不久，一天中午，细奴逻正在吃饭，忽然有一条青蛇哗哗地梭到他的脚上盘着，过了好一会儿，青蛇才慢慢地梭走。走的时候，蛇身在地上拖出几条线，组成了"守境术"三个字。后人说，这是蛇教给他的治国法术。

　　酋长张乐进求知道这件事以后，更是要让位给细奴逻了，但细奴逻还是不肯。两人相持不下，细奴逻指着一块巨大的石头说："我们不必争，如果我一剑砍得进这块石头，我就当首领；砍不进，还是你当。"说完他举起剑砍去，砍进石头三寸深。细奴逻不好推辞，就当了蒙舍诏的首领。

奢香夫人

　　奢香出生在水西的姑朵山寨，她身材高大、脸似桃红、龙眉凤眼，从小就能读书写字、织布绣花、唱歌跳舞、骑马射箭，说文能文，讲武能武。她在彝族姑娘中莫说是百里挑一，真数得上是千中首美。

　　那年三月初，听说大头人霭翠在云落山设花场，邀请四方的姑娘、小伙去赴会，赛马比箭。奢香久闻霭翠大名，从千里外赶来赴会，想见识见识各大寨来的侠男义女。奢香刚走拢云落山，就遇上霭翠，他拦住她的马头，向她求亲。奢香不管他是啥子二品宣慰使，并没把他放在眼里。她抬头一看，见他倒是英姿健伟、品貌不凡，可仔细一打量，又见他已年过四十，一脸黑胡子，便不觉好笑，差点从马背上笑滚下来。

　　霭翠知道奢香嫌他老了，但毫不生气，恭恭敬敬给她作了个揖，放声说："单身打过四十三，感动天仙降下凡，若不嫌我生胡子，助理水西万民安。"

　　奢香见他为人诚恳，便坦坦直直地回答道："愿嫁一拳三朵火，不嫁叶落三缩脚，我要把你考一考，不合心意各走各。""咋个考法？""先考文，后考武。""要得，请考。"

　　奢香想了想，问道："水西有多少个村和寨？"霭翠答道："大寨四十八，小村小寨似星罗。""水西共有几条河？""大河十二条，小溪小河似脉络。""水西贫富人家各有多少？""共有八十万户人家，不瞒你

说，实在是九穷一富呀！"

　　奢香听霭翠说话老实，便不再考问，只从箭囊内抽出一支利箭，嗖的一声，钉在百步外一棵大杉树上，扬头说道："头人，请吧！"霭翠点点头，不慌不忙，搭箭拉弓，嗖的一声，不偏不斜，恰好与前一支箭并排地钉在杉树上。他笑眯眯地说道："姑娘，这是姻缘啊！"好事一下传开，众姑娘和小伙子们一起跑来贺喜，簇拥着奢香和霭翠并马而行，送他们下山成亲。

　　婚后才一年多，正当奢香夫人坐月子时，外邦出兵侵占滇西，滇西头人派人来求援，霭翠亲自领兵去救援，不幸战死在滇西了。

　　从此，才十九岁的奢香夫人，便代替丈夫执掌水西大政。她文能立章起款，武能操练精兵，不但会治农，而且会理商，在水西管地上深得人心。没有几年，她就把九穷一富的水西变得富裕起来，使各族百姓安居乐业，欢天喜地。

　　为了纪念奢香和霭翠，特别是为了表彰奢香的功绩，人们把他俩定亲的云落山改叫"奢香岭"。每年的三月初三，各族青年男女们都要跑到奢香岭来赶花场。

　　常言说："水多蓄成海，人旺开商场。"每逢三月三，外地客商都纷纷来到奢香岭，运来各色各样的商品，搭棚摆摊做生意。

　　不久，奢香夫人开辟了连接中原的官道，设置了从龙场至毕节的九个驿站。这样一来，奢香岭下的西溪河畔形成了上下大街七十二道，小巷三十六条，曾被人们称颂为"花都"，繁荣昌盛，热闹非凡。

阿诗玛

　　相传，从前在阿着底，贫苦的格路日明家生下了一个美丽的姑娘，阿爹阿妈希望女儿像金子一样发光，因此给她取名为阿诗玛。她渐渐长大了，像一朵艳丽的美伊花①。阿诗玛——"绣花包头头上戴，美丽的姑娘惹人爱，绣花围腰亮闪闪，小伙子看她看花了眼"。她能歌善舞，那清脆响亮的歌声经常把小伙子招进公房。她绣花、绩麻样样能干，在小伙伴身旁像石竹花一样清香。在这年火把节，阿诗玛向阿黑吐露了真情，愿以终身相许，立誓不嫁旁人。

　　阿黑是个勇敢聪慧的撒尼小伙子。他的父母在他十二岁时，被土司虐待相继死去。他被财主热布巴拉抓去，在他家服劳役。

　　一天，他为主人上山采摘鲜果时迷了路，在密林大箐中挨冻受饿，受尽了惊骇，因怕主人责骂，又不敢回去。正在这时，他遇到放羊的小姑娘阿诗玛。阿诗玛把阿黑领回家，阿爹、阿妈把他收为义子。从此，阿黑和阿诗玛，两小无猜，相亲相爱。渐渐地，阿黑长成了大小伙子，他的性格像高山上的青松，断得弯不得，成了周围撒尼小伙子的榜样。人们唱歌夸赞他道："圭山的树木数青松高，撒尼小伙子数阿黑最好；万丈青松不怕寒，勇敢的

----

①美伊花：彝语音译，马樱花。

阿黑吃过虎胆。"

　　阿黑十分勤劳，很会种庄稼。他在石子地上开荒种苞谷，苞谷比别人家的长得旺，苞谷穗也比别人家的长得长。他上山砍柴，比别的小伙子砍得多。他从小爱骑光背马。他调理的马，骑起来矫健如飞。他挽弓搭箭，百发百中。他的义父格路日明把神箭传给了他，使他如虎添翼。阿黑喜欢唱歌，他的歌声特别嘹亮。他喜欢吹笛子和弹三弦，他吹的笛声格外悠扬，他弹的旋律格外动听，不知吸引过多少姑娘。这年火把节，阿诗玛与阿黑互相倾吐了爱慕之情以后，这对义兄妹便双双定了亲。

　　一个街子天，阿诗玛前去赶街，被阿着底财主热布巴拉的儿子阿支看中了，他要娶阿诗玛做媳妇。他回到家央求父亲热布巴拉，要父亲请媒人为他提亲。热布巴拉早就听说过阿诗玛的美名，马上答应了儿子的请求。他请了有权有势的媒人海热，立即到阿诗玛家说亲。海热到了阿诗玛家，用他那麻蛇般的舌头，夸热布巴拉家如何如何好，怎么怎么富，阿诗玛嫁过去将怎样怎样享福……阿诗玛听了之后说："热布巴拉家不是好人家，他就是栽起鲜花引蜜蜂，蜜蜂也不理他。清水不和浑水一起淌，绵羊不能伴豺狼。"阿诗玛的回答气坏了海热，他威胁道："热布巴拉家是阿着底有钱有势的人家，热布巴拉的脚踩两踩，阿着底的山都要摇三摇。阿诗玛要是不嫁过去，当心丢了家。"阿诗玛不管海热怎样威逼利诱，就是不嫁。

　　转眼间，秋天到了，阿着底水冷草枯，羊儿吃不饱肚子，阿黑要赶着羊群到很远的滇南地区去放牧。临走时，阿黑向阿诗玛告别，他们互相勉励，互相嘱咐，依依不舍。阿黑走后，热布巴拉起了歹心，便派打手家丁如狼似虎地抢走了阿诗玛，妄图磕了头，吃了酒，来了客，造成既成事实，让她不嫁也得嫁。阿诗玛忠于她和阿黑的爱情，她被抢到热布巴拉家以后，在热布巴拉夫妇的威逼利诱面前，始终坚贞不屈，拒绝与阿支成亲。他们捧出金银财宝，指着谷仓和牛羊对阿诗玛说："你只要依了阿支，这些都是你的。"阿诗玛瞧也不瞧，轻蔑地说："这些我不稀罕，我就是不嫁你们家。"阿支绷着瘦猴似的脸，眨巴着眼睛恶狠狠地骂道："你不答应嫁给我，就把你赶出阿着底！"阿诗玛毫不畏惧地说："大话吓不了我，阿着底不是属于你一家的。"热布巴拉见阿诗玛软硬不吃，恼羞成怒，就命令家人用皮鞭狠狠地抽打阿诗玛，把她打得遍体鳞伤。热布巴拉的老婆咒骂阿诗玛是"生来的贱薄命，有福不会享"。阿诗玛被关进了黑牢，但她坚信，只要阿黑知道她被关在热布巴拉家，一定会来救她。

一天，阿黑正在牧羊，从阿着底来报信的人找到他，向他诉说了阿诗玛被抢的消息。阿黑闻讯后很为阿诗玛的安危担心，他立刻跃马扬鞭，日夜兼程，跨山涧，过险崖，从远方赶回家来搭救阿诗玛。

阿黑来到热布巴拉家门口，阿支紧闭铁门不准他进，提出要与他对歌，唱赢了才准进门。阿支坐在门楼上，阿黑坐在果树下，两人对歌对了三天三夜。阿支缺少才智，越唱越难听，而有才有智的阿黑越唱越起劲，脸泛笑容，歌声响亮。阿黑终于唱赢了，阿支只得让他进了大门。但阿支提出重重刁难，要和阿黑赛砍树、接树、撒种，这些活计阿支哪有阿黑熟练？阿黑件件都胜过了阿支。热布巴拉看难不住阿黑，便生出毒计，皮笑肉不笑地假意说："天已经不早了，你先好好睡一觉，明天再送你和阿诗玛一起走吧！"阿黑答应住下，被安排睡在一间没有门的房屋里。半夜，热布巴拉指使他的家丁放出三只老虎，企图伤害阿黑。阿黑早有防备，当老虎张开血盆大口向他扑来时，他拿出弓箭，对准老虎"嗖嗖嗖"连射三箭，射死了老虎。第二天，热布巴拉父子已无计可施，理屈词穷，只好答应放回阿诗玛。当阿黑走出大门等候时，他又立即关闭大门，食言抵赖，不放出阿诗玛。

阿黑忍无可忍，立刻张弓搭箭，连连射出三箭：第一箭射在大门上，大门立即被射开；第二箭射在堂屋的柱子上，房屋被震得嗡嗡响；第三箭射在供桌上，震得供桌摇摇晃晃。热布巴拉吓慌了，连忙命令家丁拔下供桌上的箭。可是，那箭好像生了根，没哪个人能够拔得下。他只好叫人打开黑牢门，放出阿诗玛，向她求饶道："只要你把箭拔下来，我马上就放你回家。"阿诗玛鄙夷地看了热布巴拉一眼，走上前去，像摘花一样，轻轻拔下了箭，然后，同阿黑一起，离开了热布巴拉家。

热布巴拉父子眼看着阿黑领走了阿诗玛，心中很不服气，但又不敢去阻拦。心肠歹毒的热布巴拉父子不肯罢休，又想出丧尽天良的毒计。他们知道，阿黑和阿诗玛回家要途经十二崖子脚，便勾结崖神，要把崖子脚的小河变大河，淹死阿黑和阿诗玛。热布巴拉父子带着家丁，赶在阿黑和阿诗玛过河之前，趁山洪暴发把小河上面的岩石扒开放水。正当阿黑和阿诗玛过河时，洪水滚滚而来，阿诗玛被卷进旋涡，阿黑在洪水中挣扎。阿黑只听到阿诗玛喊了声："阿黑哥来救我！"就再也没听见她的声音，没看见她的踪影了。

阿黑挣扎着上岸，到处寻找阿诗玛。他找啊找，找到天放晴，找遍了大河小河，都没有找到阿诗玛。他大声地呼喊："阿诗玛！阿诗玛！阿诗玛！"可是，只听到那十二崖子顶传来同样的声音："阿诗玛！阿诗玛！阿诗玛！"

原来，十二崖子上的应山歌姑娘见阿诗玛被洪水卷走，便跳入旋涡，排开洪水，救出阿诗玛，一同在十二崖子住下，使阿诗玛变成了石峰，变成了回声神。从此，你怎样喊她，她就怎样回答。

阿黑失去了阿诗玛，但他时时刻刻想念着她。每天吃饭时，他盛上苞谷饭，端着饭碗走出门，对石崖子喊："阿诗玛！阿诗玛！"那站在石崖上的阿诗玛便应声："阿诗玛！阿诗玛！"

阿爹、阿妈出去做活的时候，对着石崖子喊："爹妈的好囡呀，好囡阿诗玛！"那站在石崖子上的阿诗玛同样地应声："爹妈的好囡呀，好囡阿诗玛！"

小伙伴们在阿诗玛站的石崖子下，对着石崖子上的阿诗玛弹三弦，吹笛子，唱山歌，那石崖子上的阿诗玛也会应和和铮铮的弦音、悠扬的笛声，唱起山歌。

阿诗玛的声音永远留在了撒尼人耳旁；她的影子永远印在撒尼人的心上。

咪依鲁①姑娘

　　相传，很久很久以前，在高高的喜排低山上，有一个勤劳勇敢、聪明美丽的彝族姑娘。这姑娘长得像一朵马樱花一样美丽，乡亲们就亲切地叫她咪依鲁姑娘。

　　咪依鲁姑娘自幼就勤手快脚，热爱劳动。每天早上，太阳还没有晒干草尖上的露珠，她就赶着羊群来到高高的柏阿低山坡上。等羊群"唰唰"地啃食嫩草了，她自己也走到高坡处，选一块大石头坐下来绩麻。她一边绩，一边看着羊群，看见哪只小羊离了群，她就从身边捡起小石子，向着头羊的角上掷过去，让带头羊把离群的小羊围回来。太阳当顶的时候，羊群已经吃饱了，一只只跑到树荫下，鼓着圆滚滚的肚皮，"呼哧呼哧"地喘着粗气。闲不住的咪依鲁便趁着羊儿休息的时候，背起药篮，提着挖药锄，在岩石旁寻找各种药草。

　　日头偏西了，咪依鲁揣起绩好的麻团，背着药篮，赶着羊群下山了。

　　咪依鲁忙完一天的家务事，月亮已升到树梢了。这时，她便邀约小伙伴

――――――――――――――

①咪依鲁：彝语，马樱花。

们来到"姑娘房"①，大伙围坐在火塘边，唱着优美的《梅葛》②。小伙子们总是争着、抢着跟咪依鲁对调。

咪依鲁美丽又勤劳，能歌又善舞，引得附近四山九岭小伙子们像星星围着月亮那样围着她团团转。他们葫芦笙不知吹破了多少把，月琴弦不知弹断了多少根，可是谁也引不来咪依鲁口弦的回应。

一天，咪依鲁把羊群赶到柏阿低山上，正当羊群安静地吃着草时，突然，一只饿狼拖着长长的尾巴，顺着山箐，向羊群猛扑过来。咪依鲁正着急的时候，只听"嘣"的一声响，一支利箭直直射进狼嘴里。咪依鲁抬头望去，只见英武的查列若跑了过来。

原来，这一天，查列若正在卧虎岭打野兽，远处随风飘来动听的歌声。这歌声深深打动了他的心，他便顺着歌声来到了柏阿低山上。正巧，他看见一只饿狼从箐边蹿出来，张开了大口，向羊群扑去。查列若急忙张弓搭箭，一箭把狼射倒了，救了咪依鲁的羊群。咪依鲁很是感激，连忙朝查列若走了过去。查列若见到咪依鲁，心里也很激动。他们两人早在放牧路上、赶街场中就互相认识了。咪依鲁那马樱花一样的笑脸，也早就令查列若欢喜，只是他生来笨嘴笨舌的，总不敢到"姑娘房"找咪依鲁对《梅葛》。今天，查列若救了咪依鲁放牧的羊群，当姑娘走过来向他表示感谢时，他竟慌手慌脚，一下子羞红了脸，半天说不出一句话，低着头转身就要走，却又被咪依鲁拦住了去路。

咪依鲁见查列若不说话，心里想，他不正是自己要选的心上人吗？如果再不定下心来，将来要悔恨一辈子。她这样一想，害羞地低着头，急忙将随身背着的花挎包，双手递了过去。

查列若从小就死了爹妈，单身住在卧虎岭，靠打猎为生。他万万没想

---

①姑娘房：也叫"公房"，是村中专为谈情说爱的青年男女建造的房子，凡成年的姑娘集中住在屋内，故称"姑娘房"。

②《梅葛》：楚雄彝族的创世史诗，以固定的调子在婚丧、起屋建房、节庆欢聚等场合上演唱，这里指梅葛歌谣。

到，今天竟然得到了姑娘的爱情。霎时，像是十冬腊月间燃起了熊熊的火，温暖了他的心房。他赶忙把定情的花包揣在跳动的胸间，并和咪依鲁姑娘约定，到密西抵①节时，一同到俄甫俄莫去赶街。

俄甫俄莫群山，山上长满参天的大树，逶迤绵延三百里，远远看去就像一条巨大的青龙。那时，这地方有一个凶狠残暴的土官，自称为龙生龙养，一心想当王称霸一方。他看中了俄甫俄莫的地势，说是俄甫俄莫沾着龙气，住在这儿就能成王。于是，他强迫当地彝家百姓在俄甫俄莫山上建了一座豪华的官府。

自从修建了这座官府，这一带的穷苦百姓可就遭了殃啦！这个残暴的土官很害怕百姓造他的反，便一会儿派人在山洼里造个"蒸人甑子"，一会又派人造一口一次可以倒进五十挑水的"煮人锅"。谁要是拖欠官府的租税，或是触犯土官的规矩，他就下令把四乡五邻的百姓驱赶来，让他们站在山洼四周的坡埂上，当着众人把那些受罚的人五花大绑着放到热气腾腾的甑子里蒸，丢进翻滚着开水的锅里煮，蒸到肉烂，煮到骨酥才罢手。这个凶残的土官还是一只"大毛驴"，他已经讨了九十九个老婆，四乡百姓的女儿被他摧残了无数，他还不满足，又想方设法地到处找漂亮姑娘。乡亲们咒骂他说："土官哪里是龙生龙养，分明是毛驴转世！"

这一年的二月初八，方圆一二百里的彝家人，不论男男女女、老老少少，都穿着节日的盛装，背着节日食物，聚拢到俄甫俄莫山上，欢度一年一度的密西抵节。老年人在山林深处祭山、祭林，青年男女们则一对对地相会。青年男女还把他们平日绩下的麻团、打来的兽皮，在街子上卖掉，为心爱的人选购定情的礼物。天刚刚蒙蒙亮，咪依鲁就跟着爹妈来到俄甫俄莫山上。刚到街子头，咪依鲁一眼就看见查列若在等着她了。咪依鲁大大方方地迎了上去，和查列若说起了悄悄话。爹妈一看，见自己女儿选中的小伙子长得浓眉大眼、腰粗臂壮，浑身使不完的力气，身上还斜挎着一张硬弓，腰中挂着虎皮

---

①密西抵：又称"祭密枝"，是彝族重要的祭祀活动之一。

彝族民间故事

箭囊。不难看出，这是一个勤劳勇敢的青年猎手。爹妈都满意地笑了。

这时候，不知从什么地方传来了一阵銮铃声，一会儿，只见土官骑着高头大马，带着家奴、府丁大摇大摆地走进街子。人们一见他们便急急忙忙向四周逃散。咪依鲁和查列若正在专注地挑选着围腰链，一时来不及躲开。土官一见咪依鲁，就像恶鬼看见了肉，阎王看见了病人一般，赶紧翻下马来，眯缝着老鼠眼，上上下下地打量着咪依鲁，嘴角上挂起了一尺多长的口水。咪依鲁把头一扭，避开了土官的视线，土官竟厚着脸皮，伸手来抱咪依鲁。查列若一看，心中燃起了无名火："天下哪有这样不要脸的人！"他一手拉开咪依鲁，一手抡起拳头，一拳打在土官脸上。土官没提防，被打倒在地上，家奴见了，赶上前来抓查列若。查列若早已张满了弓，利箭正对着土官的脑袋。众家奴见这情景，只好架起土官，往官府里逃命。

土官虽然挨了揍，却不死心，又立刻派出府丁，到处寻找咪依鲁。可是府丁跑遍了村村寨寨，始终打听不出咪依鲁的下落。

官府中有个师爷，是诡计多端的坏蛋，眼看着土官一天天地黄瘦下去，便想出一条毒计献给土官。土官听了十分高兴，立刻亲自选了一个四周都是悬崖峭壁的山头，派百姓在这高高的山头上修建一座"天仙园"。随后，他派出府丁向四乡发出通告，说是官府请来仙女下凡教姑娘们织锦绣花，各村各寨都得派出年轻漂亮、心灵手巧的姑娘去"天仙园"，跟仙女学手艺，哪个村寨不按期派人去，就得多交十倍的租税。

这一来，四乡的老百姓只得把自己的女儿送去"天仙园"。一时之间，"天仙园"里集中了上百的年轻漂亮的姑娘。结果，"天仙园"里的姑娘们一个个被土官糟蹋了。土官还不知足，他还时刻想着咪依鲁姑娘。他日想夜想，却总不见咪依鲁姑娘来"天仙园"学织布绣花。

再说，咪依鲁从土官手中逃脱后就到喜排低山上去了。这里山高坡陡，府丁没法寻找到。一天，咪依鲁把平日绩下的麻带到邻近的乡街去换盐，她见街上的姑娘们一个个用炭灰抹黑了脸，身上穿着破破烂烂的衣裳，感到奇怪，一打听，才知道土官那次没能把她抢到手，心生歹计，建造了一座"天仙园"，诱骗四邻的年轻姑娘，供他糟蹋。咪依鲁知道这事以后，就像心上被戳进了倒钩刺一样疼。她不忍心姐妹们去替自己遭罪，下决心要为受苦受难的众姐妹报仇雪恨，除掉土官这个祸根。于是，她想出了一条舍身除恶的计谋。

二月初八这天，咪依鲁攀悬崖，爬峭壁，来到野兽也少走的山岩顶上，找到夺思依花。这种野花雪白雪白的，像姑娘们爱插在头上的白马樱花一样，很好看。可这种花毒性非常大，泡在酒里，人喝下去就会立时肝裂肠断。咪依鲁还是在很小的时候，随父亲爬山挖药时看见过。这天，她找到了夺思依花，小心地采了一朵，插在自己头上，回到家里换上心爱的衣裳，请人给查列若捎去了口信，然后只身朝"天仙园"走去。

咪依鲁走进"天仙园"，正巧迎面碰上了要到俄甫俄莫过密西抵节的土官。土官一见他朝思暮想、美貌无比的咪依鲁，就像饿狼瞧见小羔羊一样，巴不得一口将她吞进肚里去。他一时乐得手忙脚乱，一把拉住咪依鲁就要成亲。

咪依鲁不慌不忙地说："别忙，你要是真心喜欢我，就先把被你关进'天仙园'的姑娘赶下山去。"土官一听，说："有了你，其他女人算得了什么！"随即吩咐身边的家奴，把骗上山的姑娘们赶下山去了。咪依鲁眼看着那些遭罪的姐妹们一个个离开了"天仙园"，便跟着土官走进正房厅。房厅里张灯结彩，摆着丰盛的酒宴。土官拉咪依鲁坐在他身旁，正要饮酒作乐，咪依鲁便顺手摘下头上的夺思依花泡在酒杯里，双手端到土官面前说："这花叫作'爱我花'，是我跋山涉水摘来的，若是喝下这花泡的酒，就是我老了，你也不会变心啦！为了表明你的心，你就一口喝干这杯花酒吧！"土官听了这席话，心里乐滋滋的，接过酒杯刚要喝，可是，转念一想，自己的岁数比咪依鲁大过好多倍，要是咪依鲁变了心咋个办？他连忙把酒杯伸到咪依鲁嘴边，说："你怕我变心，我更怕你变心呢！来，来，来！我俩一起喝下合心酒，愿我俩永生永世不分离。你先喝一口，我就喝个底朝天。"

咪依鲁早已横下一条心要解救乡亲姐妹，除掉这只"山毛驴"，她粉身碎骨也心甘。于是她接过酒杯说："好咧！"说着，她先喝下了一口，接着

彝族民间故事

把酒杯递到土官的嘴边，催他喝干。土官乐得手舞足蹈，又闻着扑鼻的酒香味，一伸脖子，一口把大半杯酒喝光了。

土官喝下酒，一时间便头重脚轻。他想起身来抱咪依鲁，还没站稳，就一头栽倒在地上，挣手挣脚地死去了。咪依鲁知道自己就要离开人世间，便硬撑起身子走出"天仙园"，站在高处，看了一眼自己可爱的家乡，深情地大声喊道："查列若哥！你在哪里？查列若哥！你咋还不来？"喊着喊着，她倒在盛开的马樱花丛中。

过了一会儿，查列若赶来了，他看见咪依鲁倒在盛开的马樱花丛中，满脸含笑地死去了，便抱起咪依鲁放声大哭起来。他哭啊哭，哭干了眼泪，哭得两眼流出了鲜血，鲜血一滴一滴地滴在咪依鲁姑娘的脸上，又从咪依鲁姑娘的脸上一滴一滴地滴到身旁的马樱花上，把花朵全染成了红色。

从此以后，每当二月初八前后，俄甫俄莫满山遍野就会开出一朵朵火红火红的马樱花。人们说，这些红得像鲜血一样的马樱花就是当年被咪依鲁和查列若的血泪染红的。人们一看到这一树树、一朵朵火红火红的马樱花，就不禁想起那舍身为民除害的咪依鲁姑娘，她的故事也就一代传一代，一直传到今天。

如今，彝族人民为了纪念为了为民除害而献身的咪依鲁姑娘，把火红的马樱花视为吉祥的象征。每年农历二月初八，彝家人都要采来马樱花，把它插在门前、牲口厩门上、田间，祈求人丁平安、六畜兴旺、五谷丰登。青年男女们用赠马樱花来选择他们的心上人。他们把马樱花插在心爱的人的头上，表达坚贞不渝的爱情。

祖先牌位阿普科的来历

彝族的祖先牌位用竹根做成，叫作"阿普科"或"阿普阿玛玛都"。

很久很以前，有位名叫阿普吉多洛的老人，他和儿子吉达尔图住在一起。每当儿子外出打猎，当天不能回来时，老人就感到格外孤独。他多么盼望儿子能早日娶亲，好给家里增添一些乐趣。

有一次，吉达尔图外出打猎，三天后才回来，老人就对儿子说道："尔图啊！麻雀也要做窝，喜鹊也要配对；瘦牛也得拉犁，穷人也得娶妻。你都快三十岁了，这事你仔细想过没有呢？"吉达尔图说："爸爸啊！你说的话我已牢记在心。只是如果随便取个不贤惠的媳妇过门，那只能使你天天怄气。"阿普吉多洛说："这话是有道理，但那么多的姑娘，难道就没有称心如意的？"吉达尔图说："今天我打猎回来，遇见一个姑娘，看起来很懂礼仪。我走得正渴，她在溪边背水。我请她舀一口水给我喝，她把水瓢一连洗了三次，这才双手捧着，给我送来一瓢清凉的山溪水。为了感谢她的好意，我也把刀擦了三次，才割下一块好鹿肉，双手捧着送到她跟前，她伸手接肉时，脸一下子就红了。我想，她或许能理解我的心意。"阿普吉多洛说："看来这可能是个很好的姑娘。"吉达尔图说："我还没有打听她的底细，明天我想去碰碰运气。"阿普吉多洛说："好吧！好马能配好鞍，好人能娶好妻，愿你一切如意。"

吉达尔图整整忙了一夜，准备好了一切。第二天一早，他辞别父亲，提着一根竹手杖，顺着头天走过的路兴冲冲地走去。走着走着，他遇见一群姑娘，她们有的在唱山歌，有的在弹口弦，正在路边歇气。姑娘们看见他走过来，就招呼道："那位哥哥，请过来歇歇气。"吉达尔图在路边坐下，一面问候，一面对她们逐个看去。原来，她们是去背蕨苠草垫牲畜圈的。只见在一大堆蕨苠草边上，坐着他要寻访的姑娘。这时，她也正微笑着对他张望。吉达尔图指着泥塘边上一只怀崽的母猪说道："那倒是一头很好的母猪，可惜小猪早已被人吃光了。"几个姑娘一起笑道："这说的是什么话呀！小猪还没有生下来，怎么就会被人吃光了呢？"那个曾经给他舀水的姑娘却说："你们笑什么呢？他说的话很有道理。他是说养母猪的人借下了高利贷，生下的小猪还不够抵偿利息。"那些姑娘立即笑道："奇怪，你尼玛伍吉怎么就知道他说的意思呢？"

吉达尔图连忙记住这个名字，同时暗暗高兴，觉得她真是聪明。

于是，他又指着坡上的荞子地说："这荞子长得真好，看来种地的人没有少流汗水，只可惜有一半已被吃到肚里。"

几个姑娘又大声笑道："你是过路的人不知底细，我们都知道得十分清楚，种地的人没有借下高利贷，怎么有一半已被吃到肚子里呢？"尼玛伍吉说："这有什么好笑的？他是说，种地的人没有地，秋收时地租要交一半多去。"那些姑娘诧异地说："你们两个说的和答的是那么一致，正好你还没有婆家，干脆就让他娶了去。"

吉达尔图一听，心里不知多么感谢这些多嘴多舌的姑娘，连忙说道："我吉达尔图还是单身，正想去说亲，只是不知道她家的门槛我可跨得过去？"别的姑娘正要搭话，尼玛伍吉抢先说道："我家门前没有野玫瑰，屋后没有喜鹊报喜，分开蒿草就是家，不必担心刺扎你。"说完，就背起蕨苠草和姑娘们边说边笑着走了。

吉达尔图一听，知道她是说她家里没养狗，住的不是瓦板房，而是一间新修的茅草房，还没来得及修栅栏，自然也就没种下能让喜鹊做窝的大树。

但是按照彝族习惯，在太阳还没有落坡以前，是不能到别人家做客的，所以他只好在山坡上挨着时光，直到太阳擦着山头，这才按照尼玛伍吉的指点来到她家。

其实，尼玛伍吉也在悄悄地观察他，见他没有再问别人就能找到她家，觉得他确实是个聪明的人，心里非常欢喜。

吉达尔图进门后，尼玛伍吉的父亲客客气气地请他坐在火塘上方，就和他攀谈起来："远方来的贵客，是什么风把你吹进我家小屋里来的？你是专门来的，还是路过这里？"

吉达尔图说："今天是个吉祥的日子，我顺着大路走，平坦的大路没有石头绊脚；我顺着小路走，弯曲的小路也没有坎坷。走到山坡上，三百只锦鸡迎接我；走到村寨边，大猪小鸡迎接我。都说你家有个待嫁的姑娘，我是前来提亲的。"

尼玛伍吉的父亲说："那么，你是替别人来做媒的啰？休嫌怠慢，我只怨锅庄石不长肉，长肉我就割下来招待你；只怨柱子里不长骨髓，长骨髓我就掏出来招待你。"

吉达尔图说："你家门前三座山，山上放牛羊，山下养猪鸡；你家门前有田地，地里有荞麦，田里出好米。你家慷慨好客，早已是远近闻名。今天我只是来做媒，做媒为自己。"

尼玛伍吉的父亲一愣，把吉达尔图上下一打量，只见他穿得破破烂烂的，于是换了一种声调，说："哦！可是怎么没有人伴随？那么，你准备付多少身价银子呢？"

吉达尔图举起竹手杖说："你只要看看我这一身穿戴，就能知道我家缺少的就是金银，只有这根竹手杖可以作为你女儿的聘礼。它虽然是根竹子，却能成为一个很好的伙伴，它能扶你爬坡上坎，它能帮你渡河穿林。"

尼玛伍吉的父母一听，非常气恼，说道："你耳朵没有聋，眼睛没有瞎，就该知道我家是不能受别人戏弄的正经人家。你如果再敢胡言乱语，我们就撵你出门。"

彝族民间故事

这时尼玛伍吉慌了，连忙说："父亲不必生气，母亲不必难堪。女儿虽然年纪轻，但也没有听说过一个姑娘的身价只值一根竹手杖的。但是，过去没有听说过，今天听到了，过去没有见过的，今天见到了。那么，看来不是他故意戏弄父亲，也不是母亲没把女儿教育好。看来是女儿不争气，处处不如人，所以只值这根竹手杖，请父亲收下这根竹手杖，答应把女儿嫁给这个年轻人吧！"

尼玛伍吉的妈妈说："说话要思量，做事要仔细，像这样轻浮的人，你去跟着他，只怕要饿断肚肠，受苦受累难为人。"

尼玛伍吉说："但愿他不是那种轻浮的人，竹手杖不会是空心的，女儿再苦再累也不怨母亲。"

尼玛伍吉的父亲一听女儿说出这样的话来，更是气上加气，伸手夺过竹手杖，想抽打女儿一顿。不料竹手杖十分沉重，他还没有举起来，就在锅庄石上碰破了，立即露出了藏在里面的金银。这时，他不生气了，估量了一下金银的重量，估量了一下女儿的心，就自我解嘲地说："女儿长大了就急着嫁人，今天的话说得这么不中听，你愿意去，就把你嫁给他吧！"

尼玛伍吉非常高兴。吉达尔图高兴得一蹦就冲出门去，急急忙忙地赶回去准备迎亲。不几天，吉达尔图就把尼玛伍吉迎娶进门了。

阿普吉多洛为了儿子的婚事，已经操碎了心。但是，新媳妇一进门，阿普吉多洛更操心了。当尼玛伍吉第一次煮饭时，阿普吉多洛对她说："儿媳啊！俗话说各方各俗，今天你是第一次煮饭，要按这里的习惯，洗锅时就得把刷把倒过来刷。"尼玛伍吉亲亲热热地叫了一声"俄依"①，说道："你的关照我记在心，我们年轻人有很多地方需要长辈的指点。"阿普吉多洛又把吉达尔图喊到一边，说道："尔图啊！今天是新媳妇第一次煮饭，你得尊重她的习惯，切肉时，不能用刀口，只能用刀背。"吉达尔图说："父亲怎么教，儿子就怎么做。"

---

①俄依：彝语，指舅舅或公公。

阿普吉多洛交代完后，就到屋后去躲着，通过墙缝，看他们是否照办。

只见尼玛伍吉洗锅时，真的把刷把倒转过来，用刷把脑壳在锅里刷。她左刷右刷，就是刷不干净。吉达尔图忍不住了，说："真是一方一俗啊！你这样洗锅多么费力，我们这方是不把刷把倒转过来用的。"尼玛伍吉说："哦！原来是这样。我尊重你的意见，不再倒着用了。"

阿普吉多洛第一次听到他们交谈，心里十分欢喜。

接着吉达尔图用刀背切肉，他用尽力气，就是切不下一块肉来。尼玛伍吉看了，十分诧异地说："这是怎么回事？你们这里的习惯真是这样的吗？我们那里不论在什么时候，切肉都用刀口。"吉达尔图说："哦！原来是这样。我也尊重你的意见，切肉时不再用刀背。"

阿普吉多洛再次听到他们交谈，心里就像灌了蜜。他有意地咳嗽一声，走进门来。吉达尔图和尼玛伍吉马上领会了老人的心意。原来，按照彝族的风俗习惯，新婚夫妇在婚后的一两年内都不能当着别人的面互相交谈，即使最需要说的话，也只能闷在心里。阿普吉多洛生怕儿子、儿媳都遵循这个习惯，所以做了这番巧妙的安排。因此，吉达尔图和尼玛伍吉更加感激老人的好意，对老人倍加尊敬和信任。

过了一年，尼玛伍吉生了一个女儿，取名阿吉。当阿吉长到四岁的那一年，有一次，吉达尔图外出打猎，一去就没有回来。阿普吉多洛和尼玛伍吉四处寻找，一点消息也没有。家里失去了当家人，真像塌陷了屋梁。

这样挨过一年又一年，阿普吉多洛多次劝尼玛伍吉改嫁，但她坚决不走。

在吉达尔图失踪后第十年，小女儿阿吉也十四岁了。这时，忽然传来一个消息，说吉达尔图当年被歹徒绑架转卖到一座深山里去了。那个地方三面是悬崖绝壁，一面紧靠大江，江上虽有绳索，但被奴隶主日夜看守，根本无法溜过去。当这不幸的消息传来时，阿普吉多洛正在害重病。他叹了一口气，对尼玛伍吉说："吉达尔图已没有生还的希望了，你就改嫁吧！"说完就昏迷过去了。

阿普吉多洛昏迷过去三次，又苏醒转来三次，每次都重复说着要尼玛伍

吉改嫁，但尼玛伍吉只是静静地听着，一句话也没有说。当阿普吉多洛第四次从昏迷中醒来时，他睁大了眼睛，用微弱的声音对尼玛伍吉说："你的心事我知道，既然你不愿意改嫁，等我死后七天，变作一只熊蜂①带你们去找他吧。"说到这里，阿普吉多洛咽下了最后一口气。

老人去世后第七天，尼玛伍吉母女二人正在屋檐下织布，果然来了一只长着黄色绒毛的熊蜂围着她们飞。母女俩忙端出糌粑、鸡蛋供奉在熊蜂面前，说道："老人啊！如果真是你变化的，你就绕着我们飞三圈，带着我们上路吧！"果然，那只熊蜂就绕着她们飞了三圈，然后向前飞去。母女俩慌忙跟着熊蜂上了路。

头一天，熊蜂还能飞很长的路程才歇气，但是后来它每次飞的距离越来越短，歇气的时间愈来愈长。就这样，母女俩跟着熊蜂翻山越岭，渡河穿林。熊蜂飞了九天，母女俩也走了九天，终于来到一座高山前。这山全是岩石，陡峭的山岩像是用斧劈刀削而成的，再仰头看那最高处的山峰，更是草木不生，直插蓝天。这样的山，就是岩羊也休想攀越。母女俩望着这山，吓得浑身打战。

熊蜂在山岩间左旋右转地绕着飞，母女俩跟着它，抓着岩间的小树，踩着岩缝，一步步向前，攀越了一段山岩，便钻进了一个岩洞。这岩洞里又黑又窄，伸手不见五指，母女俩摸索着一步步地向前走。她们走了很久很久，终于看到一点光亮，走出洞一看，她们已踏入山顶，前面的山都在她们脚下。

她们正暗自庆幸，只见老人化作的熊蜂，身上的黄绒毛已被岩石撞落了许多，双翅也大半被岩石撞秃了，但它仍连碰带撞地在地面上低飞。尼玛伍吉蹲了下来，把它捧在手上，但它仍挣扎着向前飞行。就这样，它终于用完了最后一点力气，扑倒在一株绿竹根上。母女俩连忙围拢过来，守护在熊蜂身边。过了很久很久，小阿吉才对尼玛伍吉说："妈妈，你守着爷爷，我去前面找点野菜野果来吃。"

---

①熊蜂：一种体形较大，身上长有黄色绒毛的蜂。

在这荒无人烟的高山上，做妈妈的怎么舍得让一个十四岁的小女儿独自去找野菜？如果让她守着爷爷，但这又是野兽出没的地方呀！尼玛伍吉左右为难了，后来，她只得含泪点头，看着小女儿一步步地走向远处的山头。

过了许久，小阿吉拿着许多燕麦回到妈妈身边。尼玛伍吉问道："那边有人家吗？你怎么捡到这么多燕麦？"小阿吉告诉她说："村寨还在山脚下，离这里还很远，但是离这里不远的山腰上种有庄稼。我去捡燕麦时，遇到一个中年男子，他有意在地里丢下许多燕麦。我就跟在他后面捡，他就对我不停地盘问。我不知道他是好人歹人，所以不敢和他搭话，但他忽然说出你的名字，说我长得非常像你。"尼玛伍吉急了，说："那人或许是你父亲，你怎么不问一声？"小阿吉说："一个不认识的男人，叫我怎么好问？"尼玛伍吉看着已长成半大的姑娘，扑哧一声笑了，说："你怎么不叫他来见见我？"小阿吉说："他说只要他走上这山头一步，就会引起奴隶主的疑心，只希望你能到地边去见他一面。我就点头答应了。"

尼玛伍吉连忙叫小阿吉引路来到地边，一看，果然是吉达尔图。夫妻见面，又悲又喜。

他们还没说上几句话，就被守在地边上的奴隶主看见了，走过来问道："这两个女人是什么人？"吉达尔图说："这是我捡到的两个奴隶。"奴隶主说："啊！你发财了，快带回家去。"

尼玛伍吉听到丈夫这么一说，气得差点晕了过去，但又见丈夫对自己递眼色，心想一定另有道理，便半是喜欢、半是担忧地跟着他们往山下走。一进门，尼玛伍吉见吉达尔图已另娶了一个妻子，心里很难过，但她哪里知道，这是奴隶主强逼着婚配的，所以吉达尔图和后妻只是名义上的夫妻，并没有生下儿女。

按习俗，捡到奴隶就是拾到一笔可观的财富，是要杀猪宰羊庆贺的。于是吉达尔图杀了一头牛。

吃饭的时候，尼玛伍吉看见端到她们母女面前的都是一些没有肉的骨头，心想：难道丈夫真的变心了？为什么不拿好一点的肉来呢？她不由得一

阵心酸，流下泪来。吉达尔图发现尼玛伍吉的这一变化，就假装骂牛圈里的牛道："那条母牛，为什么不把嘴伸到燕麦草地下去吃燕麦粒？"尼玛伍吉一听，这是话中有话，连忙伸手往牛骨下面一摸，果然好肉都在下面，心里宽慰了许多。

天快黑时，吉达尔图走出门去，不一会儿，就听见他在江边答话，但声音忽高忽低听不清楚。当他走进门时，后妻问他道："刚才你在和谁答话？有什么事？"吉达尔图说："有人到江边传话，说你母亲病重，叫我们一道回去探望。这样吧，你先走一步，我收拾点东西随后就赶来。"妻子一听，连忙往家跑去。

吉达尔图连忙带上干粮，带着母女二人连夜逃到山上。当他们三人来到绿竹根前时，已不见老人变化的熊蜂，只见这株绿竹长得格外青翠。他们断定这一定是附着了老人的英灵，才长得和别的竹子不一样。于是，他们连忙将竹子连根拔起，随身带着，钻入山洞，顺着来路回到家里，把绿竹供奉起来。

从此以后，家家户户便都要用竹根做成祖先灵位来供奉。

石林的传说

很古很古的时候，哥自天神来到了路南，看着彝族人民穿的是羊皮褂，吃的是苞谷饭、老苦荞，而且还吃不饱，连过年时吃的也是苞谷粒粒，最多只是掺杂上花花的几粒大米。哥自感叹着说："啊呀！撒尼、阿细太可怜了！让他们种上谷子，吃上大米吧！"于是哥自天神回去赶着一大群石头，担着一大担土又来了，他准备把长湖堵起来，让这高山、坡地变成平坝，能种上谷子。

哥自天神一手拿着鞭子赶着石头，肩上还担着一担土，前面还有一头小骡子，急急忙忙地赶着夜路。他必须得在天亮鸡叫以前赶到长湖，因为这些石头听不得鸡叫，只能在夜里赶路。

有一位撒尼老妈妈夜里起来推豆腐，独个儿推着小磨转。突然，她听到石头滚动得叮叮咚咚，响个不停，把她的小茅草屋都震得颤动起来。老妈妈把眼睛凑在门缝往外一看，只见满山遍野的大石头滚着来了，响声越来越大。老妈妈被吓坏了，赶忙喊她的姑娘："阿囡！阿囡！"可是没人回答，因为她的姑娘到公房唱调子去了。老妈妈心里更是慌作一团，生怕这大石头滚过来砸了她的茅草屋。这么多的石头，随便哪块大青石碰上了房子，房子就会倒塌。老妈妈突然想起姑娘说过："大公鸡一拍翅膀，我就回家来啦！"于是急忙把大簸箕拿到正堂房里，用手使劲地敲了几下。大公鸡以为别的鸡扇翅膀，也就不甘落后，"咕咕、咕咕"地叫起来。

石头滚到现在石林所在的地方，听见了公鸡的叫声，但听得不真切，一个个站起来，竖起耳朵听着：到底是什么声音啊？大公鸡拍拍翅膀，伸长了脖子，又发出一声"喔喔喔"，这一下把石头都吓坏了，腿也软了，迈不了步。

哥自天神火冒三丈，时辰未到，石头怎么不走了呢？他扯起长鞭子就给了石头一鞭。但石头纵使挨了一鞭，大公鸡叫过后还是不能走了，只好挺直身子，赖在这里，变成了石林。而它们的腰上，永远深深地留下了哥自天神的鞭痕。

哥自天神的小骡子也被大公鸡的叫声吓坏了，呆若木鸡地站着，变成了狮子山。

哥自天神看到石头不走，小骡子发呆，气得很，使劲往前跨了一步，不料扁担一闪，只听得"咔嚓"一声响，断成了两截。他挑的土倒下来，便变成了双肩山，陪伴着巍巍的石林，永远留在这里了。

哥自天神的美好愿望虽然没有实现，但是撒尼、阿细人看到奇丽的石林，纵然是吃苞谷、种荞地，也永远忘不了哥自天神的美意。

罕亦跌古

　　很早以前，在日哈洛莫，降生了一个名叫罕亦跌古的男孩。跌古两三岁时，妈妈时常让他拿着玉米叶当剑，茅草杆当长矛，挥舞着玩耍。跌古长到五六岁时，就用竹片当剑，树枝当长矛，和村寨里的小伙伴一起，在村前村后追打游玩。跌古长到八九岁时，便做了竹弓竹箭，到村边树丛里射小鸟。有一天，跌古正高高兴兴地坐在火塘边烤鸟肉吃，妈妈看见了，叹了口气，说："真是不懂事的孩子，鸟肉不够人吃，鸟骨不够喂狗，你射鸟有什么用？"经妈妈这么一说，跌古这才发现真是如此，于是便学着做弩弓。跌古长到十一二岁时，便时常带着弓弩到山坡上射兔子。有一天，跌古正心满意足地坐在火塘边烧兔肉吃，妈妈见了，叹了口气，说："真是不懂事的孩子，兔肉不够人吃，兔骨不够喂狗吃，你射兔子有什么用？"说罢，就给了他一张上面裹着银片的弓和一支铜矛。跌古长到十三四岁时，便一手执银弓，一手执铜矛，到深山野岭去打猎，时常带回猎获的獐、麂、马鹿、野猪、狗熊和虎豹。妈妈见了，心里非常高兴。

　　有一天，跌古打猎回来，忽然问妈妈道："妈妈啊！我的伙伴们回到家里，又喊妈妈，又喊爸爸，我怎么没有爸爸呢？"

　　妈妈听了以后，很久都没有说话，好一会儿，她才长长地叹了一口气，说："你爸爸到很远很远的地方去了，你快快长吧，等你长大了，妈就告诉

你。"

又过了一年，跌古已长到十五岁了，就对妈妈说："妈妈，我已经长大成人了，你快告诉我，爸爸到什么地方去了，我好去找他。"

妈妈听了，眼里流着泪，但不肯说话，后来，被跌古问急了，这才十分悲伤地说："孩子，你还小，等你再长大一些，妈再告诉你吧！"

跌古见妈妈不肯告诉他，就在床上躺了三天，不肯喝一口水，不肯吃一口荞粑。妈妈着急了，迫不得已，这才对跌古说道："孩子啊！不是妈妈不肯对你说实话，是怕你年纪幼小，说话做事不谨慎，反而被人暗害。现在妈妈就告诉你吧！在离我们不远的美姑，住着一个十分残暴的兹莫，名叫兹阿勿泼泼。平时，他在路上走时，头顶不许有雀鸟飞过，如有雀鸟飞过，他便认为这只雀鸟有意冒犯他，就叫身边的侍从追上去把这只雀鸟射死；路面不准有石头绊脚，如果有石头绊脚，他便认为这石头有意和他作对，就要侍从将这石头打得粉碎后抛进河里。就在你快要出生的时候，你父亲从山上打猎回来，累了，就在路边躺着睡觉。那天，正碰上兹阿勿泼泼带着一帮人马路过，就说你父亲是故意把脚伸在路上，挡住了他的去路。你父亲分辩说，他不是故意的，是平时就习惯了伸脚睡觉。兹阿勿泼泼要你父亲答应今后睡觉时一定要把腿蜷曲起来，不准伸直。你父亲诚恳地对他说，醒着的时候一定做到，就怕睡着以后又会把脚伸直。兹阿勿泼泼认为你父亲是有意在顶撞他，就把你父亲杀了。今天妈教你，今后如果遇到兹阿勿泼泼，无论他说什么，你都答应着，免得惹出祸来，等你长大以后，再为你父亲报仇。"

跌古听了妈妈的诉说，从床上翻身坐起，摘下壁上挂着的剑，在磨刀石上使劲地磨着。妈妈见了，担心地问他："跌古啊！你这个小傻瓜，你磨剑干什么？"

跌古说："妈妈，我不想干什么，只是要砍苍蝇。"

妈妈就注意观察他的行动。果然，跌古一边磨剑，一边追赶着苍蝇，只要一看到苍蝇飞起，就挥剑砍去。起初，他砍不中苍蝇，便知道自己的功夫不过硬，还不能指哪里就砍中哪里。他又继续练，后来，虽然能砍中飞着的苍蝇，但只能将苍蝇从空中打落，却不能砍成两段，跌古便知道剑还不够锋利，又继续磨，直到他的剑能将飞着的苍蝇在空中一砍两段，这才带着这柄剑到美姑去找兹阿勿泼泼报仇。

跌古来到美姑，向过路的行人打听："你们看到兹阿勿泼泼出来没有？"人们总是回复他说："没看到，也不知道他什么时候出来。"

有一天，跌古又到美姑去了，向一个小孩打听："你今天看到兹阿勿泼泼出来没有？"

这小孩正是替兹阿勿泼泼放羊的，就告诉他道："没看见，但听说他今天要到河边去钓鱼。"

跌古连忙来到河边，把剑藏在石缝里，坐在那里等待。兹莫总是半夜睡觉，中午起床，所以跌古一直等到中午过后，才看到兹阿勿泼泼带着一群侍从威风凛凛地向河边走来。

跌古连忙迎上前去，恭恭敬敬地说道："尊贵的兹莫，何必亲自动手钓鱼呢？如果你允许的话，就让我来替你钓吧！"

兹阿勿泼泼平时就没有干过什么事情，总是有人代他去做，见跌古态度谦卑，说话讨人喜欢，就把钓鱼竿交给跌古。

跌古接过钓鱼竿，在往钓钩上挂虫子时，故意一使劲，就把钓钩弄断了。他假作吃惊地说："兹莫，你的钓钩是个坏的。"

兹阿勿泼泼瞪了跌古一眼，给他换了个新钓钩。跌古又故意往石头上一挂，钓钩又断了。他于是又说："兹莫，你的钓钩又断了。"

兹阿勿泼泼发怒了，骂道："你是哪里来的该死的娃子，敢来戏弄我？我要把你推下河里去喂鱼！"

跌古假装害怕，一面向后退着，一面说道："兹莫，你不能推我下河，你不能这样做。"

兹阿勿泼泼愈发愤怒了，骂道："我兹莫应该怎样做，难道还要你来教吗？"边骂边向跌古逼了过来。

当跌古退到藏着剑的石缝边时，兹阿勿泼泼已经伸出手来要推他下河

了。跌古立即从石缝里拔出剑来，只见一道寒光一闪，他一剑就把兹阿勿泼泼的头砍掉了。兹阿勿泼泼的侍从还没有弄明白发生了什么事，跌古早已飞快地逃跑了。

跌古在往回逃的路上，路过波禾洛且山时，肚子正饿，忽然看见路边有一个荞粑，他高兴极了，伸手拿来便吃。谁知，他刚把荞粑送到嘴边，张口要咬时，那荞粑像有脚似的，一咕噜就顺着他的喉咙冲进肚里去了。原来，跌古吃的这个荞粑，是个名叫"火补给补"的精灵变的，它专门钻到人的肚皮里跟着人讨东西吃。从这以后，跌古的食量惊人，多少食物也不够他吃。

跌古回到家里，向妈妈叙述了杀死仇人为父报仇的经过后，又对妈妈说："妈妈，我快渴死了，给我水喝。"

妈妈拿一瓢水给他，他喝了不解渴；妈妈拿了一桶水给他，他喝了还是不解渴；妈妈连忙去背水，结果一连背了十几背水给他喝，他喝了以后还是叫渴。妈妈说："跌古啊！妈妈累得背不动水了，你自己到河边喝吧。"

跌古到河边喝了水，又叫肚子饿了。妈妈连忙给他煮饭吃。妈妈煮一升，跌古吃完一升；妈妈煮一斗，跌古吃完一斗；妈妈煮一石，跌古吃完一石，吃了还叫饿。

妈妈没办法了，说："跌古啊！妈妈没粮食给你吃了。你还是快点到兹米阿吉那里去吧！他是个很富裕的兹莫，只有他才能保护你，只有他才能供得起你。"

妈妈杀了一条牛，煮了一石粮食给跌古送行。跌古把一条牛和一石粮煮的饭全部都吃完了，但却没有吃饱，只得辞别妈妈上路了。跌古走了几天，终于来到了兹米阿吉的住地。

兹米阿吉住在祖祖普巫，他家房背后有一块很大的石头，站在上面，就能看到远远近近迷人的景色。兹米阿吉就在这个石头上安置了一个很舒适的座位，每天都到这里来观山望景。他还专门派了一个女奴隶——普阿嫫看守这块大石头。

这天，跌古来到兹米阿吉的住地时，已是深夜了。他知道兹莫是非常威严的，晚上是不能随便叫的。于是，他便来到大石头上睡下了。第二天一清早，普阿嬷发现跌古在大石头上睡觉，大吃一惊，连忙叫醒他说："你好大胆子，胆敢在兹莫的大石头上睡觉。趁别人还没有看见，你快逃吧！要是让兹莫知道了，你就没命了。"

跌古说："你去叫兹米阿吉出来，我有话对他说。"

普阿嬷说："兹莫是你能够喊得出来的吗？你是不是活得不耐烦了？我劝你还是赶快逃命吧！"

跌古说："如果兹莫不出来见我，我就不离开这个地方。"

普阿嬷无法可想，只得去禀告兹米阿吉。兹米阿吉听了很不高兴，说："什么人这样放肆，快放出黑狗去咬他。"

被放出来的哪里是什么黑狗，是两只黑熊。两只黑熊直端端地朝大石头边的跌古扑过去。跌古毫不畏惧，等两只熊扑近时，才捏紧拳头，对准它们，一拳一个，黑熊就被打死了。

普阿嬷慌忙跑回去禀告说："兹莫，不好了，黑狗被那青年打死了。"

兹米阿吉听了暗吃一惊，说："那就放出花狗去咬他。"

被放出来的哪里是什么花狗，而是两只猛虎。两只猛虎来到大石头边上，大吼一声，腾空就向跌古扑去。跌古往右边一闪，挥动拳头，只一击，又将两只猛虎打死了。

普阿嬷又慌忙跑去向兹米阿吉禀告："兹莫，不好了，花狗又被那青年打死了。"

兹米阿吉听了大吃一惊，心想："世上竟有这么厉害的人。"只得亲自来见跌古，他问："年轻人，你从哪里来？要到哪里去？"

跌古答道："我在很远的日哈洛莫就听到了你的名声。一路上，我蹚过了九条河，渡过了九条江，专门到这里来投靠你。"

兹米阿吉听了非常高兴，说："快到家里来。"又见跌古长得十分魁伟，想来他一定饭量不小，就叫人杀一只羊，再给他煮一斗米的饭。结果，跌古头都不抬就把一斗米的饭和一只羊吃完了。兹米阿吉立刻传话下去，叫人煮

一石粮，再杀九条牛。结果，跌古又把一石粮的饭和九条牛全都吃完了。

兹米阿吉问道："你吃饱了吗？"

跌古说："还没吃饱。"

兹米阿吉说："我家有一条牛在山林里闲放着，你去把它捉回来杀了吃吧。"他的话一说完，立即就有人走上前来带跌古往山林里去捉牛。

路上，愈是靠近那片山林，带路的人愈是往后面缩。刚走到山林边，那个带路的人不但不敢往前，而且害怕得两条腿直打抖，差点跪了下去。跌古感到非常奇怪，问道："你是在害怕么？有我在这里，你怕什么呢？"

带路的人战战兢兢地说道："我实在走不动了，你自己走进山林里去看看就明白了。"说完转身就逃了。

跌古见带路的人这般惊慌，心中早有防备，就非常谨慎地走进山林。突然，在他面前出现了一只牛一样大的老虎。那只老虎见了跌古，大吼一声，劈头盖脑地向跌古扑来。跌古慌忙挥拳打去，但想起兹米阿吉要他捉个活的回去，便把拳头换成巴掌，照着老虎的脸一连打了几个巴掌，立即将这只猛虎打得晕头晕脑的。跌古这才顺势抓住虎的颈项，骑着去见兹米阿吉。

兹米阿吉见跌古骑着那虎走来，吓得连忙对跌古说："千万不能松手，千万放它不得，这畜生养不家的，你一松手，它就要伤人，你还是赶快打死它吧。"

跌古这才当着兹米阿吉的面，几拳就把那只虎打死了。

兹米阿吉见跌古如此英勇，心里非常高兴，但又嫌他吃得太多了，就找来一个毕摩，要他想想办法。

毕摩立即找来一口大锅，又做了一个大甑子放在锅上，然后往锅里装满水，在锅下烧起火，把跌古放到甑子里蒸，先后烧了几大堆柴，蒸了一十三天，才把跌古放出来。跌古不仅没有被蒸死，反而结了冰。从这以后，跌古的食量才减少下来，出外时吃一斗，在家时只吃一升。

兹米阿吉十分高兴，就把跌古留在身边做了一员武将。

过了几年，跌古的妈妈想儿子了，她天天盼望跌古，盼呀盼呀，盼不见儿子回家来，就整天唱着一首思念儿子的歌：

> 跌古呀！跌古！
> 自从你走后，
> 妈养的小鸡长成大阉鸡，
> 妈养的小羊长成大阉羊，
> 妈养的小牛长成大阉牛，
> 妈等着你回来吃呀！
>
> 听见别人的儿喊妈，
> 妈就想念你了。
> 你是妈妈的儿子吗？
> 你是妈妈的儿子，
> 就该回来看望妈。

她一唱起这支歌，连四周的岩石都被感动了，跟着一声比一声悠长地帮腔。

有一天，她又唱起这支思念儿子的歌，恰好有一对黑老鸦从她头顶上飞过。它们听见歌声这般忧伤，感动得翅膀发软，飞不动了，便落到一株树上对她说道："哇！哇！我们倒愿意帮你去传话。但是呀，世上没有不思念儿子的母亲，却有不思念母亲的儿子。我们帮你去喊他，但他回不回来看望你就很难说了。"

妈妈连忙说："只要你们去喊他，喊不喊得回来我都要杀牛酬谢你们。"说完，就杀了两条黑牯牛，招待两只黑乌鸦。

两只黑乌鸦飞到兹米阿吉家，站在石头上高声喊道："哇！哇！跌古呀！跌古！妈妈等跌古呀，小羊喂得牯牛一般大，妈妈想跌古呀，口中唱出血。亲友想跌古呀，常到高山上望。跌古呀跌古，你应该回家看望妈妈。"

跌古听见乌鸦的叫声，一阵心酸，抬起头来回答道："谢谢你呀黑乌

鸦，跌古不是不想念妈妈，是有人想要和兹米阿吉闹摩擦，只要有我在，他们就不敢轻举妄动。在这样的时候，我不能回家。"

乌鸦飞回来把这话告诉了妈妈。妈妈又杀了一条牛招待黑乌鸦，叫它再去对跌古说："妈妈今年六十六岁了，就只有你这么一个儿子。妈妈想儿子，一天哭三场。你最好在属蛇那天就动身，如果还不行，属羊、属猴那天总该回来了吧！"

两只乌鸦又飞去转达了妈妈的话。跌古只得对兹米阿吉说："妈妈想念我，我不能不回去了。"

跌古在属马那天往回赶，他日夜不停脚，白天黑夜都在走。他蹚过了阿火拾衣河，翻过了木尼尔古山，继续往前赶，渐渐地走进了妈妈居住的村寨。黑夜里他已能看见村寨里的火光。走到后半夜时，他已能听到雄鸡啼鸣，走到天亮时，他已看到了屋顶的炊烟，走到太阳出山时，他就已经听见了村寨里的狗叫。跌古又赶了一程，已听到村寨里弹羊毛的弹弓嘣嘣响。想到很快就能见到妈妈了，跌古心里非常高兴。但就在这离家很近的地方，一对黑乌鸦飞来对跌古说："哇！哇！你的兹米阿吉被人杀死了呀！"

跌古吃了一惊，慌忙问道："是怎样被杀死的呢？"

乌鸦说："在你走后，有个留着胡子，名叫阿尔蔑吉的人，来到兹米阿吉家借粮食。他借了少的又要借多的，借了多的还要更多的。最后，兹米阿吉没有借给他，他就在兹米阿吉家和木火则勿家之间，像织布的梭子那样来回挑拨。头一天，这家的羊子吃了那家的庄稼，那家的人拿了根蕨芨草打羊子。这本来是件小事，但由于阿尔蔑吉的挑拨，双方差点动起武来。第二天，由于那家的母猪跑出圈，糟蹋了这家的庄稼，这家的人拿了个小石子打母猪。这本来是件小事，又由于阿尔蔑吉的挑拨，双方又差点动起武来。第三天，两家的小孩玩耍时，为争一根木棍，互相用小弓小弩来对射。阿尔蔑吉又利用这件小事来挑拨，双方又差点动起武来。第四天为了一副铠甲，经阿尔蔑吉一挑拨，双方就拔出了刀和剑。幸亏莫克登知及时赶来调解，双方才没有互相残杀。第五天，因为争地界，虽然莫克登知尽力从中调解，但禁不住阿尔蔑吉的一再挑拨，双方互相残杀起来。由于木火则勿家人多势众，就把兹米阿吉杀死了。"

跌古听了黑乌鸦的叙述，对着妈妈的房子流了三次泪，对着苍天哭了三场，立即站起身来，直奔木火则勿家。跌古跨过木火则勿家地界，站在山上喊木火则勿出来和他打。但他一连喊了三天也不见木火则勿出来。他又来到山脚喊，喊了三天，也不见木火则勿出来。他又来到木火则勿家门口，高声叫道："木火则勿，你既然杀死了兹米阿吉，你就应该出来和我打。"一连喊了三天，木火则勿发怒了，说："一座山上只有一只雉鸡为王，一片坡上只有一只锦鸡为王。你来到我家门口，真是欺人太甚！我哪能不应战？"

于是，木火则勿冲出门来和罕亦跌古打。但他哪里是跌古的对手？只几个回合就被跌古的铜矛刺死了。跌古又冲进门去杀阿尔蔑吉。阿尔蔑吉到处乱窜，东躲西藏。跌古追杀甚急，失去了理智，把拿刀拦路的男人杀了，连赶街的妇女都杀了。

后来，跌古已经没有砍杀的对象了，又出了胸中的恶气，冷静下来想一想，这才觉得自己屠杀了无辜的妇女太不应该了。他愈想愈觉得在道义上负了罪，愈想愈觉得无脸去见自己的妈妈。同时，他也悔恨在关键的时刻没能保护兹米阿吉，制止这次冤家械斗。悔恨和痛苦促使他脱下了身上的铠甲，拔出剑来，刺向了自己的胸膛。

罕亦跌古死了，他用生命捍卫了一条道德原则：彝族冤家械斗不论如何惨烈，双方都不能屠杀妇女。由于冤家械斗已经开始，人们失去了一个举足轻重的人，同时，感到生命财产受到威胁，为了安定人心，武士们便披上跌古留下的铠甲，迎接前来吊丧的亲友。这便是彝族葬礼中，人们要装扮成武士迎接吊丧亲友的由来。

罕亦跌古虽然死了，但勇士们拿起跌古留下的长矛边歌边舞，表示有能力保卫人们的生命和财产。这便是彝族葬礼中"阿古格"舞的由来。

人们拔出跌古刺向自己心脏的剑，让它在手中不停地转动，闪闪发光，以示能震慑敌人和永远不忘这一血的教训。这就是彝族葬礼中"瓦之利"仪

式的由来。

这次冤家械斗是彝族历史上的第一次，是由阿尔蔑吉挑拨起来的，从此贻害无穷。人们都憎恨这个挑拨离间的坏人，于是，干脆就把胡子拔个精光，这就是彝族人不留胡子的由来。

彝海结盟的传说

　　红军北上时，刘伯承将军带领的一只先遣部队经过冕宁县城，向彝海方向前进。当时一群国民党地方团队和土匪躲在树林里，企图阻挡红军先头部队前进，抢他们的枪。果基约旦①说："不能打，不能打，打起来要死人的。"土匪头子赵万帮说："上头有命令，必须打。"

　　红军也找了些本地人带路，快接近彝海时，带路人说："这海子不好过，你们要准备打哟。"

　　红军说："打不得，这些彝族同胞住的是高山，吃得不好，穿得不好。我们是一家人，你喊他们来嘛，他们要枪我们给枪，他们要钱我们给钱，他们要啥子我们给啥子。只要让开一条路，让我们过去。"带路的人说："我们不敢去喊。"话音未落，彝海前面枪声响了，土匪拦住红军的先头部队打，倒下了几个人。土匪头子赵万帮对匪众说："喂，你们先打，我去看一下，红军的尾巴是长还是短。要是红军尾巴短的话，我们一下把他们干掉；如果红军尾巴长，干不完的话，我来喊你们退兵。"这时，红军被迫还击。机关枪一响，当地的老年人就说："青天有眼哦，一点云都没得，就打起炸雷来了。"那群土匪也没有看见过机关枪，更承不住机枪打，他们爬起就开

―――――――――――――

①果基约旦：果基小叶丹，彝族果基家支头人。

彝族民间故事

跑。约旦领的人没有打枪，也没有跑。带路的人说红军咋个还会腾云呢？枪还在海子边打，一眨眼，号兵就飞上山巅了。红军来到彝海边，一人摘一把树叶，甩在海子里，立刻变成很多条小船，他们一人乘一只，漂过海去。这时果基约旦来迎接红军，与刘伯承将军谈判。他们一起吃血酒，钻牛皮①。最后，果基约旦派娃子护送红军大部队，从彝海边一直送到安顺场。

这就是人们说的彝海结盟。

---

①吃血酒，钻牛皮：彝族传统的结盟仪式。

摔跤的来历

　　古时候，有个汉族小伙子离乡背井，流落到撒尼地区谋生。有个撒尼小伙与他一见如故，结为了兄弟。汉族小伙年长为哥，撒尼小伙年幼为弟。

　　有一天，弟兄俩上山放牛，忽然发现有一头牛发生了草结食，老是定定站着，一动不动，不吃草，也不饮水，肚子胀得鼓鼓的。弟兄俩一看，都很着急。后来，撒尼弟弟对汉族哥哥说："哥哥，我俩得想想办法，不能眼巴巴看着牛胀死。我俩快给牛找点草药吃吃吧！"哥哥说："找点什么药？我不知道该给它吃什么药呀！"弟弟说："山上有一种药能治牛马结食病，这种药我知道，只要能找到，牛吃了，肚子就会消下去。"两人便在山上找起药来，找了很久终于找到了这种草药。他俩把草药放在石板上，用木棒砸成糊状，扳开牛嘴，把药给牛喂了下去。不一会儿，牛拉了一摊稀屎，甩甩尾巴，就吃起草来了。

　　他俩见牛病好了，心里万分高兴，便一个搂着一个的脖子，在草地上乐得直打滚。这时对面来了个放羊老人，误以为他们在打架，忙来劝解。他俩就把发生的事说了一遍，老人说："牛是庄稼人的命根。牛病好了，是值得好好庆贺一番的，你们就比比谁的力气大吧。"他俩说："得说好咋个算输赢，不然，一天摔到晚也不知道谁的力气大呢。"老人说："好，就以脊背落地为输，三跤两胜为赢。"两个小伙子同意了，便互相搂着脖子，抱着大

腿，比赛起力气来。比了一次又一次，两弟兄和老人都乐得合不拢嘴。

过了些时日，汉族哥哥思乡心切，要辞别撒尼弟弟回家去。离别那天，两人依依不舍。汉族哥哥对撒尼弟弟说："弟弟，千山万水隔不断我们弟兄的感情，我俩分手不分心，将来有时间，望弟弟到我的家乡玩一玩。"撒尼弟弟说："将来一定去一转。"就这样，兄弟俩才依依不舍地分别了。

几年过后，撒尼弟弟已经变成嘴上长胡子的人了，他不仅讨了媳妇，而且有了孩子，家里放牛的事已经交给娃娃们去了。他交了放牛鞭，却又理起了养蜂桶。他一人养起了很多蜜蜂，每年秋天都收得大桶大桶的蜂蜜。有一年收完蜂蜜后，他又想起了那个汉族哥哥，很想到汉族哥哥那里去，给他尝尝香甜的蜂蜜。

一天，他告别了妻子和儿女，来到汉族哥哥家。汉族哥哥和他一样也有了妻室儿女。两人相见，分外亲热，高兴得无法言语，又互相搂着脖子抱着腰，亲亲热热地摔起跤来，越摔越欢乐。前来为他们兄弟俩久别重逢庆贺的人们见了，越看越有趣。后来，人们认为最能表现喜庆气氛的莫过于摔跤，于是凡是喜庆的日子都要举行摔跤比赛。

铜鼓的来历

    彝族倮倮人，老人死了，兴跳《铜鼓舞》，唱《铜鼓歌》，以示祭送老人顺利归入仙途。这个风俗一代又一代，直到今天还兴这样做，这是为什么呢？

    传说，很久以前有个老变婆①生下了很多个儿子，就天天来倮倮人的村里扛人去喂她的儿子们。那时候倮倮人中有两兄弟，有本事，胆子也大。他们看到倮倮人快要被老变婆吃光了，心里又焦急又愤恨。他俩商量后，认为反正都要死，不如跟老变婆拼个你死我活还痛快些。此后，他俩不管在什么地方碰到老变婆都要跟她打。

    在一次拼杀中，老变婆挨刀受伤了，鲜血直流，她呜哇哇地叫着跑了。两兄弟高兴极了，认为老变婆这回必定会死去。但过了几天，老变婆又出现在村里，更加疯狂地扛起倮倮人来。两兄弟感到奇怪，老变婆上次伤得那样厉害，为什么没有死呢？他们两兄弟正在发愁时，家里有对铜鼓突然说起话来："你们的糊烟②刀要抹上鸡屎和狗屎，只有这样，老变婆受伤才无法医治，才会死去。"他们听了，先不管铜鼓怎么会说起话来，便急急忙忙地

---

①老变婆：像人熊模样的精怪。
②糊烟：植物名，惯生于草丛或灌木丛中。糊烟刀即用这种木制作的刀。

彝族民间故事

按铜鼓说的办法去做好准备。当老变婆又来扛人时，两兄弟就和老变婆打起来，没打多久，老变婆身上挨了刀伤，鲜血直流，呜哇哇地号叫起来。那号叫声震得天摇地动，叫人听了心惊。老变婆往回没跑多远，一头栽倒在地，不多会儿就死去了。

老变婆死了，倮倮人的生活太平了！那两兄弟高兴之余想起了那对铜鼓。他俩认为，老变婆的死，功劳应当归于那对铜鼓啊！于是，他们决定返回家去，好好感谢一番那对铜鼓。可万万没有想到，当他俩来到家里时，那对铜鼓已无影无踪，不翼而飞了！他俩呼天唤地，到处去寻找铜鼓时才知道，普天底下已没有了倮倮的人影，倮倮人全被老变婆吃光，只剩下他们两兄弟了。这两兄弟好不悲伤，他们不仅没有了父母、叔叔、婶婶和兄妹，竟连讨媳妇也不可能了。

有一天，他们流浪到一个地方，没想到碰到了他们要找的铜鼓，高兴得不得了。哥哥忙对弟弟说："我们赶快去问问，今后该怎么办？铜鼓一定会告诉我们的。"但是，铜鼓不说话。两兄弟失望地在那对铜鼓上坐下，痛哭起来，哭了一会儿，突然感到铜鼓上像有针在戳他们屁股，便不约而同地跳起来一看，鼓面上除了一些图纹外什么也没有。这时，铜鼓开始说起话来："你们快把铜鼓掀开，我俩憋得好闷啦！"

这哪是铜鼓的声音，分明是一对姑娘在呼救嘛！兄弟俩立即把铜鼓掀开，啊！原来每只铜鼓里藏着一个姑娘。两个姑娘自称是他们兄弟俩的妻子。

两兄弟感到太突然了，天下哪有这般巧的事，惊得他们想往回跑。两个姑娘急忙把他俩拦住，经过解释，两兄弟才知道，原来天神已知道他俩没有姑娘匹配，便把那对铜鼓搬到这里，决定将自己的两个女儿许配给他俩。为防止老变婆伤害两个姑娘，天神就将她们藏在铜鼓里。

"天神太好了！"两兄弟心里非常感激。他们终于结成了两对夫妻，繁衍了今天这样多的倮倮后辈。为了纪念天神和铜鼓，现在的倮倮老人死了，人们都兴唱《铜鼓歌》，跳《铜鼓舞》。

阿细跳月

　　据说在很久以前，竹山上有一对青年，男的叫阿者，女的叫阿娥。他俩成婚不久，每天男的出门打猎，女的在家织布。早上，妻子总要送丈夫出门；傍晚，她又到半路迎接丈夫归来。阿者每天归来时满身挂的是鹿、斑鸠、野鸡、松鼠，从来没有空手而归。阿娥的手也很灵巧，每天能织九百九十九尺像白云一样的布。人们常说织女最善于织布，可要是她跟阿娥相比，还是天上和地上相差一大截呢！阿娥和阿者就像月亮离不开太阳，星星离不开月亮一样，生活过得像冬月里的蜜一样甜。

　　到了这一年三月间，天上忽然出来了十个太阳。这十个太阳就像十个大火球，不断地喷出熊熊的火焰。山林里的鹿、老虎、豹子吓得到处乱躲乱窜，都想找一个合适的藏身之地。人们也只能躲在屋子里唉声叹气。这时，有一只绵羊也在寻找自己的安身之处，当它跑到一间房子前，没想到有一头老牛早就躲在屋里，真是"蚂蚱脚长，蟋蟀脚短"，落在后了。老牛见绵羊喘着粗气想闯进门来，想必是来跟自己争藏身之地的，于是用两只前蹄和角挡住门，睁大双眼瞪着绵羊。绵羊见此情形也不示弱，破口大骂："癫子皮，要是不让我进去，你也不得好死！"屋里的老牛听了，肺都快气炸了，便一头冲了出来。绵羊也一跃而起，和老牛斗起来。它俩你来我往，不知斗了几个回合，仍然不分胜败。它俩斗啊，斗啊，两对角相互撞击时不断迸发出点

彝族民间故事

点火星。火星飞到枯草丛中，燃起熊熊大火。这时正是大风季节，火势越烧越猛。绵羊和老牛见了这大火便停止打斗，各自逃命去了。它们各朝一方跑啊，跑啊！老牛终于发现了一条河，便急忙跳入河中藏起来。绵羊见火越烧越旺，心想，地上可能无立足之地了，于是鼓足勇气向上一跃，便飞上了半空中。因此，如今阿细人一旦发现空中有团团白云，便会告诉孩子们："那就是当年和老牛斗过的绵羊。"每逢水牛跳进池塘时，人们又说："这天正是老牛和绵羊斗的日子，因老牛怕被火烧而跳进水中变成了今天的水牛。"

话又说回来，当时地上变成一片火海，人们各自东奔西跑，到处逃命。门外嘈杂的响声惊动了正在屋里织布的阿娥，她急忙跑了出来。这时，熊熊的大火已经烧到她家门前。她心爱的丈夫阿者出门打猎还没有回来，急得她边跑边拼命地呼唤："阿者！阿者！"这时，阿者正拉满弓，对准一只飞奔着的鹿，一箭射去，鹿便滚下山坡。阿者奔过去把鹿往肩上一扛，像往常一样高高兴兴地往家走去。"不好！"只见漫山遍野大火熊熊，无路可走，但他想到家中心爱的妻子，浑身都是劲。他顺手折了一根松树枝，毫不犹豫地向火海冲去！他边跑边喊："阿娥！"他浑身着火也全然不顾，一直朝着自己的屋子飞奔而去。待他回到家时，村子早已变成一堆废墟，连个人影也找不到。但他还是不灰心，不顾全身的疼痛，继续呼唤着阿娥的名字。他走啊，走啊，走过了九十九道岭，翻越了九十九座山……不知过了多少天，不知过了多少夜，在一个十五的晚上，月儿高挂，大地沉睡，忽然从远方传来"阿娥！阿娥！"的叫声，这声音划破了寂静的夜空，回荡山谷。这时，又从另一方传来了"阿者！阿者！"的回音。两个声音渐渐地汇集到一起，啊，久别的夫妻终于重逢了！他们怎能不热血沸腾，悲喜交加呢？二人紧紧地抱在一起，欢喜的泪水就像断了线的珍珠落了下来。他俩的脚都被火烧伤了，因而左右两脚不断交替着地，但他俩还一直拥抱着，月亮偏西也不分开……阿娥和阿者，生死是一对。

阿娥和阿者，

生死是一对。

今晚喜相逢，

同流欢喜泪。

哪怕天塌陷，

死也在一堆。

　　这首人们爱唱的《阿细先基》，正是对阿娥和阿者那忠贞爱情的写照。因此，阿细人每当逢年过节，跳月的时候，小伙子们总爱站在高高的山顶上，大声唱道："阿娥！"这时，姑娘们就会从另一座山上搭腔："阿者！"跳月时，小伙子和姑娘总是先抬左脚，后抬右脚。

　　人们说这是青年男女要学阿娥和阿者的样子，相亲相爱，永不分开。

　　话又转回来，阿娥和阿者虽然久别重逢，心中有说不出的高兴，但天上仍然还有十个太阳，大地还处在极度的炎热之中。尽管阿者有百发百中的箭法，但因为山草树木已被火烧光，飞禽走兽都跑到远方去了，所以还是无济于事。眼看灾难来临，人们焦急万分，都在想着有何生路。人们终于有了主意，叫阿者用箭射掉九个太阳，只留下一个。阿者毫不犹豫地接受了这一使命。阿者在前，阿娥于后，二人爬上高高的竹山顶。阿者拉开弓，对准天上的太阳一箭箭射去，只听几声巨响，顿时，山摇地动，九个太阳都拖着长长的火焰掉了下来，剩下的一个也吓得飞走了。

　　大地霎时变成了黑暗一片，人们仍然没有摆脱苦难的深渊，只好再想办法。当时，人们认为公鸡最有叫唤的本领，于是推选公鸡去叫太阳公公快出来。公鸡愉快地去了，它每天不停地叫唤："太阳公公快出来！太阳公公快出来！"它叫呀，叫呀，直叫到脸涨得通红，还是叫个不停。太阳看到公鸡叫成这个样子，深受感动，于是，又慢慢地从东边的地平线上露出脸来了。这时，人们欢喜若狂，向着太阳喊呀！跳啊！阿娥和阿者也同人们一起欢跳着。突然，不知从什么地方传来了阵阵铿锵悦耳的声音。人们伴随着这声音手挽手地越跳越有劲。后来，人们才发现是阿者在欢跳时，无意间碰响了身

上背着的弓弦。从此，阿细人到山上砍来冬瓜木做成三弦把，伐来地埂上的香椿树，箍成三弦筒，蒙上了羊皮，再安上三根弓弦一样的弦，小伙子们就弹奏起来。姑娘们所到这欢乐的弦声，心早就痒起来了，于是，她们就拍着巴掌无拘无束地跳到小伙子跟前。小伙子和姑娘们便向着太阳，向着月亮跳啊，跳啊，一直跳到太阳落，一直跳到月亮出。

三弦的来历

　　从前，有一个在土司家放牛的小伙子，家里很穷，只有个老母亲，二十五六岁了，还讨不起媳妇。一天傍晚，他吆喝着羊群回家，突然发现路旁有一匹小马驹。他想：小马驹这么小，如果没有母马来保护，野兽会来咬的。于是他把羊群赶回去关好，又转来替小马驹找妈妈，可怎么也找不着。

　　他只好把马驹抱回家去。妈妈见儿子抱着小马驹回来，非常高兴，因为他家养不起什么牲畜，现在却有了自己的小马驹了。从此，母子俩便精心喂养这匹小马驹。

　　每天清早，小伙子赶着羊群，牵着小马驹，到山上放牧。小马驹在山上活蹦乱跳地跑来跑去，吃一会儿草，又跑到小伙子身边，望望他，舔舔他的手，绕着他转转走走。小伙子非常喜爱小马驹。阿妈呢，每天都要割好一篮青青的草，给小马驹作夜草。小马驹长到一岁了，白天小伙子骑着它赶着羊群上山放牧；晚上，小伙子把它和羊群关在一起。有一天晚上，一只狼钻到羊圈里，小马驹冲着狼又踢又蹬又叫。小伙子惊醒了，点着火把到羊圈里去看，只见小马驹一身湿漉漉的，直喘粗气。狼已被小马驹撵跑了。

　　这样一来，小伙子更加喜爱小马驹，更加精心地喂养小马。

　　小马驹长到三岁，小伙子骑马的本事也练出来了，成了寨中出色的骑手。

　　土司家有个姑娘，长得十分漂亮，想招个骑马的能手做姑爷。为此，土

彝族民间故事

173

司贴出了告示：某月某日，在土司家城外广场上举行赛马会，哪个赛赢了，就招哪个做女婿。

很多财主家的阔少爷都想当土司家的女婿，不惜钱财置办高头大马、金鞍银蹬。

一位好心的老大爷对小伙子说："小伙子，你都二十多岁了，还讨不起媳妇。这次土司家要赛马招女婿，你也去试试吧！"

小伙子心想：我是土司家放牧的帮工，赛赢了也做不了土司家的女婿。但转念一想，和那些公子少爷赛赛也好，赛赢了可以杀杀他们的威风。因此，他也准备去参加赛马会。

赛马会的日子到了。土司家的广场里人山人海，广场中央搭起了台子。土司家的贵客都坐在台上观看。

来参赛的少爷公子们，个个穿绸穿缎，骑的是高头大马。小伙子呢，穿的是补疤衣裳，骑的马呢，虽然也很壮实，但不那么高大，样子一点也不出众。"轰轰轰"三声铁炮响了，赛马开始了。说也奇怪，少爷公子们的高头大马四蹄翻飞，却再快也赶不上小伙子的小马驹。那小马驹行走如飞，奔跑似箭。比赛结束，小伙子轻轻松松拿到了第一，可少爷公子们不服气，要求再赛。结果又赛两场，还是小伙子夺得第一。少爷公子们只得认输，个个垂头丧气，像泄了气的猪尿泡。

再说，土司一看得胜的竟是他家放牧的帮工，皱了皱眉头，对小伙子说："今天赛马，你赛赢了，奖你三两银子。你这匹骏马只配我土司爷骑，你把马留下来吧。"

小伙子听了，十分气愤，对土司说："我是来赛马的，不是来卖马的。"

土司一听，这还得了？便叫兵丁拿来鞭子，把小伙子打了一顿，关了起来。小马驹也被土司扣压下来。

土司夺得了小伙子的小马驹，非常高兴。一天，他请了一些山官到家里来，吃过饭，他准备骑这匹小马驹给山官们看看，以此显显威风。土司刚跨上马鞍，小马驹就双脚一阵乱踢，一下子把土司摔了下来，并拼命地挣扎，把两股缰绳挣断跑了。

土司跌跌撞撞地爬起来，狂叫着，命兵丁们把小马驹射死。几十个兵丁端起弓弩向小马驹射击。小马驹身上虽中了很多支箭，但它没有倒下，径直往家里跑去。土司看着那满身带箭的小马驹，得意地说："反正这马活不了啦。"

小伙子的伤经草医生治后慢慢好了起来。这天夜里，他想起了土司夺马的事，悲愤万分，久久不能合眼。半夜里，阿妈听到栅子门响，便对儿子说："你去看看，是不是我们的马回来了？"小伙子听了，一骨碌翻爬起来，点了火把去看，果真是小马驹回来了。它身上插着密密麻麻的箭，小伙子看了十分心痛。他一边拔去马身上的箭，一边给它擦上药。但是由于伤势过重，过了不几天，小马驹还是死了。母子俩日夜坐在小马驹身边哭泣，舍不得把它埋掉，整整哭了三天三夜。

一天晚上，小马驹托梦给小伙子，说："主人啊，你别为我再悲伤了。我是你养大的，我也舍不得离开你。你用我的皮箍个弦筒，用我的脚做弦把，用我的尾毛做弦线，让我们一起来咒土司、骂土司。闲时我俩还可以一起欢乐呢。"

小伙子醒来，按小马驹的话做了个精精巧巧的弦琴，用手一弹，"叮咚叮咚"地响，这声音有时欢乐，有时哀伤，有时愤怒。这就是三弦，从此，彝族人民就把它一代一代地传下来。每逢节日，青年们就弹起大三弦，欢快地唱啊，跳啊；老人们在火炉旁，一边弹起小三弦，一边讲着古老的故事。

彝族民间故事

月琴的来历

很久以前，在一个彝族村子周围的森林里，有乌鸦、寒鸡、毛狗、老熊、野猪、青蛙、蚂蚁等各种飞禽走兽。后来它们不知染上了什么瘟疫，除了乌鸦和蛤蟆外，其他动物都死了。人，也只剩下一个七岁的孤儿。

为了活命，动物们都在想办法吃掉对方。一天，乌鸦不知从什么地方把蛤蟆叼了出来，蛤蟆已经奄奄一息了。正在这时，出门找东西的孤儿路过这里，他见蛤蟆快被乌鸦弄死了，起了可怜之心。可是他对付不了乌鸦，只好另想办法救蛤蟆。他坐在树下，闭上眼睛自言自语地说："现在乌鸦是最漂亮的，蛤蟆最丑。我要是捉到一只蛤蟆，再饿也要把它洗干净才吃；乌鸦的歌最好听，蛤蟆的声音难听死了，我要是捉到一只蛤蟆，非把它溺在水中淹得它出不得声不可。"说完，就装着去捉蛤蟆的样子走了。

这些话正好被站在树上的乌鸦听到了，它一眨眼，看到疙疙瘩瘩的蛤蟆，心中就想起了孤儿的话，再看一眼，越看越不舒服、越不顺眼，真不想吃下去，但肚皮一响，就顾不得这些了。它害怕被孤儿看见，说它不爱干净，就叼起蛤蟆飞到河边去了。

到了河边，它们又遇到了孤儿，孤儿说："很久没有听到别人唱歌了，说不定我比乌鸦唱得还好听。"乌鸦一听，气得要死，但害怕一说话蛤蟆就落下去了，只好忍住这口气。孤儿一看乌鸦仍然没有放下蛤蟆，又边走边说："说不定蛤蟆叫的声音比乌鸦的声音更好听。"这一回，乌鸦再也忍不住了，张开嘴就骂孤儿。它一张嘴，蛤蟆就"扑通"一声掉进水里。蛤蟆连蹬几下腿，水花溅湿了乌鸦的翅膀，孤儿趁机抓住了乌鸦。

蛤蟆得救了，在水里又蹬了一下，回过头来向孤儿点一下头，慢慢地向河对岸的一棵树桩游去。

第二年，蛤蟆生下了蝌蚪后，快要死了。这时候，它拼命地跳到孤儿的身边，对孤儿说："去年你救了我，我现在要死了，我死了以后，你把我的皮剥下来，再到山上找一截空心木头蒙上皮子。你想我的时候，就弹它，我就晓得了。"

从那时候起，彝族就有了月琴。

口　弦

从前，有个老妈妈，生了两个姑娘。这姐妹俩不仅伶俐能干，还特别会唱动听的歌。老妈妈自然疼爱她们得不得了，恨不得整天把她们搂在怀里，含在嘴里。可惜这两个姑娘先后死了。

老妈妈日夜思念自己的女儿，非常伤心。后来，她削了一厚一薄两块竹片，在竹片上刻上女儿的舌头和脑袋。她把两块竹片含在嘴里，用手指轻轻拨动，两姐妹就会唱起歌来，讲起话来，安慰老妈妈不要悲伤。拨动那块厚些的竹片，发出的音调就好像是大女儿浑厚的声音；拨动那块薄些的竹片，发出的音调就好像是小女儿清脆的声音。

老妈妈把两块竹片珍藏在一只十分精巧的小竹筒里，时时揣在怀里，一刻也不分离。每当思念女儿的时候，她就掏出竹片含在口里，悠悠地弹着，听女儿唱歌、讲话。

这两块奇妙的竹片后来被大家知道了，就学着做，学着弹，并叫它"口弦"。从此，人们思念自己亲人的时候，个个都要弹口弦。

彝族姑娘的鸡冠帽

云南省宜良县境内老西山宰格一带的彝族姑娘头上都戴鸡冠帽，身穿红、蓝各色镶边衣裳，在衣袖口和裤脚边到处都有刺绣花边，腰间系有绣花布腰带，上身罩火草布褂褂，脚上穿绣花镶绒团的"皮草鞋"。看一个姑娘是否心灵手巧、本领好坏，就先看她所穿戴衣物的手工针织技术。在马蹄河上游的羊桥村寨里的彝族姑娘也同样如此，常用的语言也差不多，就连红河沿岸的一些彝族村寨里姑娘们的装束特点也都相近。

单说彝族姑娘头上戴的鸡冠帽就有一个优美动人的民间传说。

很久以前，宜良老西山上有一对相爱的青年男女，阿珍姑娘长得像朵芳香的红山茶花，阿财小伙子长得像棵挺拔苍劲的黄栎树。两人常在一起放牧，挖地，收割荞麦，感情很好很好。两家爹妈也很喜欢他们，只盼他们早点吃小酒、点香灯①。夏日的一天，他俩唱着山曲儿在松树林里捡蘑菇，一个想比一个多捡些，走啊走，绕啊绕，走岔了，绕远了。阿财捡到雨停雾散，天已晚了，还不见阿珍，只好回家来放好蘑菇背箩，急忙到阿珍家问她阿爹阿妈。天黑了，阿珍还是没有回来，大家点燃火把照亮山路到松树林里找，找啊找，找到夜深了，找了九十九个山包包、九十九条淌水箐，都

---

①吃小酒、点香灯：当地彝族男女订婚礼仪。

找不到阿珍。阿珍妈哭了，阿珍爹急得饭也咽不下，阿财家人围着火塘直发愁……

原来，阿珍在松树林里看见一大片摆衣花①，又捡到了两窝鸡枞，越捡越爱捡，想把背箩拾满，明早背上街多卖点钱，就把阿财哥给忘了。她走啊走，捡啊捡，忽然，松树密林深处出现了一个大黑影子。阿珍一见大惊，回头就跑，大黑影紧追阿珍不放。这时，天已黑了，阿珍肚饿口干，手脚酸软，心里更害怕了。大黑影追上去抱住了阿珍，用带毛的嘴亲吻阿珍桃红的嫩脸，阿珍几乎被吓昏了。正在这紧急时刻，一只公鸡"咕咕喔……"地叫了起来，山下村寨里的鸡都叫起来了。大黑影子大叫一声，眼中冒出凶光，双手放开了阿珍，一眨眼的工夫就不见了。阿珍浑身软绵绵地躺在露水草地上，背箩里的鸡枞洒了一地。

天刚蒙蒙亮，阿财抬着梭镖，背着弓弩就上山了。他顺着阿珍他们常去捡蘑菇的茅草路找啊找，找了九十九个山包，在第九十九条山沟旁，看到洒在地上的摆衣花和一只阿珍跑脱的布腊它鞋。阿财急了，心咚咚地跳，五大三粗的身子直发热，顺手扒开茅草荆棘，远远地见阿珍躺在草地上。阿财三步并作两步地上前抱扶起昏迷的阿珍。阿财一个翻身把阿珍背起来就跑，回到家中把她放在火塘边，阿妈煮好酸辣姜汤一勺勺地喂她。阿珍在火塘边躺了一会儿，哼声渐起，又喝了这一大碗姜汤，身子内外暖和了，才慢慢地诉说起山间密林中的遭遇……

阿珍清清楚楚地知道，大黑影子追赶她，在她到了呼救无援、难逃魔爪的时候，传来一声公鸡叫，许多鸡就跟着叫，大黑影子手忙脚乱，眼冒红光，拔脚跑了，她才免遭毒手。正在她头昏眼花、四肢无力、动弹不得的时候，听见一个熟悉的声音在呼喊自己的名字，接着一双温暖的手将她抱起背回家来。她的救命菩萨首先是那只大公鸡，没有大公鸡，她的后果不堪设想。阿珍用大块红布剪成大公鸡鸡冠的样子，用红、黄、蓝、黑、绿等五

---

①摆衣花：当地一种成片而出的蘑菇。

彩丝绵绣出鸡冠花瓣，其间套镶白色的海巴贝壳，后尾部镶钉六颗老鸹枕头①，沿帽脚边钉些小石燕②，戴在头上十分好看，很有特色。

雄鸡辟邪的故事传开了。鸡冠帽戴在彝家姑娘头上也很美丽。人们一传十，十传百，成千上万的彝族姑娘用自己勤劳灵巧的双手绣制了成千上万的鸡冠帽戴在头上，生产劳动也好，赶街做客也罢，从不离鸡冠帽，一直流传至今。当然，阿珍和阿财结同心，缔良缘，成夫妻，生活美满幸福是可想而知的了。

随着时代的进步、变迁，鸡冠帽上的海巴贝壳仍被有的彝家姑娘和妇女们保留下来使用。取代老鸹枕头、小石燕的已是银花、玉石、玉簪花。鸡冠帽在彝家姑娘看来，表示雄鸡是吉祥物，表示星星、月亮永远为自己照明。鸡冠帽象征吉祥、团圆、幸福、美满，是彝族姑娘独有的、美的象征。

①老鸹枕头：山间野生植物，大如板栗，黑色、稍扁，做装饰品，亦可入药。
②小石燕：南瓜米大的天然石，青色，尖嘴带翘。

彝族民间故事

181

彝家护心帕的来历

在美姑县沙溪乡，有条名叫吉克拉达的小溪沟。溪水从山上顺流而下，流入地保河。胸前挂着护心帕和银牌牌的彝族姑娘们，常常喜欢站在溪边，仔细地数着那些匀称地分布在沟底的像被马蹄踏过的小凼凼。

是谁骑马从这里走过呢？老人们说，是开天辟地的女神拉则史希当年在这里往返时留下了马蹄印。传说这位女神英勇无比，她射出的箭，平常人要走一两天才捡得到；而且她智慧超人，她提出的问题，一般人都很难回答得上。但是，如果有人把她难住了，她就会送那人一件最宝贵的礼物。

有一天，她骑马走过吉克拉达小溪时，见一个庄稼汉在地里劳动，便上前问道："挖地的大哥，你从早到晚究竟挖了多少锄啊？"庄稼汉被问住了，只好老老实实地说自己从来没有计算过。

第二天，拉则史希走过这里时，又照样问他一遍，他仍然回答不出来。

庄稼人回到家里后，向妻子说起这件事。他的妻子是个聪明的媳妇，听完他的话后，便教他说："明天这个人再问你，你就反问她：'你骑的马儿一天走多少步？'"

果然，到了第三天，拉则史希又拿同样的问题问他，他就照妻子的话反问了这位女神。拉则史希感到很奇怪，就问他是谁教他这样答的。庄稼人又老实地告诉了她。女神走时要求庄稼人明天带他媳妇一同下地，说要亲自盘问她。

第二天，夫妇俩刚下地，女神便骑着大花马走来，她问庄稼人的妻子："聪明的媳妇，你为什么要找这样一个憨傻的丈夫？"

庄稼人的妻子马上回答说："他虽憨傻，但他老老实实劳动；我聪明，所以我忠于爱情。"

女神非常赞赏媳妇的智慧，于是赠给她一张椭圆形的护心帕，护心帕上还有一个银牌牌，意思是保护她聪明、高尚的心灵。然后，女神便扬鞭策马沿着吉克拉达小溪下山去了。

彝族妇女们的护心帕和银牌牌就这样传下来了。它提醒妇女们，要像那个聪明的媳妇一样，对爱情真挚忠诚，矢志不渝。

彝族民间故事

彝族妇女花围腰的由来

古时候，有一对夫妻，男人很傻，女人很聪明。女人总留在家里做饭，把男人赶到地里，天天开荒挖地。几天来，总有一个骑马的人来到男人身边问："老表，你今天挖了几锄了？"一连几天，这个人总是问同样的问题。男人一个字也答不上来。回家后，他就跟媳妇说："有一个人，天天来问我挖过几锄了，我不知道该怎么回答。"媳妇对他说，如果明天他还来问你，你就反问他："那你的马走了几步才到这里呢？"

第二天，那个人照样来了。"老表，你今天挖过几锄了？"男人按媳妇教的回答："那你的马走了几步才来到这里呢？"那个人很惊讶，对他说："谁教你这么回答的？"男人径直答："我媳妇教我答的。""你媳妇是一个什么样的人？我明天要来看看她到底是一个什么样的人，"那个人接着说，"你告诉她，我怎么吩咐就叫她怎么准备好。"男人问："怎样准备？"那人吩咐道："叫你媳妇准备好百十百碗饭、七十七双筷、九十九样菜等着。"男人一听，立刻犯愁了，一整天都在心里嘀咕："媳妇到哪里去找这些东西准备呢？家里这么穷，她怎么能做出这么多饭菜呀？"

男人回到家后对媳妇说："今天那个人又来了，我照你教的回答了。愁死人了，因为他说叫你准备好百十百碗饭、七十七双筷、九十九样菜等着，他明天要来家里看。家里这么困难，我们到哪里去找这么多东西呢？"媳妇就对他说："别发愁，你别这么担心，我会做好这些饭菜的。"

第三天，那个人就来到他们家了。男人的媳妇已经做好饭菜等着。只见桌上一个纯白色大碗里盛满了纯白的米饭，旁边摆着一双漆过的筷子和一道做好的韭菜。那个男人一看到这些饭菜，就对她说："你怎么这么凶①啊？你们女人们既然这么凶嘛，就用这么一块银围腰盖住心口吧。"于是，妇女们从此就在胸前戴上了美丽的花围腰。

---

①凶：当地汉语方言，指聪明、厉害的意思。

彝族民间故事

彝族人为什么不吃狗肉

　　彝家人喜欢养狗，可是彝家人从来不吃狗肉。这是为啥呢？

　　很早的时候，深山的彝家寨子里住着一个勇敢的老猎人，名叫吉洛果格。他有一只可爱的撵山狗。带着这只眼尖、耳灵、腿捷的猎狗，他打到了数不清的野物。

　　一天，吉洛果格带着他的狗又一次进山了。他们翻过了一山又一山，越过了一沟又一沟，猎到了许多野物。当他们往回走的时候，从密林中跳出了一只老虎，吉洛果格端起猎枪打伤了老虎，发怒的老虎把他咬伤后跑了。这时，他可爱的猎狗跑过来，用舌头把他的伤口舔干净，又把他拖进一个岩洞里，用嘴衔来许多草药放在他的手上，并找来各种东西给吉洛果格吃。

　　吉洛果格的伤很快就好了，可是，他把来路忘记了。狗就用鼻子边闻边走，他们走了九天九夜，终于走出了深山，回到暖烘烘的锅庄边。

　　狗在山上时，找东西给吉洛果格吃了，自己却一直饿着，回家后就死在了吉洛果格的身边。吉洛果格悲痛得就像死去了亲人一样痛哭。

　　寨子里的人和吉洛果格把狗的尸体烧了，并且立即规定：狗是彝家的伙伴，彝人永远不能吃它们的肉。

盐的由来

　　从前，人间有四个皇帝，东、南、西、北各住一方。佛陀使惹皇帝住在北方，他最聪明、最能干，能上天入地，东、南、西、北四方他都走遍了。

　　那时候，雪族一共有十二个儿子，人是头一个儿子。有了人类后，大地上还没有盐这个东西。

　　有一年，佛陀使惹上天宫去做客，他觉得每顿饭的菜都很有味道，跟自己在人间吃的菜大大不同，心里很奇怪。有一天，他就跑进灶房头问大师傅："你做的菜这么好吃，是咋个做的？"大师傅说："天宫里的香料多得很，菜里放了盐巴就好吃了。"佛陀使惹又问道："天宫里盐巴多吗？放在哪里的？"大师傅说："当然多啰！有九九八十一坛，都放在灶房里。"

　　到了半夜三更的时候，佛陀使惹摸到灶房门口，推一下门，里头锁得死死的，只好从窗子上爬进去。啊！盐巴坛坛到处摆起。他欢喜得很，头一转抱走两坛，二一转又抱走两坛。他把四坛盐巴从天宫甩下地，东、南、西、北四方各甩一坛。

　　佛陀使惹回到大地上后，便赶忙去找盐坛子，找了九九八十一天，在盐源找到第一坛盐，就是现在的盐井厂；第二个盐坛在成都那一转找到了；第三个盐坛甩在云南地界；第四个盐坛甩到西方国家去了。

彝族民间故事

天王发觉盐坛子遭偷了，很气愤，便将九九八十一个海子里的水倒下来，大地上洪水朝天，佛陀使惹偷来的盐坛也遭淹了。后来，这些盐化成了水，人们把它熬成了今天的花盐。

祭 竹

有一位彝家姑娘到亲戚家做客。因为姑娘的妈死了，所以亲戚对姑娘特别热情、客气，煮了一只鸡招待她，并把鸡肉不断地拈到她碗里。

姑娘眼泪汪汪的，怎么也不愿吃鸡肉。亲戚不知其中缘由，只以为鸡肉拈少了，又拈了一些鸡肉在她碗里，她仍然不吃。

这是什么原因呢？经亲戚七问八问，姑娘才说出事情真相。原来昨天晚上，已死的妈托梦来给她说："姑娘，妈的灵魂已变成一只鸡了，所以你不能吃鸡肉呀。若是太想妈了，你就把鸡肉和汤倒在竹根上，妈的灵魂就会成为一蓬万古长青的翠竹，永远陪伴你。"

这样一来，大家都不敢吃鸡肉了，把鸡肉和汤全倒在竹根上，姑娘面对竹根伤心落泪。不久，竹根发芽了，成长后郁郁葱葱，十分惹人喜爱。姑娘面对翠竹仍痛苦不已，怀念已死的妈妈。后来，彝家人便把翠竹砍来做成篾箩，挂在竹林里祭祀。

祭祀十分讲究，要杀羊杀猪，碗里要放竹根、猪油，并用花线拴着棉花搅拌。若是父母合灵，两团棉花就要粘拢，这时用花线缠紧棉花，再在一块小木头上凿孔，把棉花塞进木头孔里，然后将其放在篾箩里，再把篾箩挂在后墙上。

大米的故事

传说古时候，人们吃的大米有鸡蛋那么大。稻谷树就像现在的桃树、梨树那样又高又大，栽一年后，它的寿命可达数十年。每年春夏，人们只要给它勤锄草、浇水、施肥，秋天就会有收成。金黄的稻谷，用石碓一春，脱掉壳，就变成白花花的大米。它像珍珠一样，吃起来既香甜又可口，所以得到了"大米"的美称。

从前，有一家农户，有三口人。当家的大儿子，刚和老人分家后带着妻子和一个不满周岁的孩子过日子。一天，男人下田去了，妻子忙着在家做饭，忽听得孩子在门外哭叫。她急忙跑出去一看：哦！原来孩子正在拉屎，一群鸡正叽叽喳喳地啄，吓得孩子直叫唤。

"哦——唰——哦唰！"女人赶跑鸡群，拖起孩子去找揩屁股的东西。她东找西找总不见合适的东西，一进屋，看见簸箕里的大米饭，便顺手抓起一颗给孩子揩屁股，揩完后便丢出门外，让那群鸡打平伙①。

恰巧这天早晨，玉皇大帝在一群文武官员的护卫下到南天门外散步，他正兴致勃勃地欣赏着人间的山山水水，忽见一农舍门外，有一大群鸡你追我赶地抢着什么东西，但他看不清，便命"千里眼"察看。

---

①打平伙：方言，此处指鸡群一起吃。

"千里眼"翻动着血红的大眼珠，眨了眨厚厚的眼皮回报道："那是人间一个懒婆娘，用大米饭揩了孩子的屁股后，丢出门外，让一群鸡抢吃呢。"

　　玉皇大帝一听，顿时大怒道："岂有此理！他们如此糟蹋粮食，就让他们饿一天吧。"随后给风神、雷神下了圣旨，便回宫去了。

　　就在这天夜里，两位天神大显神威，一时空中乌云滚滚，雷鸣电闪，狂风呼啸，一夜就把人间所有的稻谷树收上天了。不几月，人间的存粮吃光了，人们便到山上挖野菜、摘树叶充饥。人们烧香磕头也没把稻谷树求下地来。

　　天上一日，地下一年。快一年了，可怜呀！人间饿死的人不计其数。此时，一只大黄狗饿得快要死了，它就面对南天门大声地号哭起来，哭声一声比一声尖，声音又是那么凄惨，一时惊动了玉皇大帝。他想自己是为了惩治人间不爱惜用自己的汗水换来的劳动果实的人，才把稻谷收上天的，现在屈指一算，刚好一天，时间已到，便命天女撒下一把碎米到人间。从此世上的稻谷不再有鸡蛋那么大了，而是小粒小粒的了。再说这点谷子还是多亏了老黄狗的哀求才有的。所以为了感谢老黄狗，人们吃饭时，先要添一碗让狗吃，随后人们才吃。

甜荞秆红

　　乌撒土司家最显赫的年代，是在祖卡候那祖①当家的时候。这位老祖宗身高九尺，常着青衣；一天要吃三块二十四斤重的生铁砣；拄的铁杖有七十二斤，戳一下地，入土三尺深。他吃的是生铁砣，屙的是"铁锅"。他力大无比，名扬天下。

　　茫布土司家有个武弟被丽区②对祖卡候那祖很不服气，自语道："九座山上、八个坝子里所栽之物，收拢来还不够我一人挑，世上还有能胜过我的人吗？！"他一清早起来，就直奔威宁。到了祖卡候那祖家门前，见一位老大娘坐在门口缝衣裳，他上前问道："大娘，这里是不是祖卡候那祖家？"

　　"是的，大哥是哪方来的贵客，有啥事要找我儿？"

　　"我是北方茫布家的武士，整个大地上的东西才够我一背，人们都叫我武弟被丽区。今天没事，闲逛到此，想找他老哥子摔跤玩玩。"

　　"哟！你们年轻人就是喜欢摔跤子、比武、打打杀杀！哎呀，你看，我只顾了说话，大哥来得那么远，还没有吃饭吧？坐下来先吃上一块粑粑，等一下我儿子就回来了。"随即递上了一块粑粑。

---

①祖卡候那祖：彝语，吃铁硬汉之意。
②武弟被丽区：彝语，大力武士之意。

武弟被丽区肚子正饿，接过粑粑，咬了一口，门牙掉了两颗。他仔细一瞧，原来是一块生铁砣砣。他不好说什么，把那砣粑粑退还了老大娘，撒腿就往回跑，快步如飞，还不时地回头朝身后看。

不一会儿，祖卡候那祖回家吃午饭，拿起粑粑正要动嘴，一看，上边有几个齿印，就问母亲："阿妈，是谁动过了我的粑粑？"

母亲把刚才的事说了一遍。祖卡候那祖追问道："这人去多长时间了？""不多工夫。"祖卡候那祖丢下了粑粑，追赶武弟被丽区去了。

武弟被丽区回去的途中，路边有一棵空心的千年古树，周围是一大坝绿绿的甜荞苗。他跑到这里时，既饿又累，想休息片刻，又怕祖卡候那祖赶上。他急中生智，一头钻进空心古树洞里躲着歇气。

不大一会儿，祖卡候那祖气势汹汹地追到了树下，脱衣解带，赤着胳膊，两手合围一抱，就把那千年古树紧紧抱在怀里，嘴里念着："若是在此追上了武弟被丽区，我就将他如此这般地摔。"说着就将那树向左扭了一圈，又折回向右扭了一转。古树被扭破裂，从中喷射出鲜血洒遍了整个大坝子，把甜荞苗全都给染红了。祖卡候那祖感到很奇怪，松开了双手，古树倒地，裂成五块，才见武弟被丽区的尸首躺在地上。从那天起，甜荞就变成了红秆。

阿妈的一匹花丝绸

　　从前，在阿里山脚下，住着一个叫依支阿牛的寡妇。依支阿牛有三个儿子，老大叫尔莫，老二叫拉则，老三叫木牛。依支阿牛的纺织手艺是远近闻名的，她织出的丝绸上有飞禽走兽，奇山异水。这些花丝绸拿到街上去卖，买的人很多，很受大家的喜爱。

　　有一天，依支阿牛把自己织的两匹花丝绸拿到街上去卖。卖完花丝绸后，她在街上看到了一幅画。她一次又一次地翻看这幅画，越看越喜欢。最后她什么都没买，只把这幅画买回来了。

　　在路上，依支阿牛又反复把这幅画拿出来看。她想："如果我能住在这样的村庄里，那一定会很幸福。"到家后，她拿出这幅画给儿子们看，儿子们个个都很喜欢。依支阿牛对老大说："尔莫，我们家能住在这样的地方吗？"尔莫对妈妈说："妈，那是在做梦，我们怎么能住进这样的地方呢？"依支阿牛说："拉则，要是我们家能住进这样的地方，那该多好啊！"拉则说："妈，这是我们可能只有下辈子才会看见的地方。"依支阿牛又对老三说："木牛，如果我住不进这样的地方，会闷死的。"说了这些话后，她叹了口气站了起来。木牛想了一阵，对妈妈说："妈，你织出来的花丝绸都很好看，你就照这幅画织花丝绸，如果你织出像这幅画一样的花丝绸来，你就好像在这样的地方生活一样，那不也很幸福吗？"依支阿牛想了一阵说："是啊！我喜欢老三说的话。"她到城里买回了各式各样的丝线，天天坐在家中照这幅画编织。时间不知不觉地过去了，尔莫和拉则对妈妈织花丝绸很不满意，而且每天都劝妈妈不要织。木牛对两位哥哥说："让妈妈织吧，她不织出这匹丝绸，怎么也不会甘心的。你俩要不想去砍柴，我一个人去砍就是了。"从此，两位哥哥经常在家中玩耍，只有木牛一个人去砍柴供全家烧。

依支阿牛每天不分白天黑夜地辛勤纺织，一年后，她的泪水掉在丝绸上，织成了美丽的大江小河；两年后，血泪滴在丝绸上，织成了红彤彤的太阳和美丽的花朵；到第三年时，她终于织完了这匹丝绸。这匹丝绸的确很美，有瓦房，红红的木条，黄黄的大门，门前有花花绿绿的花朵；在鲜花丛中还绣了一个鱼池，池中鱼儿欢畅地游动；还有一片果林，结满了水果。屋后有一片绿油油的草地，有白云一样的羊群。离屋不远的地方有一座山，山脚下有层层梯田，结着金黄色的谷粒。依支阿牛的三个儿子看到这匹丝绸说："哎呀！怎么有这样美丽的地方？"

这时候依支阿牛伸了伸懒腰，揉了一下眼睛笑了。正当她眨眼睛的时候，突然吹来了一股旋风，把织好的丝绸吹走了。依支阿牛马上追出去寻找，但没有追着。丝绸朝东方飞去了。依支阿牛被三个儿子扶了回去。

第二天，依支阿牛对大儿子说："尔莫，你赶快到东方去，把那匹丝绸找回来，那是你妈的命啊！"尔莫听他妈说后，备好了炒面朝东方追去了。他走了七天七夜，来到一个叫合布乃加的地方。这个地方有一个竹子房，房前立有一个石马，石马旁边有十棵结满红果子的黄连树，石马好像要去摘黄连果吃似的。竹屋门口坐着一位白发苍苍的老妈妈，尔莫到这里时，这位老妈妈问他来干什么，他对老妈妈说："我来找一匹丝绸，这匹丝绸是我妈妈织了三年才织出来的，现在被风吹到东方去了。"老妈妈对他说："哦，你妈妈的那匹丝绸是被东方仙女借去了，她们看到你妈妈织的这匹丝绸很美，就借去照着织了。到她们那里的路途很艰难。你先拔下你的两颗牙，安在石马的口中，石马有牙后会变成真正的飞马。你等它吃完身边的黄连果，骑上

它，它很快就会把你带到仙女家中。但是，你们在途中还要跨过火焰山。石马在过火焰山时，你不能叫一声，如果你叫的话，大火会突然把你烧成一把灰。之后还要过大海，大海中的海浪很大，你也不能叫，否则海浪会把你卷进大海。跨过大海以后，就到了仙女的家，你就能拿到你妈妈的那匹丝绸了。"这时，尔莫摸了摸自己的牙，又想到要过火焰山和大海，吓得脸都发青了。老妈妈看到尔莫的脸色，笑着说："小伙子，你可能不行！不要去了，我给你一点金银，好好回去照顾你的母亲吧！"尔莫接过金银，装起来就走了。

尔莫得到金银后，心想："我得到的这些金银，一辈子都用不完了。"他没有带着金银回去，而是到城里鬼混去了。依支阿牛等尔莫等得愁出病来了。

过了两个月，尔莫没有回来。有一天，依支阿牛对拉则说："拉则，你去看看你的哥哥，是不是途中出事了。你想办法找回那匹丝绸，那是你妈的命！"拉则又朝东方去了。拉则走了七天七夜，又到了合布乃加，老妈妈还是坐在门口。拉则像大哥一样问老妈妈，老妈妈对他说："你的哥哥到了这里后就回去了。"她照样把告诉尔莫的话对拉则重复说了一遍。拉则听后，怕得发抖，忘记了他母亲的那匹丝绸。老妈妈又给了拉则很多金银，拉则又像他哥哥那样跑到城里享受去了。

这时候，依支阿牛病重了。她每时每刻都在大门外望两个儿子，脖子都望歪了，双眼都快望瞎了。有一天，木牛对他妈说："妈，大哥和二哥都没回来，路上不知遇到了什么事。我说什么也要去看看两位哥哥，并找回那匹丝绸。"依支阿牛想了一阵后对木牛说："木牛啊！你去看到他们两个以后再找丝绸。路上要多加小心，你不要担心我。"木牛走了两天后，便来到了合布乃加。老妈妈还是坐在那里，照样给木牛讲了一遍，最后老妈妈对他说："孩子啊，不要找你妈妈的丝绸了。我给你金银，你还是像你那两个哥哥一样回去算了！"木牛听了老妈妈的话后，拿了一个石头就打下来两颗牙，交给了老妈妈。老妈妈把两颗牙安在石马的口里，石马忽然变成了一匹骏马，摇头摆尾地吃完了十棵黄连树上的果子。木牛翻身骑上马，脚一蹬，马发出了一声吼叫后就飞走了。

石马飞了三天三夜，来到了火焰山。只见火焰燃得铺天盖地，红红的火舌扑面而来，木牛一声不吭，石马带着他飞过了火焰山。木牛骑着马来到大海边，石马奋不顾身地跳进海中，海中的波涛像山一样挡住他的去路，并向他迎面扑来。木牛躲过一个接一个的浪涛，终于过了大海，来到了太阳山。

太阳山就是仙女们住的地方，这里有闪闪发光的金房和银房。这里既不冷，也不热，是个很舒服的好地方。木牛跳下马，从金房和银房里面传来了女人的歌声和笑声。他走到大门口时，仙女们正坐在屋里纺织，依支阿牛的那匹丝绸挂在她们中间。木牛没有马上进去，只是站在门口张望。这时，一个仙女看见了木牛，她轻轻地撞了一下另一个仙女，歪着头指给她看。这个仙女看到木牛后，对他说："你到这里来找什么？"木牛把事情的经过告诉了这位仙女。仙女们听到这些话后说："哦，是这样的，我们今晚就织完了，明天一早你就可以拿走了。今晚你就住在这里吧！"木牛只好同意了，仙女们端饭来给他吃。这时木牛才觉得很饿，也不管什么就吃了个饱。晚上，仙女们坐着纺织时，她们中间的一位穿红衣服的仙女说："假如我能在这匹花丝绸一样的地方生活，那该多好啊！"其他仙女笑她，她说："你们不要笑我，我说的是真的。"然后她站起来抽了两根丝线，把自己的相貌绣在了依支阿牛的花丝绸上。

木牛醒来时，快要天亮了，仙女们都睡了。他看见母亲的那匹花丝绸，想起了母亲，觉得再也不能耽误时间了。他把花丝绸折成方块装在包里，骑着马回去了。木牛经过大海洋和火焰山后，来到了合布乃加。老妈妈带着微笑，手里拿着一双鹿皮靴站在门口。木牛跳下马，来到老妈妈的面前说："谢谢你！"说完转身就要走。老妈妈对木牛说："孩子啊，你不要忙，我把你的两颗牙安上后，还要跟你说一句话。"老妈妈从马口中拿出两颗牙，安在了木牛的口中，木牛的牙就和原来的一样了，马也变成了原来的石马。老妈妈把鹿皮靴给他后，对他说："孩子啊，你妈病得要死了，你赶快穿上这

双鹿皮靴去看你妈吧！"老妈妈把鹿皮靴给他穿上后，木牛只走了一会儿就到家了。他到了家看到妈妈病得很重，跪到妈妈身边喊："妈妈啊！你的那匹花丝绸我找回来了！"他边说边把花丝绸拿到妈妈的面前。说也奇怪，他妈妈听了这话，病忽然间全好了。她站起来看花丝绸时，好像看到了一样什么东西，说："孩子啊，这个草房里看不清，我们拿到外面去看。"依支阿牛把花丝绸拿到外面看时，不小心把它掉在地上了。这时候，这匹花丝绸慢慢地张开来了。一阵风吹过之后，依支阿牛的草房不见了，他们面前立起一幢很大的瓦房，房前房后有花园、果林和很多土地。又过了一阵，依支阿牛看到房前的鱼池边有一个穿红衣服的姑娘在看花。依支阿牛向那姑娘打招呼后，姑娘说："我是仙女，因为我的绣像在你的丝绸上，所以我就跟着它来了。"这个姑娘后来成了木牛的妻子。他们终于生活在了这个美丽的地方。

有一天，来了两个乞丐，哦，是尔莫和拉则两兄弟。原来，尔莫和拉则两个得到金银后，自以为了不起，天天在城里吃喝玩乐，没有多久就把金银全用完了，只好当了乞丐。两兄弟来到这个美丽的地方，见到了母亲和兄弟一家过着美满幸福的生活，觉得对不起母亲和弟弟，无脸再见他们，只好弯着腰拄着拐棍离开了。

跑齿和跑撒

从前，有个叫跑齿的姑娘，从小母亲死了，后来父亲给她讨了个后妈，后妈又生了一个女儿，取名为跑撒。不久，父亲病死了，后妈只喜欢自己亲生的跑撒，对跑齿百般虐待。

两个姑娘逐渐长大了。真是"无娘的儿天照应"，跑齿长得如花似玉。跑撒的身段和相貌与姐姐跑齿十分相似，只是年幼时不小心掉进过火塘，被烧伤过，脸上留下了一道疤痕，右脚中趾也被烧掉了一截，再加上从小受母亲的溺爱，有些坏心眼。

有一年，土司的儿子约木里宁要选亲了。约木里宁是彝族地区远近闻名的少年英雄，家里有钱有势，姑娘们都巴不得能嫁给他。约木里宁选亲的方式很特别，他让来候选的姑娘们试穿一只鞋，如果哪个姑娘的脚穿上这只鞋，不大也不小，刚好合适，他就娶这个姑娘为妻，并且在试鞋的当天就成婚。

跑齿、跑撒和其他姑娘一样，都想在约木里宁选亲那天到他家去做客，希望自己被选上。但是，后妈不想让跑齿去。约木里宁选亲的头一天，后妈让她俩去背水，她说："哪个先把水背回来，我明天就带她到土司家去！"她给跑撒一个好木桶，给跑齿的却是一个篾编底子的大甑子。

跑齿和跑撒来到泉边，跑撒很快装满一桶水，背起就走了；跑齿往甑子里装水，一装就漏完了。这可怎么办啊？她心里一急，再想起过去受苦的

事，就哭了起来，眼泪扑哒扑哒地滴进泉水里。这时，伴随着一阵"哇哇"的乌鸦叫声，她听见有人问自己："姑娘，你为什么哭得这样伤心啊？"跑齿看看四周，除了不远处一棵树上有一只乌鸦外，连一只蚊子也没有。她以为自己听错了，哭得更伤心了。"姑娘啊，是我在问你呢！你有什么难处？我会帮助你的！"原来，是树上的那只乌鸦在说话。跑齿听清了，很感动，就含着泪把心中的苦向乌鸦诉说了。乌鸦说："你抠坨黄泥巴敷在甑子底上，就能装上水了！"乌鸦说完就飞走了。跑齿照乌鸦的话去做，终于背起水走了。

再说跑撒，她背上水先走了，走着走着，忽然背上流起水来，原来，桶底漏了。正当她无可奈何，急得团团转时，跑齿背着水赶上来了，她见妹妹的水快漏光了，就放下甑子，把跑撒带回泉边，也用黄泥巴敷上桶底的洞，帮她装满水。最后，跑齿和跑撒背着水不分先后，一起回到了家里。

这一下，后妈只好把跑齿、跑撒都带到约木里宁家里。到了约木里宁家，她把跑齿骗进猪圈关了起来，只带着跑撒进屋做客候选。

吃过晚饭，试鞋的老人拿着一只鞋出来了。所有来做客的姑娘们都羞涩地伸出一只脚来，由老人帮忙试穿。试来试去，几十个姑娘的脚竟然没有一个合适的！正当约木里宁和姑娘们都非常失望的时候，忽然从猪圈里传来阵阵的哭泣声。大家走拢一看，原来猪圈里关着一个姑娘。试鞋老人忙叫姑娘伸出一只脚来，把那只鞋给她穿上。鞋子简直像是专门为这个姑娘定做的，她穿上不大不小，恰好合脚。约木里宁看见选到了姑娘，而且这个姑娘长得十分漂亮，心中非常高兴。这样，跑齿和约木里宁当天就成了婚。后妈和跑撒气得连婚礼也没有参加，连夜赶回家了。

跑齿和约木里宁结婚一年后，有了一个胖胖的孩子。孩子刚满月，跑齿就带上他回娘家，看望后妈和妹妹。

后妈和跑撒先对跑齿很冷淡，后来，她俩商量了一条计谋，便突然对跑齿亲热起来，要留跑齿多住几天。跑撒白天夜晚抢着带孩子，倒使跑齿整天无事可做。到跑齿该回家的头一天，跑撒一早就背上孩子，要和跑齿一起上山去玩耍。两姐妹来到了一道荒僻的山梁上，在一个岩子边，跑撒说："姐姐，你去把那朵花儿摘给孩子吧！"跑齿刚转过身，跑撒狠命一掌就将她推下了岩子。

第二天，跑撒背着孩子来到约木里宁家。约木里宁万万没想到有人冒充妻子，心中并不怀疑，只是问道："你的脸上怎么有道疤痕？"跑撒说："喂猪时被可恶的后妈用开水烫伤了。"他又问道："你的脚趾怎么短了一截？"跑撒说："我帮后妈切猪草时不小心砍掉了。"约木里宁又问道："孩子咋个白天哭，夜里也哭？以前不是这样的呀！"跑撒说："我在后妈家受了伤，又吃得不好，没有奶，孩子怎么能不哭呢？"约木里宁一听，心里更加怜惜妻子。

再说跑齿，她被推下岩子后，就被一群飞着的乌鸦托住了。乌鸦将她抬到一个岩洞里住下，又给她衔来吃的。后来，它们又帮助跑齿回到了丈夫约木里宁身边。

跑齿突然回来，跑撒吓得魂不附体，约木里宁也目瞪口呆。跑撒大声喊起来："她是鬼，快打死她！"约木里宁感到事有蹊跷，制止跑撒叫喊，问跑齿道："你究竟是哪个？"跑齿说："我是你的妻子跑齿啊！"他又指着跑撒问道："那她又是什么人？"跑齿说："她是我的妹妹跑撒，她把我推下了岩子，冒充我来了！"约木里宁看看这个，又看看那个，半信半疑。跑齿说："她脸上有道疤痕，左脚中趾短了一截，还有，她没有结婚，没有生孩子，不会有奶水来喂养我们的孩子。"约木里宁这才明白，面前的跑齿才是自己心爱的妻子。跑撒见事情完全败露，趁约木里宁和跑齿说话的时候，便抱着孩子跑出门去了。

跑撒跑到她推下跑齿的那道岩子边，回头看见约木里宁和跑齿已经追过来了，就大声叫道："我死，你们的孩子也别想活！"说着，她把孩子丢下岩子，自己也跳了下去。约木里宁大叫着奔过来，而跑齿一下子就昏倒在地上。

这时，一群乌鸦飞到岩子边来，它们在半空中托住孩子，把他托到了岩上。这样，孩子得救了，跑齿也醒过来了，那黑心的跑撒却在岩子下摔得粉身碎骨。

彝族民间故事

阿尺尺和阿闪闪

阿尺尺和阿闪闪的妈妈是亲姐妹。两姐妹一同到海边洗麻棉，阿闪闪的妈妈为了得到阿尺尺妈妈的麻棉，就把阿尺尺的妈推到海里去了。

阿尺尺等了很久，妈妈都没有回来，就问姨妈："我妈妈怎么没有回来呢？"姨妈说："你妈妈还在海边。"

阿尺尺又等了很久，妈妈还是没有回来。她到海边去看，海边静悄悄的，只有蓝色的波浪在轻轻地荡漾。"妈妈掉进海里去了！"阿尺尺想着，哭着，喊着。

阿尺尺想到海宫去见妈妈，这时飞来一只乌鸦，在阿尺尺的头顶轻轻地拍打了两下翅膀。它站在海边的树上，向阿尺尺叫道："哇，哇！你把牙根掏出血，吐九口鲜血给我吃，我就告诉你妈妈的下落。"阿尺尺折了一根草秆掏牙根，牙根破了，她吐了九口鲜血在石板上。乌鸦吸完血后叫道："你明天早晨捡三块石头到海边，把它们依次丢进海里，每丢一块石头到海里，你就说一句：'起来，水牛妈妈起来。'"第二天早晨，阿尺尺揣着三块鹅卵石站在海边注视着平静的海面，轻轻地丢进了一块石头，并照着乌鸦的吩咐说："起来，水牛妈妈起来。"果然，海面上露出两只水牛角。她又丢下一块石头到海里，说："起来，水牛妈妈起来。"海面露出了水牛的背。她把第三块石头丢进海里，说："起来，水牛妈妈起来。"水牛的全身都露出了海面，并朝着阿尺尺站着的地方走来。

阿尺尺把水牛牵到家里，天天到草坪上去放牧。有一天，阿闪闪的妈妈对阿尺尺说："侄女，把你的水牛借给阿闪闪骑一天。"阿闪闪骑在牛背上，看见牛尾巴上有一个戒指，就动手拿，却被水牛甩在地上，一只眼睛撞瞎了。阿闪闪的妈妈冒了火，就把水牛宰了。

阿尺尺哭了，乌鸦又飞来对她叫道："哇，哇，你不要吃牛肉，你把血接来放在床底下，把两只耳朵割下来放在篾箱里，把所有的骨头和四块蹄壳也放在篾箱里。"

阿尺尺照着乌鸦的话办了。第二天，她打开篾箱一看，四个蹄壳变成了两双绣花鞋，耳朵变成了两件乌黑的披毡，血变成了花色的头帕、衣服、裙子，骨头变成了珍珠、金银、手镯、耳环。

以后，每逢集会，衣着华丽的阿尺尺总被小伙子们追围着，她不但长着明亮的眼睛，长长的辫子更是没有任何一个姑娘比得上。

有个叫觉木格惹的青年，长得俊秀，性格善良，很想和阿尺尺攀亲。他请人和阿尺尺的姨妈商量，姨妈答应了把阿尺尺嫁给他。

第二天晚上，觉木格惹背着酒到阿尺尺家杀猪给大家吃。他看到一个姑娘，虽然衣着和阿尺尺相同，面容和外形却有些不一样。觉木格惹怀疑自己的眼睛，但又不敢多看。他想出一个妙计：先走到外面去一趟，回来时再趁机好好看一看。他走到离门不远时，被一个篾兜绊了下，差点摔倒。这时有个女子的声音责怪他说："你是谁？你的擦尔瓦边子把人家眼睛打得好痛哟。"觉木格惹一看，一个满脸是灰、衣着破烂的姑娘坐在那里，但她的眼睛、体态却让觉木格惹觉得是那样的熟悉，他不禁嚷道："哎哟，阿尺尺竟然被关在这里！"

阿闪闪的妈妈的阴谋被揭穿了！阿尺尺嫁给了觉木格惹。她嫁到觉木格惹家的那天，阿闪闪的妈妈又说："阿尺尺，你把阿闪闪带去当女仆吧。"阿尺尺不安地说："世上哪有妹妹当姐姐女仆的道理？"姨妈哑口无言。

阿尺尺到婆家三年后回来了一次，临走时阿闪闪的妈和阿尺尺商量说：

彝族民间故事

203

"叫阿尺尺送你去吧。"阿尺尺不让送，但是阿闪闪还是送了。阿闪闪背着阿尺尺的小孩走前面，阿尺尺走后面。到了半路上，阿闪闪就照着妈妈的办法揪小孩，小孩哭了，阿闪闪对阿尺尺说："你的孩子要头帕。"阿尺尺把头帕摘下来递给阿闪闪。又走了一段路，她又把孩子揪哭了，她又说："你的孩子要耳环、手镯。"阿尺尺又把耳环和手镯取下来递给她。又走了一段路，阿闪闪又揪小孩，孩子又哭，阿闪闪又说："你的孩子要你的衣服。"阿尺尺又把衣服递给阿闪闪。他们走到海边时，阿闪闪又揪孩子，孩子哭了，她又说："你的孩子要杜鹃花。"当阿尺尺爬上杜鹃树，正伸手摘花时，阿闪闪抱住树干一摇，把阿尺尺摇落到海里了。

阿闪闪穿上阿尺尺的衣服，背着孩子到了觉木格惹的家。晚上睡觉时，因为她头上长了癣，所以头发很少，就向觉木格惹要枕头。觉木格惹对她说："你到我家以后从来没用过枕头，一直都是用自己的头发作枕头。"阿闪闪觉得自己说错了，悄悄地圈了一把谷草当枕头睡了。

觉木格惹家有一个割马草的仆人，叫觉木日初。有一天，他去海边割马草，忽然看到有只花鸟飞来栖息在荆棘上唱道："觉木日初依哟！噫！觉木日初依哟！我的孩子长大点没有？觉木格惹成亲没有？癣疤阿闪闪病死没有？"

每天，觉木日初到海边，花鸟总飞来栖息在荆棘上唱歌。觉木日初觉得太奇怪，就告诉了主人。

觉木格惹也来了，只听那鸟真的唱道："噫，觉木日初依哟！噫！觉木日初依哟！我的孩子长大点没有？觉木格惹成亲没有？癣疤阿闪闪病死没有？"

觉木格惹听完鸟歌唱后，说道："怪鸟，怪鸟！让我把它捉回家给孩子吃。"说着就将两根马尾的一端拴成活扣，另一端拴在柴棒上，把花鸟捉住了。

他把鸟带回家后，叫阿闪闪把鸟烧给两个孩子吃。可是火一烧着鸟毛，屋里就充满了烧尸味。阿闪闪把鸟抛向门口，马上在鸟落下的地方长出一丛荆棘。阿尺尺的孩子出门时，荆棘自然分开。阿闪闪的孩子出门时，荆棘就把他圈绕住，还把他的眼睛挂瞎了一只。阿闪闪生气了，把荆棘烧掉了，烧到最后只剩一坨荆棘刺时，却怎么也燃不了。恰好这时有一位老人来要火，阿闪闪就把它送给了老人。老人把荆棘刺拿回家后，怎么也吹不燃，就把它丢在水里。这荆棘刺一见水就变成了一颗珍珠，老人就把它放在篾箱里装着。

一天，老人出去劳动回来，发现锅里有热气腾腾的汤，有香喷喷的饭。老人觉得奇怪，第二天就躲在屋檐下面，从墙缝里观察。原来，屋里有一个美丽的姑娘在做饭。

老人跑至门前，推开门进去，哟，只见姑娘的眼睛像珍珠一样明亮，头发又黑又长，衣着是那样秀丽。他问姑娘是怎么一回事，姑娘就把自己的遭遇讲给老人听了，还说："你今天去请觉木格惹来吃饭，我做一顿饭给他吃。"老人应允了。

觉木格惹在老人家吃饭时，只听里屋传来歌声："觉木格惹，你哪里知道好食孬食，好食在甑底。"觉木格惹用木勺往甑底一捞，捞出一圈乌黑发亮的头发。他拿着头发仔细一瞧，便惊奇了，这圈头发是由一根头发圈成的。"这到底是什么人，我去看看。"他说着就站起来往里屋走。老人跑过去挡住他的去路，姑娘说："让他进来吧。"

阿尺尺从篾箱里出来和觉木格惹见了面，把自己的遭遇说给觉木格惹听。觉木格惹听后说："那你跟我一同回去吧。"

当天晚上，觉木格惹杀猪打羊招待阿尺尺，并请来亲朋好友。阿闪闪母女也被请来了，两人羞愧得头都不敢抬。

神奇的木鱼板

很早以前，有兄弟两个。哥哥家富裕，弟弟很穷，每天上山砍柴供哥哥家烧。嫂嫂是个又歪又恶的人，弟弟在她眼下过日子很难。

有一天，弟弟上山砍柴，在一片林中把柴砍好准备回家，突然听到嘻嘻哈哈的笑声，他悄悄走近一看，是四个年轻姑娘。这四个姑娘是：灵牌山的女儿，穿的红衣裳；小相岭的女儿，穿的绿衣裳；峨眉山的女儿，穿的黑衣裳；贡嘎山的女儿，穿的白衣裳。弟弟悄悄来到离这四个姑娘不远的地方，偷偷看她们究竟是在干啥子。

在一块大石板上，四个仙女坐在一起绣衣服，一边绣一边闲谈。隔了一会儿，她们又在石板下拿出一块形状像木鱼的东西放在石板上，"啪"地敲一下，嘴里喊啥子就有啥子。她们把石板当桌子，上面摆了好多喊出来的好菜，然后开始吃，吃够以后又拿起那块木板敲一下，说声"收进去"，剩下的饭和菜就不见了。然后，她们又把木板放回了石板底下，就各自驾云飞回各自家了。

弟弟悄悄走近石板，把木鱼板拿了出来，带回了家。他在自己的小房子里找来三张木板摆成一张小桌，然后学着仙女用手敲那木鱼板，大喊："把酒拿出来！"酒出来了，他又喊："把肉拿出来！"肉又出来了。他很高兴，心想，自己最想的是钱，看能不能把钱喊得出来，就喊："把银子拿出来！"当真出来一锭白银，又喊："把金条拿出来！"当真金条也出来了。

他想："我走运了！有了这个好东西，从此再也不用受嫂嫂的气了。"他跑去对哥哥说："我要修房子，要请寨里的人砍竹砍木。"哥问："你拿啥子给做活的人吃？""反正我能拿出来。"他又去告诉嫂嫂，嫂嫂说："只要不到我家拿粮，你要请人就请嘛！"

请的人上山砍了木料，晚上回来问："你做的饭呢？"他一直不开腔，只对嫂嫂说："请你帮忙到寨上借几张桌子和一些凳子来。"桌凳借回来放好后，他就叫八人坐一桌，然后从屋里拿出那块木鱼板用手指敲了敲，嘴里念了两句，酒肉就摆满了桌子。大伙吃得酒足饭饱的。嫂嫂看到后，就给男人说："你家兄弟不知从哪里弄到一块木鱼板，好灵！喊啥子就出来啥子。你好好问问他。"哥哥就来问兄弟，兄弟说："我是从小相岭上的一个大石板下捡回来的。"哥哥接着问路是咋个走，要走好远，有啥子记号，弟弟也全告诉了他。于是哥哥就穿起弟弟当时穿的衣服上山去了。

这四个仙女回来时，还是在原来那个石板上聚会，在那绣衣服、闲谈。要吃饭时，她们去石板下摸木鱼板，发现没得了，有个就说："肯定被人拿走了。刚才我拢这儿就闻到一股凡人气，我们要搜一下。"搜到一个岩洞里，看到果然有凡人躲在那儿，她们追上去逮着，把他鼻子扯得老长老长的，耳朵扯得比猪耳朵还大。最后哥哥已不像一个人，偏偏倒倒地回来。妻子问东西拿回来没有，他一边"哎哟哎哟"地呻唤，一边对妻子说："连我的命都差点完了。我被四个仙女打昏死了，她们走后我才拖起身子爬回来。完了完了！你去喊兄弟来，看有没有办法。"妻子跑来喊兄弟，兄弟就说："以嫂嫂的心肠和为人，我就不得去。"邻居劝他："你恨嫂嫂，但要同情哥哥，还是该去看。"在大家的劝说下，他拿起木鱼板来到哥哥家，用木鱼板在哥哥头上转一圈，用手指敲木鱼板，说："把鼻子恢复过来。"鼻子就恢复了一点，又说："把耳朵恢复过来。"耳朵就恢复了一点。就这样，哥哥的脸一点一点地慢慢恢复。嫂嫂很心急："啥子东西，你咋不大胆敲和快点喊？我来。"抓过去就一边喊一边不停地打，结果把他哥缩成了一个圆溜溜的死东西。

彝族民间故事

十只金鸡

从前，在一个茫茫的大海①底，有一座通明透亮的水晶宫。水晶宫里住着龙王，他有十个女儿。这十个女儿就像十朵水仙花。在风平浪静的时候，她们会变成十只金鸡，经常离开龙宫到海面上游玩。

大海的东边是连绵的高山峻岭，上面长满了茂密的森林。在离山林不远的山坳里，有几户人家。一天，村里有个彝家青年到树林里去打柴，他手勤脚快，不消多少时间，就砍好一背柴。他口渴了，就跑到海边，捧起清澈的海水，痛痛快快地喝了三口，喝了水便走到一棵大松树下，坐下来歇息。他想到自己艰难的生活、悲凉的身世，更感到自己十分孤单，便把插在腰里的小笛子拿出来吹，解除心里的烦闷。

悠扬的笛声穿过密林，飘到了海边。这时候，十只金鸡听到了动听的笛声，个个惊奇，就寻着笛声游来。

原来，吹笛子的人名叫阿南，他从小父母双亡，无依无靠，一个人靠打柴为生。笛子是他最亲近的伙伴，他常用它诉说自己悲惨的身世。这时，他一边想，一边吹，一时泪流满面。十个姑娘走到他身边，他也没觉察。姑娘们也没有想到，吹笛子的人竟是一个这般英俊、健壮却又衣着褴褛的砍柴

---

①大海：云南方言，指湖。

人。阿南听见身边有响动，便停止吹笛，抬起头来看。十妹见他抬头，扭头就跑，几个姐妹也跟着往回跑。唯独二姐刚要转身，只觉得这个小伙子有点面熟，便顿了一下，终于想起来了。有一次，姐妹们正在树林里嬉闹，你追我赶，正玩得高兴，突然蹿出一只老虎，多亏这位大哥手提利斧跑来，大吼一声，把老虎吓跑了。想不到今天在这里见到了他。她走上前去轻声问："你可就是那天吓跑了老虎的大哥？"

阿南回答："我就是，我叫阿南。"

二姐不再说什么，连忙拿出一颗金晃晃的宝珠，放在阿南的羊皮褂上，便一阵风似的追赶九个姐妹去了。阿南拾起宝珠，赶忙追赶姑娘，当他跑到海边时，十只金鸡已经回到大海里去了。

阿南拿着这颗金光发亮的宝珠，翻来覆去地看，心里既高兴又疑惑。他想："难道我真的遇到了人们所说的仙女？"他不相信自己会有这样的福气。可是，这是的的确确的事呀！阿南背起柴，紧几步、慢几步地走着。他边走边想，很快就回到了家里。他才走进家门，又听见身后的门一响，一群青年男女拥了进来，说的说，笑的笑，叫叫嚷嚷，搞得阿南也不知道是出了什么事，还以为小伙伴们知道了他在海边的奇遇。

"阿南哥，今天晚上是六月二十四①，我们都在等你来吹笛子啰。"

"呵！是啰是啰。"阿南满心高兴地回答着，又摸摸口袋，四处张望，想找个墙洞或什么地方，好放金鸡姑娘送给他的宝珠。没想到宝珠被小伙伴们看到了，你争我夺，都想看一看稀奇。大家还是一个劲儿地提问："你从哪里捡来的？"阿南是个憨厚老实的人，他开口说："是一位姑娘送给我的。"大家都为阿南高兴。

阿南有一颗宝珠的消息传开了，传到了土司韶木尔的耳里。他想："要是我韶木尔得到这颗无价宝珠，那么，天下最富有的人就是我啦！听说还是一位长得像天仙一样的姑娘送的，再把这个姑娘夺过来，那不是人财两得

---

①六月二十四：彝族火把节。

吗？好！就这么办！"于是，他便高声叫唤几个家奴："去！你们快去，把那个叫阿南的'穷骨头'给我抓来。"几个家奴跑得比黄狗还快，不多时，阿南被捆绑着带到韶木尔面前。"嘿，我打失①了一颗宝珠，原来是你这个家伙偷了，快交出来。"韶木尔说。

阿南心里明白，这是土司欺诈穷人的老办法，便问："你家有什么宝珠？""什么？老爷我什么都有，牛羊满圈，树木满山，娃子遍地，粮食满仓，不要说一颗宝珠，就是一斗也有。"

"你家没有我这样一颗。"

"什么？你还嘴硬，来人啰，快给我打，看他交不交出来！"韶木尔一声令下，家丁把阿南打得皮开肉绽，鲜血直流。

阿南咬着牙，心里想：这是金鸡姑娘的宝珠，是她好情好意送的，宁死也不能落到韶木尔手里。

狠心的韶木尔把阿南拷打了三天，阿南强忍痛苦顶了三天。

第四天，韶木尔又来追逼阿南："你说，这颗宝珠不是我的，那么，你一个穷得有上顿没下顿的贱骨头，哪来的这颗宝珠？不是偷来的是什么？"

为人耿直的阿南，眼睛里容不得半颗沙粒，他听不得被人说偷东西。为了证实这宝珠的来路，他说："我人虽穷，但穷得有志气，从不偷人抢人。告诉你，这颗宝珠是金鸡姑娘送的。"

"呀，金鸡姑娘……那么你把金鸡姑娘叫出来，我要亲自问她。"

在汤郎大海边，很久以来，人们都听过十只金鸡会变成美丽的姑娘的传说；还传说要是谁能得到金鸡姑娘，谁就不仅讨到了一个漂亮的老婆，还会得到金山银山。贪心的韶木尔立即带着一群家奴，押着阿南来到海边。但是阿南闭着嘴什么也不说。韶木尔没有办法，只好仿效传说中引金鸡出来的办法，挑选了十只精壮的大公鸡放在簸箕上，再把簸箕放进海里，又往海里撒了一盒芝麻，想逗引十只金鸡出来与大公鸡做伴，以便等她们正高兴时，

---

①打失：云南方言，意为丢失。

就快手快脚地拉到岸上捉住。可是，只见一只只簸箕浸透了水，十只大公鸡沉下海里去了，却不见半只金鸡漂上来。韶木尔大为恼怒，把气发泄到阿南身上，皮鞭像雨点一样劈头盖脸地抽打过去，直到他把手打酸了才罢休。接着，他把阿南同村的人抓来，又是审问又是吊打，要全村人说出阿南是用什么办法把金鸡引出来的。可是全村人都异口同声地说："不知道。"韶木尔想了好几天，终于想出一个他自己认为最绝妙的办法：把自己打扮成阿南的模样，一个人悄悄地走到海边，坐在一棵大松树下吹起笛子。不多时，平静的大海里漂起来十只金鸡，一上岸，就变成十个美丽的姑娘向笛声传来的方向走来。走近了，她们一个个躲在树后面，推出二姐向前。二姐羞答答地走向吹笛子的人。韶木尔心里好喜欢，眉飞色舞，大张着嘴，三步并作两步，拿出他家仅有的一颗又黄又小的宝珠，笑嘻嘻地迎了过去。二姐一看不是阿南，再看不是她的宝珠，大吃一惊，忙问："你是谁？"

"哈哈，我是韶木尔，是来找你的。"

"你、你、你……不是阿南。"

"阿南是我家的一个娃子，一个贱骨头，让我给关起来了。这一颗宝珠就是你送给他的那一颗，他交给了我，哈哈！你是我的人了。"

韶木尔扑向二姐，想抓住她。二姐闪到一旁，韶木尔扑了个空。二姐大叫一声，众姐妹一起跑过来，吓得这个鬼头鬼脑的韶木尔不敢动。十姐妹趁机跑回海边，纷纷跳进海里。这时刮起一阵大海风，把韶木尔吹得睁不开眼。他好容易追到海边，只见大海波涛翻滚，白浪滔天，十只金鸡却不见踪影。

十只金鸡回到龙宫，又急又恨，都为阿南不平。大家纷纷出主意，要救出阿南。大姐想出个办法，叫二姐禀告老父亲，说十姐妹在海边玩，独独二妹的宝珠失落了，被一个砍柴人捡到，土司韶木尔知道后要抢夺这颗宝珠，就把砍柴人抓起来了。请父王派兵攻打土司衙门，把人找到，追回宝珠。二姐照大姐出主意做了。

老龙王一向喜欢自己的女儿，听到宝珠失落，就二话不说，立即发兵去攻打土司。成排成排的士兵，也不知有几千几万，一个个浮出水面，举起刀

又，满山遍野地追杀韶木尔和他的家丁，杀得他们一个个倒下，然后把阿南带到龙宫里来了。

十姐妹把阿南给救了，满心高兴，可是一看阿南被捆得严严实实，不觉又非常难过。审讯开始了，老龙王问："你为什么把我二姑娘的宝珠拿走？"

"不，我是……"

"是什么？你见财起心！"

"我虽是一个苦寒人，可我有一颗好心。"

"胡闹，给我推出去喂鱼！"老龙王说。

十姐妹上前求情。大姐把姐妹们上岸相识这位青年的经过细细地告诉了老龙王。老龙王听了，不仅不发怒反而高兴起来，说："呵！原来是这样，为什么不早讲，他是个好人呀！对！对！对！把宝珠送给他。"龙王还吩咐左右拿出一把闪光的金斧头，对他说："你是砍柴人，我再送你一把好斧头，只要用它轻轻碰到一点树皮，大树就会倒。"阿南很感激龙王。老龙王想了想，又问："小伙子，你还要什么？"阿南没有回答，他和二姐呆呆地对看了好一会儿。老龙王也会意了，说："今后如果你有什么困难，就到海边来吹你的笛子，她们几个姐妹就会来帮助你。"

从此以后，有时是十只金鸡一起漂到海面来，听阿南吹笛子；有时是二姐一人来，可是她不再是孤单单的人了。

日子过得很快，转眼又是一年。在海菜花开的时候，老龙王得病了，什么药都吃过，却总是医不好。一位神医说："要找到无心草，龙王才能得救。"到哪里去找无心草呢？龙王有气无力地说："有谁找到无心草，我的十个姑娘由他挑。"十姐妹想起阿南来了，很快找到他，把老龙王的话传给了他，并祝福他能找到无心草。

阿南平时砍柴，爬遍深山老林，一听这话，便不辞劳苦，翻山越岭去找无心草。苍天不负有心人，阿南终于找到无心草。他带着无心草回到海边，二姐早已在海边等着他，随后把草带回去了。没几天，老龙王的病果然好了。老龙王非常高兴，他说："我说话算话，是哪一个找到无心草的呀？快告诉我！"九姐妹都在笑，二姐羞得低下了头。

阿南和二姐很快结了婚，过上了幸福的日子。

铁匠降怪

从前，森林边上住着一个穷苦的猎人。他没有亲人，陪伴着他的只有一条撵山狗。他就靠这条撵山狗，打些野兽回来，勉强维持生活。

有一天，他带着撵山狗去打猎，走呀，走呀，走了很远，也没有发现一只野兽。他有些失望了，正想转身回去，突然瞧见对面山岩上站着一只马鹿。他欢喜极了，抓起一杆石矛就向马鹿掷去。那石矛端端地刺在马鹿身上，马鹿疼得蹦了两下，就飞快地往森林里跑去了。

猎人非常着急，立刻放出撵山狗去追，自己也紧紧跟随在后面。他追呀，追呀，一直追到太阳落山，追得周身大汗淋漓，却什么也没有看见，马鹿不见了，撵山狗也不见了。

伤心的猎人只好停下来，望望四周，发现自己来到了一个深谷中，参天的大树一层盖一层，树林中有一间破烂的草房。猎人大着胆子向草房走去，跨进房门，只见屋里空空的，地上积满灰尘，柱子上挂满蜘蛛网，好像许多年都没有人住过。猎人疲倦极了，也顾不得干净不干净，到屋外扯了些茅草来铺在地上，倒头便睡。

猎人正睡得迷迷糊糊的，猛听见一阵"哦呵呵"的怪叫声，由远而近，越来越大，慢慢地就响到屋跟前来了。猎人不明白那究竟是什么东西，赶忙翻身起来，爬到屋梁上去瞧。

这时，只听"砰"的一声，房门被推开了，一个怪物冲了进来。怪物的身腰很长，四足长着坚硬的爪子，嘴巴张开来和米囤一样大，一阵"哦呵呵"的吼声震得屋梁"扎扎扎"地响。怪物的后面跟随着一群野兽，它们进屋来后，就横七竖八地躺在地上睡了。

猎人看见这幕情景，吓得周身打抖。这一抖不要紧，却弄响了屋梁。怪物的耳朵可灵啦！它马上抬起头来，一边叫着，一边向屋顶张望。

正在这十分危急的时刻，猎人瞧见屋顶草缝里有一窝小老鼠。他急中生智，抓起小老鼠就向地下抛去。怪物看见掉下来的是小老鼠，便停止了嚎叫，重新又躺了下来。

猎人趴在屋梁上，一夜也没有入睡。天亮了，他看见怪物起来，一阵吼叫，所有的野兽都立刻翻身起来。随后，它就带领着那群野兽，呼叫着向森林中跑去了。猎人这才松了一口气，赶忙跳下屋梁，出了门，没命地往家里跑。

猎人跑到半路上，遇见一个苏尼①。苏尼见他如此慌张，便问道："朋友，你为什么这样惊慌呢？"

猎人便把夜里见到的情况一一告诉了他。苏尼听完，哈哈大笑说："怕什么！今晚你带我去。它若再来，我就把它捉住。"

"不行啊！它会吃掉你。"

"我有鼓呀！敲一敲，它就没有劲了。"

猎人半信半疑地答应了，便和苏尼一块儿回到草房里。苏尼敲响皮鼓，作起法来。猎人依旧爬到屋梁上藏着。

太阳落山以后，"哦呵呵"的叫声由远而近地响过来了。一会儿，带领着一群野兽的怪物就出现在门前。

怪物看见屋里有人，吼叫得更大声了，苏尼也把皮鼓敲得更响。不料怪物张开了血盆大口，只轻轻一吸，就把苏尼连人带鼓吞进肚子里去了。

猎人看见了，吓得紧抱着屋梁，动也不敢动。好容易盼到天亮，等怪物

---

①苏尼：彝族民间巫师，不掌握文字。

带着野兽到山林里去后，猎人才跳下屋梁，出了门，没命地往家里跑。

他跑到半路上，又遇见一个毕摩①。毕摩见他脸色发青，便问道："朋友，什么东西把你吓住了？"

猎人便把夜里见到的情景一一告诉了他。毕摩听了，哈哈大笑说："小伙子，今晚你带我去，让我来收拾它！"

"你还是不去的好，苏尼都被它吃掉了。"

"苏尼哪能和我相比呢！世上的妖魔鬼怪通通都是由毕摩来降服的。"

猎人只好和他一起再回到草房里。猎人依旧爬到屋梁上去躲着。毕摩则插起神树，洒遍神水，低声地念起经来。

太阳落山以后，"哦呵呵"的叫声又由远而近地响过来了。不一会儿，怪物已带着一群野兽出现在屋门口。

怪物看见屋里有人，吼叫得更厉害，毕摩也更卖力地念经。忽然，怪物张开血盆大口，用劲一吸，毕摩和他的神树、经书都被怪物一口吞进肚子里了。

猎人看见了，吓得紧贴着屋梁，大气也不敢出。一直挨到天亮，等怪物带着野兽跑进山林以后，猎人才赶忙跳下屋梁，出了门，没命地往家里跑。

猎人跑回家里，还不住地大口大口地喘气。邻居们见他神情慌张，又是几天以后才回来，都很诧异，齐声问他到底出了什么事。

猎人便把几天来的经过详细告诉了他们。他们听了，都吓得鼓眼睛、伸舌头，只有一个老铁匠满不在乎地说："今晚你带我去吧！只有我能够把它捉住。"

"苏尼和毕摩念经作法都降服不了它，你能行？"

"念经作法管什么用？我有的是铁锤呀！"

猎人寻思一阵，觉得也有道理，就答应了。

老铁匠立即去找来一个助手，带着风箱、火炉和二十多个铁球，由猎人

_____

①毕摩：彝族从事原始宗教和文化活动的人，相当于巫师、祭司、经师。

带路，来到了那间草房里。

猎人一进屋就急忙爬上屋梁去躲着。老铁匠不慌不忙地和他的助手把火炉烧旺，把铁球全部抛进炉膛里去烧。

太阳落山以后，随着由远而近传来的"哦呵呵"的叫声，怪物和它的一群野兽不一会儿就来到了屋门前。

怪物看见屋里的人和炉火，气得尖声怪叫，张开血盆大口，用力吸气。铁匠和他的助手一点也不害怕，只管把烧红的铁球一个接一个地向怪物口中抛去，怪物也一个接一个地把铁球吞进肚里。它把所有的铁球吞完后，痛得来哇啦啦大叫，只顾在地上打滚。滚着滚着，忽然"砰"的一声，怪物的肚子就炸开了花。

那群野兽看见怪物死了，马上大乱起来，有的咆哮，有的想逃跑，有的想跳起来咬铁匠。铁匠和他的助手眼明手快，将火炉中的红炭夹出来，抛进那些想咬人的野兽口里，当场就烫死了好几只野兽，其余的都吓得伏在地上，不敢动一下。

这时，猎人也不怕了，赶紧梭下屋梁来，和人们一同把那群野兽往家里赶。可是，到家里时，野兽只剩下一小半了。于是他们就把这一小半野兽平分，各自领回家去养着。从此，养在家里的野兽就变成了家畜，逃往山里的野兽就成了山中的百兽。

勇敢的阿苏诗惹

在大小凉山一带，龙头山①的脚下，住着列里额吉头人，他家有宽宽的土地，上齐美姑县，下达昭觉境，斑鸠飞过要歇九回脚；他家有众多的百姓，乌鸦飞过寨子，要被炊烟熏落；他家有一个聪明能干的猎人，名字叫吉尼朵子②，人们说打猎捕兽是他开的头；他有一只著名的猎狗，取名克莫阿果。

阿合吕依住着列格阿史头人。他常常炫耀自己富裕势大："安宁河是我家河，建昌③邛海是我家海，建昌泸山是我家山，地上所有树是我列格家的树，地面流淌的水是我列格家的水。我家的土地下齐金沙江，上齐雅州④城，有百姓数不清，还养有上千的兵，密密麻麻像蚂蚁。出征那一天，矛杆像森林，矛头像星星。养有一堆狼狗，又叫吃人狗，常出圈伤人。"

列里额吉家请毕摩许愿了一头敬牛⑤放在龙头山里，许愿了一头敬猪放在斯叶阿莫⑥山里。敬猪和敬牛在山里并不一直待在一个地方，有时在东

---

①龙头山：位于雷波县和美姑县之间，是大小凉山的分界线。
②吉尼朵子：彝族传说中的狩猎创始人。
③建昌：今西昌。
④雅州：今雅安。
⑤敬牛：经毕摩念过经，在身上打上记号，以保家人平安的牛。
⑥斯叶阿莫：地名，位于昭觉县解竹核区。

方，有时在西方，时间长了就成了野物。若有人在龙头山上学牛叫一声，敬牛立刻就会出现，翘起角来把人戳死。敬猪和敬牛到处乱跑，没人能捉住它们。列里家说："这是丢掉了财产。"

有一天，列里家来了一个客人，名叫阿苏诗惹①。列里额吉向他摆谈道："那头敬牛跑到山里去了，没有人敢去抓它，真拿它没有办法。"阿苏诗惹听后，自告奋勇说："我能抓住这头牛。"列里额吉劝他说："去不得，谨防牛把你伤着，它已经戳死了好些人。"阿苏诗惹说："我不怕，我能把它抓来。"说完他立即进山寻找牛去了。他来到龙头山学了三声牛叫，那牛不知从哪里跑来，埋着头猛力向阿苏诗惹冲过来。阿苏迅速闪开，牛头撞在松树上，松树被撞翻了根。阿苏跳起来抓住牛角，死死地扭着不放。牛使尽全身力气，却怎么也挣不脱。这条犟牛终于被阿苏降服了，只好乖乖地跟着他走。阿苏抓回了牛，列里额吉赞扬阿苏是神人。众人看见阿苏抓回这头难对付的牛，无不咋舌惊叹，列里额吉家的女儿也很佩服阿苏的本领。

列里额吉的女儿叫史霞，她的眼睛像水花，闪闪的眼睫毛像夕阳，皮肤白嫩嫩似绸缎。阿苏看见她，眼睛都不转向了。可是史霞好比蜂蜜挂岩上，鱼儿游河中，阿苏眼睛看见了却得不到手。

猎人吉尼朵子进山去打猎，在木兹山上撵出了列里家的那头敬猪。他一路追逐到昭觉境内，遇林撵进密林，逢山撵入山间。他顺迹寻蹄，跟踪追逐，最后撵到建昌泸山上。这天正有列格阿史家兵丁在泸山砍柴，看见一头猪跑来，他们便抓住了它，正在准备分肉时，吉尼朵子赶来了。他眼看敬猪被人砍开要分肉了，气得大吼："不准动！这是不可拿走的猪，这是不可分食的肉。这不是普通的猪，这时列里家的许愿猪！你们想吃进不了口，你们想讨进不了手。这是我吉尼朵子撵出来的。我带有神仙狗，是在萨拉迪坡山

---

①阿苏诗惹：传说中的神人仙子。阿苏是姓，诗惹即神人之意。

后撵下来的，是从阿尔迪普①追过来的，是从布尔热洛②撵过来的，是要在泸山上来捕捉的。"列格家丁听了这番话被惊住了，不敢再动手。吉尼朵子把猪肉捡进布袋里装着走了。

列格家兵丁想吃空张口，想拿空伸手，气哼哼地回家把这事禀报给主人列格阿史听。列格阿史听后气得眼睛冒火花："你列里这号人还敢来戏弄我？"便派家丁放出两条狼狗去追咬吉尼朵子。一对狼狗出了圈好似离弦的箭，向主人所指点的方向飞奔，追赶到雁窝塘③撵上了吉尼朵子。吉尼朵子急忙爬上一棵大树。狼狗张牙舞爪，望着树上的吉尼朵子张开大口狂吠。吉尼朵子从箭鞘里抽出利箭，拉满弓，"嗖嗖"两箭，正射入两条狼狗红红的喉咙里。狼狗在地上打了几个滚，便一动不动了。吉尼朵子这才脱险，顺利地回到列里额吉家里。吉尼朵子把追逐敬猪、射死了列格家狼狗的事一一说了。列里额吉听到他射死了狼狗，吓得周身冒汗，半天说不出话来，心想："人坐在家里，雷霆揭开屋顶，吉尼朵子惹出了天大的祸事了。"

列格阿史得知列里家的人射死了他心爱的一对狼狗，再加上挑拨的人在座，离间的人在场，他越想越冒火："打狗就是欺主。"从此列格家和列里家之间势如水火，传话人如蜜蜂般来来往往，警告列里家注意列格家要出兵攻打他们了。

列里额吉说："要向爱者开亲，要对仇者抗击；来沾身的土要抖掉，来侵犯的敌人要消灭。"他喊所有德古④来谋事，有的说："暂到别处避难。"有的说："出银赔款和好。"有的说："集合壮兵抵抗。"列里额吉说："躲避不是办法，众多的百姓，不是躲一天两天的事；说和赔偿会被人们认为我列里家软弱可欺，败坏我列里家名声；可集兵抵抗吧，力量太悬殊。"他们商议了三天三夜也没有商议出头绪。第四天，有一个放猪娃身

①阿尔迪普：意为草地，位于今昭觉县解放沟区。
②布尔热洛：意为原始森林，位于今越西、甘洛、喜德之间。
③雁窝塘：位于今昭觉县境内。
④德古：指能说会道的说理人，谋事人。

穿烂襟襟，头戴烂斗笠，赶着猪从议事场边路过。放猪娃说："我来说两句，只是大人们坐的地方，蒙童不好开腔，小马驹走不平稳，小孩儿说不周全。"德古们说没关系，放猪娃便说："依我看，列格家兵来了，把那个曾降服敬牛的大力士阿苏诗惹请来抵抗，也许能阻止强敌。"德古们听了咋舌惊叹，人人赞同，大家都说："这个办法好，请阿苏诗惹来除敌。"列里额吉采纳了放猪娃的建议，立即派人请阿苏诗惹来。所以后来彝族人常说："德古的话语，在放猪娃那里。"就是从这里来的。

于是，列里家请阿苏诗惹来抵抗列格阿史家的千兵百将，说只要能抵挡列格兵，赏他的金子过秤称，银子过斗量，牛羊任他举鞭分。阿苏诗惹当即说："列格兵我能抵抗，还能把他全部消灭。"阿苏诗惹来到列里家，他说："给金不要金，给银不要银，我什么都不要，只要列里家的那个女儿史霞。"列里额吉听后想了很多，若给女儿，降低了列里家的身份；不给女儿，除不了强敌。蛇盘盘窝蛋，打蛇怕蛋坏，取蛋又怕蛇咬，他左思右想也没有别的办法，大祸临头，敌强我弱，为了列里家的安宁，不得不把女儿许给阿苏诗惹了。于是他们喝了九坛定亲酒，宰了三头定亲牛。

过了一个星期，列格家出兵了，列里家家丁满屋出出进进如蜂往来，杀牛斟酒待家兵。人们装了一簸箕牛肉给阿苏诗惹吃，他吃光了一簸箕牛肉还说不够吃；再拿一腿牛肉给他吃，他边烧边吃，一腿牛肉又被他吃光了。众人见了很惊讶，都说他是"神人仙子"。

列格阿史家出兵了。数不清的戈矛刀剑好似鹰翅翻飞，队首到了竹核坝子，队尾还在昭觉河边。列里家哨兵来报："列格兵到了美姑河上，一路绕道后山依洛拉达①山梁往下。"这时列里额吉的女儿坐在屋子里说："可叹啊，可怜啊！眼睁睁看着人骗了人呀！"阿苏诗惹坐在火塘边剔牙。列里家兵分派驻守各路要道、路口，设置障碍。即将来临的一场你死我活的血战就要在列里家的地盘上出现了。列里额吉心急如焚，走出走进，不知

①依落拉达：地名，在今美姑县。

彝族民间故事

如何是好。阿苏诗惹还像无事一般，干脆睡在床上了。有哨兵来报："列格兵下路已到了瓦洛，上路已到了瓦库尔库，快喊阿苏诗惹准备应战。"阿苏说："你们慌啥？敌人的动静都还听不到。"他又倒下睡着了。列里家女儿史霞又在屋子里说："希望的事情不是痛苦，失望的事情才是悲伤。石上长青苔，青苔滑摔人。"这时又有家丁来报："列格兵已从里木甲谷坪子上来了，上方那路兵已下了山梁，快喊醒阿苏诗惹呀！"人们摇醒了阿苏诗惹。阿苏坐起身来，吩咐家丁："快去找一架铧口来烧起。"说完他又倒下睡着了。约有吸一袋烟的工夫，列格兵的吼声震荡山谷，天空的飞鸟都被吼声震落了。这时阿苏诗惹起来了，揉了一下眼睛，站起身来，走到屋前，看见列格兵手持戈矛盾牌，身穿铠甲，黑压压一片，向列里家屋子围拢来，只离三块地远了。阿苏诗惹扳断了屋前一棵杉树，用手拔去树干上的枝叶，斩断杉树的两头，将屋里火塘上烧红了的犁铧插进杉树顶端。这时列格家兵已临屋前，他们和列格家兵厮杀混战起来了。阿苏诗惹端着火红的犁铧，火星四溅，冲向敌阵，左冲右撞，像一只猛虎跳入羊群，杀得列格兵丢盔弃甲，兵败如山倒。阿苏诗惹的突然出现使列格兵不堪抵抗，像一群散乱的羊群四处奔逃，有的摔下岩死了（至今那里还叫摔兵岩），有的被河水淹没，伤亡惨重，渡过美姑河后，残兵败将不到一百人。列格兵喘息未定，阿苏诗惹乘胜追击，直追到昭觉对门山上，列格兵只余八十人（此山故名为八十山）。他又继续追击到昭觉河。后来，"千兵渡过美姑河，回渡不到一百兵""昭觉河上父回子未归"的话便由此而来。

列格阿史家出兵千千，只有一个老头回营。兵亡剩独兵，羊亡剩独羊，不可一世的列格家万万没想到自己败得这样惨重。幸存的老头说："我打过许多仗，为主人挣过无数荣誉，从未遇到过这样的对手，像是仙子神人，看见他就心发慌，想起他就做噩梦。眼睛看见的会相信，耳朵听到的说'不真'，多少将士死于他的手，多少勇士亡于他的手。"

列格阿史越想越心痛，从此病倒再也起不来了。

聪明的莫克苏阿沙

从前，有两姐弟，因为父母死得早，所以一直没有名字。

两人渐渐地长大了，感到应该有个名字才好，于是约定互相给对方取名字。

姐姐觉得弟弟聪明，想把"勒谷"（智者）这个称号用在弟弟身上，于是说："弟弟，你叫'勒谷苏阿里'好不好？"

弟弟说："好，太好了。"

现在轮到弟弟给姐姐取名字了。弟弟觉得姐姐很聪明，又很美丽，于是说："姐姐，你叫'莫克苏阿沙'好不好？"

姐姐说："好，好得很，我就叫'莫克苏阿沙'吧！"

这样，两姐弟都有名字了。

有一天，姐姐酿了一坛酒，叫弟弟带到舅舅家去讨母亲的陪嫁（牲畜和钱财等）。弟弟背着酒去了。

弟弟到了舅舅家，舅舅杀了山羊、绵羊来款待他，并把他母亲的陪嫁一起拿给他。

拿陪嫁时，随马群连看马的娃子，随牛群连看牛的娃子，随山羊连看山羊的娃子，随绵羊群连看绵羊的娃子，随猪群连看猪的娃子，随鸡群连看鸡的娃子，舅舅都一起交与他了。

彝族民间故事

他带着人、马、畜群往家里走，路上经过一户有钱有势的人家。这家人专门抢劫来往行人，这一天看见孩子带这么多牲畜，主人急忙出来摆出笑脸说："勒谷苏阿里，天已经黑了，雨也要下了，你今夜就在我这里歇吧！"

勒谷看见天黑了，没有法子，只好就在这家住下。

夜里，主人拿出三坛"零角酒"①，拿出三副铠甲，对勒谷说："客人，你今夜必须讲出这酒和铠甲的来源。若你讲得清楚，我就把我家的房屋财产都交给你；若答不出来，那么你的人马牲畜都应交与我。这是在我家住宿的规矩。"

勒谷一下明白自己歇在恶人家里了，可他猜不出来，也不敢乱猜。第二天清晨，他带的东西都被这家人留下了。他没办法，只好一个人哭着回去。

回到家，姐姐安慰了他，然后又酿了三坛酒，亲自送到舅舅家里去。当她把弟弟失去牲畜和钱财的前因后果说了之后，舅舅照前回一样，又拿了同样多的人、马、牲畜给她，让她带回去。

姐姐带着人、马、牲畜又从这家门前经过，这家的主人又急忙出来接待，摆出笑脸说："呵呀，莫克苏阿莎，天已经黑了，快要下雨了，快到我家来歇吧！"

莫克苏阿莎说："我能睡，我的马不能睡，这样大一群，它们睡在哪里呢？我能睡，我的羊不能睡，它们睡在哪里呢？我能睡，我的鸡不能睡，它们睡在哪里呢？我能睡，我的猪不能睡，它们睡在哪里呢？我能睡，我的人不能睡，他们睡在哪里呢？"

这家的主人又说："我家人睡的地方给你的人睡，我家的马圈让给你的马睡，牛、羊、猪、鸡同样如此，想来住得下吧？"

这样，莫克就住下来了。

当夜，这家的主人又照样摆出三坛甜酒、三副铠甲，并先从头一个酒坛里舀出一碗酒捧来请她喝，她不喝；舀中间那坛酒请她喝，她仍不喝；舀尾

①零角酒：彝音"日日"，杂粮酿出的甜酒。

224

上一坛酒请她喝，她接过来喝了，然后，主人要她讲解铠甲的来源。

莫克回答他说："有心赛马不必慌，慌了就要跌倒；勇敢的人不要忙，忙了就要受伤。慢慢来吧，等明天再来讲解吧！"

主人见这个姑娘态度从容，说话有理，心里有点害怕，怕真的把财产输给她，因此一心要她当夜就讲解。莫克又回答他说："慢慢来吧！我才吃了饭，吸一烟袋再来讲吧！"

于是莫克又坐下慢慢吸旱烟。

吸完烟后时间已经很晚了，主人又催莫克讲。莫克说："你看，时候不是太晚了吗？还是明天天亮来讲解吧！"

主人没法，只好让她睡了。

但是，这家的主人很着急，还没天亮，就赶忙起来把公鸡杀了，从鸡翅膀上吹气，于是鸡就发出"喔喔喔"的鸣声来。

主人走来叫莫克说："莫克苏阿莎，莫克苏阿莎，公鸡叫了，天已经亮了，快起来讲解吧！"

莫克苏阿莎说："主人，这不是公鸡叫，是你家杀了公鸡，在翅膀上吹着叫吧？我知道，时候还早呢！"

这家的人都惊了，但有啥办法呢？只好等待天亮。

天亮了，主人来喊莫克苏阿莎说："莫克苏阿莎，莫克苏阿莎，天已经亮了，鸡已经叫了，狗也吠了，子居鸟也叫了，快起来吧，起来讲解吧！"

莫克苏阿莎起来穿好衣服，走出门来开始讲解。

她先讲解上面那副铠甲，她说："你是不是黄脸牡鹿子的皮做的？如果你真是牡鹿子的皮做的，你的前护胸、后护胸的四块中一定有一块没有做完，应该用金片来配你，用银片来配你；四十八根铠穗里有两根穗还不够，应该用金线来配你，用银线来配你；四十八个小鳞甲里有一个还没做好，应该用小金片来配你，用小银片来配你。下来，下来，铠甲，你落下来！"

当她这样一说，这副铠甲一下就落下来了。主人家的人都吃了一惊。

她又指着中间那副铠甲说："你是不是红脸牝鹿子的皮做的？如果你是

彝族民间故事

红脸牝鹿子的皮做的，那么你的前护胸和后护胸的四块中，一定有一块没有做完，应该用金片来配你，用银片来配你；四十八根铠穗里有两根银穗还不够，应该用金线来配你，用银线来配你；四十八个小鳞甲里有一个还没做好，应该用小金片来配你，用小银片来配你。"

说完后她喊道："下来，下来，铠甲，你落下来！"

当她这么一喊，这副铠甲又落下来了。

她继续对着末尾的那一副铠甲说："你是不是牡土猪的皮做的？如果是牡土猪的皮做的，你的前护胸和后护胸的四块中有三块没有做完，应该用金片来配你，用银片来配你；四十八根铠穗里，有四根没有做完，应该用金线来配你，用银线来配你；四十八个小鳞甲里有两个还没有做好，该用小金片来配你，用小银片来配你。"

说完她又喊道："下来，下来，铠甲，你落下来吧！"

当她这么一喊，这副铠甲又落下来了。

猜了铠甲过后，她又来猜三坛酒。

她说："你家三坛酒中，上面那一坛里面泡了一只黄脸的黑狗，对不对？中间那一坛里泡着一只花公鸡，对不对？下面那一坛里泡着一只红铜手镯，对不对？"

这家人完全惊慌了，但还想掩盖，连忙说："不对，不对，哪里是这样！"

莫克苏阿莎不理他们，走上去把上面那坛酒推翻在地，里面果然倒出一只黄脸黑狗来；推翻中间那一坛，里面果然倒出一只花公鸡来；最后走到第三坛酒面前，伸手就在坛中取出一只红铜手镯，用帕子擦干，立刻戴在自己手上。

这家人完全输了，所有的牲畜和财产都该归莫克苏阿莎了。当她要把这些东西带走时，主人对她说："莫克苏阿莎，莫克苏阿莎，一切你都可带走，只有这看门人给我留下吧！这人一点用处都没有，好吃懒做，专偷东西，连主人的剩菜剩饭都要偷吃。这人太没用处了，你给我们留下吧！"

莫克苏阿莎说："这人在你家也许没用，但在我家就有用了；在你家偷东西，在我家就不偷了。还是让他跟我去吧，我要带走他。"

主人没法，只好让这人跟着她走了。

主人又指着一条母牛说："这条母牛既不下崽，也不能耕田，请你把这条母牛留与我家吧！"

莫克苏阿莎说："这条牛在别人家不下崽，在我家就要下崽；在别人家不能耕田，在我家就能耕。这牛我要带走！"

主人没法，只好让这牛也跟着她去了。

主人又指着一只母绵羊说："这母绵羊爱偷吃庄稼，毛又长得不好，把它留给我家可以吗？"

莫克苏阿莎说："这羊别人喂要偷嘴，我喂就不偷嘴；别人喂起毛不好，我喂起毛就好。这羊我要带走！"

主人没法，只好让这羊也跟着她去了。

主人又指着一只母山羊说："这母山羊常偷跑，又爱吃庄稼，请你给我家留下好不好？"

莫克苏阿莎说："这山羊别人喂起爱偷跑，我喂起就不偷跑了；别人喂起爱偷吃庄稼，我喂起就不偷吃庄稼了。这山羊我要带走！"

主人没法，只好让这羊跟着她去了。

主人又指着一只老母猪说："这只老母猪是逢蛇那天下崽的，下了七个崽，又爱往外跑，请你给我家留下吧！"[1]

莫克苏阿莎说："这老母猪别人喂起逢蛇日下崽，我喂起就不逢蛇日下崽了；别人喂起要往外跑，我喂起就不会往外跑了。这老母猪我要带走！"

主人没法，只好让这只老母猪跟着她去了。

主人又指着一只母鸡说："这母鸡是属猴那天下蛋，又爱吃蛋，是只不吉利的鸡，把这鸡留给我们吧？"

---

[1]彝族风俗，逢蛇日下七子不吉利，应杀猪念经。

　　莫克苏阿莎说："这鸡别人喂起属猴那天下蛋，我喂起就不在属猴那天下蛋了；别人喂起爱吃蛋，我喂起就不吃蛋了。这鸡我也要带走！"

　　主人没法，只好让她带走了。

　　这家人所有的东西都归她了，不但全部牲畜财产归她，连弟弟失掉的那些人、马、牲畜也都一起取回来了。莫克苏阿莎把人、马、牲畜带回家后，分了一半给弟弟。当她出嫁时，用另一半作嫁妆。左邻右舍都夸赞道："这是多么丰盛的嫁妆，多么能干的姑娘啊！"

聪明儿媳的故事

从前，有一个李老头，为人老实，而他的儿媳又特别聪明伶俐。

一天，李老头走进一家茶铺，喊道："喂，伙计，给我来一碗菊花春尖茶！"这时，有三个中年无赖汉正在茶铺内围桌聊天，听老头一叫就不聊了，故意要敲老头的"钉锤"①，便说："喂，李老汉，我们正在讲白话，你大声扩嗓一喊，把我们的白话本都吓跑了。你得还我们的白话本。"李老头挺认真地说："我又没有见过你们的白话本长什么样，怎样还呢？"三个无赖说："得了，得了，还不出白话本就还给我们五两银子。"李老头没法，只得同意，但他身上没有银子，还得去借。

李老头自认闯了祸，回到家里，唉声叹气。儿媳问："阿爹，你咋个了？"老头把三个无赖要他赔白话本的事说了一遍。儿媳说："阿爹，不用着急，明天你就睡在家里别出门。等他们来了，我会对付。"

第二天中午，三个无赖果然来了，一进门就喊："李老汉！"老头的儿媳客客气气地问："你们找他做什么？"三个无赖说："我们找他要我们的白话本钱。"老头的儿媳说："我爹挖雾露根去了，卖了好还你们的白话本钱。"三个无赖顺口说："雾露哪有根？"老头的儿媳就问他们："白话哪

①敲"钉锤"：云南方言，意为敲诈。

有本？"三个无赖无言以对，灰溜溜走了，但仍不甘心，还想整治李老头一番。

又过了些日子，李老头喝了茶从茶铺内出来，看到几个人在门口打牌，就蹲下去看人家打牌。三个无赖又看到了，就用麻布袋装了一只死猫，趁李老头聚精会神看打牌的时候，悄悄放到他屁股下面。蹲久了，脚杆发麻，李老头就往后一坐，谁料屁股下面有个软绵绵的东西，吓了一跳。未等他开口，三个无赖就大叫大嚷，硬说李老头把他们的猫坐死了。李老头申辩说："我根本没坐着你们的猫，而且我蹲下时，这里根本没有猫。"三个无赖不由分说地嚷嚷："哼！上次你吓跑我们的白话本，你家儿媳妇赖了账。这回你坐死我们从外面买来的金丝猫，非得赔五十两银子不可！看你家那个儿媳妇还怎么赖。"老头无可奈何，只好答应过三天赔偿。三个无赖高兴得手舞足蹈。

回家路上，李老头愁眉不展，心想："上次媳妇说白话没有本，雾露没有根，三个无赖没骗成。这回他们说我坐死他们的金丝猫，而猫家家有，金丝猫又是稀奇种，看来五十两银子是非还不可了。"到了家，儿媳妇给他递烟他不抽，给他端饭他不吃，老是长吁短叹。儿媳妇问道："阿爹，今天又为什么叹气？"李老头把三个无赖要他赔五十两银子的事又一五一十告诉了她。伶俐的儿媳妇说："不要紧，他们来要银子我会对付。到那天你带全家在后面屋里，我叫你们出来就出来，我说什么你们就跟着我说什么。"

到了第三天，三个无赖果然又来讨银子了。他们来到李老头家门口，见门关着，就想："这回他家儿媳妇也没办法，把门关了。"连敲三下不见有人应声，便用力把门一推，只听咔嚓一声，门吱吱地开了。三个无赖得意地走进门，正东张西望，李老头的儿媳妇从后屋出来问道："你们又来做什么？"三个无赖说："快拿我们的猫钱来。"儿媳妇不答话，跑到门后捡起折断的木勺惊叫道："阿爹，你们快来呀，怪不得刚才供给月神的香不燃，原来我家的宝勺被这三个人踩断了。"全家闻声出来扯住三个无赖不放。媳妇开口，全家一起跟着说："这木勺是用天上的梭罗木雕的，要值白银九百五。"然后李老汉一家和三个无赖扭打到官衙。县官传来街坊,问李老头家的木勺是不是传家宝。街坊平时也讨厌三个无赖,就顺水推舟地说:"听老人说李大爹家是有把梭罗木宝勺。"有的甚至说:"听说将那梭罗木宝勺放在大门口,在家供上月神牌位,焚香祷告还可以请来月宫里的嫦娥仙女呢!"于是县官最后判决:"三个无赖无故闯入李老汉家,损坏梭罗木宝勺一把,每人赔偿李老汉白银三百两。"三个无赖只好卖了家产来赔李老汉。

三个无赖偷鸡不成反蚀米一把,从此再不敢无事生非了。这"白话没有本,雾露没有根"的故事一直流传到现在。

聪明的阿丝木呷

　　阿衣错比住在比尔拉达①。他出生时，家境贫寒，但因他聪明伶俐，吃苦耐劳，终于慢慢积攒起了不少家业。

　　他有了家业后，心想：应该娶个姑娘来做媳妇了。于是，他把积攒的金子熔化了，放进一根荆竹竿里随身带着，和乡亲们告了别，便到外乡去找媳妇。他决心要找一个聪明美丽又称心合意的姑娘。

　　他走过很多寨子，因为走了很多路，人显得憔悴了，衣服也穿得破烂了，但还没有找到合意的姑娘。

　　一天黄昏，他走到审布约②，因为太累，就想到寨子里去歇歇。

　　这时，有一群孩子在一堆木头上玩耍，看见他来了，就争着喊道："快来看啦，快来看啦！叫花子来了，叫花子来了！"

　　寨子里有一个叫阿丝木呷的姑娘，这时正好提着猪食从家里走出来。她立刻阻止孩子们说："小兄弟，这怎么行呢？怎么能这样对待一个外乡人呢？"

　　孩子们听见她这么一说，立刻不喊了，一窝蜂地拥上来围着阿衣错比问

　　①比尔拉达：今昭觉县叶尔区。
　　②审布约：今昭觉县竹核区。

道："外乡人，你是干什么的？要到哪里去？"

阿衣错比回答他们说："小兄弟呀小兄弟，我爬了数不清的老山林，我走过数不清的溜索桥，为的是要找媳妇，去什么地方还不知道！"

孩子们一起哄笑起来，都说："你穿得这样破烂，拿着一根竹竿竿，活像一个叫花子，还要讨媳妇呢！"

姑娘放下猪食，走来对孩子们说："小兄弟，你们怎能对一个外乡人这样说话呢？不能从外貌看人，说不定衣衫破烂的人聪明，破竹竿里有黄金呢！"

阿衣错比听了这话很吃惊，暗中仔细打量着姑娘，只见她容貌出众，举止端庄，一对黑溜溜的眼睛显得非常伶俐、聪明，心中暗暗佩服。这时，有只怀着小崽崽的母猪从大家面前走过，阿衣错比指着老母猪说道："这是一只好母猪，定会下窝好猪崽；可惜小崽没下地，早已欠了一身债；这债永远还不清，老猪小猪不自在。"

孩子们又笑起来说："嗨，你这人才怪呢！小猪还没生下来，怎会欠人家的债呢？而且，猪也不会借人家的钱啦！"

阿衣错比还没回答，阿丝木呷接口说道："小兄弟，这有啥奇怪？没生的小猪虽没欠债，但喂猪的主人却欠了人家的债了，说不定一窝小猪还还不清呢！这怎么不可以说小猪还没生就欠了别人的债呢？"

孩子们听了默不作声，阿衣错比暗暗佩服这个姑娘。

这时晚风吹过，把地里快熟的荞子吹得一起一伏。阿衣错比指着荞子说道："荞花风吹太阳晒，小小籽儿惹人爱；可惜荞子没饱米，早以欠下眼泪债；这债永远还不清，满坡荞子不自在。"

孩子们不懂，又笑了起来，说这人专说奇怪话，荞子不懂事，怎会欠债、流眼泪呢？

阿丝木呷又接过去说："小兄弟，这不稀奇，这客人说得对，你们还小，不懂。这荞子虽不会欠债、流泪，但种荞子的人哪家不欠债、流泪呢？这不是和荞子欠债、流泪一样吗？"

彝族民间故事

233

孩子们听懂了，不再作声。阿衣错比心中更加佩服这个姑娘了。这时，天已晚了，他便走上前去对姑娘说："姑娘啊，今天天晚了，我不能往前走了。今夜，我能够在你家借宿一晚吗？"

姑娘说："很好啊，阿爸是很喜欢客人的，请跟我去吧！"说着，就带他到家里去。

姑娘的父亲见来了客人，热情地招待。阿衣错比走到房前停下来，指着房子对主人说道："主人呀主人！这座大房很端正，主人好客又殷勤；可惜这样一座房，门前没有刺笆林。"

老人不懂，不知道为什么门前要有刺笆林，抬起头来，睁着一双疑惑不解的眼睛望着姑娘。姑娘说："阿爸，他说的不是刺笆林，他说的是我们门前缺少一只看门的狗。"

老人听了，连忙点头说："唔，不错，这话对，这话对，我们真该有只看门的狗啊！"

阿衣错比暗暗高兴，觉得这姑娘真是聪明，他一点也没有猜错。他随即跟着主人进房，在锅庄石前坐下，一边烤火，一边吃着主人捧出来的荞面馍馍。这时，屋梁上发出吱吱的声音，有一只老鼠跑过去。阿衣错比指指屋梁说道："主人呀主人！这座大房很端正，主人好客又殷勤；可惜房子缺耳朵，吱吱叽叽没人听。"

老人不懂，又用眼睛瞅着姑娘。姑娘说："阿爸呀！客人说的不是什么耳朵，他是说我们家里缺少一只捕鼠的猫，所以老鼠才跑得吱吱叽叽的。"

老人点点头说："对呀，家里就是缺猫，我们真该喂只猫呀！"

第二天天亮了，阿衣错比又坐在锅庄石边吃主人捧出来的荞面馍馍。吃着吃着，他忽然指着门说道："主人呀主人！这座大房很端正，主人好客又殷勤；可惜房子没声音，白日黑夜分不清。"

老人不懂，又望着姑娘。姑娘说："阿爸呀！客人说的不是什么声音，他是说我们家里缺少一只打鸣的鸡。"

到了这个时候，阿衣错比完全佩服这个姑娘了，他认为这个姑娘正是他要寻找的聪明美丽又称心合意的媳妇。于是，他向老人提出了想娶姑娘的请求。

老人说："这事很好，是一件喜事，可惜我的姑娘还年轻，你年岁已经不小了，这合适吗？"

阿衣错比说："人没死总要活下去，树没死总要发芽成荫，年岁大的人也一样要成家立业。若不嫌我，就让我们开亲吧！"

老人和家人商量，全家人都喜欢阿衣错比，便同意了。

到了这个时候，该阿衣错比送聘礼了。阿衣错比将他的荆竹竿拿来，双手递与老人说："我没有别的，就拿这根竹竿作为聘礼吧！"

老人感到意外，紧皱着眉头说："我的年轻人，你这是干啥呀？一根荆竹竿有什么用？当也当不了钱财，放也没地方放，这怎么能算作聘礼呢？"

姑娘在侧边插嘴说道："阿爸呀！既然他拿荆竹竿作聘礼，你就收下吧！他那样郑重地捧给你，你就剖开来看看吧！"

老人用刀剖开了荆竹竿，原来里面装满了黄亮亮的金子。老人全家都非常欢喜，认为他们得到了一个出众的女婿，于是，就定下这门亲事。

老人家杀了订婚猪，请了寨子里的乡亲们来宴饮庆祝，一直热闹了三天才把婚事办完。结婚后又过了一些日子，阿衣错比便把姑娘带回家了。回家后两人辛勤劳动，养猪放羊，生活过得很美满。

彝族民间故事

聪明的阿路

从前，在高山彝寨里，有两兄弟，老大叫阿树，为人憨厚诚实，话头不多；老二叫阿路，办事机灵，聪明能干。他俩自幼父母双亡，相依为命。

寨里有一霸，名叫李仁德，是个吃人不吐骨头的魔头。有一年，李魔头贴出了一张通告，说要招收几名长工。通知贴出一个多月，没有一个人去应招。后来，还是憨厚诚实的阿树去了。李魔头提出条件是，要劳动三百六十天，才给谷子十二箩，银元三十块。阿树二话没说，点点头就答应了。从此，阿树在风风雨雨里不停地做活路，转眼到年底，辛辛苦苦地劳动了三百五十九天，就在最后一天里，他吐血昏倒在地里，醒来时太阳已下山了。就因为少了半天工，李魔头说他没有做够工，便分文不付，粒谷不给，把他赶出大门。

阿树愁眉苦脸地回到家。阿路知道哥哥受了李魔头的欺负，决心教训这只老狐狸。第二年，阿路到李魔头家去做工。李魔头又提出同去年一样的条件。阿路说："我也有两个条件。第一，一年里我只两天不做工；第二，不许你发脾气骂人。你若发脾气骂我，就要加倍付工钱。"李魔头听后，点头同意了。

阿路在李魔头家做工，转眼到了雨季，连续好几天都在下雨，他每天都在牛栏上面呼噜噜地睡大觉。李魔头跑来责问："你为什么不做活路？"阿路反问他："我们不是商定了吗？两天不做工，其中一个就是雨天嘛。你不是答应了吗？""啊？原来是这样……"李魔头知道自己上当了。

到了盛夏，阿路在牛栏上打呼噜睡午觉。李魔头跑去吼道："阿路！你为什么不去做工？"阿路答道："我不是和你讲好了吗？两天不做工，就是雨天和辣太阳天不做工嘛！你又反悔了？"李魔头气得想骂又骂不成。

一次，大雨过后，李魔头叫阿路上工："今天，你去挖屋角下的地。"阿路二话未说，拿起锄头爬上屋顶，把房屋四角的瓦瓣里啪啦地打了个粉碎。李魔头急得直顿足，说："挖屋角下的地呀！"阿路听后哈哈大笑："谁叫你不把话讲清楚呢！"李魔头气得快要昏过去，但心里老不服气。

过了几天，雨后大晴，大清早李魔头就对阿路说："今天，你要在小缸里装大缸，再搬出去晒，不然就给我滚！"阿路知道，眼看就要结算工钱了，这老狗又要耍花招了，自己的血汗钱可不能白丢啊！他想呀想，想出了一个以毒攻毒的办法。李魔头刚迈步出门槛，阿路就乒乒乓乓地把大缸打碎，将碎片装进小缸里。这只老狗闻声转过头，气得胡子都上翘了。阿路反问道："你有能耐，装给我看看？"李魔头只好忍气吞声。

腊月天，冰雪盖地，道路泥泞。一天早上，李魔头对阿路说："今天你跟我到街上去卖油，到时你要照我的行动办事。"说完，自己骑着高头大马，在前面领路，叫阿路挑着沉甸甸的两桶油跟在后面。李魔头快马加鞭，突然，马的前蹄一滑，李魔头连人带马滚到沟里，阿路看见了，学着李魔头的样子跌下去，两桶油骨碌碌地滚到沟里。满身伤痕的李魔头折腾了半天才从沟里爬上来，破口大骂："你为什么也跌倒啊？""你不是要我照着你的样子做吗？你跑我也跑，你倒我也倒嘛！如今你发脾气骂我，应加倍付我工钱。"

李魔头觉得阿路不好对付，只好说："算了算了，回去给你粮和钱，快滚回去吧！"

阿路拿到了双倍的粮和钱，回到家里，对哥哥阿树说："你去年的工钱，我给你要回来了。"兄弟俩高高兴兴地过了个快活年。

彝族民间故事

捕虎勇士拉玛洛基

从前，阿住家的阿住洛尼还是个头人的时候，地位不高，只给当地的土司和官家做点办差跑腿的事。

有一天，雷波的一个大官家叫他去，对他说："我需要一只虎，是给一个有势力的人送礼用的。这事交给你办，到时候你一定要给我办好，我可以先给你钱。"说完，立刻叫人拿出十锭银子、十匹布、一百块钱、一百斤盐巴交给他，约定一年后送虎来。这样，阿住洛尼就欠下了这位官家的虎账。

阿住家附近没有虎，要远处的勒兹谷鸟大山一带才有虎。阿住洛尼怕到时候交不了差要受处罚，就亲自带人到勒兹谷鸟去住下，日夜在山上寻找虎的踪迹，但寻来寻去，都不见虎的影子。

眼看一年要完了，阿住洛尼着急起来，带着人往深山里找去，找了七天七夜，终于在一个地方找到虎了。

他们发现一个山洞里住着一对雌雄老虎，经常一起出动，每次都要两天两夜才回来。于是他们做好了一切捕虎的安排，准备捕虎。

哪知这两只虎非常凶猛，他们的弓箭简直近不了它们的身。他和助手们持刀叉向虎进攻。虎怒吼着向他们猛扑过来，撞倒了附近的大树，撞碎了四周的岩石，把一个山头都扒平了。他的助手们不是被虎咬伤，就是被虎撞下岩去摔死了，阿住洛尼好不容易才从猛虎的爪子下逃了出来。

他一人逃啊，逃啊……一直到月亮升起，他看到四周静悄悄的，没有一点动静，才喘着粗气坐下来。想到同伴们的伤亡和交虎的期限逼近了，他心里十分焦急，不知道该如何办才好。

这时，他又累又饿，忽然看见山腰上有一堆火燃烧得红红的，他想："这里大概有人家吧！希望遇见人家才好啦！"他鼓起勇气向那堆火光走去。他远远地看见一个壮汉坐在火旁烤熊肉吃，身旁放着弓箭。他想那人一定是猎人，于是大着胆子和那人打招呼。那人让他坐下，还请他吃烤熊肉，问他进山里做什么。他坐在火堆旁，把猎虎的经过说了一遍。那人听完以后，哈哈大笑起来，说道："这怎么能叫捕虎呢？这不是给老虎送吃的上门吗！"

阿住洛尼向他请教猎虎的方法，还千求万求地请他帮忙。那人说："也好，这是两只吃人的虎，除掉也好。明天，你随我去吧！"

这夜，猎人让阿住在他的竹笆房里住了一夜。第二天，二人带着弓箭和干粮到虎洞那里去了。猎人和阿住洛尼藏在虎洞对面的草丛中，静静地看老虎的动静。

这样一连等了七天，他们才看见这对老虎衔了两个年轻姑娘、一个老人和一个小孩子回来。但是，老虎把人放进洞里后又出去了。

等虎一走，猎人叫阿住藏着不动，自己一人走进洞去，把那些被咬伤的人背了出来，又捉来了两只小虎，然后叫阿住和众人立刻跟着他走。他们走了三天三夜，又回到了他住的竹笆房里。

他们刚一到家，虎就赶来了，并带了山上所有的野兽来包围他们。野兽的吼叫声把四周的山都震动了，阿住和众人都吓得全身打抖。但猎人非常镇定，他在竹笆房里用箭把两只老虎和所有的野兽都射死了。

猎人剥下虎皮，牵着小虎，送阿住和众人下山。走到山下，他把虎皮和两只小虎都送给阿住，对他说："阿住洛尼，你把这拿去交差吧！我要和你告别了。"

阿住不答应，一定要请他到家里去，好正式酬谢他。猎人推辞不过就跟

他去了。

到了家里，阿住把猎人当上宾款待，打牛、打羊①款待他，并请来所有乡亲、邻居作陪，向众人诉说他猎虎的险遇和猎人的帮助。众人问明猎人的名字叫拉玛洛基，于是称他为"捕虎勇士拉玛洛基"。

他走时阿住想重重酬谢他，但他什么都不要。阿住无法，只好造了二十五支上好的箭送他，又做了五斗燕麦的炒面给他，并亲自送了很远。分别时，猎人对阿住说："阿住，你们的规矩是黑彝和白彝不能一起坐，娃子和主人家不能一起坐，是吗？"

阿住说："是的，这是老祖宗留下的规矩。"

拉玛说："但你知道我是什么人吗？"

阿住说："知道，你是捕虎勇士拉玛洛基。"

拉玛说："不，我是白彝，又是娃子，你却和我同睡同吃同坐了，后悔吗？"

阿住吃了一惊，呆了半天，才问道："那么，你究竟是什么人呢？"

拉玛说："我是从你们黑彝手里逃出来的娃子。你们离了我们就会没吃的，并且连一只虎也猎不到，对吗？"

阿住惊呆了，拉玛"咯咯咯"地笑着走进林子里不见了。

阿住呆了半天才回过神往家里走。

阿住回到家里，把两只小虎和两张虎皮一起拿去送与官家。那官家见了心里很欢喜，说道："你这两只小虎和两张虎皮不止值那样一点东西，我要再重重地酬谢你。"

于是，官家叫人把阿住猎虎走过的地方都划与他管辖，但他不要勒兹谷鸟一带，他说："大人啊，千万不要把勒兹谷鸟划给我！以后，我再也不能在那里捕到虎了，因为那里有比我能干的人。"

管家答应了。因此，后来阿住家的辖地虽比恩札的辖地都宽，但他就是

———————————————————

①打牛、打羊：杀牛、杀羊的意思。

不敢管勒兹谷鸟一带。阿住家的子孙都知道勒兹谷鸟深山里住着一个白彝，是逃亡的娃子，一个人住在竹笆房里。这人能捕虎，为人除害，又替他们的祖宗解决过困难，千万人也敌不过他。他虽然是一个娃子，但他才真正是那深山里的王呢！

阿茨姑娘

苦姑娘

从前，有一家人，丈夫先后娶过两个妻子。前妻患病死了，留下一个女儿名叫阿茨。后妻带了个前夫生的女儿来。自她们来后，阿茨就被百般虐待，每天喂猪、放牛、放羊、背水、砍柴、揉荞粑，稍不如后母的意，就会被重重责打。后母对自己的女儿却十分爱护，一切好吃食、好衣衫都为她留着。

阿茨的妈妈去世时，留下一只小母牛。后母想要这条件牛替他们养小牛，就天天叫阿茨把牛带到远处草多的高山上去放，又怕阿茨闲着了，就拿出许多麻来，叫她一边看牛一边搓麻线，要搓来可以织布那样细，若搓不完，就责打她，还不给她饭吃。

从此，阿茨姑娘每天吆着小母牛上高山放牧，还一刻不停地搓麻。为了躲过后母的鞭打，手指搓红，搓破了，她也不敢休息，每天不断地搓着。后母见她喂好了牛，又搓好了麻线，于是暗暗把麻加多。但阿茨姑娘仍然和往日一样，一边看牛，一边尽力搓着。

有一天，后母拿了比往天多几倍的麻给阿茨姑娘。阿茨姑娘不敢作声，只好带上山去，但这样多的麻怎么搓得完呢？姑娘看着自己红肿的双手心里一酸，忍不住放声哭了起来。

她边哭边诉说："阿嬷^①呀，阿嬷呀！若你还在，女儿怎会这样受苦啊！"

她越哭越伤伤心，哭着哭着，因为哭累了，就不知不觉睡着了。

姑娘睡着时，母牛走到她面前来，向她"哞哞哞"地叫了几声。见她不醒，又见到几滴亮晶晶的眼泪挂在她的睫毛上，它就用舌头轻轻替她舔干，又把她身旁的麻一一嚼来吞了，然后屙出一团一团又细又长的麻线来。

不久，阿茨醒了转来，到处找麻，麻没有了，身旁却堆着一团团又细又匀的麻线。阿茨异常欢喜，急忙把麻线紧紧地捧在怀里，欣喜地说："这一定是阿嬷替我搓的，一定是阿嬷替我搓的！"

她急忙抱着麻线到河边去洗，洗得干干净净的，然后才带回家交给后母。

后母暗暗吃惊，第二天又给她一样多的麻，她也一样带了麻线回来。第三天后母又多拿了一倍的麻给她，她心里难受，独自一人在山上捧着麻哭道："阿嬷呀阿嬷！这样多的麻，你怎能替女儿搓完呢？"

小母牛在旁边"哞哞哞"地叫了几声，走过来大口大口地把麻嚼着吞了。姑娘急忙去抢，但牛已经把麻吃完，替她屙出一团团的麻线来了。姑娘吃惊地看着，刹那间所有的麻都变成上等麻线了。姑娘欢喜得不得了，抱着牛头亲了又亲，又摇又喊地说道："小母牛啊小母牛，原来是你在帮助我，你真是只好母牛，真是阿嬷留给我的好母牛！"

小母牛也不停地用脸亲着她，同时"哞哞哞"地叫着，好像在说："可怜的小姑娘啊！我应该帮助你，在这冷酷的人世间，若不是我帮助你，就再没人帮助你了！"

姑娘把麻线洗好了，给后母带回去。

后母看见阿茨抱回来这样多又细又匀的麻线，大大地吃了一惊，就向姑娘追问道："这麻线又细又长，真是你搓出来的吗？你必须老老实实告诉我，不然，我要打死你。"

---

①阿嬷：彝语，阿妈的意思。

彝族民间故事

姑娘害怕，就一一说了。

后母觉得很奇怪。第二天，她叫她自己的女儿带了更多的麻上山去看牛，一心希望母牛能够替她屙出更多又细又长的麻线。

后母的女儿比阿茨年长，性情非常暴躁，上了山，不让牛吃草、休息，就把麻摔在它面前说："小母牛，你快吞快嚼吧！吞了嚼了给我屙细麻线出来。要不然我喊阿嬷宰了你。"

她把麻递给小母牛，小母牛把头偏来偏去躲开。

她摘下树枝来打牛，牛东躲西逃，就是不吃。她气得翻白眼，使劲地鞭打母牛。牛生气了，一头向她撞来，把她撞倒在地上，她像杀猪般地哭叫着，半天起不来。直到深夜，她妈妈找了来，才叫人把她背了回去。

后母见她的女儿被牛撞伤，心中十分愤恨，决定第二天把小母牛杀来吃了，给女儿出气。

第二天一早，后母故意把阿茨支开，叫她到山上去砍柴。

阿茨砍柴时，一只喜鹊飞来，在她头上"喳喳喳"地叫了几声，对她说："阿茨姑娘，阿茨姑娘，你的小母牛今天要被后母宰来吃，你再也见不到它了。不过，她们要是把吃剩的骨头和汤给你，你千万不要吃，不要喝。你把骨头分开放在马圈角、门边和屋后的空坛子里，把汤也泼在马圈角、门边和空坛子里，小母牛会给你带来好运气。"

她听后吃了一惊，急急忙忙赶回家去。到家一看，小母牛果然被后母宰了，肉也被她们吃了，只留给她一些骨头和一点残汤。

姑娘捧着小母牛的骨头和汤在屋后悲伤地哭着，心想："阿嬷留下的小母牛被她们杀了，以后再也没有小母牛和我做伴了，我以后的日子好苦啊！"她哭了许久，等左右没人时，就照喜鹊的话偷偷地把骨头藏在马圈角、门边和屋后的空坛子里，把汤也分别泼在这些地方，然后才一边淌泪，一边摸到锅庄石边睡了。

从此，后母让她做的事情更多了，不只是每天要她从早到晚砍柴、背水、揉荞面，还喊她搓麻线。如果每天给的麻搓不完，就要重重鞭打她。当她挨了打后，再没有小母牛来安慰她，她只好跑到屋后去，向小母牛的骨头哀泣，述说。

奇　遇

这样过了许久。

有一天，远处梁子里有一家人作帛①，九山九岭的人都去了，非常热闹，这个梁子附近的人家都住满了宾客。主人每日宰了数不清的牛、羊，抬出无数坛美酒，请大家吃喝。阿茨的后母也要带着她的女儿去，几天前就忙着准备，从箱子里取出最好的衣裙、披毡和金银首饰，替女儿试穿着、装扮着，一心想要让她的女儿受到所有宾客的注意和称赞，这样也许就能找着一个好女婿啦！

后母有意不要阿茨去，当她带着女儿出门时，拿出一升油菜籽撒在锅庄边的灰里，又拿出一个有眼的背篼，对阿茨说："阿茨，我们要出门去了，来不及带你去。你留下来先捡这灰里的菜籽，这是一升菜籽，你必须捡得一颗不差；然后再用这背篼去背水，把家里的水桶都要装满。若把这两件事都做好了，你就来吧！若捡不完、背不满，你就休想来。"

说完，后母就带着她那收拾得花团锦簇的女儿骑着马走了。家里只剩下一个穿得破破烂烂的阿茨在锅庄石旁一边流泪，一边捡着油菜籽。

一只子居鸟从屋檐边飞过，它也是去参加这家作帛的。它从窗外看见了阿茨流泪抹眼地捡菜籽。阿茨是它在牧羊场上熟识的朋友，因此它不忍飞走，停下问阿茨道："居、居、居、居，阿茨姑娘啊！为什么你一人在这里冷冷清清地淌眼泪，不去看人家作帛呢？那里又好玩又热闹呀！"

姑娘揩揩眼泪回答说："因为继母叫我捡菜籽和背水！"

子居鸟说："不捡不背行吗？和我一块儿去吧！"

①作帛：凉山彝族的一种超度祭祀的活动。

彝族民间故事

245

姑娘说："不捡不背不行呀，还是你先去吧！"

子居鸟无法，向她点点头说："那么你快快来呀！"说着就飞走了。

一只兹兹瓦扎苦鸟从屋檐边飞过，看见阿茨在哭泣，便停下来问道："吱、吱、吱、吱，阿茨姑娘啊！你为什么一人在这里冷清清地淌眼泪，不去看人家作帛呢？那里又好玩又热闹呀！"

姑娘把原因告诉了兹兹瓦扎苦鸟。它招呼阿茨快去，然后飞走了。

一对斑鸠从屋檐边飞过，也问她为啥不去，约她快快前去。

这样一来，她心里着急起来，越着急越是拾不起灰里的菜籽，再看看那背水的稀眼背篼，她知道她无法去看作帛，于是索性坐下来伤心地痛哭。

这时，山上那只喜鹊又飞来了。它看见姑娘正放声痛哭，便对她说："阿茨姑娘呀，阿茨姑娘呀！你为什么流泪？你捡灰里的菜籽为啥不用筛子呢？你用背篼背水为啥不用泥巴把背篼眼眼糊起来呢？这样做不是很快就能去参加那家作帛了吗？"

姑娘听了一下明白过来，立刻取来筛子从灰中把菜籽筛出；又用泥巴把背篼眼眼糊住，再去背水。于是，她很快就把菜籽全部选了出来，又把各水桶都装满了水。

这时她多么高兴啊！她可以很快去参加人家作帛了。但她立刻想起继母带着姐姐走时的气派，想到她们骑的高头大马，想到她们穿着那样好看的衣裙与披毡，不由倒抽了一口气。她急忙走到水塘边照照，一看，原来她一身褴褛不堪，由于天天在山上砍柴，衣服完全撕破了，又破又旧的衣裙，已经没有一点颜色。别家姑娘的头上、领上、耳上和手腕上都戴有珊瑚串、银领锁、耳环、手镯，她却一样也没有。她没有胆子去了，悲伤地坐在一个石头上，又伤心地啜泣起来。

这时，那只喜鹊又飞来叫着对她说："阿茨姑娘呀！你是因为没有衣裙、首饰和马才哭泣吗？你快起来到小母牛的骨头那里去看看吧！你要的这些东西它都会给你。但是你千万记着，随便怎样热闹，怎样好玩，你必须在鸡叫一次时动身回家。若鸡叫过了你不回来，你那凶恶的继母和姐姐就会认出你来，而且你的衣裙、首饰、马匹都会变成骨头，你将仍然成为一个衣衫褴褛的姑娘。只有将来的某一天，这些东西才能真正归你。现在，日子还没到啦！”

姑娘说：“喜鹊，我相信你说的话。我多希望今夜有衣裙、首饰和马呀，就是旧的衣裙也好。我一定在鸡叫一次时就回来，我一定记得。”

说完，她立刻跑到马圈角去找那小母牛的骨头，但哪里有骨头呢？只有一匹骏马在那里很有精神地踢打着，鸣叫着。她又急忙到门边去看，那里也没有骨头，只有一副金光闪闪的花鞍。她又急忙把空坛打开看，里面也没有骨头，只有数不清的各色各样的丝绸衣裙和羊毛披毡，还有金银、玉石和珊瑚首饰。她看见这些，一时眼花了，拾起这样看看，又拾起那样看看，看见这样也爱，看见那样也爱，真不知该穿啥戴啥才好。最后，她选了自己最心爱的衣裙和首饰穿戴好，然后取出鞍来放在马背上，骑上马飞快地翻过山，参加那家人作帛去了。

仙女下凡了

姑娘到达那户人家时，正赶上热闹的宴会。整个堡子的空坝上烧着一堆堆的篝火，又点着火把，到处明亮得如同白昼一样。火光中数不清的人一边啃着大块牛肉、饮着酒，一边高歌赛唱着古老的尔比①，诵着彝经，说着开天辟地、洪水朝天的故事。数不清的年轻人和姑娘们也在一丛丛布波树②下赛着歌、跳着舞、吹着口弦、弹着月琴，有的在草地上摔跤，有的偷偷地钻进密林去谈情说爱。大家尽情地饮着、吃着、跳着、唱着，欢乐得把什么都忘记了。当马蹄声一路响来，又忽然停止，阿茨从马背上跳下来时，全场的

---

①尔比：彝族口语中爱引用的“谚语诗”或“格言诗”，有韵易唱。
②布波树：蜡虫树，彝族各梁子多种有这种常绿树，是彝族重要的收益之一。民歌中称之为“给金钱的布波树”。

人都回过头来看她。大家都吃了一惊，全场的歌声、舞声、琴声、笛声、说话声一下子就停止了。过了好半天才听见许多人像蜜蜂般嗡嗡地交谈着：

"这是谁家的姑娘呀？是凡人还是天上女神下凡来了呢？"

"怕不是人，是仙女下来了吧！"

"啧啧，是谁家的姑娘呀？骑着一匹多么好看的马，又配了一副多么漂亮的花鞍呀！"

"这是哪个家支、那个堡子的姑娘呀？她说过亲了吗？"

所有的老莫苏①和阿嫫都惊叹着；所有见多识广的勒谷②们都点着头；所有小伙子都为了她发呆；年轻姑娘们也一下唱不出歌，弹奏不出她们倾诉心事的口弦了。

蝴蝶最爱鲜花，小伙子和姑娘们更喜欢阿茨。

她的漂亮引起了姑娘们对她的羡慕。

她的美丽使小伙子们投来求爱的眼光。

这时，有一个披着金线黑披毡的俊美、健壮的青年站了起来，他叫吉木阿基。他多么喜欢阿茨姑娘啊！他正想走过去，请阿茨姑娘和他一块儿唱歌，忽然，鸡叫了。当第一声鸡叫时，姑娘吃了一惊，立刻站起来，拉紧披毡，像一只鸟儿一样从人群中飞去。她跑到马前，跨上了马，往崎岖的山路上奔驰而去。

众人看见她匆匆地走了，都出神地望着她的骏马跑过的山路，不知自己看见的是凡人还是仙女，半天才慢慢回过神来。

为了看这神奇的姑娘，第二夜来的人更多了。人人都传说看仙女下凡了，都想看看她的样儿，听听她的歌声。因此，一到黄昏，堡子里的空坝上烧起了比昨晚更多的篝火，人们急切地等待着，盼望她到来。

看看天黑了，月牙儿已挂在天边，但是她还没有来，人们三五成群地交

---

①老莫苏：老爷爷之意。
②勒谷：是彝族对智者和见多识广的人的称号。

谈着："仙女不再下凡来了吧！她自开天辟地以来只下过凡一次呢！"

"昨夜看到的那位美丽的姑娘，究竟是做梦还是真的呢？"

当他们正谈论着时，马蹄声又响了，姑娘从宝马花鞍上跳下来了。众人又急忙拥上去，把她紧紧围在当中。

人们又度过了一个狂欢之夜，尽情地欢唱饮酒。但鸡叫声一响，姑娘就慌张地提着百褶裙跑到马前，跨上马背飞快地跑了。

众人如痴如醉地望了许久，好半天才回过神来。

第三夜来了，这是作帛的最后一夜了。人们都想知道这个姑娘究竟是哪个家支的姑娘，住在哪个堡子里，说过亲没有。小伙子们更想知道，吉木阿基想知道的心当然比任何人都更迫切了。

马蹄声一响，姑娘又来了。今夜她打扮得比往夜更加华丽：头上飘着美丽的丝头巾；领上缀着一串串的珊瑚珠；耳环上的松耳石和银片碰得叮当响；一层层披毡被风吹得像蝴蝶般翩翩飞舞；长长的百褶彩裙艳丽得像盛开的牡丹。众人见了都惊叹地同声赞扬，说她真是爱神的女儿下凡来了。大家都围上去，里里外外围了好几层。

一个小伙子说："今夜，吉木阿基的眼睛不寻常，射出了奇怪的光，他不会愿为这姑娘而死吧？"

一个满脸皱纹的老莫苏说："会啊！小伙子一有这样的眼神，就什么事都干得出了。"

吉木阿基一心想要打听姑娘的名字和她居住的地方，并且流露了结婚的意思。他说道："林中的鸟儿有名字，山上的花朵有名字，姑娘啊！我们一道玩了三夜了，你能告诉我你的名字吗？"

姑娘说道："鸟儿的名字是人叫的，花儿的名字是人唤的，朋友啊！我们虽然一道玩了三夜，但我却不能告诉你我的名字。"

吉木阿基又说道："林中的鸟儿要歇林，山上的花朵要结子，姑娘啊！我们一道玩了三夜了，你能告诉我你的住地吗？"

姑娘说道："鸟儿歇林时东时西，花朵结子四处飘落，朋友啊！我们虽

彝族民间故事

然一道玩了三夜，但我却不能告诉你我的住地。"

吉木阿基用悲伤的声调说道："为什么唱歌的人儿要分别？为什么唱歌的人儿要走开？为什么没有一根绳儿去系着那月牙儿，让黎明暂不到来，让我们永远这样歌唱？"

姑娘说道："唱歌的人儿要分别，唱歌的人儿要走开；千年没有一根绳儿能把月牙儿系着，千年没有不尽的夜，千年没有不停的歌。"

吉木阿基说道："姑娘啊！你今夜走不了，我的主人为了我，已打杀了整个堡子的雄鸡；我的朋友为了我，已准备好了二十匹快马。今夜雄鸡不再鸣叫了，今夜二十匹快马将追你到天门地角。我们将唱到天明，而且也能打听出你的住处！"

姑娘说道："堡子里的雄鸡仍然将为我鸣叫，叫第一声时我仍然将离去；二十匹快马没有用，我的宝马会在云中飞腾。"

正说到这里，不知从哪里传来了一声鸡鸣，姑娘又急忙跨上宝马飞奔而去。但吉木阿基和他的朋友早已准备好了，一起上马追她。

吉木阿基追了一程，眼看追赶不上了，心里急了，就开始边追赶边央求说："你究竟是天上的仙女，还是人世间的姑娘？请你告诉我你的姓名和住处吧！姑娘，我求求你，求求你啊！"

但姑娘不理他，仍然不停地跑着。她的马如在云中飞腾一样，所有追她的马都落后了，吉木阿基仍然举手向天空，嘴里一声声地请求她。姑娘听得不忍心了，才略略把马一停，取下手上的银镯子掷与他，然后又策马前进，一眨眼工夫马就不见了，只剩下二十匹马七零八落地在后面追着。追到三岔路口时，连他们自己也不知道该往哪里追了，小伙子们只得调转马头灰心丧气地往回走。

访　婚

吉木阿基和他的朋友一道回到家里，把看见这个姑娘的事向父母说明，并说他一定要娶这个姑娘。他的父母没有办法，只好派人四处访问，但访问了许久都没有打听到这个姑娘究竟是哪个家支的人、住在哪里。

后来吉木阿基想出了一个办法，让说媒的人带着姑娘留给他的镯子到各个堡子里去访问。媒人带着这只镯子，记着那夜姑娘说的话，从这个堡子到那个堡子一一访问。各个堡子的人都听说吉木家要选新娘，都希望自己的女儿能选上。因此，许多有姑娘的人家，都纷纷争着出来款待媒人，希望自己的女儿能带上这只镯子并能回答媒人提出的问题。但所有的姑娘不是戴不上这只镯子，就是回答不出那些问题。媒人问的是那晚上吉木问姑娘姓名、住处、要系着月牙儿和要用马儿追她等事，不是阿茨姑娘，对这些问题自然一句也回答不出来。

当媒人来到阿茨姑娘的堡子里时，她正在河边背水。阿茨的姐姐接过那只手镯，但她怎么也戴不上，恨恨地把手镯摔在地上。阿茨姑娘背水回来，一看见那只镯子，就晓得是吉木家遣人说媒来了。她立刻拾起银手镯往手上戴，姐姐没好气地说："看你那脏手，不怕把人家的银镯子戴脏了吗？"

但她却一戴就戴上了，而且圆满回答了那晚上她说的话。

媒人意外地欢喜，立刻叫人把二十驮聘礼送上来，要求与这家结亲，并指定要阿茨姑娘做他家主人的新娘。

左右邻居都很吃惊，姑娘的父亲和后母也吃惊极了，谁都没想到吉木家的新娘会在这里，谁也没想到新娘就是这个平常极不出众的苦姑娘。继母嫉妒得又咒又骂，她的女儿也因为没有选上跑到竹林里去号啕大哭起来。

但整个堡子里的人都认为这是喜庆事，都来为姑娘庆贺。堡子里的年轻姑娘都把她们心爱的头帕、耳环、镯子带来送给姑娘，并且七手八脚地替她装扮起来。装扮好后，大家才慢慢认出她就是前次那家作帛时一连三夜出现的姑娘。于是大家都怪自己平时有眼无珠，真没料到那月光下的仙女就是她们天天一起砍柴、背水的平平常常的小阿茨姑娘呀！

阿茨的爸爸也很欢喜，很快允了这门亲事，还打猪、打羊来款待媒人。

当姑娘出嫁时，那只喜鹊又飞来了。它"喳喳喳"地叫着，向姑娘说：

彝族民间故事

"姑娘,恭贺你,你的喜事来了,你得到了幸福。但一定要带走小母牛的骨头啊!它将使你有很好的嫁妆。"

姑娘急忙到马圈角、门边和空坛子里去取骨头,那些骨头变成了宝马、花鞍和取也取不完的衣裙、披毡、首饰和珠宝。到出嫁那天,这些东西装了四十驮才装完。这不仅使姑娘一家和左邻右舍很是吃惊,连吉木家的媒人也吃惊了。

姑娘出嫁到吉木家后,两人感情非常好。远近的人们都传说他们的故事,老人教年轻人时也常常这样说:"猴子不知自己的丑,总往树顶上坐;洛龙歌布曲鸟不知自己的美,总往深林里飞;大路边难找好花,深山里才有异草;不要小看平常人,平常人中也有仙女,平常树上也能结仙桃。"

阿茨和吉木阿基在左邻右舍和乡亲们的尊敬、爱慕中相爱着,生活得非常美满幸福。

遇　害

一年后,阿茨生了第一个女儿。她因思念家乡和自幼一起长大的女伴们,过年时就和吉木一道带着小女儿,驮了几驮礼物回家省亲。整个堡子都因他们回家惊动了,大家十分亲热地出来接待他们。

阿茨的爸爸心里也非常欢喜,特地打猪、打牛、酿酒,款待他们。

住了三天,夫妇俩要回去了,但女伴们依依不舍,要她多留几天。于是她留了下来,让吉木带着人马先回去。

姐姐见妹妹家里那样富有,那样幸福,心中说不出的羡慕和嫉妒,日夜咬牙切齿地恨着,怨着,要想法子陷害她。

又住了几天,当姑娘要走时,姐姐假装和她要好,要亲自送她。送了很远,人们都回去了,她还往前送着。阿茨说:"阿姐,已经翻过一座山了,你回去吧!"

姐姐说:"别人都送了,我们是亲姐妹,怎能不送远一点呢?让我再送一程，替你抱抱囡囡吧！"说着，接过妹妹的女儿抱着。

走了一阵，她暗中把孩子拧了一下。听见女儿突然哭了起来，妹妹问道："阿姐，囡囡为什么哭？"

姐姐说："阿妹，囡囡怕生人，若我换上你的头帕，她就不哭了。"

妹妹信以为真，就和她把头帕换了。

走了几步，她又把孩子拧了一下，孩子又哭了起来。妹妹问孩子哭什么，她又说："阿妹，囡囡怕生人，若我换上你的衣裙，她就不哭了。"

妹妹认为姐姐是好心，就在树下和她把衣裙换了。

又走了几步，她又把孩子拧一下，孩子又哭了。妹妹又问孩子为啥哭了，她说："阿妹，囡囡怕生人，若我换上你的耳环、珠串、镯子，她就不哭了。"

妹妹认为她说得有理，就取下耳环、珠串、镯子，一一和她换了。她们慢慢走到山顶上了，山顶上有个大海子，海子边有棵梨子树，这时正结着累累的梨子。当姐姐走近梨树时，又把孩子拧了一下，孩子又哭起来。妹妹问她孩子为啥又哭了，她说："这梨子很好吃，囡囡要吃梨子。"

妹妹为了孩子，就攀上树去摘梨。当她爬到高枝上刚把梨摘到手时，梨树忽然从中断了，妹妹跌进海子里，一眨眼就被汹涌的波涛卷得不见了。

原来这梨树是她前几天就叫人来锯断了的，只留一手指宽没锯，因此，妹妹一上去树就断了。

于是，这邪恶凶狠的姐姐就穿戴上妹妹的衣裙、首饰，抱着孩子，骑上妹妹的马，大摇大摆地到吉木家去了。到了吉木家，吉木出来迎接，看见孩子是自己的，妻子的衣裙、首饰没有变，人的肥瘦高矮也差不多，只是上嘴唇是兔唇，便问道："我的妻呀，你去时嘴唇是好好的，为什么回来就缺了呢？"

姐姐说："因为走山路跌了一跤，把嘴唇跌破了，现在还在痛呢！"

她假装出一副疼痛的样子。

吉木半信半疑，又叫她替他去拿饮酒的碗来，想试试她是不是自己的妻

彝族民间故事

子。她替他取来一个木碗，吉木说："妻子呀！这不是我用的酒碗，这是我出远门时才用的，难道你不知道吗？"

她又取了瓷碗来，吉木说："妻子呀！这不是我用的酒碗，这是我待客时用的。"

她又取了铜碗来，吉木才勉强斟酒喝了，心中闷闷不乐。一年后，她也生了个女儿。从此，她更作威作福起来，一家人上上下下都不喜欢她，吉木心中也更痛苦。

重　逢

吉木家有个小娃子名叫莫哈惹。有一天他上山放羊，赶着赶着把羊赶到一座高山上去了。当他正躺在草地上看着羊群吃草时，有一只绿色的水鸟向他飞来，在他头上打着圈子，后来歇在一个石头上向他唱到：

啾啾啾啾，

好饭好菜人认得，

有盐没盐人知道，

掉了妻子却不知道。

莫哈惹不懂，问鸟道："小鸟，你真会唠叨，你唱的什么呀？"

鸟说："你不懂，告诉你主人就知道了，你千万要告诉他啊！"

莫哈惹点点头，答应告诉主人。

莫哈惹回到家里，把鸟的话告诉吉木。吉木听见"掉了妻子"的话，吃了一惊，急忙拿出一块头帕交给他说："莫哈惹，你一定要问清楚，是谁掉了妻子。"

第二天莫哈惹又上了高山，水鸟又飞来问孩子："看羊的小哥呀，昨天的话你说了吗？"

莫哈惹说："说了，主人要我问清楚，究竟是谁掉了妻子。"
水鸟又唱道：

啾啾啾啾，
好饭好菜人认得，
有盐没盐人知道，
聪明的吉木掉了妻子却不知道。

莫哈惹回去，又把这话告诉了吉木。吉木听了大吃一惊，又拿出一件披毡交给莫哈惹说："莫哈惹，你千万问清，吉木阿基在什么时候掉了妻子。"

莫哈惹上山时把这话告诉了水鸟，水鸟又唱道：

啾啾啾啾，
好饭好菜人认得，
有盐没盐人知道，
吉木妻子没回来却不知道。

当莫哈惹回家把这话告诉了吉木以后，吉木心里难受极了，决定亲自去问问这只水鸟。第二天一早，他和莫哈惹一道上了山。水鸟飞来了，却什么也不唱，并且飞得远远的。莫哈惹觉得奇怪，就对吉木说："你一来，它就不唱不说了，这真奇怪！"

于是，他叫吉木躲在一丛蕨芨草中等着，让他一人在草地上放羊。不久水鸟又飞来了，又唱着从前的歌，说着从前的话。吉木心中悲伤，向鸟恳求道：

月亮总难夜夜明亮，
人们总难时时聪明，

多情的水鸟儿呵，

让我带你回家，

随时和我谈心，

医医我心里的难受吧！

　　他一连唱了几遍，那鸟儿果然飞到他的肩头上来站着。于是他把水鸟带回家了。

　　他把它养在屋檐下。这是一只红颈绿身，羽毛美丽的鸟，人人看了都爱。当大女儿到鸟面前来时，它欢悦地跳着，羽毛也显得更绿更红，非常美丽，它向她婉转鸣叫着，表现得非常亲昵。当二女儿来时，它不跳不叫，缩着颈子不动，羽毛立即变得灰暗难看。姐姐见了非常生气。有一天，她趁吉木不在家，就把鸟捉住捏死了，并把它埋在屋檐下。

　　吉木回家问鸟时，她欺骗他说鸟儿被猫咬去了，吉木叹着气十分悲伤。

　　不久，屋檐下长出一丛荆树，越长越高。当吉木和大女儿走过时，它就软绵绵的，让他们走过。当姐姐和二女儿走过时，它不是刮伤她们的手和脸，就是刮破她们的衣裳。

　　姐姐一气，又把它砍来烧了。烧来烧去，已经烧了几天了，还剩块刺疙瘩总烧不掉。姐姐觉得奇怪，心中感到不快，这时刚好邻居一个穷娃子来借火种，她就叫他把这块刺疙瘩带去了。

　　这穷娃子见这刺疙瘩烧不掉，觉得奇怪，认为是个稀奇的宝贝，就把它藏在木柜里，日子一久，他自己也忘记了。

　　一百天后，他每天上山打猎回来时，锅庄石前都摆着热腾腾的菜饭，不知是哪里来的。一连三日都是这样，他感到很奇怪。到了第四天，他偷偷藏在一堆苞谷秆里，想看看这菜饭究竟是怎样来的。

　　到了正午，他听见柜子一响，柜子盖打开了，里面走出一个满脸忧愁的姑娘。她出来后，立刻到锅庄石前烧火，做饭。他惊得动了一下，姑娘受惊地向木柜跑去。他怕她不再出来，急忙拔箭射去，恰恰把姑娘的衣袖射在柜上钉着。这穷娃子赶紧走上前说道："姑娘，不要怕，我不会伤害你。你看，我的箭头是用布包了的。我只想知道你是从哪里来的，为什么给我做饭？"

姑娘说："大哥，你不要问，日后你一切都会明白。现在，你可不可以替我做一件事？做了，我日后会重重谢你。"

穷娃子说："做得到的我都做，我不要你的酬谢。"

姑娘说："我要做一份美味的煮羊肉，你能替我送到吉木家去吗？"

穷娃子说："能，吉木对人好，我常常去的。"

于是姑娘从柜中取出一只腌羊腿烹煮，煮好了用木盔①装好，又拔了一根头发放在木盔里，然后才叫穷娃子替她送到吉木家去。

她说："大哥，这木盔里的羊肉请你替我送给主人。你就说是你送的，别的你什么都不要说。"

穷娃子点头答应，替她送去了。

吉木吃着羊肉，觉得非常好吃。吃着吃着他想起妻子做新娘时常常替自己做这样的羊肉，现在已经许久没吃过这样美味的羊肉了。到吃完时，他看见木盔里面有一根头发，光亮得像一根黑丝，觉得像在哪里见过似的，半天，才记起这和妻子的头发很像。他一边看一边叹息道："为什么它那么像我妻子的头发呢？为什么我妻子现在的头发又这样黄呢？"

姐姐在侧边听见，很不高兴地说："我不是你的妻子吗？你还有什么妻子？是不是嫌我头发黄了？黄了也是天生的，这有什么办法呢？"

吉木不理她，独自出来找着穷娃子，问那羊肉是谁做的，那头发是哪里来的。穷娃子支吾不过，就向他说了真话。他立刻到穷娃子家去见姑娘。姑娘来不及躲藏，就和他见面了。

他明白了一切，立刻回家去牵出了一匹跛脚瞎眼的马交给姐姐，对她说："子居鸟的巢不要别的鸟住，姐姐不能代替妹妹做人家的妻子。现在你

①木盔：彝族盛食物的一种餐具。

回去吧，回你妈妈那里去吧！这里没有你住的地方了。"

姐姐知道自己的事情败露了，只好带着自己的女儿，哭哭啼啼地骑上那匹跛脚瞎眼的马回她妈妈那里去。

吉木又像新婚时一样从穷娃子家里把姑娘接了回去，并请左右邻居、亲戚朋友们宴饮了三日，庆祝他们夫妻重逢，又重重地酬谢了放羊的莫哈惹和邻居穷娃子。

摔父亲的儿子

从前，有一家人，家里只有年老的父亲和一个儿子。

父亲已经非常老了，不能干活，儿子十分讨厌他，常常唠叨说："你这老不死的废物，活着有啥用啊！"

父亲听了，不敢作声。

有一天，这儿子用一个背篓把父亲背着，背到山沟里去，预备把他摔在沟里，让水冲走。

当他背到沟边时，老人向他说："孩子，你摔我在沟里不要紧，但你千万不要把这背篓也摔了。这背篓留着还有用处。"

儿子不懂，问道："这背篓有什么用处？"

老人说："等到你儿子长大时，他不是还要用这背篓来摔你吗？"

儿子明白了，觉得这样做很不好，就又把老人背回去了。

阿杜①的故事

　　从小就成了孤儿的拇友，是个勤劳、善良的好小伙子。他每天早出晚归，把庄稼种得一年比一年好，家头的木柜子里装满了苞谷和荞子，木楼上堆满了洋芋干巴。只是他已经二十多岁了，还没有找到媳妇。

　　在拇友木板屋背后的山洞里，住着一只浑身乌黑的阿杜，她苦修苦炼上千年，吸收天地灵气、日月精华，现已得道成仙，变化无穷。阿杜常常坐在洞口，看着拇友在地里种庄稼，被他的勤劳所打动，心想不如去拇友家，看看人是怎样生活的。

　　一天晚上，阿杜悄悄来到拇友屋背后，从窗外看着拇友推磨、煮饭、吃饭，感到很新鲜。第二天，当拇友出门下地干活时，阿杜便来到他家里，帮他推磨、煮饭、打扫屋子。傍晚，劳累了一天的拇友从地里回来，进屋就闻到了苞谷饭的香味，他赶忙揭开锅盖一看，锅里是刚做好的饭菜。拇友饿极了，不管三七二十一，舀起一大碗就吃。躲在屋后的阿杜看见拇友大口大口地吃她做的饭菜，满意地笑了。

　　就这样过了好多天，拇友每天干完活回来，家里都有可口的饭菜，屋子也一天比一天干净。拇友觉得很奇怪，他想，一定要把这事搞个水落石出。

①阿杜：狐狸。

这天，拇友装作跟平常一样，天一见亮就扛起锄头出门了，还没有走到地头，他就跑回来爬上屋门口的大树躲了起来。

太阳刚出来不久，只见一只黑色的阿杜一跳一跳地从后山上下来了。她大摇大摆地绕到房门前，后腿一伸便站立起来，然后用前爪在胸口上一抓，好像脱衣裳一样把皮子脱了下来，变成一个美丽的姑娘。拇友简直看呆了，他从小就听老人讲过，得道千年的阿杜能够变成人，真没想到，家里竟有这么一个美丽的阿杜给他做饭。

这时，只见这个美丽的姑娘把脱下来的皮子折好藏在屋檐下，然后吹口仙气，打开门进屋去了。拇友急忙从树上下来，悄悄走到窗子边一看，阿杜又开始帮他推磨了。拇友心想，要是把她留在家里和自己过一辈子该有多好啊！于是，他大着胆子，轻轻把阿杜的皮埋在土里，然后红着脸走进房屋。正在推磨的阿杜见拇友回来了，羞得用两手捂住脸，惊慌地跑出门找她的皮子。拇友急忙转身出来拉着阿杜的手说："姑娘！你就留下来和我一起过日子吧！我身上有使不完的力气，不会让你缺吃少穿的。"阿杜也喜欢人间生活，于是，他们建立起了美好的家庭。

彝族民间故事

261

格里、培里斗恶魔

　　古时候，马傈党坝住着兄弟俩，哥哥叫格里，弟弟叫培里。格里力气大，是摔跤能手；培里办法多，是著名的辩才。他俩名声大了，遭人嫉恨，从小没爹的事被人揭开了。

　　一天晚上，阿妈坐在火塘上方，格里坐右方，培里坐左方。培里问："阿妈，伙伴们说，汉人死了，先装进棺材，后用石头埋，过了九十年也能指出坟堆堆，这话当真？"阿妈答："真的，你懂的东西真不少，连汉人的事都知道。"格里问："阿妈，伙伴们还说，彝人死了，先砍树，后火葬，过了九十年也能找得着火葬场，这话当真？"阿妈说："真的，你们和荞粑打交道，力气大啦；和伙伴打交道，聪明啰！"兄弟俩齐声问："阿妈，阿爹的火葬场在哪里？请告诉我们。"阿妈被问急了，只好说："你们的阿爹被鬼抓去吃了。要找火葬场，只有到刀补罗莫山去找。"兄弟俩说："阿妈，谢谢你的指教，我们明天就去。"阿妈说："刀补罗莫山早被朱朱阿培美霸占。她的手指似尖刀，脚爪似利刃，牙锋如剑，毛坚似刺，是个吃人不吐骨的恶魔，去不得。""水有源，树有根，找不着阿爹的火葬场还算啥子人？"兄弟俩硬要去。阿妈只好伤心地哭了。

　　第二天，天才麻呼呼亮，兄弟俩就披上麻披毡，拿着羊毛剪子，带把剃头刀，一句话没说，悄悄走了。他们翻过三座山，翻过三匹岩，涉过三条河，来到了燕子岩。坝上，有一个人在耕地。兄弟俩商量怎样才能把耕牛弄到手。借呢？利滚利，三代人也还不清；叫格里去抢？主人的狗守在每个山头。最后他们想了一个办法。培里装作和耕地人拉家常，吹牛，格里装作解手，在岩脚寻了个地牯牛①，然后说要买牛，看牙口，把地牯牛悄悄放进牛耳朵。地牯牛往牛耳朵里一钻，牛乱跑乱蹦，把犁绳挣断了，耕地人只好回主人家找犁绳子。他刚一走，两兄弟连忙割下牛尾巴，格里把牛背去藏在岩洞里，培里把尾巴埋了半截在土里。他们拉着牛尾巴，大叫："牛钻土啦！牛钻土啦！"没走多远的耕地人听见吓坏了，丢下犁头去找主人。兄弟俩用斑竹筒装牛血，拿棕口袋装牛肉，带着铧口朝刀补罗莫山走去。

天黑了，他们和风声一道走进了朱朱培阿美的屋，坐在座位上。坐在火塘右边的朱朱培阿美，从丫头手里接过三尺长的烟杆，边吸烟边和他们谈话。朱朱培阿美问："你们是仙风吹来的？"培里答："我们是从风声里走出来的。"②朱朱培阿美又问："你们的家乡可好？"培里答："是在病里过活。"③朱朱培阿美又问："你们咋晓得我是鬼？"培里答："看见你的眼睛就晓得。"④

朱朱培阿美相信培里是自己人，转身来看格里，伸出右手和格里斗。格里握着羊毛剪，戳得阿美"哇喔"大叫。她不服气，又伸出左脚和格里比，格里穿着铧口踢了她三脚。她又和格里比磨牙，她的獠牙从格里手缝中穿过，格里含着剃头刀割破了她的手。他们再比身上的毛，格里拿羊毛线缠满全身，把朱朱培阿美骗过了。朱朱培阿美相信格里了。丫头捧来一碗人血，端来一盆人肉，请他们吃。两人偷偷把人血泼在柴灰里，悄悄把人肉塞进老鼠洞里，喝自己带来的牛血，吃自己带来的牛肉。

突然，朱朱一家不见了！阿美的丈夫变成只黄蜂藏在玉米堆里，丫头变

①地牯牛：一种小虫，性毒。
②彝族民间信仰认为，鬼和风一样轻飘飘的。
③彝族民间信仰认为，只有病人才能看得见鬼。
④彝族民间信仰认为，鬼的眼睛里没有光。

彝族民间故事

成只老鼠藏在干草堆里，阿美自己变成只纺锤藏在竹夹壁里。水缸底下的癞蛤蟆告诉了两兄弟这一切。

格里抱来一捆柴，有九百斤；背来一桶水，有三百斤。他俩又在三个大石头的锅桩上安上口生铁大锅，把九百斤柴塞进能烧三百斤荞粑的大火塘，把夹壁里的纺锤和玉米放在大锅里，盖上锅盖，抱过点火的那堆干草，塞进火塘，点燃后才吸了两口旱烟，丫头鬼被烧成了灰。天快亮了，他们揭开锅盖一看：黄蜂被煮死了，像节干笋；纺锤是铁打的，虽没煮化，却也瘫了。朱朱培阿美趁兄弟俩不注意，一下跳出锅，瘸着腿逃进了刀补罗莫山。

悬崖下有金子

从前，有一个奴隶主非常贪财，哪怕是看到一件破旧的披毡也要眼红，总想把它弄到手。这样，日子久了，他搜刮的钱财连自己也不知有多少，但却仍旧不满足，总想找寻机会，再多搜刮一些。

这个奴隶主的近邻是一个贫穷的孤儿。这孤儿除了父母遗留给他的一间破屋和一块土地外，其他什么也没有。孤儿虽然很贫穷，但他辛勤劳动，庄稼种得很好，每年收的粮食也能勉强维持生活。

有一年春天，荞麦开花了，燕麦抽穗了，奴隶主想出去看一看自己的庄稼。他骑着枣红马，带着一帮管家和娃子出来了。他走过孤儿的庄稼地，看到地里的荞麦长得绿油油的，茁壮的枝丫上开满小红花，心里很高兴，便问："管家，这地是哪个奴隶种的呀？"

管家点头哈腰地说："老爷，这是我们的邻居，那个孤儿种的地。"

奴隶主听说这不是自己的地，皱了皱眉头说："管家，你去叫孤儿来。"

过了一会儿，孤儿跟着管家来了。他走到奴隶主跟前，问道："老爷，你找我干啥？"

奴隶主慢慢转过头去望了望孤儿，无中生有地说："我看到你这块地，忽然记起了一件事。我记得你爸爸在世时，借了我十两银子，没有还。现在

本利算起来，该还好几十两了。我想，这么多银子，你也无力偿还，你就把这块地抵给我吧！"

孤儿惊讶地说："阿爸借过你的银子，怎么我从来没有听说过呢？"

奴隶主解释说："那时你还小嘛！"

孤儿问："阿爸借了你的银子，你有什么证据？"

奴隶主想不到孤儿会这样发问，一时答不出来，迟疑了半天，才说："证据吗？有的。记得那银子是管家拿给你阿爸的。"

他说着，用眼睛瞟了瞟管家。管家会意，忙附和道："不错，不错！银子是我亲手交给你阿爸的。"

孤儿看了管家一眼，冷笑一声说："他，他算什么证据？我家没有借过你的银子，我也没有什么要还的！"

奴隶主听了，装着生气的样子，提高嗓门儿说："胡说！欠了我的银子，还敢说不还？"

孤儿看到奴隶主存心要霸占他这块土地，没有办法，只好愤愤地把地给了奴隶主。

孤儿要生活下去，不能没有土地耕种，他东寻西找，终于在山林边找到一块乱石子地。他心想，把地里的泥石子捡了，开垦出来，好好耕种，也是能收获一些粮食的。于是，他日夜不停地捡石子。手磨破了，他忍着痛捡；肚子饿了，他挨着饿捡。捡了七天七夜，石子捡完了。他又夜以继日地翻地。天下雨了，他冒着雨翻；害了病了，他带着病翻。翻了三天三夜，地翻好了。他又把家里仅有的一升荞麦拿来播在地里。种子播下了，孤儿一天出去看三次，盼它早日发芽。种子发芽了，孤儿一天出去看三次，盼它长得又肥又壮。麦苗长得苗壮了，孤儿又一天出去薅三次草，施三次肥，盼它早日开花。荞麦开花了，孤儿又一天出去拔九次草，施九次肥，盼它早日结籽。荞麦结籽了，孤儿微笑了；荞麦打了九斗，孤儿歌唱了。

有一天，奴隶主听说孤儿在山边开了一块荒地，打了九斗粮食，禁不住又眼红了。他跑到孤儿地里看了看，就命令管家去叫孤儿。孤儿走到奴隶主跟前，奴隶主板着面孔问道："你在这里种过粮食吗？"

孤儿理直气壮地回答："种过。"

奴隶主又问："这地是我的，你知道吗？"

孤儿反驳说："原来这里堆满了乱石子，没有谁来管，我千辛万苦把石子捡了，开垦出来，怎么就说是你的了？"

奴隶主蛮横地吼着说："胡说！周围几十里的地都是我的，难道这里还不是？"

孤儿狠狠地盯了奴隶主几眼，愤怒地说："是你的地，你就拿去吧！"

奴隶主大吼道："不行，地是我的，打的粮食也是我的，快把粮食全交给我。"

孤儿听说要他的粮食，肺都气炸了，说："粮食是我熬更守夜、忍饥挨饿种出来的，为什么要拿给你？"

奴隶主昂着头说："地是我的，粮食也是我的。"

孤儿愤愤地说："地，你占去了；粮食，你也要抢去，难道不要我活了吗？"

奴隶主说："谁管你活不活！"说完，就带着管家到孤儿家抢粮食去了。孤儿气愤至极，狠狠地指着奴隶主的背影骂道："狗贼头，总有一天，你会认得我的。"

孤儿再也不愿开垦荒地了。他决心离开那里，到深山去挖草药卖。

孤儿跑到深山里，白天到处挖草药，饿了就找些野果吃，晚上同野兔睡在一起。

有一天，孤儿在一个悬崖上找到一种很珍贵的草药。他把这种草药挖了七背篓，背到汉族地区去卖。他赚了很多很多银子，买了很多的盐巴和布匹回来。奴隶主看到孤儿背了这么多东西回来，十分眼红。他想孤儿那些东西一定有来历，于是又把孤儿叫了去问。孤儿吃他的苦头太多了，早想寻找机会报复他，一直没有找着，这下，奴隶主自己送上门来，他便骗奴隶主说："老爷，你问那些盐巴、布匹和银子吗？告诉你吧！那天，你把我的粮食抢

彝族民间故事

走了，我没有吃的，就跑到深山去挖草药。找来找去，找了好几天，一株草药也没找到。有一天，我正在崖上找草药的时候，忽然看到崖下有许多小白兔，在那里跳来跳去，有时这只跳去按住那只，有时那只跳来按住这只；有时这只跳去撞撞那只，有时那只跳来撞撞这只。"

奴隶主伸着脖子，急于知道盐巴、布匹、银子是哪里来的。

孤儿笑了笑说："老爷，别着急呀！凡事有个根由，不说出它的来龙去脉，你怎么知道呀？"

奴隶主说："好，你讲嘛！"

孤儿接着说："那些小白兔，有的跳过去又跳回来，有的跳过去又不跳回来。它们跳呀，跳呀，跳得真高兴呀！正在这时候，有一只小白兔发现我了，它向其他小白兔摇摇小耳朵，一下就钻进洞去了。不一会儿，它又伸出头来望了望，其余的几只也都飞快地跑进去了。我想捉几只，就跳下崖去，跑到洞边一看，只见里面金灿灿的，却一只小兔子也没有看到。我爬进去一看，呀！全是金子呀、银子呀、盐巴、布匹呀，堆了一洞，于是我就拿了这么一点儿回来。"

奴隶主听了信以为真，不觉大喜，恳求孤儿带他去拿金子、银子。孤儿把奴隶主带到一个高崖上，指着崖下面的山洞说："老爷，你看，就在那里。"

奴隶主被金银迷了心窍，看也没有看，就猛地两脚一蹬，跳了下去。孤儿在崖上，只听到"哎哟"一声，就再也没有别的声音了。孤儿知道奴隶主已摔死了，心里十分高兴，于是编了一首歌，唱道：

> 暴风雨下不到天亮，
> 冰雹落不到晚上；
> 疯狂的狗活不久，
> 贪婪的人命不长。

五指相争

五个指头在一起争论谁最有本领。

大拇指昂着头说："五个指头我为首，伸手握手都由我带头，四个指头都得听我的。比如赞扬什么人，只要把我一伸，就表明了态度。你看我多威风呀！因此数我最有本领。"

首先表示不服气的是二拇指。它说："你别神气！你没看你自己又短又粗吗？谁瞧得起你！人们要问路或批评谁，哪个不是用我表示？因此有本事的要算我。"

不等二拇指说完，中指就忍不住开了口："论排行，你们在我之前，但我比你们谁都长。我不动，你们谁也不能做事，难道说不是我的本事最大吗？"

一直未开腔的无名指再也稳不住了，站起来吼道："我虽然能耐不大，做不出显眼的事，但人们扳着指头数数时，总离不开我，说明我的用处也大呢。因此，我的本事也不比你们差呀！"无名指的话音刚落，小拇指就说："我虽然排在最后，但短小精悍不也是长处吗？不管你们四个做什么事，我都没少出力，说明你们谁也离不开我，我的本事也不算小吧？"

正当五个指头争论不休时，一个大毛线团滚过来了。五指要求毛线团为它们评评公道。毛线团问清情况后，笑嘻嘻地说："你们五个说的都有一

彝族民间故事

269

定道理，但要做个实验，如果谁能单独拿起我，就证明谁最有本事。"五个指头依次序做了实验，可出乎它们的意料，谁也没有单独把毛线团拿起来。它们都泄气了。这时，毛线团说："现在再做个试验，你们五个合作，一起拿，看看拿得起不？"

于是，五个指头同心协力一起行动，一下就把大毛线团拿起来了，它们高兴得拍手大笑。

毛线团不紧不慢地说："你们知道这是什么原因吗？"

五个指头你望着我，我望着你，不好意思地涨红了脸。从此，它们再也不争论谁本事大了，总是通力合作，干着它们应该干的事。

叉戛拉

彝族有"天好地好，叉戛拉不好"这么一句谚语。人们对有叛徒行为以及专在人群中进行挑拨离间的人，就常以这句话来鞭挞他。就是说，"叉戛拉"成了叛徒的代名词。只要说声"叉戛拉"，不须多加说明，连小孩都知道讲的是什么。那么这个词的来历是什么呢？

水西安土司家，有个专管粮食的头人，名叫叉戛拉，这人十分奸诈。在吴三桂去占领云南路经水西家的地盘时，水西家执掌兵权的将官集中兵力阻挡，不准吴三桂通过，并向吴三桂要很多的过道钱。吴三桂虽然带有千千万万的人马，但是想轻易通过是不行的。吴三桂了解叉戛拉的为人，就对他说："只要我能通过，并得到一点粮草，待打倒了水西家，占领了云南，他的家业全部归你统管。"

叉戛拉信以为真，在吴三桂提出"就让一箭之地也行"的要求，而大家都不同意时，他说："即使是一箭之地也不能退让！"这时叉戛拉在土司跟前撺掇说："汉人叫让一箭之地，就让他吧，一箭能射多远呢？再说让他进来，我们才好收拾他！"土司经不起撺掇，就答应让一箭之地了。

说起来也令人难以相信，吴三桂射出了一箭，箭头一直往西飞，最后插在云南昆明城楼上。水西家的人个个感到惊慌，但还是坚持不让通过，全力堵住吴三桂的兵马。吴三桂的人马粮草断绝了，进退两难。

正在这时，叉戛拉又向土司撺掇说："与其让汉人赖在这里，不如趁他饿饭的时候，给他一点粮草，在他胀饱了动不起的时候，就一股劲把他扫到很远很远的地方去！"叉戛拉在粮草上有权力，土司又相信了他的话，允许他派粮派草送给吴三桂。

吴三桂得到了粮草，充足了力量，就一举把水西家打败，一直杀上云南去了。这时叉戛拉就向吴三桂要求，兑现他原来说过的话。哪知，吴三桂说："我要处死你这个贱骨头！你对你的主人都如此出卖，何况我这个汉人呢？我要你来做我将来的叛徒吗？"叉戛拉吓得魂不附体，连磕了千万个响头也是枉然，最后被吴三桂砍下了脑壳。

络洪阿拉与络洪阿尼

很久很久以前，那娄米住着两兄弟。大哥叫络洪阿拉，心狠手辣，狡猾奸诈；弟弟叫络洪阿尼，心地善良，勤奋劳动。爹妈死的时候，络洪阿尼只有七岁，跟着哥哥络洪阿拉过日子。哥哥把弟弟当个长工，给他吃的糠菜饭，喝的洗碗汤，穿的麻布襟，睡的麦草窝，干的牛马活。络洪阿尼总算一步一步走过来了。他长到十五岁的时候，哥哥络洪阿拉结婚了。娶来的嫂嫂和哥哥一样狠心，给他吃的东西越来越坏，越来越少；干的活一天比一天多，挑水、推磨、拾柴、种地等啥活都叫他干，完不成活路他就要挨打受骂。哥嫂俩整天大酒大肉，吃喝玩乐，不下地，不干活。络洪阿尼受不了，开始反抗。一天，络洪阿拉送饭下地，见弟弟不干活，在地里睡大觉，哥哥不仅不给他饭吃，还毒打他一顿，又回家与老婆商议和他分家。

分家的时候，哥哥和嫂嫂把好的田地、房屋、锅碗一下拿走了，只分给弟弟络洪阿尼一亩荒地、一间牛圈房、一个破碗、一双筷子。他看到自己分得的这些家产，伤心地流下了眼泪。但他想到：这下分了家，干多干少自己安排，吃好吃歹自己过，不用再受哥嫂的打骂，倒也自由自在。从此，他更加勤奋地劳动，冰天雪地不停工，星星出来不收工，一个冬天挖出三亩荒地。春天，要开始播种了，没有种子怎么办？络洪阿尼去找哥嫂，嘴都讲干了才要来荞种。他高高兴兴地把种子撒进新开垦的地里，总盼着荞苗很快地

长起来，能得到好的收成。他一天一趟跑到地里去看，跑了一个多月，总不见荞苗长出来。原来是狠心的哥嫂把荞种放在锅里炒熟了，当然不会生根发芽。可总不能等着被饿死，络洪阿尼心想：庄稼不好是一季，我再把地翻一遍，来年再种，今年就靠砍柴割草卖来过日子吧。

一天，他背着一背柴路过自己的地边，见到地里长出三株荞子苗，高兴极了，从此，经常到地里去侍弄。不久，荞苗长到五寸多粗，一丈多高，青枝绿叶，结的籽籽多得数不清。而哥嫂种的荞子呢？秆细叶黄，结的籽籽没几颗。他俩又心不死，趁弟弟上山割草去了，就偷偷地把他种的三株荞子拔来移到自己的地里，又把自己种的三株枯黄的荞子换上。第二天，当络洪阿尼去地里看时，每株荞秆上仅有三颗荞籽。他细心地把荞籽收回家，用一张树叶把它们晒在自己的屋顶上。狠心的哥嫂把他家的鸟笼打开，放出两只画眉来，把荞籽给吃了。络洪阿尼气得头发昏，眼发花，提起棍子撵画眉鸟，从这山追到那山，这岭追到那岭，越过九十九道湾，爬了六十六座山，过了三十三道河，跑得又饿又渴，筋疲力尽，昏倒在一个高高的岩石山顶。突然一阵响雷之后，他被震醒了，迷迷糊糊地睁开眼睛，就看见一位白发苍苍的老人坐在自己面前。老人问他怎么躺在石山上，他把经过一一向老人讲了。白发老人对他说："你的三颗荞籽找不到了。我送你一件东西，你需要什么东西时念一念就可以得到了。但不能专靠它过日子，还要劳动。人长着两只手，就是要不停地干活的。"络洪阿尼把东西接过来一看，是一只闪闪发光的金小碗，他欢喜极了。这时，突然刮起一阵大风，老人就不见了。

络洪阿尼带着金小碗回家，肚子饿得慌，他记住白发老人的嘱咐，要劳动，要种地，必须有种子。他把金小碗端在手里，嘴里念道："金小碗、银小碗，我要荞子，荞子在碗里。"

说完，荞子像一股水从碗口里流出来。他一过秤，足足有一石七斗九升，不但有了种子，而且还吃不完，于是他便开始种地。第二年，他把荞子种上，得到了丰收，剩余的就拿到市场去卖，赚了钱又买了耕地，建了新房。

哥哥络洪阿拉见了既眼馋又嫉妒，上门去问："弟弟，你为什么一年就富起来了？"络洪阿尼如实地把得到金小碗的事说了一遍。哥哥就起了邪心，对弟弟说："拿你的金小碗给我看看。"络洪阿尼从怀里小心地掏出金小碗递给哥哥。看了一阵之后，哥哥对弟弟说："你念一念，叫它摆出酒肉来！"弟弟一念，一张四方桌出现在眼前，桌上摆满了鸡鱼鹅鸭肉，冒着腾腾热气，杯里有酒，碗里有饭，弟兄俩饱餐了一顿。哥哥要借金小碗去用几天，弟弟不好拒绝，就答应了。

络洪阿拉带着金小碗回家后，夫妻俩乐坏了，要金小碗摆出酒肉来吃，便念："金小碗，银小碗，我要的是大米、猪肉，快出来。"

那金小碗里流出来的不是大米、猪肉。而是沙子、石头，最后还钻出一只很大很大的癞蛤蟆，吓得络洪阿拉两口子魂不附体，急忙把金小碗打得粉碎，还把碎片远远地丢下岩去。

络洪阿尼得知后，伤心极了。他不顾天黑，流着眼泪去岩脚摸金碗片，结果只摸到一只小巧玲珑的竹篮子，便将它带回家中，挂在墙上。夜里，那竹篮子闪烁着金光。第二天，他对竹篮子念："好竹篮，宝竹篮，我要匹布，出来匹布。"

顿时，竹篮里冒出青布、蓝布、绸子、缎子。看到络洪阿尼穿得比过去好，哥哥又不甘心，去向弟弟要竹篮子。弟弟死也不给，惹怒了哥哥，就被哥哥告了县官。

县官得知后，就派人去叫络洪阿尼，要他带上竹篮子到官府去，他不得不从。到了官府，县官满脸堆笑地问："你叫络洪阿尼？""是。""你带篮子来没有？""带来了。""我用五升包谷地、五斗米与你换。若不换，你就休想回家了。"说完立即写了契约。在县官老爷的逼迫下，络洪阿尼只得把竹篮子给了县官。官老老爷得了竹篮子之后，还逼着络洪阿尼念出绸缎布匹。他不从，挨了一顿打，被推出门外，便回家种地去了。

晚上，县官老爷提来竹篮子，口里念念有词，结果，从竹篮里冒出来的是牛粪马粪、猪屎鸡屎。县官老爷气惨了，派人把竹篮子扔进山洞里。络洪阿尼知道后，进山洞去找，在洞里摸了三天三夜，没有找到竹篮子，却找

到一个很好看的小葫芦。他将它带回家里，要什么有什么。这事又叫县官老爷知道了，再一次派人把络洪阿尼和小葫芦一起抓来。县官老爷提出一个条件，要让络洪阿尼和小葫芦一起在他家听候使唤，并逼着络洪阿尼对着小葫芦念出吃穿的东西。络洪阿尼不干，就被关进地牢里。

县官家有个丫头，名叫射伟诺，长得很漂亮。她同情络洪阿尼，天天偷着给他送吃的。时间久了，两人之间的感情越来越深。一天，络洪阿尼向射伟诺姑娘提出要求："你天天给我送饭，只救了我的命，救不了我的家。在这里关的时间长了，我的土地就要荒，房屋就要倒塌，我对不起救我的白胡子老爷爷。你要真救我，就去把小葫芦偷来，我想法打开牢门，回家种地。"一个晚上，射伟诺姑娘把小葫芦盗来还给络洪阿尼。他得了这宝贝，就对着念："好葫芦，宝葫芦，我要钥匙，钥匙出来。"

突然间，小葫芦裂开一个小口子，从里面掉下一把钥匙。他把钥匙交给射伟诺姑娘去开锁。牢门的锁开了，他同射伟诺姑娘一起逃跑了。

县官老爷得知络洪阿尼带着他家的丫头逃跑了，立即命令家丁骑着马，带着箭去追，追了九十九道山，越过六十六条河，终于追上了。快被抓住的时候，络洪阿尼对着小葫芦念了几句，这小葫芦立刻膨胀起来，足有七尺多高，并裂开了门那么大一个缝隙。他俩钻进去，那缝隙自然地闭起来，待官家大队人马接近时，用箭射不穿，用刀砍不开，县官就喊人抬，四人不行，八人不行，十六人才把葫芦抬到县官家门前。

县官老爷亲自挥舞大刀使劲砍了几十下，葫芦没有丝毫痕迹，反把他累得筋疲力尽，就命人拾柴买油来烧。用了九十九背柴，泼上六十六斤菜油，点火烧了三天三夜，等到柴和油都烧尽以后，那葫芦轰的一声爆炸了，碎片往四面飞，把县官及其家丁全部打死，赶来看热闹的络洪阿拉两口子的眼睛也被炸瞎了，而络洪阿尼与射伟诺姑娘一起跳出来逃跑了。活着的县官仆人，有的追喊，有的摇头，正在乱哄哄的时候，来了一位白胡子老者，他把葫芦碎片捡起来，吹了一口气，碎片又变成原来的小葫芦，老人把它揣在怀里带走了。老人追赶上络洪阿尼和射伟诺姑娘，告诉他俩，县官已被炸死了，要他们回家安居乐业。老人又把小葫芦赠给他俩，并告诫他们：不要整人，不要害人，勤恳劳动，靠自己的双手过日子，小葫芦会保护他们的。于是，他俩回到家，结为夫妻，整修房屋，开荒种地，饲养牲畜，栽麻织衣，家境渐渐富裕起来，日子过得美满幸福。他哥嫂失去眼睛，不能劳动，日子过得很苦。络洪阿尼夫妻经常用钱粮资助大哥，得到后世人的称赞。

札　西

从前，在金河边的一个岩洞里，住着一个双目失明的老人，他的名字叫札西。他是被阿嘎土司家撵出来的娃子。

一天，天气很冷，札西正躺在草堆里发抖，突然听到外面有人喊："救命啊！"他支撑着坐起静静一听，又听不见了，刚躺下，"救命啰！救命啰！"的呼救声又一声紧似一声地响起来。

札西拄着拐棍，摸索着朝传来喊声的河滩走去，到了河滩上，又听不到了，只有吧嗒吧嗒的声音。札西丢开拐棍，弯腰伸手在河滩上摸了一阵，才捡起条快要干死的小鲤鱼，问道："是你在喊救命吧？小宝贝。今后要小心些，别再乱蹦乱跳的呀！"说着，把小鱼放回河里去，自己趴在河边上，饱饱地喝了顿水。

第二天，札西感到周身疲乏，坐在沙滩上晒太阳。这时，一个年轻人的声音对札西说："好心肠的老人，您需要什么东西吗？"札西问："你是哪个？""我是小鲤鱼呀！阿爸晓得您昨天救了我，实在感激得很，特意叫我来报答您。"

札西听清楚了，当真是从水里传出来的声音。他叹口气说："我已是黄泥巴埋到脖子的人了，过一天算一天，不需要哪样东西喽！"小鲤鱼说："不，好心肠的老人，您应该过上好日子呢！"札西说："别宽我的心了，好宝贝！看在天菩萨①的分上，只要我能睁开眼睛看一眼这河里的水、山上的树，就心满意足了。"

小鲤鱼说："这好办。朝你背后的方向一直往前走两百步，向右再走五十步，翻过两个山坳，转八道'鸡翅拐'，就有块大石板。你用耳朵贴着石板听，如有叮咚叮咚的滴水声就把石板搬开，地上就会冒出股泉水，用它洗洗眼睛，就能重见光明了。"

札西听了高兴地大声说："太好了，小宝贝！只要眼睛亮了，我就能开荒，能放羊，什么都能做。"

小鲤鱼又说："别忘了，好心肠的老人，当您需要我帮助的时候，就念：'金河淌水亮晶晶，叫声阿娇注意听；记得恩深情义重，快快到来见札西。'"说完，沉到水底去了。

照小鲤鱼说的做了之后，札西的眼睛亮了。从此，札西的头发胡子转青了，力气也有了。他起早摸黑，在河边开出一块黑油油的荒地，撒下的小米结的穗像狗尾巴一样大。他欢喜得一天要跑去撵很多回雀子，又把住的岩洞打扫干净，准备收割庄稼。

一天，札西收工回家，还没跨进门，就被阿嘎土司派来的两个跟班套上铁链子拉走了。到了土司家，阿嘎出来亲手给札西解开链子，说："我叫你来，不为别的事，听说你有味医治眼睛的神药？"札西回答："天菩萨在上，小人不敢隐瞒，没得神药，我的眼睛是用凉水洗亮的。"土司听了，高兴得惊叫："凉水！啥样子的凉水？一定是神水！"正在屋内闭目养神的老土司拄着拐棍走出来，一把拉住阿嘎土司说："儿呀！有灵验的神水，快舀碗来给我洗眼睛！"土司赶紧回答："就是为了您老人家的眼睛，儿子才把这贱骨头抓来。"接着转过脸对札西说："贱人，还记得我过去对你的好处吗？"札西说："记……记得。"土司说："只要你还记得就行了。

①天菩萨：彝族包头帕上的英雄结，旧称天菩萨，意为神灵。

279

看在天菩萨的份上，你赶快去背一桶神水来给老阿普①洗眼睛吧！如果你敢戏弄我，谨防你的狗命。"札西说："天菩萨作证，小的没吃过豹子胆，不敢。"

札西被押着，连夜打起火把去背"神水"。鸡叫了两遍，札西累得上气不接下气，才背着一桶"神水"回来。土司早就心急如火烧，不等札西放稳水桶，就舀了满满一大碗，往老土司半睁半闭的眼睛上泼去。老土司大叫一声，倒在地上，双手捂住眼睛，痛得遍地打滚。土司和跟班急忙把他从地上扶起来，老土司的眼睛原来还看得见一点亮，这下竟被"神水"泼瞎了。土司大骂道："你好毒的心啊！来人！给我把这奴才的眼珠剜出来！"

札西的眼珠被剜了，满脸鲜血淋淋。土司以为札西死了，就把他抬出去丢在后山的坟旮旯里。札西从昏迷中慢慢醒来，周围一片漆黑，隐隐约约听到从部落里传来狗叫声。他挣扎着坐起来，说不出的伤心。这时，他猛然想起小鲤鱼的话，轻轻地念道："金河淌水亮晶晶，叫声阿娇注意听；记得恩深情义重，快快到来见札西。"刚念完，耳边就响起了年轻人的声音："好心肠的老人，您有什么吩咐？"札西一五一十把自己的不幸遭遇向他诉说了，随后又说："好宝贝，你能帮我长出对眼珠吗？地里的小米已经该收割啦！"

小鲤鱼说："能啊，好心肠的老人，您顺着这山洼洼往东走，碰到三棵杉树，转弯朝左拐，翻过两个坡，爬上五级石梯，就有很香很香的花椒树。您从树上挑两颗最大的花椒籽，塞进眼眶里就行。"

札西咬着牙，忍着痛，一步一拐地朝着那个方向走去，爬上了五级石梯，摸到了那棵花椒树。他一枝一丫地仔细摸索，摘了两颗最大的花椒籽，往眼眶里塞去。啊！一对有神的眼珠圆溜溜地转了起来，哪样东西都看得见了。札西高高兴兴地回到金河边的岩洞，找出那把缺了口生了锈的镰刀磨了又磨，就上坡去割小米。

---

①阿普：彝语，爷爷的意思。

赶场天，札西背着金灿灿的小米到场坝上去兑换盐巴。阿嘎土司从马背上伸手抓住札西的竹背篼，咧开大嘴冷笑说："原来又是你这个老贱人！眼睛还比原先亮得多了。"札西说："全靠天菩萨保佑。"阿嘎土司哼了一声说："你这个狗奴才！来人！给我把他拖回去。"

　　札西又被铁链子锁着，拉到了土司家。土司开堂审问："大胆奴才！你的眼珠为哪样会重新长出来？比原先的还要清亮？只要你老实说，把灵丹妙药找来，就重赏你牛羊百头，娃子十对，还有肥土两畦。若你还像前次那样戏弄我，定要将你开膛破肚点天灯。"札西说："天菩萨明白，我从来不会说谎，我的眼睛是用花椒籽塞进去治好的。"土司哈哈大笑说："那你就去把那棵花椒树的籽籽全挑来，当着我的面塞来看，如是真的，立马就放你回去。"

　　两个跟班押着札西，又爬上了那五级石梯，摘回了半羊皮口袋花椒籽。这次土司更奸了，让人从牛圈楼上拖出一个生病的娃子，活生生地剜去他的眼珠。土司挽起袖子，从羊皮口袋里拣了两颗花椒籽向娃子的眼眶里塞去。果然，只见娃子的眼皮眨了眨，一骨碌从地上翻爬起来，那对明晃晃的眼珠比原先更黑更亮！

　　土司这下相信了，赶紧喊跟班把瞎子老土司扶出来，坐在椅子上剜去了眼珠，然后自己在羊皮口袋里挑来选去，拣了两颗顶黑顶大的花椒籽，塞进老土司的眼眶里。哪晓得，老土司被花椒籽麻得惊叫唤，两脚一蹬，断气了。

　　土司很愤怒，牙巴骨咬得嘎嘎响，瞪着血红的大眼睛对札西骂道："我要你抵命！叫你不得好死！"说罢，夺过跟班手里的尖刀，剖开札西的肚皮，剜出心，然后叫跟班用铁链子把札西的尸体捆了个结实，丢进金河里。

　　过了很久，札西像做了一场噩梦，在冷汗中苏醒了。他还来不及细看、细听，一个穿红戴绿、长得十分漂亮的少年轻轻地掀开门帘走了过来，喜笑颜开地对他说："您老人家这一觉睡得真是香呀！"原来札西被小鲤鱼——金河老龙王的小公子接来了。老龙王大摆宴席款待札西，在酒桌上一再感激他的救子之恩。老龙王还吩咐公子每天陪伴札西观赏龙宫的美景，

彝族民间故事

281

并传令鱼兵虾将另修一座官殿，专给札西老人度过晚年。

札西耍了两天就感到周身不舒服，厌烦得很。他过不惯这种衣来伸手，饭来张口的日子。一天，他悄悄拉着小公子的衣襟，央告说："好宝贝，请你看在天菩萨的份上，向老王爷求个情，送我回家去吧！"小公子噘着嘴说："我家这官殿难道还不如你那个破岩洞？"札西脸一红，低下头回答："这官殿很好！只怪我没福气享受。"小公子扑哧一笑，说："为了您这个好心肠的老人，我就去向父王说说。"

第二天，老龙王答应送札西回家，并吩咐仆人把装满金银珠宝、绫罗绸缎的仓库全打开，带着札西进去，随他挑选自己喜爱的东西。他们从东仓到西仓，又从南仓走到北仓，札西还没选上一件合心的东西。老龙王叹口气说："我们家那么多宝贝，难道你一件都瞧不起？"札西说："天菩萨晓得，王爷家的宝贝是王爷的。我们彝家有句俗话：'不是自己的东西，拿不得。'"龙王说："哦！好心肠的札西，你难得来我这儿一趟，看看这桌上摆的，墙上挂的，哪件东西合你意，就拿回去吧！"

札西想起昨天招待他吃的那碗南瓜，甜得像蜂蜜，香得赛兰花，就说："王爷，送给我几颗南瓜籽让我回去栽吧！"老龙王听了，就喊小公子进里屋去拿。小公子抓了一把南瓜籽捏在手里，悄悄溜进放圣水的密室，从桌上的净瓶里倒出几滴甘露浸润南瓜籽，才用纸包好递给札西。札西揣好南瓜籽，辞别老龙王，跟着小公子，安安稳稳回到金河滩上。

春天来到金河边。札西把南瓜籽种在一片新开垦的肥土上，很快发芽开花，一片叶子结出一个南瓜。他舍不得吃嫩瓜，想要将它们护到成熟，掏出种子来分给金河两岸的穷人，让家家户户都栽上这种南瓜，得到香甜。

秋天，瓜熟了。札西把一个个长得金晃晃的大南瓜摘回来，准备剖瓜取种。他用快刀使力砍，刀口都砍卷了，就是剖不开，南瓜硬得像铁砣一样。札西没办法，只好放下砍刀，一屁股坐在板凳上，叹口气说："看来这种东西不是我札西吃得成的！还是物归原主——把它们送回龙宫去吧。"这样一想札西反倒高兴起来。他抱着一个南瓜来到金河边，"扑通"一声把瓜扔下河去。只听得雷声轰隆，波翻浪涌，一阵狂风刮来，一个身高十丈，青面獠牙的怪物手舞钢叉从水里钻出来，大吼一声："何方妖孽，胆敢在此扰动龙宫？"

札西被狂风吹倒在地。青面獠牙的怪物走近一看，见是札西，就收了法说："是您呀！老人家，遇到了什么为难事？"随着话声，风停了。札西慢慢地从地上爬起来，拍了拍满身的泥沙，把种南瓜的经过讲了一遍。怪物听了，松了口气说："好心肠的老人，您弄错了，这哪里是什么南瓜？这是被王爷的甘露浸过的金瓜，铁器是万万砍不得的！您差颗米①就闯下大祸了！"说完，踏上岸来，悄声对札西说："送我两个吧！我可以告诉你开瓜的方法。"札西说："你用得着就全拿去。"怪物摇头说："只敢要两个。"札西就拣了两个顶大的递给他，说："剩下这些瓜，麻烦你背去给王爷吧！"

怪物接过大金瓜，摇着头说："这是王爷送给你的礼物，我可不敢背回去。你到对面向阳山顶上，砍棵匏木树削把刀，就能把金瓜剖开了。"

札西削了把匏木刀，把金瓜一切，只听"咔碴"一声，金瓜就破成了几瓣，中间有颗又大又尖的瓜籽和许多黄灿灿的金子。札西欢喜得不得了，就把这些金子分给了金河两岸的穷人，让家家户户起房造屋，买牛买马买羊子，过上了好日子。

阿嘎土司听说札西还活在人间，又得了许多黄金，他既生气，又眼红，就坐着轿子，带了十几个跟班，来到札西住的岩洞。只见岩石和泥沙里到处是金粉末和金颗粒。土司心狠手辣，叫跟班们抬来大石头把岩洞封了，然后生拉活扯地把札西推上轿子，抬回家，杀猪宰羊来款待。土司嬉皮笑脸地对札西说："天菩萨在上。我晓得您老人家心肠好，长命百岁！只要您开开恩，给我栽上一季金瓜，那些过去的羊头马尾就不用提了，好歹你我都是彝家的子孙，您就是我心里最尊敬的老阿普了。"

---

①差颗米：差一点点。

札西晓得土司心狠，要走走不脱，想跑跑不掉，只好点头答应了。土司欢天喜地，从早到晚，用皮鞭赶着几十个娃子犁了两大片地，栽上了几千窝金瓜。

一天，两天……三十天过去了。别的瓜早已牵藤开花，唯有金瓜连苗苗都不长。土司心想，一定又是札西在暗中捣鬼。晚上他睡在毡床上，和老婆子叽叽咕咕了大半夜。第二天，他就把部落里的娃子一个个捉来关进水牢，然后对札西说："你真是好心肠的老人，看怎么办吧！是让金瓜赶快长出来呢，还是让这些贱骨头在水牢里活活饿死？"

札西慌了，赶快去刨开瓜窝一看，金瓜籽全都霉烂了，怎么能长得出来呀？札西一路淌着眼泪回到屋里，伤心得哭昏了过去。到了深夜，他猛然想起心爱的小宝贝，急忙念道："金河淌水亮晶晶，叫声阿娇注意听；记得恩深情义重，快快到来见札西。"念完，一阵狂风吹过，小公子来到了他面前，问道："好心肠的老人，您找我有什么吩咐？"

札西哭诉了土司逼他栽金瓜的事，最后恳求说："好宝贝，看在天菩萨的份上，让金瓜快长出来吧！救人要紧！"小公子眯着眼睛，半天才说："这金瓜可不是随地乱长的，我也做不得主。"

札西拉住小公子的手，眼泪一串串地滚落下来，说："那就请你快去求好心的老王爷，开开恩吧！"小公子想了一下，点头答应："好吧，让我回去试试看。"一袋烟功夫，小公子上气不接下气地跑回来对札西说："好心肠的老人，父王看在你的分上答应了。不过土司必须接受一个条件，就是把水牢里的娃子放出来。"

土司听札西讲了这个条件，马上点头答应："好嘛，要得。"土司把水牢里的娃子一放出来，金瓜秧就立刻破土生长，一窝不少。

金瓜熟了，大个大个的金瓜堆满了土司家的大堂。土司高兴得睡不着，更深夜静，他点上小油灯，把老婆儿子都喊起来，提着羊皮口袋，进了大堂。土司使出全身力气，举起大斧头"嗨砸"一家什朝金瓜砍去。只听得"轰隆"一声巨响，金瓜喷出火焰，把一大堆金瓜都惹着，烧起了冲天大火。阿嘎土司全家都被大火烧死了，土司衙门也被烧成了灰。部落里的人们欢喜得吹起口弦，手拉手跳起锅庄。

最后，大家推选好心肠的札西老人出来当部落首领，带着人们自由自在地养牛、放羊、开荒种地，过上了幸福的生活。

还谷子

很久以前，龙坡彝家山寨里住着一户姓李的老农。老倌一辈子勤勤恳恳盘田种地，为人忠厚老实，村里人都称他"李老实"。

李老实盘田种地很认真，无论他的田在哪一丘，地在哪一片，不管是春夏秋冬哪一季，人们不用问，只要到田边走一走，就知道李老实的田是哪一丘，地是哪一块。因为李老实的田里看不见一根杂草。

李老实的大女儿勤妹，嫁在离村不远的麻栗寨，姑爷是个从小娇生惯养的人。他不爱劳动，对栽田种地一点也不在意。庄稼人一年舍不得睡三个懒觉，可李老实的姑爷天天睡到日照窗户。别人忙着抄田耙地，可他怕冷怕冻，等到别人栽秧，他才抄田。他的田里杂草丛生，苗棵没有草棵高。到头来，他年年歉收，年年缺粮。李老实不忍女儿连累受罪，但又管不了这个懒姑爷。

有一年，姑爷跟李老实借了两百斤谷子，李老实就在谷子上打起了主意。

第二年，姑爷挑谷子来还，李老实指着墙脚一个竹箩箩，对姑爷说："我这个箩箩可以装一百斤谷子，你称一百斤谷子倒进去，只能缩口，不能堆尖，要是超过缩口，我就不要，你明年再来还。"

姑爷照着老丈人的要求称了一百斤谷子用箩箩一量，结果剩下来一大堆谷子装不下。李老实不收，姑爷只好把谷子挑回去了。他心里想不通，丈人为什么这样苛刻。

勤妹听丈夫说阿爹苛刻，便知道了阿爹的用心，就对丈夫说："箩箩装不下你的一百斤谷子，是因为你的谷子不饱壮，不压秤。你做活马虎毛糙，人家栽秧你才抄田，人家割谷你的谷穗才发黄，照这样盘田，十年你也还不完我爹的谷子。"

勤妹这么一说，她丈夫细细想倒也是这样，觉得自己犁田不认真，薅秧很毛糙，谷子也就不饱壮。他这样一想，心里有些不安了。

这一年，勤妹的丈夫鼓起劲头，把所有的田多翻犁了一道，秧也多薅了一道。到秋收时节，他家粮仓的谷子比往年堆厚了一层。

丰收了，勤妹的丈夫心里乐呵呵的，走出门都好像高了一截。一收完谷子，他就挑着谷子到老丈人家里去了。他想：今年的谷子一定合老人的心了吧。可是量过之后，箩箩还是装不下一百斤。不过剩下的谷子比去年少了一半了，这一下可触动了他的心，他连忙挑起谷子一口气跑回家去了。

勤妹见丈夫挑着谷子回来，知道没有还掉，就安慰丈夫，叫他先吃饭，等吃了饭再商量。可她的丈夫饭也不吃，赶忙牛就犁谷茬田去了。一连好几天他都舍不得歇，等别人开始犁谷茬田的时候，他的田早已犁完了。这一年，勤妹的丈夫劲头更大，别人的田抄两道，他的田却抄了三道。一栽完秧，他就经常守在田头。他家的田薅得没有一棵杂草，埂草割得光滑滑的。人们见了，风趣地说："李老实的脚印踩到我们村来了。"

八月里，勤妹家田里的谷子长得实在惹人爱，穗长，粒饱，谷壳薄，哪个见了都连声啧啧地称赞个不停。这年谷子收回家，勤妹装满了谷仓装满了缸，装满了柜子装满了箱。

收完谷子，勤妹的丈夫挑着谷子，乐呵呵地到老丈人家去了。这一次，老丈人不叫用秤称，也不叫用箩量，他自己抓起一把看看，笑得满脸皱纹。他看看姑爷，乐呵呵地说："谷子不要你还了，你挑回去。以后栽田就要像今年这样栽，俗话说'人哄地皮，地哄肚皮'，饱谷子是用汗水浇灌的。"

彝族民间故事

铁妹树

很久很久以前，在盘县普古的娘娘山脚下，住着一对头发花白的老夫妻，他们无儿无女。有一年，老妇人上娘娘山采药，她吃了一颗开白花的青冈果，回来不久就生了一个水灵灵的小姑娘。老两口为了答谢青冈树的恩，把小姑娘取名叫铁妹，意思是叫她长大后不要忘记铁一样的青冈树。

铁妹十七岁那年，天旱了九十九天，蝗虫来了九十九回，田地被太阳晒得张口，庄稼被蝗虫吃尽，整个娘娘山寨子断了粮。穷人们啃光了山上的树皮，嚼完了地下的树根，不得不到地主家借粮。财主见借粮的人越来越多，要价也越来越高，一斗粮要还他一升银子，弄得没有人敢借他的粮。

一天，铁妹和寨上的人又去求财主，望他发发善心，不要逼穷人借粮还银。财主哈哈大笑说："粮是我的粮，我说借粮还银就得借粮还银。谁要再多嘴，莫怪我的鞭子硬！"

铁妹生性刚强，她才不怕吃鞭子，冲上前去说："老爷，一斗粮还一升银，我们穷人家哪来这么多的银子啊？我们借粮还粮，一升还你一斗吧。"

财主本想发火打铁妹，却见铁妹生得如花一般鲜嫩，不仅鞭子从手中掉下地，连口水也从嘴角长长地挂了下来。他把借粮的事情早给忘掉了，站在那里自言自语地说："不曾见娘娘山寨子里有这样的金凤凰呀！"

铁妹看出财主的贼心，赶紧把包头帕扯来盖在脸上，又说："老爷，寨上老老小小都在眼巴巴地等着你的粮去下锅呀！你就答应吧，我们借粮还粮，一升还一斗。"

"借粮还粮，一升还一斗？"财主贼眼一转，一巴掌拍在桌上说，"好！只要你铁妹肯嫁给我做小老婆，娘娘山寨的人借粮还粮，一升还一斗。哼！要是不依我的话，娘娘山寨子的人要用银子打一个铁妹给我，我才借给你们粮。"

大家眼巴巴地望着铁妹，谁都不愿意她嫁给这个黑心肠的财主，但是借不到粮吃，全寨子的人都会饿死啊。铁妹知道，阿妈阿爸都是寨上的人养活的，今天不能因自己一个人而害了全寨子，可是要嫁给这个又丑又老的财主做小老婆，她宁愿去死也不愿意哟。想来想去，铁妹恨不得扑上去吃这个财主的肉，抽这个财主的筋。

这一夜，娘娘山寨子里黑灯瞎火，看不到房顶上有一丝青烟，听不到窗内有半句说话的声音。铁妹坐在家里，心如刀戳，她想，要是娘娘山寨子会出银子，大家就用不着这样愁了，阿妈阿爸也用不着这样躺在床上叫饿了。铁妹就这样想啊想，没有人知道她想到什么时候，也没有人知道她做了些什么。

第二天，天麻麻亮，寨子里的人开门出来，见原本光秃秃的晒坝上，一夜间长出一棵高大的树来。人们觉得十分奇怪，去抱着这棵树摇。树神奇地讲起话来："叫我三声'铁妹'！叫我三声'铁妹'！"人们一听，知道铁妹已经不在人世了，伤心地哭喊起来。一声声"铁妹"喊过后，只见树枝上"唰唰唰"地掉下一大堆白花花的银子。原来铁妹为穷苦的人变成了一棵摇钱树……

娘娘山寨子的人用银子打出了一个"铁妹"，换走了财主的全部粮食。财主怎么也想不通，这帮穷鬼们去哪里找来这么多银子哟？一天晚上，那个用银子打出的"铁妹"告诉财主："你快去，娘娘山寨子有棵摇钱树，今晚去摇，定有银子落下来。"财主得了这个秘密，连夜备了十几匹马赶到娘娘山寨子。他想，只要多花点力气拼命摇，把树上的银子摇完摇尽，他就是世上最有钱的人了。财主想得心底乐开了花，抱着树就一股劲地摇，树枝哗

彝族民间故事

哗叭叭一阵抖动，一坨坨碗大的生铁直打在财主的头上。财主来不及喊叫半声，就被铁砣打成了肉酱。

从此，穷人去摇铁妹树落银，富人去摇招铁打。

果雅和梅依纳

　　从前，在罗甸国王管辖下的水西地界，有一个彝家年轻小伙，名叫果雅。有一年的秋天，一群南飞的大雁嘎嘎叫着从寨子上空飞过，突然有一只大雁从天上掉了下来，正巧落在果雅的家门前。他抱起奄奄一息的大雁一看，原来这只羽毛没长丰满的大雁，因肚里没食，饿昏了。果雅把它抱进屋里，掰开它的嘴喂水喂食。当这只大雁醒过来时，那群大雁围着寨子绕了几圈之后，飞得无影无踪了。就这样，这只大雁留在果雅的家里，度过了一个严寒的冬天。

　　转眼间，春暖花开，这只大雁已经长得羽毛丰满，身高体壮，它天天站在院坝里，仰着长长的脖颈往天上看。果雅明白，它是在盼望它的伙伴。于是他伸手摸着它的头安慰说："别心慌，它们快飞回来了！"

　　确实，过了没几天，一群大雁就嘎嘎叫着飞到了寨子上空。正在屋里吃食的这只大雁，听到了伙伴们的叫声，慌忙冲出门来，昂着头站在院坝里，一边放开嗓子大声呼唤，一边扑扑地张开了翅膀。

　　大雁的叫声惊动了正在屋后挖土种菜的果雅。当他跑到院坝来的时候，这只大雁已飞到树枝上，突然又飞回来站在他的面前，嘎嘎叫着，把它毛茸茸的脑袋，直往他脚上摩擦。

　　果雅看着天上的雁群，双手把这只大雁抱了起来，亲了又亲，最后拍拍

彝族民间故事

它的翅膀说："去吧，它们都在等着你呢！"

这只大雁依依不舍地展翅起飞了，它绕着果雅的房子飞了一圈又一圈，飞去很远了，还在回头再回头。

一晃，秋天到了。每当南飞的雁群从天上飞过的时候，果雅都要昂着头，看看和他生活了一个冬天的这只大雁是不是也飞回来了。

这只大雁真的飞回来了！它落在院坝里，嘴里衔着一颗闪闪发光的种子送给果雅，然后依依不舍地飞走了。果雅把种子种到菜地里，长出了个萝卜。这萝卜越长越大，最后长成了像桶一样粗的大萝卜。

国王和随从前呼后拥来到了果雅的家。他看见大萝卜，惊得目瞪口呆，顿时便起了贪心，决定把大萝卜拔回宫去，占为己有。国王下令叫侍卫们拔大萝卜。拔呀拔，大萝卜被拔起来的时候，"轰隆"一声，从泥坑里冒出了大股浑水。国王吃了一惊，赶忙命令侍卫们抬石土堵住出水口。谁知，浑水越冒越大，把填下去的泥巴和石头全冲跑了。眼看浑水就要淹没了土地庄稼，淹没了村寨房屋，人们被吓得捶胸痛哭。国王惊惶了。

这时，有个白发婆婆急忙走来对国王说："陛下，这出水口要是堵不住，让浑水这样淌下去，出不了三天，就会把大地全部淹没了！"国王说："老人家，你知道这出水口要用什么东西才能堵住吗？"老婆婆回答说："泥巴和石头是堵不住的，只有人肯舍身跳进坑去才能堵住。"

国王立即下令说，谁肯跳下水去堵水，赏黄金一千两！没人肯干。重赏两千两！还是没人答应。一直悬赏到五千两都没有一个人挺胸站出来。国王难过地流着眼泪说："难道就没有一个人愿意舍身救国救民吗？"

果雅这时走上前来，对国王说："陛下，金子再多，也买不到一个活人的心呀！果雅只希望您从今以后，不要忘记这股浑水是怎样从地下冒出来的。"说完，他就要往出水口里跳。老婆婆一把抓住果雅的衣襟，说："好小伙子，你还年轻，往后的日子还长呢！这出水口就让我这个没用的老婆子去堵吧！"然后，她回头对国王说："陛下，果雅是个多么难得的好小伙子，把你的女儿嫁给他吧！今后把你的王位也传他吧！只要你答应……"国王在惊惶之中，自然顾不了许多，一连点头回答了三个"可以"之后，老婆婆推开果雅，纵身跳进了出水口。

说来真怪，出水口不仅被堵住了，而且淌出去的浑水也全都消失不见了。国王慢慢从惊惶中清醒过来，想到眼前发生的事和答应老婆婆的话，不由得抹了把虚汗，深深叹了口气，对果雅不冷不热地说："年轻人，你若想做我的女婿和接替我的王位，那就必须头戴紫金冠，身披银铠甲，跨上千里马来宫中见我！"说完，头也不回地扬鞭打马回去了。

果雅全不当回事，他既没想要娶国王的女儿，也没想将来接替王位，于是哈哈一笑，就把国王没再敢拿走的大萝卜抬回家搁在厢房里。当天晚上，果雅被一阵马的嘶鸣声惊醒了。他打开厢房一看，呀！大萝卜变成了一匹雄赳赳的千里马，千里马的背上，放着一顶闪闪发光的紫金冠和一件银铠甲！

罗甸国王有个独生女儿，出生在冬天梅花盛开的时节，所以取名叫梅依纳，意思是不怕寒冷的梅花。

梅依纳确实长得像梅花一样美丽，她不但聪明伶俐，而且心地善良，国王简直把她视为掌上明珠。她原来也想去看看传说中的大萝卜，但国王心疼她，怕她经不住路途中的颠簸和风寒，就没有把她带去。国王刚回到宫里，还没有好好喘口气，梅依纳就推门进来了。

国王把看大萝卜的经过从头到尾对女儿讲了一遍。当然，国王也没有隐瞒，他把老婆婆当时说的话也如实告诉了女儿。

梅依纳含羞带笑地说："父王，您做得不错！一个自愿舍身救国救民的人，就是金子铸成的人，难道还有比这种人更高贵的吗？女儿嫁给他心甘情愿。父王，他在哪里？快请他进宫来吧！"

"不，我的宝贝，"国王握住女儿的手说，"他没有来，也许他根本就来不了啦！"梅依纳急忙问："为什么？"国王只好装出痛苦的样子，叹了口气，把他对果雅的要求如实讲了出来。梅依纳生气地说："父王，您这样做实在太不应该了。难道您不怕舍身的老婆婆咒您吗？难道您不怕人们对您失去信任吗？"梅依纳说到后面竟伤心得哭了。国王慌了，说："孩子，

彝族民间故事

我完全是为了你好呀！""为了我好？"梅依纳反问，"父王，您怎么变得不守信誉了呢？您曾教诲过女儿，对金子一样闪光的人不守信誉，自己一定是用生铁铸成的。父王，您难道一点也不感到羞愧吗？"梅依纳一口气说到这里，突然抹去泪水，跪在国王的面前恳求说："父王，女儿在您的养育之下已经长大成人。为了挽回您当众失去的信誉，请允许女儿自己做出选择吧！"

这时，侍卫进宫来禀报说，有一个头戴紫金冠，身披银铠甲，骑着千里马的青年正在宫门外求见。国王吃了一惊，难道是他来了？梅依纳也感到诧异，说："父王，如果来是他来了，正是您挽回自己信誉的机会，千万莫错过良机呀！"国王点点头，就吩咐打开宫门，请客人到殿上相见。

果然是果雅，国王看到他头上闪光夺目的紫金冠，披在身上的亮晃晃的银铠甲，特别是那匹油光水滑的千里马，心里实在是喜爱，不由得夸赞一番之后，就连声喊摆酒筵。酒筵摆好了，国王亲自给果雅斟酒。酒筵间，国王说："小伙子，想不到你会来得这样快呀！你这三件宝贝算得上世上稀有之物，不知从何而来？"果雅为人诚实，从来不会说谎话，就把这千里马、紫金冠、银铠甲的来历原原本本告诉了国王。国王听了，"啊"了一声之后才恍然大悟，后悔当时竟忘了把大萝卜抬回宫来，于是皱了皱眉头，心中有了主意。

这天晚上，果雅被国王灌了几杯酒，脱衣倒在床上便沉沉入睡了。半夜，两个鬼鬼祟祟的侍卫悄悄推开门钻进屋来，用一口大木箱装起熟睡的果雅，用索子捆好，抬上马车，拉出城去，甩在没有人烟的荒山沟里。

第二天，国王醒来，一边喊摆酒筵，一边把女儿叫到身边，说："孩子，果雅这个年轻人确实是金子铸成的。你快去打扮一下，亲自敬他三杯酒，然后我就给你们当面订婚，再选择吉日良辰为你们举行婚礼吧！"梅依纳自然满心高兴。昨天，她从帘子后面不仅把果雅看得一清二楚，特别是听了他诚实的谈话后就更加喜欢他了。谁知，酒筵还没摆好，侍卫们慌里慌张地跑来报告说，年轻的客人不翼而飞了！国王假装大吃一惊，忙问："他戴的紫金冠，他穿的银铠甲，他骑的千里马呢？"

"陛下，这三件宝贝留下来了。"国王开心得抿嘴一笑，对打扮好的女儿说："孩子，看来他是没福分享受这宫中的荣华富贵，没运气来接替我至高无上的王位。他既然不辞而别，有什么办法可挽回呢？"

王后也在一旁劝说："是呀！这就是命。从此以后，你应该好好听从父王的教诲和开导。"

梅依纳心中明白，她早看清了父王和母后那颗变得越来越黑的心，于是冷冷一笑说："父王，您还记得这样一句谚语吗？'谁想在黑夜中织网，最终也要把他自己织进网里。'"然后，不管父王和王后怎样劝说，甚至威吓，她都不再开腔了，默默含泪回到自己的屋里。她暗暗下了决心，牢牢地记住了果雅的名字，她的心永远属于他了。国王十分高兴，他知道，女儿家的脾气，一阵风后就会雨过天晴。他睁着圆溜溜的眼睛，望着金光闪闪的紫金冠和银铠甲，笑得几乎合不拢嘴。国王双手捧起紫金冠，戴在心爱的妻子头上，自己把银铠甲穿在身上，真是漂亮极了！他虽然当了几十年的国王，但还从来没有见过这样珍贵的衣冠呢！

这个时候，只见果雅骑来的那匹千里马突然发出一声愤怒的长嘶，腾空而去，把宫殿的柱子和地板震动得摇晃起来，吓得正在开心的国王和王后禁不住打了一个寒战。

忽然，国王感到身子一紧缩，手脚就像被索子捆住似的还没来得及挣扎，眨眼间就从脖子以下变成了一个光溜溜的大萝卜，颜色红惨惨的，十分难看。王后感到一阵头昏眼花，脑壳顶上的头发和紫金冠全都变成了一片片又宽又长的萝卜叶。

侍卫和官女们被吓慌了，全都乱成一团。国王后悔了，只得把大臣们叫来商量。大臣们围着只留下个人脑壳的国王，先是惊诧不已，然后忍不住想笑，但是听了国王说出的经过之后，大臣们都感到惶恐了，赶紧叫侍从抬着大轿到荒山沟里去，把关在箱子里的果雅请回来，给果雅赔罪认错。侍从们到了山沟里，不但没有找着果雅，甚至连装果雅的木箱也不见了。

原来，天快亮的时候，两个强盗从城里走出来，由于什么东西也没有偷着，感到很晦气，但是，他俩走到荒山沟里的时候，突然看见一口用绳子捆住的大木箱，心里高兴得不得了。他们一时来不及打开箱子瓜分财宝，就在山上找了根木棒把箱子抬着，往没有人烟的深山里走去。走着走着，木箱太沉，压得两个强盗汗流浃背、气喘吁吁。这时，天已经亮了，他俩已来到陡峭的悬崖边上，把木箱往一块青石板上一搁，想歇会儿再打开箱子分东西。

谁知，两个强盗刚刚扯起衣袖揩了把脸上的汗水，树林里就突然响起了"嗷——"的一声老虎叫，吓得两个强盗连妈都来不及喊一声，就从悬崖上掉下去摔死了。

原来，千里马回去后把果雅受难的消息告诉了大雁，大雁赶来时正巧遇两个强盗抬着果雅来到崖边，大雁便变成一只白额虎，吓死了强盗，救出了果雅。果雅就骑在大雁变成的老虎背上，离开了深山荒野，向着自己可爱的家乡走去。

果雅回到家里不久，罗甸国王手下的一个大臣骑着马找上门来。他带来了很多的金银珠宝、绫罗绸缎，请果雅去给国王和王后医治怪病。

果雅说："大人，你恐怕是找错门了吧？我家祖祖辈辈种田为生，何曾学过一星半点儿的医术呀！"

大臣只好说："这全是公主梅依纳出的主意。她说国王和王后得的怪病唯有你才医得好。"果雅觉得奇怪，他从来没有见过公主的面呀，就说："好吧，既然是公主的主意，我果雅也不便推辞。不过，请先把我丢在宫里的千里马、紫金冠、银铠甲送还给我吧！"大臣没法搪塞了，只得把国王如何穿上银铠甲变成大萝卜，王后如何带上紫金冠后头上长出了萝卜叶，千里马如何长嘶一声之后飞上天空去了的经过，一五一十地全讲了出来。果雅听了，忍不住哈哈笑了一阵之后说："既然这样，公主如是真心诚意，那就请她亲自来一趟吧！我实在不想再去那阴森森的宫中了。"

大臣只好点头，然后赶紧勒转马头，回宫禀报去了。

国王正急得焦头烂额，虽然后悔，但都已经晚了。他听了大臣的报告，只得叹了口气，把公主叫来说："孩子，为了你的父亲和母亲，为了你国家的前途，你就辛苦一趟吧。不过，你见了果雅，先什么都别乱答应，让他来宫中治好了我和你母亲的病之后，一切我自有安排。"

梅依纳明白父亲的心思，于是苦着脸回答说："父王，女儿自幼长在宫中，娇生惯养，体质单薄，无论如何都经受不住山遥路远的颠簸呀！"

国王伤心了，长叹一声说："如此说来，难道是天要绝我了？"接着就淌起了眼泪。

梅依纳走进屋去，对母亲嘀咕一阵之后，王后就气冲冲地走出来，指着国王的鼻子数落说："已经到了如此地步，你还想耍什么鬼花招呀？你想永远成个大萝卜，我可不愿意头上没完没了地长着这见不得人的萝卜叶！实话对你说了吧，梅依纳早就爱上果雅了！""真有这种事？那小子凭的什么？"国王大吃一惊，他简直做梦也没有想到。王后说："收起你的鬼心眼吧！梅依纳已经起程上路了。"

这时，一个狼狈不堪的武将突然慌慌张张跑来禀报说："大事不好了！红胡子国王听说陛下得了怪病不能主事，已经不宣而战了。"国王听了，一下子昏了过去。确实，一个变成大萝卜躺在床上的国王，再有夺天的本事，现在也只有乖乖听人摆布了。别说早就有野心的红胡子国王，就连宫中原先连喷嚏都不敢乱打一个的大臣和侍卫，这时也都开始不把他放在眼里了。

确实不假，红胡子敌人真的打进罗甸国来了。梅依纳坐着轿子刚去到半路上，就被铺天盖地冲杀过来的敌军俘虏去了。

公主梅依纳被敌人俘虏的时候，有一个年轻的骑士趁机逃脱了。他没有返回宫里去向国王报信，他已知公主对果雅的一片心意，就马不停蹄，连夜赶到了果雅的家，把公主被敌人俘虏的经过告诉了果雅，希望果雅快想办法搭救公主。

这时，屋后突然发出一声老虎的咆哮，吓得骑士惊叫一声倒在地上，脸上一点血色都没有了。

"别害怕，这是我的坐骑呢！"果雅双手把骑士扶起，心中已有了主

彝族民间故事

意，便吩咐骑士说，"你在前面引路，搭救公主要紧！"说着他牵出老虎，跨上虎背，迎着敌人飞奔而去。

果雅见远处烟尘滚滚，杀声震天，他知道一定是敌人杀过来了。于是他张开手掌，在老虎尾部使劲一拍，老虎仰天长啸一声，四脚腾空向敌人猛冲过去。说来确实可笑，红胡子侵略兵一听见老虎的啸声，胆小的吓得倒在地上软瘫如泥，胆大的吓得掉头就往回跑。

果雅胜利了！不仅赶跑了入侵的敌人，还救出了被虏去的梅依纳公主。公主感动极了，她紧紧拉住果雅的手说："真太感谢你了！""不，应该谢谢老虎！没有它，果雅是做不出这样大的事来的。"

梅依纳走上前，抚摩着老虎的脑壳说："老虎，真感激你呀！你为保卫罗甸国立下了汗马功劳。"然后回头对果雅说："请吧！让我们一同进宫去见父王。""不，"果雅摇摇头说，"那不是我这个平民应该去的地方。"梅依纳说："你也许不知道吧，我父王原来也是平民呀！你现在已经是国家的有功之臣了，在宫里难道不应该有你的位置吗？"

"不！"果雅生气了，大手一挥说，"公主，请你不要再讲下去了，我果雅不是为了地位和权力才赶来救你的。如果你真心诚意瞧得起我这个平民，就请骑上虎背，和我一道返回家园去耕织吧！"

梅依纳略微思考了一阵，说："好吧！我不勉强你了。不过，我俩骑上虎背后，如果老虎往家里走，我就听从你的；如果老虎王宫里走，你就要听从我的。"果雅点了点头，伸手把公主扶上了虎背。梅依纳拍了拍老虎的脖颈说："老虎，我说的话，你都能听见吗？该往什么地方走，你就往什么地方走吧！"果雅心想，老虎是从家里来的，怎么会往宫里走呢？

宫中这时已乱成了一锅粥，不愿当亡国奴的，准备最后为国殉身；有的准备悄悄打开城门迎接敌人。得了怪病的罗甸国王和王后，已经没人在照看了。

罗甸国王想起女儿和她说的话，心里像油煎似的难受，如今眼看大好河山就要遭受敌人的蹂躏，诺苏人就要受苦受难，作为国王，他还有什么脸皮活在世上呢？国王想要自杀，趁敌人还没有攻进来的时候就闭上眼睛。可是，他没有手，也没有脚，他竟忘了自己已经是个没用的大萝卜了。

正在这火烧眉毛的时候，那个算得上忠心和勇敢的年轻骑士一阵风似的跑进宫来，双手抱住正在流泪的国王，把他亲眼目睹的情况一五一十地告诉了他。国王惊喜得呆住了，一句话也说不出来。还是王后聪明，她叫骑士快把好消息告诉所有惊惶的人们，吩咐张灯结彩，大摆宴席，准备迎接公主回宫，为果雅打败了入侵的敌人庆功。

说来也怪，老虎驮着梅依纳和果雅，偏偏不往家里走，却一口气跑到城里来。老虎进城，家家关门。人们先是吓得东躲西藏，跑都跑不赢，后来大家看到老虎并无伤人之意，而且听说是它吓跑了敌人，便围上来看稀奇，还争着看骑在虎背上的公主和果雅。一路上大家又说又笑，一直来到宫门口。

国王和王后听说公主和果雅来了，而且真的骑着老虎来了，虽然难免有些害怕，但更感到稀奇，竟然忘了身上得的怪病，便吩咐侍卫抬着自己到宫门口去看个明白。

百姓们突然看见变成大萝卜的国王和头上长着萝卜叶的王后，先是惊得呆眉呆眼，接着就忍不住发出哈哈哈的嬉笑声，笑得国王和王后脸红筋胀，恨不得有个地洞能钻进去。

果雅上前拜见了国王和王后，对于这种怪病，他也束手无策，不晓得怎样才能治好。这时，老虎看着国王和王后，大叫一声，顿时王宫被震得东摇西晃。它那长满獠牙的血盆大口吓得侍卫们东倒西歪。

国王被老虎的叫声吓坏了，一阵痛苦的挣扎之后，竟把身子从大萝卜里挣脱出来，恢复了原形；王后呢，被老虎的叫声吓得回身就往宫里跑，一头碰到墙壁上面，只听"咔嚓"一声响，头上的萝卜叶就全都撞掉了。

后来，国王把公主梅依纳嫁给了果雅。不久，国王死了，果雅接替了他的王位。大雁帮助果雅得到了幸福后，就展翅起飞，寻找它的伙伴去了。

从此果雅和梅依纳把罗甸国治理得有条有理，诺苏人安居乐业，过着一天比一天好的生活。

彝族民间故事

桓苏博朵

  很久以前，帕米山下，有一个彝家小伙，名叫桓苏博朵。桓苏博朵人才出众，心地善良，武艺超群，方圆九村十八寨的姑娘，没有一个不喜欢他的，好多姑娘为了他，一天梦了十九回，一晚笑了十九遍。可这小伙子真怪，他偏偏一个姑娘也看不上。一天夜里，他突然做了一个梦，梦见一个美貌的女子来到他的身边，一举一动都令他如痴如醉。那女子告诉他，天上的小伙如星星那样多，她爱的只有桓苏博朵一个。桓苏博朵忙问她是哪家女儿，家住何处。那姑娘说："你去很远很远的麦硕米山问老贝姆^①，他会告诉你的。"

  桓苏博朵求爱心切，第二天一早，便告别阿爹阿妈上路了。不到三日，他便翻过了九十九座山，蹚过了九十九条河，来到一个地方。这里风景凄凉，荒无人烟，他走了半日，才见到一个村庄。此时他已人困马乏，不料村口涌出一帮瘦骨嶙峋的人来，有的拿棒，有的拿刀，高声呼喊着朝他冲来。桓苏博朵见势不对，急忙朝马背上抽了一鞭，那马一声嘶鸣，腾空越过人群。众人见了，惊得伏在地上，呼天号地地痛哭。桓苏博朵又勒转马头，问大家为何痛哭。人群中走出一个老者，对他说："客人不知，我们本是良民

---

①贝姆：毕摩。

百姓，无奈老天不公，不知何故这火秋林寨子一连干旱了三年。没得办法，我们只好在此结队抢人，以救救老人孩子。"桓苏博朵从口袋中掏出两锭银子来，递给老人说："老人家，既然如此，我不责怪你们。我是个行路人，没得多的礼物相赠，但我要到麦硕米山去求贝姆问事。你们这里的事，我也给问问，看有何法。"

又翻了九十九座山，蹚过了九十九条河，桓苏博朵到了一座黑森森的大山前。他正要上山，忽然跑出一群人来拦住他的去路。他问何故，那群人说："小伙子，前面走不得。山上有个飞鹰岩，岩上有一对岩鹰，凶猛得很，已吃过许多人了。"桓苏博朵说："谢谢你们，我有急事要去麦硕米山问贝姆，不去不行。"听他这么一说，众人让出了路。有个老者拉住他说："小伙子，你不听我们劝，怕要吃亏的。你既要上山，请接受我们给你的礼物，拿上这把宝刀。万一岩鹰飞来啄你，你也好有个防备。"桓苏博朵接过宝刀，只见寒光四射，果然锐利无比。他谢过众人，打马朝山上走去。

这山又高又陡，爬了半天才到山巅。山巅有块大青石板，桓苏博朵人困马乏，正想下马歇气，突然两只头大如牛的岩鹰展翅扑来。他大吃一惊，忙把宝刀高高举起，大声喝道："该死的岩鹰，切莫乱伤人，我有急事上麦硕米山去问贝姆。"听了这话，那两只岩鹰居然收翅落在青石板上，说起人话来："请问小伙子，你要去问贝姆什么事，敢冒死翻过这座山？"桓苏博朵说："我梦见了我心中思念已久的人，但不知她现在何处，她要我到麦硕米山去问贝姆，因此，我才冒死翻山。请你们不要伤害我。"听得此言，一只岩鹰说："唉，下伙子，我们本不伤人的，但近年来心中实在烦躁。我们夫妻俩三百年才生一个蛋，但这蛋孵了三百年还不生崽，我们不知犯了什么天条，才受此折磨。你既要问贝姆，也请代我们问一下这事。"

桓苏博朵又走了两天两夜，又翻了九十九座山，来到黑龙河，便去问村中老人，有无船可渡河。老人一听便大惊失色："不行，不行啊！这条黑龙河万万过不得。"桓苏博朵问是何缘故，老人们说："我们在这河边住了多年，早些年这里平安无事，近年来这河上却出了条毒龙，专门吞食过往客

人，前后已吃了几百人。这里早没人敢过河了。"他对老人说："莫怕，老人家，我会有办法治服毒龙的。"说着就策马朝河边跑去。这真是一条吓人的河呀，且不说有什么毒龙，光是那阴森森的河流就令人胆寒。桓苏博朵不管这些，先站在岸上喊："老龙王呀老龙王，我是远方来的桓苏博朵，要往麦硕米山去问贝姆几件事，你让我过去吧！"随着喊声，一条老龙从波浪中冲了上来，变成个慈祥的老者，对桓苏博朵说："远方来的小伙子，我的确是条毒龙，吃了不少人。只因我已在这河中修炼千年，千年来一直尽心尽力为世人行好，但近年来耐不住了。好多年岁比我小，道行比我差的同伴纷纷升上天去了，为何我不能成仙？想来想去，我觉得神仙也和凡人一样有不公平的地方，与其尽心修炼，不如吃他一批人，做个孽龙好了。你今天既然要到麦硕米山去问事，我且再忍一回，请你问问那无所不知的贝姆，我为何受到这样不公平的待遇。你若答应，我就背你过河。"桓苏博朵说："龙王老爷，我一定给你问问，看有什么法子消除这不公。"

桓苏博朵又走了三天三夜，第四天终于来到了麦硕米山。刚走到半山，就见一个老者走了出来，他上前跪拜说："老神仙，我叫桓苏博朵，从很远很远的地方来，前来见贝姆，想问问几件事。"老者说："年轻人，我就是那贝姆，你要问几件事？我这里规定不能问超过三件事。你说吧。"听说他就是老贝姆，桓苏博朵心情激动。他想，自己一路遇到这么多艰险，处处绝路逢生，皆因答应为人问事，今如不先问他们的事，回去不好交代，于是便说："老人家，我在路上时，经过一个叫火秋林的寨子，那里已干旱了三年，人们受尽了苦，但老天总不下雨，请问，这是为什么？"贝姆答道："告诉他们，那是因为他们的水井底下有颗三斤重的夜明珠，这宝贝冲撞龙神，把它挖出来就下雨了。"桓苏博朵又问起第二件："贝姆老人家，我来时路过一座山，名叫飞鹰岩，那山上有一对岩鹰，三百年才下一个蛋，这蛋孵了三百年还未出崽，请问这是为什么？"贝姆说："那是因为他们窝下有五株灵芝草，把草取走就好了。"桓苏博朵又问第三件事："贝姆老人家，我来时过了一条河，名叫黑龙河，那河里有一条老龙，它已修炼了一千年，尽心尽力为百姓做好事，但不知何故，好多比它修炼得差，道行不如它的龙都升天了，只有它未能升天。它请我问贝姆，它为何受到这不公平的待遇？"贝姆说："是因为它颈下有根长龙须，取走就行。"贝姆说完，有意咳了一声，提醒桓苏博朵往下可不能多问了。桓苏博朵忙问："贝姆老人家，还有一件是我自己的事。我梦见一位称心如意的姑娘，与我情投意合，她叫我快去提亲，但我不知她姓甚名谁，家住何处，请你告诉我，我怎样才能找到她？"贝姆说："我说过只能问三件事，你不要再问，回去后自然明白。"听了这没头没尾的话，桓苏博朵好生纳闷，他想再问，只听得"乒"的一声，老人不见了。桓苏博朵无奈，只好下山，往回赶路。

他来到黑龙河边。那龙开口便问他："小伙，我的事你问了么？"桓苏博朵说："龙王爷爷，贝姆说了，怪就怪你颈下的那根龙须，只要我给你拔了就好了。"老龙将信将疑，最后，还是请桓苏博朵帮他拔了下来。忽然一阵火闪雷鸣，老龙在河中滚了两滚，脱去黑鳞，换就金甲，真的腾空飞去。老龙在半空叫道："好小伙子，那根龙须就送给你了！"

桓苏博朵很快又来到了飞鹰岩边。那两只老鹰早飞下山来迎接，一见面，便开口："小伙，我们的事你给问了吗？"桓苏博朵说："我问了，贝姆说怪你们的窝下有几株灵芝草，拔掉就好了。"岩鹰大喜，忙领他上山，到了窝边仔细一找，果然有窝水灵灵的灵芝。桓苏博朵当下把那草拔了，不一会儿，窝中的岩鹰蛋就蹦出一只小雏鹰来。岩鹰把灵芝送给了桓苏博朵。他又走了两天，来到了火秋林。村里的人见他归来，全都跑来迎接。老者问道："小伙，我们的事你给问了吗？"桓苏博朵说："我问了，贝姆说怪你们的水井下有一颗三斤重的夜明珠，只要取出来就会下雨了。"众人一听，忙随他一起去到那早已枯竭的水井边。众人用锄头挖了三尺，一个绿光闪闪的夜明珠忽然滚了出来。这时，天上乌云滚滚，不一会儿就下起了瓢泼大雨。桓苏博朵要走，乡亲们送了他一程又一程。那老者还把夜明珠送给他做纪念。

桓苏博朵不知不觉来到一座城边，见城墙上贴着一张榜文，文中说，谁

彝族民间故事

要能找到千年龙须、千年灵芝、三斤重的夜明珠，治好了公主的病，国王愿招他为驸马。原来，这国王有个女儿，做了个梦，便精神恍惚，一病不起。国王请了许多名医诊治，都医不好。后来，有一位神医开了一个药方：千年龙须、千年灵芝、三斤重的夜明珠。桓苏博朵便上前揭了榜。

国王把他请进宝殿，问他："小伙子，你既然揭了榜，想必定有这三件宝贝。"桓苏博朵说："我有！但我不一定要娶公主，要看她是不是我梦中见到的那位，如不是，治好了她的病，我还要走遍天下去寻找我心爱的人。"国王说："可以！"于是，就叫人把公主扶出来。桓苏博朵见了公主眼前一亮，大叫一声："公主，我找遍天边地角，寻的就是你呀！"公主的病顿时就好了，原来公主在梦中遇见的也正是他。见此情景，国王高兴极了。

不几日，国王便择了良辰吉日，为桓苏博朵和公主举行婚礼。后来，国王去世了，桓苏博朵便登了王位。他办事认真，为人忠厚，那一方的百姓都过上了好日子。

威志和米义兄妹

很久很久以前，传说天上的人过着美好的生活，地上的人就上天去找好生活。可是，不管是哪家人，上了天就不见归来。

一次，从天上来了一位天婆。她见到人成批地往天上走去，就告诉大家：天公已经翻脸，不接待地客，谁要上去，定要被他吃掉。可是她左劝右劝都劝不回那些人。她穿的衣服破破烂烂，脑壳和头发脏得像牛粪，耳屎多得像山上的石棉，好多人见了她就远远避开。

天婆走了许多日子，一天，见一对孪生兄妹在地里做活路，就对他们说："哎哟！我的孙崽，人家都上天去了，你们还在这里做活路呀！"

兄妹俩停下手中活路，热情地叫她歇脚。天婆见这两兄妹又勤快又可亲，就到地头坐下。

哥哥威志问："阿婆从哪儿来，可见到了上天去的父老兄弟们？"

天婆说："不瞒你们讲，我就是下凡来给你们人间报信的呢，上天去的人我都见着了。"

兄妹俩惊喜地说："那，那您老人家一定走了好多日子。来来，跟我们上屋里去，我们烧热水帮您洗个澡，换件衣裳。"

天婆说："好，阿婆我身上邋遢成这个样子，只怕你们……"

妹妹米义说："阿婆莫讲这些。只要阿婆不嫌弃，我们就高兴。"

　　兄妹俩把阿婆请上自家木楼。哥哥忙着劈柴、挑水，妹妹跑到菜园里摘回柚子叶。当晚，他们烧了一大锅柚子水，细细给阿婆擦身洗澡，又从妈妈遗留的大木箱里找来一套干净的衣服给她换上。

　　夜间，天婆同兄妹俩细细攀谈。

　　天婆亲切地问："寨上就没得别人了？"

　　"不光是我们寨上没有别人，远远近近许多地方都没人，只剩下我们兄妹俩了。"

　　天婆问："那你们为什么不走呢？"

　　"当初我们也想走，后来再三想，不管天上还是地上，都靠一双手吃饭，不如在生养过自己的土地上过日子。"

　　天婆赞扬他们："好样的！你们兄妹有这样的想法，人就不会绝种。"她高高兴兴地招呼他们挨近自己坐下，告诉他们："天上并没有像人间流传的那样太平无事。天公准备在明年放出一场大水淹没大地。"

　　威志和米义听了，好生害怕。米义全身缩成一团，紧紧挨到她身边，下巴颏打着颤颤。

　　天婆说："莫要慌嘛，阿婆就是为了救你们这种安分的人才下凡的。"她一面说，一面从裤包里取出三粒葫芦籽，交给兄妹俩，叫他们种到对门山顶上，并嘱咐威志和米义，半年以后，那山上将会长出很多很多的葫芦，选一个最大的开个洞，发大水时，就到葫芦里住下。

　　第二天，吃过早饭，她告别威志和米义兄妹，又到别的地方报信去了。

　　兄妹俩按她的嘱咐，一件件照办。

　　第二年，天公放出很多很多雨水，一连九天九夜，大雨下个不停。威志和米义出门一看，遍地都是汪洋一片。兄妹俩赶忙跑上山，钻进大葫芦。

　　大水将大葫芦浮到离天只有三尺三的地方了，再往上葫芦就要碰到天被撞烂了。妹妹急着叫哥哥快拿主意。

　　哥哥说："莫要急！天婆嘱咐过我们，不到时候不能乱动。"

　　说来也怪，这时水不再往上涨，葫芦在那里停了三天。威志按照天婆的嘱咐，拿出一根长把铁杆往下捅。他们捅一次，铁杆的把柄就自己长出一丈，捅两次，长两丈，捅了一千三百次，那杆子也长出一千三百丈，一直捅到水底，硬是把水底的石板戳了个大窟窿。大水慢慢地退去，只剩下江河、湖泊。那只大葫芦载着威志和米义兄妹，停落在山脚下一块小平坝上。

兄妹俩撬开葫芦，走出葫芦，朝着它拜了十八拜，用一些杂浮泥遮盖着它。不知过了多少世代，那葫芦就化成了大岩洞，千年万代供众人避雨避风。

威志和米义回到世间，搭了个茅屋栖身。不知不觉又过了三年零三个月，兄妹俩在世上有吃有穿，生活得蛮好。

一夜，那位善良的天婆托梦告诉他们：世上没有别的人种了，要他们兄妹婚配，生养后代，传下人种。

第二天，米义红着脸，拆去自己的小铺，把席子、棉被、垫毡统统搬到了她哥哥的床上。

威志和米义结成夫妻过了二百七十天，米义肚子痛起来，威志赶快摘来几篮棉花，做好小棉被，缝上小衣裳，等着他们的宝贝降临。不料，当天晚上米义生出的是个不会动弹也不会哭叫的婴孩，开始还能细细呼吸，威志刚把他抱起来就断了气。

夫妻俩轮流抱着婴孩的尸体，哭成一对泪人。最后他们把那尸体包好，放在大树脚下。

第二天，一群麻雀来到大树脚下把婴孩尸体啄了一遍，婴孩的眼睛渐渐张开了，嘴唇也微微动了一下，像要活转来的样子。威志刚要把他抱起来，他两眼又闭上，嘴唇也不再动了，胸口还是冰凉冰凉的。夫妻俩又把他摆到腊民河边。

第三天，两条青龙从腊民河底跑上岸来，用舌头舔婴孩的全身。婴孩两眼张开，开始哇哇地哭叫起来，手脚不停地乱抓乱踢。威志跑到河边一看，见他真的活转来了，高兴得马上回屋告诉米义。

夫妻俩欢欢喜喜地赶到河边，却不见那婴孩了。米义放声痛哭了一场，威志也掉下一串串眼泪。他们哭呀哭，从中午哭到傍晚，天都快黑了，夫妻

俩还不愿离开河边。

忽然，他们听到乌鸦连连叫："嘎！嘎！咕哩！咕哩！"好像是催促他们回屋。

威志和米义见天色已晚，相扶回家。从那以后，他们一个月一次，从腊民河边捡一块石子回家存放着，表示接儿子的灵魂回家。

原来那婴孩被一只乌鸦带到了天上。那时，原先那位天公已经死去，天上的事由那位善良的天婆做主。天婆并不晓得这婴孩就是威志和米义的儿子，听乌鸦说是从人间带来的，她很喜欢，给他起了个名字叫"归伟"，意思是"人种"。她把他收留在身边，像对待自己的亲孙子一样对待他。

归伟长到十多岁，早晚为天婆端茶、送饭。天婆越看他越像威志的样子，问他可晓得人间的父母是谁，他摇头说不晓得。

一天，一位天神告诉天婆，说归伟的爹妈还活在地上，年年月月为他们失去的孩子烧香。天婆问归伟的爹叫哪样名字，天神说不知道，但他懂得他们原先是对孪生兄妹。天婆心想：怪不得这孩子越长越像威志。

一夜，威志和米义梦见天神对他们说："要想见亲生儿子，就在地上找一条小青龙喂养。等小青龙长大能飞时，骑青龙上天接孩子。"

第二天，夫妻俩到腊民河边找小青龙，找了五天五夜也没找着小青龙。第六天他们又去找，见一条小青蛇挂在树枝上，以为那就是小青龙，便欢欢喜喜将它带回家来喂养。

起初，他们把小青蛇放在一只竹笼里，挂在堂屋里，每天喂它。后来喂养熟了，他们见"小青龙"很可爱，就拿到手上来盘弄，时不时放在胸口上贴，拿到脸边亲。不料有一天，小青蛇把他俩每人重重地咬了一口。当夜，他们的伤口肿起来，胀得鼓鼓的，像小葫芦一样，痛得他们呀呀直叫，还不到天亮，两人就死去了。

归伟在天上等着爹妈来接，等了一天又一天，一月又一月。五个月以后，死人的臭味冲上天来，大家正在东寻西找臭味的来路，天婆说："哎呀！不好了，你的爹妈丧命了。"

归伟听说亲人死了，滚在地上哭喊爹妈。

天婆从厢房里叫来一位年纪与归伟不相上下的天女，嘱咐她带归伟下凡。

归伟跟着天女跳上一块云朵。天女把悬挂在背后的朵贝①拿到胸前，再往后一甩，云朵就轻轻飘动起来。两人在云朵上并排站着，七天七夜以后，云朵降落到归伟爹妈的茅屋跟前。

归伟依照临行时天婆的叮嘱，把随身携带的东西交给天女，低头向茅屋默哀了半晌，然后放了一把火烧掉茅屋，把茅屋送给逝去的父母。随后他们转身朝日出的方向走了九天九夜，来到一棵九人都围抱不了的大榕树旁，向那大榕树跪拜，结了成夫妻。

打那以后，归伟和天女就在地上成了家，生儿育女。直到如今，彝族父老都教育年轻人，对大榕树不能动刀动斧。每年三月情人节，男女青年赶歌圩时都要先到大榕树前拜一拜，表示他们谈情说爱是有根有源的。

①朵贝：彝语，即彝族妇女胸裙的尾带。

阿 扎

古时候，有个小伙子，从很远很远的地方来到一条小河边开田种稻。人勤禾苗好，满田谷金黄。可是这稻谷长得怪，第一天割完了第二天早上又长满谷子，他再割，谷子再长，老是长个不停。家里上下楼都装满了谷子，田里还是金灿灿的一片。他心里有点慌张起来。

一天，九位仙姑从天上飞到田边水塘里洗澡。小伙子上前求仙姑帮忙。九位仙姑见他可怜巴巴的，就卸下翅膀，动手为他收谷。收完谷，他们告诉小伙子，往后只能插一次秧收一次谷子了。太阳将要落山，仙姑们就要动身返回，最小的仙姑幺米娜的翅膀却丢失了。她左找右找，找不回来就返不了天，急得她泣不成声。小伙子上前劝慰她："上不了天，就留在人间吧，我会像照顾亲妹子一样照顾你。""这……这怎么行呢？天上还有我阿爸，他……""我看行！"大仙姑征得姐妹们的意见，对幺米娜说："天地之间又怎么啦？有缘不怕千里远！"于是小伙子和幺米娜结成了夫妻。日出日落三百回后，他们的两个宝贝儿子出世了，哥哥叫阿欧，弟弟叫阿扎。

阿欧生性有点好吃懒做，阿扎从小聪明勤劳。可两兄弟都有个习惯：见了阿爸满心欢喜，笑语不绝；见了阿妈，愁眉苦脸，闷闷不乐。唉！自从先祖开天地，天上、人间没有听说过孩子见了妈妈反倒发愁苦闷的。幺米娜心里想：莫不是他们的阿爸在背地里讲了她的坏话？一天，幺米娜趁丈夫下地干活，和声细语地将两个儿子叫到身旁，先说些开心的话引得他们欢喜，接着问他们："阿爸有哪样好话，让你们见了他就那么高兴，说给阿妈听，让阿妈也学学。"儿子说："阿爸没有哪样好话，他有一对翅膀。"幺米娜惊讶地说："翅膀？"儿子说："阿妈不在家时，他常常拿出来给我们玩。阿妈要进屋时，他就快快收起来，说阿妈见了那对翅膀会骂人打人的。"幺米娜问："翅膀放在哪儿？你们可晓得？"儿子说："藏在西屋谷仓里。"幺米娜翻开一层又一层禾把，找到了那对翅膀。原来阿扎的爸爸在田边和她初次见面时使了手段，骗娶了她。她越想越恼火，恨不得要同他打骂一场。幺米娜盘计又盘计，决定先飞回天宫。幺米娜嘱咐两个孩子："阿妈今日有事上天，啥时候回来难说。你们阿爸收工回屋，问阿妈去哪儿了，你们莫忙开口，待他晓得谷仓里的翅膀被我带走了，一定会拿楼上那捆芭蕉叶来砸你们。到那时，你们就放声大哭，跑到院子里，见一根背带伸到你们跟前，你们就抓住背带不放，不论它飘到什么地方，都不要松手，这样，你们就会见到妈妈了。"

不出幺米娜所料，阿扎兄弟当天晚上挨了阿爸一顿痛打，阿爸还从楼上拿了一捆芭蕉叶砸到他们身上。芭蕉叶立刻送出讯号，幺米娜在天上晓得两个孩子被打，伸出了一根长长的背带垂到他们跟前。兄弟俩赶忙紧紧抓着这根背带，幺米娜在天上提拉，两人离开了地面。

阿爸在屋里望见两个孩子往空中吊起，抓起一把大刀冲出门来往那根背带砍了过去，砍下了小小一块布条随风飘到大凉山石林间，却也没能留得住两个儿子。如今在四川大凉山的一块石头上，还留着那块小布条的痕迹，那里成了长虹升起的地方。阿爸感到后悔莫及，第二天就离家流浪他乡去了。

幺米娜的父亲在天宫里年岁最高，大伙都喊他仙姑爷爷。那天，阿扎兄弟被阿妈带上天宫，仙姑爷爷明晓得他们是自己的外孙，却进门出门哼着唱着："今晚我闻到人肉味啰咧！今晚我有人肉送饭呀啰咧！"幺米娜赶忙把两个儿子藏到板凳下，又上前解释："阿爸不要说天上的地上的了，他们是你女儿生的呀！"阿公说："哦，是外孙呀？好，明天跟阿公上山砍大树可

行？"女儿说："要的咯，要的咯。"幺米娜看出仙姑爷爷的用心，可又不敢违抗他，只好先满口应承下来，再想对策。

第二天一早，仙姑爷爷还没有离开被窝，幺米娜就来到他的卧室，说："阿爸讲今日去砍大树，两个外孙已到大树下等着了。"仙姑爷爷扛着一把大斧来到大树旁，不见人影。他连续叫了两声，从大树底下的草丛中传来阿扎兄弟的声音。阿公说："你俩就在下边接树，阿公我砍树啦！"孩子们说："砍吧，阿公，砍吧，阿公。"仙姑爷爷抡起大斧，砍呀砍。不一会儿，一棵大树被砍倒了，倒下的声音震撼四处峰峦。仙姑爷爷满以为两个娃仔被压死了，急急忙忙钻到草丛中寻找尸骸。可他七找八找也找不着两个娃仔一根毫毛。"怪，刚才不是在这里应我吗？八成是他们在我抡大斧砍树的时候溜走了。"太阳落山了，仙姑爷爷讨了一身累，却没有吃上人肉。他拖着沉重的步子回屋。那天晚上，幺米娜特地给他做好饭菜。阿扎兄弟俩到了天黑才露面。其实当天他们根本没有上山，是幺米娜放了两根银针在草丛里替他们答话。这法子是她从人间学来的，仙姑爷爷当然不晓得这一奥妙。

一计不成，再生二计。仙姑爷爷又邀阿扎兄弟俩上狗尾山陪他放火烧山。"只要两个小子在草丛中一站，我就一把火要他们成我口中香肉。"幺米娜仍旧拿两根银针，插在狗尾山草丛中，早早去告诉仙姑爷爷，说两个娃仔又先行一步，到狗尾山喊一声，他们准会应的；还说因为草深林密，不容易看见他们，阿爸得慢慢寻找。仙姑爷爷来到狗尾山脚，喊道："孙子呀孙子，你们可看见阿公在这儿？""见着咧，见着咧，阿公快快放火，我们来帮你扇风。"阿扎兄弟俩的声音从半山腰的茅草丛中传来。仙姑爷爷满心欢喜，赶忙在山脚放上一把火，不到吃顿饭的工夫狗尾山就被烧成了光秃秃的山坡。"哼，这次你们还溜得脱？"仙姑爷爷心里暗暗骂道。咦？还是不见一具尸骸，难道连骨头也化成灰了？仙姑爷爷快快地回屋，两个娃仔在家里玩呀笑呀，正热闹咧！他真想一下子扑上去把他们按倒在地，一口吞吃了他们。可他已上了年岁，力不从心。于是他又叫来幺米娜给两个娃仔准备两口水缸，隔天同他一起，每人背一只水缸过河，要一同上路，不准一前一后。

幺米娜连夜用竹篾编成两个"水缸"。第二天天刚麻麻亮，一老二少就出门上路了。仙姑爷爷哪晓得阿扎兄弟俩年岁虽小，却都有一身好水性，他们背的又是竹篾编成、土纸糊面的"水缸"。他自己背的却是个真正的大水缸。"你们先下水，阿公后面跟。"阿扎兄弟俩背着"水缸"朝对岸游去。他们游到湖中央，时隐时现，上下浮沉。仙姑爷爷见他们好像快要被河水淹死了，急忙丢开身上的水缸，跳下河去，准备收尸。哪晓得他刚下去，一个巨浪打来，弄得他神魂颠倒，又一个巨浪把他推到河中心。他还来不及喊救命，急浪就将他冲沉到水底，充当了鱼食。

　　幺米娜办完仙姑爷爷的后事，跟两个儿子商量到人间去，两个儿子一致赞成。可是出发前幺米娜还有点发愁。"阿妈有哪样难处？"阿扎看出阿妈的心思。"唉——"幺米娜长叹一口气。"仙人常说，下得天梯去人间，要过三样九十九，不晓得我儿子有没有能耐。下天梯前，要翻过九十九座高山，渡过九十九道大河，爬过九十九个悬崖。往年阿妈还年轻，能插翅飞越过去，可如今上了年岁了……""阿妈不用发愁，我们轮流背你过去。""好孩子，阿妈也有脚。只求你们不管走到哪儿，遇到什么困难，都要咬紧牙关，不能叫苦叫累呀！不然阿妈就过不了难关。"兄弟俩一一允诺。幺米娜给两个儿子每人带上一包饭菜，又拿出一把宝剑问哪个愿带。阿欧怕重不肯拿，阿扎接过来配在身上。幺米娜又装了一只大白鹅给两个儿子带上，还叫来一只大猎狗，然后他们一起离开天官，寻路下凡。三人翻过一座座大山，渡过一道道河流，攀过一个个悬崖，来到一处好高好高的悬崖脚边。阿扎和猎狗先爬到悬崖顶，找来一根山藤，想让阿妈多个抓手。不一会儿，阿欧也上气不接下气地爬到悬崖顶，一骨碌躺到地上，连连诉了几句："哎哟哟！我的老天爷，真没想到有这么高的悬崖，实在累死我，苦死我了！"此时幺米娜正攀到悬崖的半中腰，听到阿欧连连叫苦，便一脱手掉下悬崖去了。两兄弟俯视悬崖，痛哭一场，继续往前赶路。

　　阿扎和阿欧已经闯过了天上的难关，但前边的路还很长很长。阿欧走走停停，说："阿扎，吃饭吧，快要饿死了。""大白鹅不叫，吃饭时

彝族民间故事

辰未到。你又忘了阿妈的话了。"两个人走着走着，还走不到半里路，大白鹅"唉——"地惊叫了一声。"阿扎，你听到了吧？这不是大白鹅叫了？""哎呀！明明是你用拐棍捅了它的屁股，还叫我听！"兄弟俩不知不觉走到了三岔河口。阿扎记起了妈妈的话，这里是天上和人间的分界处，也是人与猴的分道路口。大白鹅也真会掌握时机，阿扎和阿欧刚歇脚到河边洗了个脸，它就"唉，唉"地叫了起来。两人打开饭菜，各自坐在两块石板上就餐。阿欧狼吞虎咽地把饭菜吃光了。阿扎吃一口，留一口，把一半饭菜又装回口袋。

三岔河口，左边一道清水，右边一道浊水。清水河，河里能看得见河底的鱼虾，可沿河小道弯弯曲曲，眼前又是一段上坡路。浊水河，河底下什么也见不着，沿河是一条长长的平路。弟弟说要沿着清水河的小道走，哥哥讲要沿着浊水河的平平大路走。弟弟说："妈妈说过，浊水河通往猴子山。"哥哥说："不走平路是傻瓜。"争来争去，哥哥要求两人分手。那只大猎狗，哥哥想要，弟弟也舍不得。弟弟提议由猎狗自己选主人，它愿意跟谁就归谁。阿欧一面叫猎狗，一面投了两三块白乳石去哄骗。猎狗以为是白米饭，上前去咬了一口，哪晓得是块硬邦邦的石头，便坐在河岸一块石头上怒视着他。阿扎从口袋里抓出早先留下的饭菜，向猎狗投去两把，猎狗摇着尾巴，兴致勃勃地朝他跑过来，认他当主人。阿扎得了猎狗，主动把大白鹅交给了哥哥。兄弟俩分手了，弟弟沿着清水河走去，哥哥沿着浊水河上路。

阿扎带着猎狗走呀走呀，走到了一个有二十多间房屋的寨子。阿扎连日来长途跋涉，实在有点劳累，想找一户人家歇脚。哪晓得一家家楼梯、门板都生了绿霉，不见一个人影。他转回村头想在地上坐一会儿，猎狗朝着地上的一只大牛皮鼓"汪汪"地叫了起来。他上前看看那大皮鼓，没有发觉什么异样，只是鼓旁有一张凳子，凳子上有两根鼓槌。阿扎拿起鼓槌"咚咚咚"地敲了一遍大鼓，随身往凳子上坐下。咦？怎么挨了重重的一刺。阿扎站起来瞄瞄凳子，还是没有发现什么异样，用手草草地抹了一下，又坐下。哎哟！又是两针。阿扎仔细察看，像有针从鼓里钻出来。他猛地打开鼓皮。哟！有两位姑娘缩在鼓里。"阿哥莫打鼓，阿哥莫打鼓，狮子要来吃人咧！""我们这里的狮子好凶狂，乡亲们被吃去大半了，剩下的都逃往外乡了……"

"狮子在哪里？你俩怎么不逃？""狮子就在寨子上头一家人的屋里。搬去外地的乡亲们，每月轮流派两人回村看动静，昨晚轮到我们两姐妹，今早天亮得快，我们出不去，想在这里躲到晚上狮子进屋睡了再跑出去。"

"寨上的人为哪样不同狮子斗？"阿扎问道。"有人跟它斗过，反被它吃了。尤其那只大母狮很凶，刀砍不死，棒打不昏。"阿扎想了一阵说："我去试试。你们先找地方躲一躲。"阿扎说完拔出宝剑，转身拿起棒槌擂响大鼓。不一会儿，果然扑来一只大母狮。阿扎闪开，母狮扑空。阿扎一剑劈去，母狮大腿受伤。它用舌头舔了舔伤口，伤口马上复原了。阿扎连连几次用剑戳狮身，都被它舌舔医好。双方拼搏，从烈日当空到太阳落山，胜负难分。狮子提议第二天再战，阿扎同意了。母狮耷拉着脑壳退去，阿扎叫猎狗暗地跟踪。"哎嗨嗨，妈妈回来啰咧！我们去接人肉啰咧！"母狮刚回到屋边，三只小狮高兴地叫着。"莫发狂了！今天差点没挨鸡屎刀口、人尿棍棒。"母狮对小狮子们发气。

"鸡屎刀口、人尿棍棒！"猎狗回来向阿扎报告。阿扎立即和两位姑娘找来鸡屎、人尿，连夜拿他那把宝剑在撒满鸡屎的磨刀石上磨呀磨，磨得既锋利又带着很浓很浓的鸡屎味；再找来几根山苍子木棒浸到人尿里，连猎狗的牙齿和爪子也被涂上了鸡屎和人尿。第二天清早，阿扎又擂响牛皮大鼓，邀狮子到场。那只母狮带着三只狮仔扑来。双方激烈搏斗。母狮受了伤便用舌头舔，可是今天它越舔血越流。三只狮仔帮忙舔，两位村姑朝它们脑壳敲了几下浸了人尿的山苍子木棍。大母狮和三只狮仔被包围在阿扎、村姑和猎狗中间，不挨剑刺就受棍打，猎狗也不时扑上去咬几口，最后，这帮狮子一个个死在阿扎剑下。

阿扎叫两位村姑招呼乡亲们回村，自己去找哥哥，找他一起到狮子寨来和两姐妹分别成婚。阿扎沿着浊水河走呀走，来到一座大山脚下，遇着一只

母猴在泉边搓着一件破烂衣服。"这衣裳有点像我哥哥穿过的。"阿扎一边想着一边上前招呼。母猴见了陌生人，"呼吧"地叫着，龇牙咧嘴地向阿扎扑来，阿扎拔剑自卫，母猴撞死在阿扎的剑口下。

阿扎继续往前走，来到一棵大树下，树顶上传来"唔呼唔呼"的叫声。阿扎抬头往上一望，原来他哥哥阿欧正在树上抱着一只小猴嬉戏玩耍，衣服、裤子破烂得像身上挂着黄茅草。"喂！哥哥你快下来，我找你来啦！"阿欧也很快认出阿扎："你从下边过来，见没见你嫂嫂在泉边洗衣服？""只见一只母猴朝我扑来，我拔剑自卫，它撞死在我剑口下，别的什么也没见着。""哎呀呀！你竟敢杀你嫂子，有意来这里跟我作对。你……你……哎呀！"阿欧十分恼火。"哥哥，我实在不晓得它是你妻子。我是专程来找你去一个村子里安家的哟。"

阿扎把狮子寨的情况一五一十地告诉哥哥。哥哥听说村里正好有两位姑娘等着他两兄弟，自然消了火气，可心里还是自有盘算。兄弟俩来到一口无底洞旁。"哟，阿扎你来看，下边有好多好多东西呢，还有点像我们爹妈的眼睛和鼻子。"阿欧招呼阿扎到洞口边。阿扎伸头朝下探望。阿欧趁阿扎不防备，猛地把他推下无底洞。

猎狗见阿欧害了它的主人阿扎，心里十分气愤。阿欧又操起木棒来追打它，口口声声要吃狗肉。它边叫边退，把阿欧引上悬崖顶，冷不防回头同阿欧厮打起来。阿欧一下子招架不住，掉下百丈悬崖，落个粉身碎骨。

猎狗回到洞口汪汪地叫喊，好像在向主人报告它胜利的消息。阿扎叫猎狗帮他找来一把木刻刀和一根长管竹子。聪明的猎狗跑回狮子寨，走进一位木匠师傅家里，朝着他那工具箱不停地吠叫。不管木匠师傅怎么赶，怎么骂，它也不肯离去。他打开工具箱，猎狗见里面有一把刻刀，便用嘴咬出箱外不再喊叫。木匠师傅把刀送给它。它衔着刻刀回到洞口先叫了一会儿，再把刻刀往洞里丢给阿扎，接着又跑进寨子里，找来一节长管竹丢给它的主人。

阿扎在洞里做了一把竹笛吹起来。山中的大象、老虎、黄猄、大白熊、黄鼠狼、旱獭、盲鼠、黄莺、白鹭、喜鹊、斑鸠、画眉……一起来到洞口，伴随着笛声，欢快地鸣叫。阿扎听到它们的声音，停了下来。百兽百鸟兴致正浓，一个个朝洞里恳求阿扎继续给它们吹笛。阿扎向它们传话："要我吹笛，先请你们帮我做一件事。""什么事？凡是我们能办的，都给你办。"鸟兽们回答。"请你们一起动手，把附近的几棵大树推下洞来。我回到地面，为你们吹奏三天三夜。"不到半天，旁边几棵大树就被鸟兽们推下洞来。阿扎攀爬着树枝，一步一层，终于又回到地面，重见阳光。阿扎连连向大家拜谢后坐下来吹笛子。他吹呀吹，百兽百鸟一个个都听得像喝醉了酒。大家七嘴八舌地求阿扎给它们那支笛子。阿扎说："我把笛子往空中抛去，哪个接到归哪个。"最后黄莺得到了笛子，所以它叫得最动听。

　　阿扎走呀走，翻过九座山，渡过九条大河，来到一片金竹林。林边有一口山泉，泉水清澈透底，一眼能看见水里的虾子、螃蟹。猎狗来到泉边喝水。阿扎在泉边洗了个爽快澡，到竹荫底下歇息。"汪！汪！汪汪……"猎狗朝着一蔸小金竹叫个不停。阿扎抬头望去，没发觉什么异样，回头对猎狗说："你叫哪样嘛，累了就躺下歇一会，今天还要赶路，晓得吗？"猎狗跳到阿扎跟前，摇着尾巴，伸出舌头舔舔阿扎的手脚，又跑回那蔸小金竹边继续喊叫。阿扎起身过去细细观察，见当中有一株金竹长得特别青嫩，节竿长短一致，又是单独生长在一处。猎狗叫得更起劲了。"对，把它搬到我们落脚的地方种上。"阿扎找来一根尖木棍，小心翼翼地挑开金竹根部的泥土。猎狗用两只前脚帮主人扒土。阿扎顺利地把小金竹挖出土，用几片大果树叶连根带泥包好，带着上路。

　　阿扎背着那金竹走了三天三夜，来到一个小山村，见到一位老婆婆，上前问安。老婆婆抬头看阿扎，见他衣衫褴褛，身后跟着一条大猎狗，一惊。"我是走远路来的，想找个地方歇脚，阿婆莫见怪。"阿扎简要地介绍了自己的经历。老婆婆说："这里的人都是从各地逃难来的。这两天你先住到我家里，砍几根竹木搭个茅屋，安下身来，再开山造几块田种庄稼过日子吧。"阿扎受到老婆婆和她儿子、儿媳的热情款待，只三天两日就在这里搭好一间茅屋。他把那株小金竹种在门前，三五天培一次土，施一次肥。没多

少日子，金竹长得粗壮、结实，四周围生出好多小金竹，簇拥着母竹。

一天，阿扎下地回来，正想架锅煮饭，揭开鼎锅盖，一股香气扑鼻，竟是一锅热腾腾的米饭！再揭开菜锅盖，啊！一碗炒豌豆，一盘瓜叶菜！这是谁弄的？他赶忙登门去给隔壁的老婆婆道谢："阿婆呀阿婆，您老人家帮我弄饭菜，真叫我不晓得怎样谢您呀。"老婆婆直摇手，说没有去他家弄过饭菜。她和儿子、儿媳都感到奇怪。

第二天，阿扎加紧做完活路，提前回家。他悄悄从门缝望进茅屋里，只见一位陌生的漂亮姑娘正在手脚不停地生火、架锅、煮饭。那位姑娘做完饭菜，准备出门时，他突然上前堵住门口。姑娘道出真相，原来她是金竹姑娘。

中秋节，阿扎和金竹姑娘结成了一双好夫妻。

一天，阿扎夫妻顶着三伏天的太阳在地里做活路。族王骑马来到地头，皮笑肉不笑地说："嘿嘿！你们夫妻真能干啊！今天我特地来问问你们，一天能锄几块土？"阿扎反问一句："族王问这个有哪样用？"族王得意地说："你答不上来，就莫想跟你妻子相处一辈子啰！"金竹姑娘挺身来到族王面前，说："羊群走路靠领头羊来领头，你族王先说说你一天骑马能走几步路，我夫妻定能讲出一天能锄几块土。"族王讨了个没趣。

过了几天，族王来到阿扎家，阿扎和金竹姑娘正在菜园里种菜。族王对他们说："我要你们为彝家弄出九条火灰索、九条蚂蚁绳，三天之内交齐。这是一条族规。你们办不成就不能终生结伴，懂吗？"族王说完，便翻身上马走了。

阿扎夫妻忙了一天一夜。第二天晚上，他俩来到族王院子里摆上两样东西。天明后，仆人来报说，阿扎夫妻把火灰索和蚂蚁绳送来了。族王出门一看，宽宽的院子里，左边九条火灰索，右边就是蚂蚁绳。他赶忙叫管家来辨认是真是假。管家带着一帮差役来辨认，异口同声地说摆在地上的是真正的火灰索和蚂蚁绳。原来，阿扎夫妻用碎布搓成十八条绳子，摆到族王院子里。其中九条，让火慢慢地烧成火灰；另外九条，浸了猪油，一群群蚂蚁爬来，密密麻麻地贴在布条上成了蚂蚁绳。

不晓得过了多少天多少月，族王骑马外出，见到金竹姑娘，坏心肠又动了起来。

一天，他对着正在田里做活路的阿扎夫妻说："你们这块田是背阴的，明天我来帮你们把上边那棵大树砍掉，保你们一年能多收好多谷子。不过得有个条件。""什么条件？""我砍完这棵树，你们夫妻一起到我家帮工，就帮几天。""你要亲自动手砍。"阿扎对族王说。

第二天，族王同两个仆人带着大斧来砍树。那棵大树一个人伸臂抱还差点接不上手。族王开头逞强，亲自动手砍，砍了几下就上气不接下气，又叫两个仆人轮流砍。三人从清早砍到日头落山，才刚刚砍了一半。"回家回家，明天再来。"

第三天，族王又亲自带那两个仆人来田边砍树。怪！昨天砍下的缺口全不见了。他找阿扎夫妻追问原因。"昨夜族王你没有亲自在那里守着吗？"阿扎反问。"啊？还要守啊？"族王呆呆地望着阿扎夫妻。"族王啊，你头天砍不完，晚上又不亲自守，那棵大树怎么砍得倒？"当天，族王又和仆人轮流砍呀砍，晚上三人在大树旁搭棚守着。他时不时看看大树留下的斧口，从傍晚守到五更，斧口照旧没变。三人得意中迷迷糊糊地打起了瞌睡。三人一觉醒来，大树上的斧口又全部合拢了。

族王又来问阿扎夫妻。金竹姑娘说："恐怕你们打过瞌睡了吧？"族王承认打过瞌睡，又问："怎么办？""办法有，就怕族王做不到。""你哪样讲我就哪样做。"族王为了骗金竹姑娘夫妻上他家，以后再想办法杀夫婆妻，所以现在样样都愿做。

第四天，族王又带着仆人去砍大树，砍了一半，太阳落山了。他依照金竹姑娘说的办法，紧靠大树安了个床铺，高矮平斧口，然后他躺在床铺上，将头伸进当天砍的大树缺口里，心想：有自己的头撑着大树缺口，大树再不会复原了，明天继续砍，就可以把大树砍倒了，就可以把金竹姑娘骗进家了。哪晓得到了半夜，族王刚刚进入梦乡，大树缺口一合拢，就把他的头压

319

成了肉酱，融在树心里。

山里的彝家穷苦人奔走相告："族王死了，族王死了！"人们来到阿扎家的茅屋里，把阿扎和金竹姑娘抬得老高老高。

银花与金花

从前，樟木箐的彝族黄双焕家有两个女儿，大的叫金花，小的叫银花。金花放牛羊，天天唱山歌，拥有一副好嗓子；银花在家烧火做饭，使得一手好针线，缝缝补补，挑花绣花很是在行。

姑娘大了，前来黄家说亲的红爷①你来我往。银花妈纳闷的是，两个女儿长相一样，咋个家家提亲的都只说要银花，不提金花。因此，黄双焕一家都不肯答应，总是对前来的提亲的红爷说："唉！大马不先过河，小马咋个能先过江？晚点再说。"为此，把女儿的亲事摆了下来。

两三年过去了，九乡十八寨来提亲的人们仍像过去一样你来我往，都是来提银花的。银花妈实在无奈，只得答应把银花许给梳罗寨远近闻名、勤劳富裕的彝族青年杨富春。银花也满意，并送了富春一个亲手绣的荷包。

年底，银花出嫁走了，家里只剩下金花和她妈相依为命。黄双焕十分怜悯金花，总是对金花说："如果有人来提亲，妈只有一个条件，把姑爷招进门来，哪个答应这个条件都可以。"金花听了，一声不吭，有时逼得无法，总是赌气地说："除了像杨春富那样的人家，其他的我死也不嫁。"

光阴似箭，转眼又过了几年，银花妈放羊时不小心滚下悬崖死了。第二

---

① 红爷：媒人的意思。

年的春天，映山红开了。银花想，从妈死后姐妹俩就没见过面，于是便带着一岁多的儿子桃桃来看大姨妈金花。姐妹重逢，难分难舍。金花待银花格外好，银花感激不尽。她看姐姐孤孤单单，住了几天，便邀约姐姐一道回梳罗寨散散心。金花满口答应。

第二天，大公鸡叫了三遍，金花赶忙催银花起床："妹妹，山遥路远，早去早好。"银花连忙把熟睡的桃桃摇醒。桃桃醒了，哭了一阵，好不容易才被银花哄乖。金花说："好妹妹，你穿的这身衣服太好看了，姐姐从没穿过做媳妇的衣服，我俩换了穿穿。"银花拒绝不成，就把自己的衣服换给姐姐穿上。临出门时，金花非要银花把桃桃让她背，银花再三推脱，金花硬是不听，说："好妹妹，桃桃你天天背，姐姐还没背过娃娃，就让姐姐学学也好。"银花推脱不开，只好说："有劳姐姐了。"

天蒙蒙亮，姐妹二人走上了下山路。太阳冒出山了，金花在后面忽然看见银花耳朵上挂着闪亮的耳坠，心想，银花的耳坠不整过来，如何骗得了杨富春，就伸手从背后掐了桃桃的腿一把，桃桃一下哭了起来。金花说："桃桃拉我的耳朵，怕是说我没带耳坠，不像他妈。你把耳坠取来给我戴戴。"银花想到姐姐也确实没戴过耳坠，赶忙取下给金花戴上。到了擦耳岩，金花又掐了桃桃的腿一把，桃桃又哭了起来。金花说："妹妹，桃桃看见岩边那株碎米花开得好看，他要碎米花，你给掰一支。"银花一看，岩边这株碎米花确实开得好看，但生在陡岩边，咋个掰得着？金花见银花犹豫，便说："妹妹，我拉着你的手，你就掰一枝给桃桃吧。"银花为了让桃桃欢喜，答应了。银花递过一只手给金花，刚弯下身子去掰碎米花，哪知金花趁机一推，银花就从岩上落入万丈深渊跌死了。

金花背着桃桃，太阳落山时走到了梳罗寨。杨富春看见桃桃娘俩回来，很是高兴。几天后，杨富春做活回来，见屋里乱七八糟，桃桃一身泥，就问："银花，你来我家几年，处处收拾得有条有理，现你是咋个啦？到处搞得这样窝囊？"金花说："你嫌我窝囊，当初就不该讨我。这个背时娃娃淘气得很，你厉害你来带嘛。"杨富春无奈，只好忍气吞声，成天闷闷不乐，心里总是在想：银花回家几天，被她懒姐姐过①着了，变得好吃懒做，油嘴滑舌。杨富春越看越不是滋味，一天到晚喝酒解闷，不多言语。

阳春三月，风和日暖。杨富春请了大哥杨富明帮他犁地种荞子。杨富明把牛架好，犁了两转，犁头就插在石头上，左让右让，横竖让不开这个石头。杨富明气得不行，干脆抱草喂牛，自己跑到松树边歇凉。刚好坐下，就听见一只绿翠雀叫："刹咪刹沙租，贵贵着着西。"杨富明越听越有味，咋个绿翠雀也会说彝话？不知不觉，已是晌午了。杨富春来喊哥哥，哥哥只顾听雀叫，就没有听见富春的喊声。杨富春以为哥哥在打瞌睡，便走到松树边说："你是咋个啦？喊都喊不应。"富明把犁地的经过和绿翠雀的话讲给弟弟听，富春硬是不信。

哥俩回家吃了晌午饭，杨富春就把哥哥的帽子和羊皮褂换来穿上，自己去犁地。犁了一转，牛吆不走了，犁头又插在石头上，左让右让，还是让不开，他抱捆草给牛吃着，也跑到松树边去歇气。松树上的绿翠雀又叫了："刹咪刹沙租，贵贵着着西。"杨富春一听是真的，顿时心里像十五只吊桶——七上八下，咋个答复才好？富春站起来说："仙雀呀！如果你是我的长辈，就请你飞到我的头上吧！如果你是我的平辈，就请你飞到我的肩上吧！如果你是我的小辈，就请你飞到我的手上吧！"富春话音刚落，绿翠雀就飞到他的肩上，叽叽喳喳叫了几声，就跌到他的手上。富春捧着绿翠雀眼泪滴滴答答地往下掉。半个时辰后，绿翠雀苏醒过来。富春牛也不使了，捧着绿翠雀回家，用个笼子装好。从此，他天天精心喂养鸟儿，其他的事一概不管。金花看着富春一天只养绿翠雀，话也不讲，活也不干，心里着实气。一天，富春早上起来吃了饭，喂了雀，骑着海溜马去赶街。金花看着富春走了，便把绿翠雀笼拎到后山，抱了一捆松毛，一把火把绿翠雀烧死了。

谁知杨大妈路过，突然发现灰堆上有把剪子，便顺手把剪子带回家放在箩里。

---

①过：当地方言，传递、传染。

杨大妈由于无儿无女，孤苦伶仃，里里外外都要自己动手。这几天农活忙，她天一亮就起来点荞子，点了一阵又回家烧火做饭。这天回家时，她发现屋里收拾得整整齐齐，赶忙洗手做饭，揭开锅盖，锅里热腾腾的饭早煮熟了，菜也熟了。杨大妈想，我的门锁得好好的，是哪个来帮我煮的呢？一连几天都如此。杨大妈想看个究竟，便躲在门前偷看。听见屋里有人烧火做饭，杨大妈开门进去一把拉着煮饭的姑娘说："你是哪家姑娘，来帮大妈的忙？你就和大妈住吧，我也有个伴。"姑娘死挣活挣，大妈硬是不放。杨大妈拉着姑娘仔细辨认，看出她好似银花。杨大妈想，这个银花原来勤快，现在变得好吃懒做，她家的饭都怕煮，咋个会来给我煮饭？姑娘左推右推，总脱不了身，拉着大妈从箩箩边走。大妈突然想起她捡着的那把剪子，便一把将箩箩抢在手中，翻她的剪子，发现剪子不在了，才恍然大悟说："姑娘，你是剪子变的吧？你看大妈孤寡，就陪大妈过日子吧。"姑娘点头应允，但顿时泪如雨下，哽哽咽咽地说："大妈，我从此就是你的女儿，但有件事你可答应？"杨大妈说："姑娘快讲，莫说一件，就是几十件大妈也答应。"姑娘赶忙跪下说："从今天起，你就是我妈，我们母女相依为命，但我只在家里缝缝补补，烧火做饭，闭门不出。你也不要出去说你家有个姑娘。"杨大妈高兴地说："要得要得。"从此，母女相依为命，苦度时光。

年前，姑娘把她喂的一头肥猪宰了，她要妈请杨富春来吃顿饭。妈说："姑娘，我这个家这些年穷得舀水不上锅，哪个肯来我们家吃饭？"姑娘说："妈，不妨试试，请了人家不来，也算尽到我们的情意了。"杨大妈听着姑娘讲话在理，就去请富春。不一会儿，富春果然来了，他一进门，顿时感到杨大妈家满屋春风，突然想起这和银花管理家务时一模一样，没想到杨大妈一个孤寡老人竟能收拾得这么好。富春坐在火塘边，一眼看见墙上挂着一个荷包。他从怀里掏出过去银花送给他的荷包一比，发现两个荷包大小一样，花纹一样，同是鸳鸯戏水，同是出自一人之手。富春想，银花从不与杨大妈来往，这荷包是哪里来的？

吃饭时，富春最爱吃的炒黄豆，桌上也摆了半碗。富春想，杨大妈咋个会晓得我爱吃炒黄豆呢？杨大妈和富春边喝酒边摆龙门阵。富春觉得酒很甜，肉更香，杨大妈炒的菜跟银花炒的菜味道一样。富春说："大妈，你的荷包是哪个绣的？""我姑娘。""你哪来的姑娘？"杨大妈多喝了几杯，高兴极了，脱口而出："天赐姑娘，我们吃的猪是她喂的，我们吃的菜是她炒的，我的家是她收拾的，我的……"说着，杨大妈就喊姑娘，姑娘不应。杨大妈就到房间里把她拉出来。富春一见，正是银花，但是不敢相信自己的眼睛。他想，他出来时，银花还在家里，她是从哪里钻出来的呢？富春疑惑不解，低头不语。姑娘赶忙上酒上菜，特意扒了很多炒黄豆给富春。富春一时趁着酒兴，喊出一声"金花"。银花说："只怪你眼力差，辨认不清金花和银花。"富春说："桃桃家妈是银花，杨大妈的姑娘是金花，银花不是从前的银花，金花就像从前的银花。"说完，泪如雨下，银花也放声大哭起来。杨大妈被弄得莫名其妙，苦苦相劝说："姑娘，请富春来吃饭是你说的，你们在一堆开个玩笑就哭哭闹闹，咋个吃饭嘛！"这时银花边哭边把姐姐金花送她回家的经过讲了，顿时三个人哭成泪人。银花、富春双双跪下，拜杨大妈为妈妈。饭后，富春夫妇牵着妈妈的手回家。金花看着银花死而复生，与富春双双回来，便冲出门去，跳崖自尽了。从此，富春、银花团聚了。杨大妈说："这叫田还原主，女奔前夫。"

朵莎和朵坡

　　不知哪个年月，彝家有户穷苦人家，夫妻俩到山霸家打工。有一天，两人到寨脚坡的水井背水，水井边有一片碧绿的草地，草地上有一头老母牛在吃青草。妻子打了水后，站在水井边出神地望着母牛。丈夫问："妻，你在想什么呀？"妻子含泪说："我们一年到头在山霸家卖力，挨打受气，吃喝不饱。你看，井边有那么多的嫩草，要是我们也像牛一样，天天有草吃就好了……"丈夫也连声说："是啰，是啰！"

　　不久，妻子又饿又病，去世了。丈夫哭了三天三夜，把妻子埋在水井边的草地下。年幼的女儿朵莎接替她去背水。每次到井边，她都要放下竹篓，到阿妈的坟上哭一场。一天又一天，一月又一月，朵莎背水的那片草坡都被她踩出路来了。

　　三年后，阿爸要到一个老远的彝寨去娶一个后妻。临走前，他嘱咐朵莎，晚上他回来前，要背满三缸水并煮好饭等他。阿爸走后，朵莎去背水。背啊背，从日出背到日落，只差最后一趟就要背满三缸水了。她走到水井边的草地上，忽然，看见水井边站着一位老妈妈。朵莎上前问："老妈妈，我背了一天水都不见你，你从哪里来？是哪个彝寨的？"老妈妈回答："嗨，小姑娘，我从老远的地方来呢！"朵莎惊奇地看着老妈妈，越看越觉得她像自己死去的妈妈。老妈妈见朵莎出神地看着自己，转过话头说："小姑娘，我头上有很多虱子，你帮我捉吧。"朵莎推辞说："老妈妈！今天我阿爸娶后妈，叫我背满三缸水后，还要在太阳落山前把饭菜煮好等他。我实在没有闲工夫来帮你，请你原谅！"老妈妈硬是拉着朵莎到她身边坐下，央求朵莎帮她捉头上的虱子。朵莎手不停地在老妈妈的头发间翻来翻去。忽然，她的手指停在老妈妈头顶的一块伤疤上，她记得死去的妈妈头上也有一块伤疤。她边流泪边想，这位老妈妈多像自己的妈妈啊！要是妈妈还在世，自己就不用受那么多的累了……她越想越伤心，失声痛哭起来。老妈妈问她："小朵莎，你有什么心事，就对我说罢，我会帮你的。"朵莎把自己心中的苦楚全部诉说出来。老妈妈流下同情的泪水，说："小朵莎，我就是你从前的妈妈。我死后，在阴间受苦受累才化魂附体来到阳间替你脱离苦难。如今，我变成一头母牛，你拉回家去，以后你有什么苦难就对母牛说吧。"说完，她真的变成一头母牛站在朵莎的面前。小朵莎把母牛牵到青草最碧绿的地方，让母牛吃嫩草。她边看母牛甜甜地吃草，边亮出歌喉，唱起山歌。猛然，朵莎想起阿爸的吩咐，赶忙背着水牵着母牛回家。

朵莎走到家，看见竹楼里挤满了人，唢呐声声震得她心惊肉跳，她知道阿爸娶后妈回来了。她抓着牛绳，站在木楼下出神地看着楼上。阿爸见她回来，走下楼来，本想对她发脾气，可见她牵来一头母牛，怒气消了，问她这母牛是从哪里得来的。朵莎把今天遇到的事向他细说。阿爸听后，不作声，叫朵莎把母牛牵到后院去。

后妈带来一个小女儿，比朵莎小两岁，名叫朵坡，爱撒娇，又贪吃懒做。每天早上，朵莎背满两缸水，她才起床。后妈不光懒，还满肚子坏水。她不会做农活，又不会纺纱织布，家中的活路和棉线活全让朵莎干。她对朵莎不是打就是骂。朵莎干一天活，回到家吃她们剩下的残余饭菜。她把这苦楚说给阿爸听，阿爸也无奈，父女俩只好抱头痛哭。冬去春来，阿爸要出远门去谋生。父女离别时，阿爸千嘱咐万嘱咐，让她在家勤劳做活，不要和后妈顶嘴惹出事来，心里有什么话就对母牛讲。朵莎记牢了阿爸的话。

阿爸走后，朵莎每天早上头顶星星牵牛到山上，晚上背戴月亮才回家，

彝族民间故事

到家后，还要背水、推磨。后妈经常刁难朵莎，白天做活时，叫她拿一团乱棉线到坡地去理。朵莎对着那团理不清的棉线发呆流泪，不知从哪头下手扯线。她痛苦地对母牛说："阿妈啊，后妈故意刁难我，你说我该怎么办啊？"母牛答道："朵莎朵莎，你不要慌，阿妈会帮你把线理清的。"话声没停，母牛立刻变成了朵莎的亲妈，站在她面前。朵莎一阵高兴，把乱线团交给阿妈。阿妈接过乱线团，飞快地舞动着双手双脚拉理着着线。傍晚，朵莎把线团挂在母牛角上，背着柴回家。到家后，她把理清的线团拿给后妈。后妈一看，惊讶得吐出了长舌。

第二天，后妈又把一团更乱的棉线拿给朵莎。不料，晚上又像昨天那样，朵莎又理清了线团。她追问朵莎："朵莎！难道你的手是神仙的手吗？怎么这样灵巧？你快说，到底是怎么回事？你不说，你这份晚饭我就拿去喂狗！"朵莎怕挨饿，告诉后妈："不是我双手灵巧，是母牛帮我把乱线理清的。"后妈更吃惊了，不停地追问："啊？母牛怎么帮你？快说！"朵莎把秘密告诉后妈，但她不想把母牛变阿妈的事说出来，撒谎道："把线团一头挂在牛角尖，一头绑在牛尾，我骑在牛背上，绕山走一圈，乱线就理清了。"

后妈信以为真。第二天，她让自己的亲生女儿朵坡也带一团乱棉线去放牛。到了山上，朵坡按照朵莎的话去做，把乱线团一头挂在牛角尖，一头绑在牛尾，她骑在牛身上，用手掌一拍牛背，想让母牛沿着山边走。母牛却哞哞叫着往一丛荆棘冲去。朵坡被吓得喊爹叫娘，紧闭着双眼，只等送死。母牛在荆棘丛里打了个滚，把朵坡从背上摔了下来，它又把牛角尖往上一挑，那团乱线被卡在荆棘上，拉也拉不出来。这时，躲在树荫下的朵莎暗笑一阵，才把朵坡从荆棘丛间拉出来。朵坡的新衣裳被荆棘尖弄破了，身上伤痕累累，哭着骂朵莎，赖朵莎故意弄伤她。朵莎不多说，扶着她回家。朵莎一路走一路想，这下虽一时解了心头恨，但免不了被后妈毒打。她越想越怕，走完远远的一条山路，还想不出一个对付后妈的办法。

回到家里，朵坡就扑到后妈的怀里哭。后妈见自己女儿被弄成这个可怜样子，问女儿发生了什么事。朵坡把白天的事告诉后妈，后妈立即铁青了脸，从门角里拉出一根木棒往朵莎身上打。朵莎浑身上下被打伤了，哭着向后妈跪下求饶。第二天，朵坡假装卧床不起，说是魂惊了，魂脱了。她妈妈就去找巫婆来喊魂。巫婆点起香火，闭眼摇扇，嘴里念着咒语。后妈躲在巫婆身后，学着巫婆的声调念道："这头牛是妖怪，这头牛是魔鬼，杀掉这头牛，朵坡病才好，朵坡魂才回。"朵莎不知道这是后妈的诡计，以为真的是巫婆传达神的旨意要杀牛，跑到后院对母牛痛哭起来。母牛问她为什么哭，朵莎抹泪告诉她："她们要杀你了，怎么办呀？"母牛告诉她："你不要哭，也不要伤心。我死后，人家吃肉你不要吃。你要把我的头、脚、尾巴拿去埋在碓头、碓脚、碓尾……"到了中午，后妈真的叫来屠夫把母牛杀了。大家在木楼里吃牛肉，喝酒。朵莎悄悄溜出木楼，把牛头、牛脚、牛尾拿到碓房里埋好，在碓房里哭她的阿妈……

转眼三年过去了，朵莎和朵坡都长成大姑娘了，朵莎更长得出众，像山茶花一样惹人喜爱。一年一度的火把节来到了，彝寨的姑娘和小伙成群结队到彝山上唱歌寻找意中人。朵坡跟着姑娘们天不亮就走了，剩下朵莎孤零零一个人。她央求后妈，也要去赶火把节。后妈沉着脸，冷冷地说："把那大囤里的苞谷和谷子选完，你才能去。"朵莎一听，心凉了半截，要选完它们得花半天工夫。朵莎正愁眉苦脸，突然门前苦竹林里的画眉鸟喁喁鸣叫："朵莎朵莎，莫难过，筛子筛，簸子簸！"朵莎很快醒悟过来，找来大筛和大簸把苞谷和谷子分成两堆。选好苞谷和谷子后，朵莎一阵高兴，赶忙找新衣服和绣花鞋。不料，箱子里的衣服已被后妈拿到别处收藏了。没有新衣服和绣花鞋怎么去赶火把节呀？朵莎急得在屋里团团转。这时，画眉鸟飞落窗前，对哭着的朵莎鸣叫："朵莎不要哭，碓尾埋有绣花鞋，碓头碓脚是衣服。"于是朵莎从碓头、碓脚、碓尾挖出了新衣服和绣花鞋。

她梳妆打扮一阵，从后门绕路走到人山人海的火把场。火把节是情人节，火把场是彝家姑娘和小伙子们纵情欢乐的地方。亮亮的火把照着一对对情人影。朵莎高举着火把，跟着欢闹的人群尽情地唱啊跳啊。朵莎跳的舞最

彝族民间故事

好看，朵莎唱的歌最好听。唱到月落星稀时，朵莎的心被彝山上的一个英俊小伙子牵走了。那小伙名叫洛赛，他家住在离火把场一个远远的彝寨。朵莎送给洛赛一条金色的彝锦腰带，洛赛送给朵莎一条七彩头巾，他们双双定下情。洛赛发誓，等到秋后，就把朵莎接到自家的楼里。

赶了火把节回来，朵莎变得比以前更漂亮了，她拼命地织布、纳鞋，只等秋后，把它们作为自己的嫁妆。喜日一天比一天临近，朵莎一天比一天高兴。等她备好了嫁妆，那最令她欢喜的日子来到了。那天清晨，朵莎早早起身梳妆打扮，到了日头高挂时，洛赛骑着高头大马，带着一大群接嫁的人，吹吹打打来迎娶了。朵莎真高兴啊！当新郎官扶着她走进花轿时，她才明白，原来新郎是个富有人家的儿子。后妈和朵坡看得目瞪口呆，她们嫉妒朵莎去富人家做媳妇。

一路上，唢呐高奏，新娘子到了新郎家。成亲后，他们两夫妻恩恩爱爱，生活就像蜜糖泡糯饭般的香甜。新郎家十分富有，朵莎享尽了荣华富贵。第二年，朵莎生下一个活泼可爱、长得像母亲一样美丽的女儿。

再说那歪心眼的后妈，见朵莎嫁到有钱人家做媳妇，自己还和女儿朵坡日日喝着菜汤，很是愤恨。她心想，这富裕人家的媳妇应该是朵坡做的。她想出一条毒计。朵莎的女儿办满月酒那天，后妈让朵坡去探望姐姐，叫人先告诉朵莎，让她背着女儿到半路上的水井处接朵坡。朵坡走到日头老高老高时才看见花树下的水井，朵莎背着孩子正坐在井边的大石上等她。离别一年的姐妹俩相遇了，不由相互抱头诉说离情。朵坡搂着朵莎的脖子说："姐姐，你走后，我和阿妈好想你呀！"朵莎抹着泪问："阿妈好吗？"朵坡说："阿妈天天想念你想出了病，没有见好转……"朵莎信以为真，怜悯后妈，不禁落下一串泪水。

朵坡想起妈妈的计谋，指着那棵花树对朵莎说："姐姐你看，这棵花树上的花红红火火，开得多美丽呀！我想摘几朵插在头上，可我不会爬树，你上树帮我摘吧！"朵莎摸一下背上的孩子，看一眼身上的绸衣裙，有些犹豫。朵坡撒娇说："姐姐，你快上树吧！把背上的孩子先放下来，把身上穿戴的脱下，我帮你看着。"老实的朵莎把孩子解下来，脱下漂亮衣服，又摘下金耳环和玉手镯，交给妹妹，要爬上花树。朵坡指着朵莎脚下的绣花鞋说："哎，姐姐，你不脱绣花鞋怎么上得了树呀？"朵莎听了，又脱下了绣花鞋。

这时，后妈弓着身子从路边树荫下偷偷走来了。朵莎爬到花树的一半了，她只顾抬头看花，全然不知道后妈溜到了树底下。她爬到树顶，正出神地摘花，后妈伸长双手抓住朵莎的双脚猛往下拉。朵莎被后妈拉下花树，掉进水井里。可奇怪的是，她那对奶子挂在两根树枝上。后妈怕朵莎不死，和女儿抬来大石头，往井里丢去，把水井快要填满才罢休。

朵坡穿着朵莎的衣服和绣花鞋，戴着朵莎的金耳环、玉手镯，背着朵莎的女儿，走到洛赛家。因为两姐妹长得很像，洛赛分不出真假，劈头便问："哎！爱妻，你今天去接阿妹，阿妹呢？"朵坡答道："哎呀，我的郎君，你不晓得，阿妹走到一半，说是肚子疼，后妈拉她回家了，说秋后才来看望我们呢！"洛赛就不再问了。晚上睡觉时，洛赛发现妻子的长发不见了，问："喂！爱妻，你那九派①长的头发哪里去了？这叫我怎么睡呀？"原来夫君夜夜都拿妻子的长发卷起来作枕头。朵坡撒谎道："哦！今天我在井水边见到阿妹时，她说我的秀发好，她的头发长得稀疏，她就剪去了……"朵坡说完，打开床头的箱子，拿出一匹布来给洛赛作枕头。转眼间第二年春天来了。朵坡在洛赛家享尽荣华富贵，也给洛赛生了个女儿。郎君乐得一天到晚合不拢嘴，朵坡也暗暗高兴。

一天，洛赛叫牧人到水井边的草地上放牧。牧人赶着牛羊群来到草地，走到水井边想要喝水。他见水井被石头塞满，心里感到奇怪，便坐在那棵花树下休息。树枝上一只画眉鸟对他讲话："牧人牧人听我诉，你家主人是我夫。后妈害我跌井死，朵坡顶我去为妻。"画眉鸟一连说了几遍，弄得牧人十分惊奇。傍晚，牧人赶牛羊回来，把画眉鸟的话告诉了主人。洛赛心想：

①派：两臂左右平伸的长度为一派。

难道夜夜共枕的这个女人是假妻子？为了解开这个谜，第二天，洛赛让牧人带他去看个究竟。他来到花树下，画眉鸟凄惨地叫："洛赛洛赛听我诉，我是你的亲爱妻，后妈心毒害死我，朵坡顶我做你妻。"画眉鸟反复哭诉了几遍。洛赛抬头往树上看去，见爱妻的两只奶子挂在两根树枝上。他记得爱妻每只奶子上有一颗黑痣，树上那两只奶子正有黑痣。他伤心地哭泣，对画眉鸟说："爱妻啊，你被后妈害死变成画眉鸟了，你飞进我的衣袖里来吧。我带你回家养，能每天都听到你叫，我的心就得到抚慰了。"画眉鸟飞进洛赛的衣袖里，洛赛带着它回家了。

朵莎的女儿天天拿饭喂画眉鸟，还帮它梳理羽毛。画眉鸟对着她"吱哩吱啾"地叫着，逗得她从早到晚乐个不停。朵坡的孩子看见了，也去逗那鸟，被画眉鸟狠狠地在脸上啄了一口，痛得她哭叫连天。朵坡恼火起来，举起木棍把画眉鸟打死了，并把死鸟埋在房角。洛赛打猎回来了，他不见画眉鸟就追问女儿。女儿含泪向阿爸诉说，鸟被阿妈用木棍打死了，洛赛也很伤心。

不久，埋鸟的地方长出一丛青葱葱的竹子，那弯弯密密的枝丫像一把竹梳从窗口伸进屋里来。朵莎的女儿每天早晨起来站在窗前，那竹枝便帮她把头发梳得齐齐整整，闪闪发亮。朵坡的女儿见了，抢在姐姐前头站到窗口，让竹枝帮她梳头，竹枝把她的头发紧紧卷起，怎么拉也拉不出，急得她哭喊着阿妈。朵坡从门外跑进来，吓得变了脸色，拿起柴刀把竹子砍掉，拉出女儿的头发。

第二天，隔壁家的老阿妈砍了一节竹筒去作米筒。这下怪事又出现了，每天老阿妈外出做活路回家时，饭桌上已摆满饭菜。老阿妈一面吃着香喷喷的饭菜，一面想：这到底是怎么回事呀？家里就她一个孤寡老人，谁会帮她做饭呢？为解开这个谜，第二天，老阿妈扛着锄头假装上山，出门后就蹲在墙角看动静。等到该做饭的时候，她往屋里看去，朵莎正在帮她煮饭菜。老阿妈推门进去把朵莎紧紧抱住。朵莎向老阿妈诉说了后妈和朵坡害她的经过，老阿妈同情地流下泪水。老阿妈对她说："我去喊你的郎君来，你们夫妻就能团圆了。"朵莎说："老阿妈，你去请他来，一定要用百派白布从你家门口铺到他家去，他才来得。"老阿妈照办了。洛赛果然带着女儿踏着白布铺的路走到老阿妈家。朵莎凄凉地哭喊："洛赛哥，你还记得我吗？"洛赛还愣在那里，原以为是她的鬼魂来捉弄他来的。上桌吃饭了，朵莎把头上的那拢秀发放下来，拖在地上。乖巧的女儿偷偷地量，真有九派，便贴近阿爸的耳边告诉他。洛赛这才明白真的是爱妻死而复生与他们父女团聚了，他长长地叫了一声："朵莎——"

姐妹俩和野人婆

从前，一家老两口有两个女儿：姐姐很聪明，妹妹有点痴呆。

有一天，姐妹俩到山上去挖野葱，挖着，挖着，忽然看见一个笸箩从山头上滚下来，正好滚在她俩旁边。正当她俩想去看个明白时，只见从笸箩里钻出一个野人婆，姐妹俩吓得不知怎么办才好。野人婆见她俩吓成这个样子，皮笑肉不笑地对她俩说："两个好孩子，你俩不要害怕，我最喜欢女孩子。今天我们三个比赛挖野葱，谁先挖满自己的箢箕，我们就到谁家去。"姐妹俩不敢不同意，于是，他们三个开始比赛。野人婆见到石头就捡石头装进箢箕，见到柴疙瘩就捡柴疙瘩装进去。聪明的姐姐见野人婆碰到啥子就捡啥子丢进兜兜里，自己也学野人婆见到石头捡石头，碰到树疙瘩捡树疙瘩丢进兜兜里。妹妹见姐姐见啥捡啥，就对野人婆说："婆婆，姐姐见到啥子就捡啥子丢进兜兜里。"野人婆说："要好好挖，不要成了我的口头肉。"不一会儿，野人婆已将自己的箢箕装满了，她对姐妹俩说："孩子们，婆婆先挖满了，你俩就到婆婆家去吧。"姐妹俩只好跟着野人婆走了。他们来到一个山洞边，野人婆对姐妹俩说："孩子们，这就是婆婆的家，我们进去吧。"野人婆推开两扇巨大的石门，姐妹俩跟着她走了进去。野人婆叫自己的大女儿以马和二女儿猜马给姐妹俩做饭。不一会儿，以马端来一簸簸儿用虬子做的饭，猜马拿来了一木盆用虮子煮的汤。姐姐吃不下，趁野人婆和她的两个女儿不注意的时候，偷偷地用木勺把虮子饭和虱子汤舀在簸箕下面。妹妹看到后就对野人婆说："婆婆，姐姐把饭和汤舀到簸箕下面去了。"野人婆说："要好好吃，小心成了我嘴巴里的肉。"

　　到了晚上，野人婆叫姐妹俩睡在竹楼下，她的两个女儿睡在竹楼上，然后拿起刀"霍、霍"地磨着。听到磨刀声，妹妹问野人婆："婆婆，你磨刀来做啥子？"野人婆说："杀一只小猪儿招待你们姐妹俩。"姐姐听了野人婆的话后，低着头想了一会儿，然后就掏出怀里的竹琴弹起来。野人婆的两个女儿听到琴声，下楼来借姐姐的竹琴，姐姐对她们说："如果你们两个要借我的竹琴，我们就先把睡的地方、身上盖的、身下垫的、头下枕的都换了。"以马和猜马高兴地同意了。接着，姐姐把竹琴给了以马和猜马，然后带着妹妹到了以马和猜马睡的竹楼上。以马和猜马躺在姐妹俩睡的地方弹竹琴。不多久，野人婆拿着刀朝自己的两个女儿睡的地方走来。她没想到自己的女儿下来睡了，一边骂一边朝两个女儿身上乱砍，以马和猜马这才知道上了两姐妹的当。以马叫道："妈妈，我是您的大女儿以马，您不要砍我！"野人婆没想到是她的两个女儿，就边砍边说："我种了三年的'以'①却没得到'以'吃。"猜马哭着喊："我是您的猜马，妈妈，不要杀我！"野人婆说："我种了三年的'猜'②却没得到'猜'吃。"她把两个女儿杀死以后，把她们的心、肝、肺等掏出来吃了，然后上床睡觉。

　　第二天清早，野人婆对自己的"两个女儿"说："孩子们，你两个如想吃小猪儿肉就从装木勺子的篾篓里拿来吃。我把两个猪头背去给你们的阿爸吃。"聪明的姐姐装着以马的声音说："您去吧，我俩会自己找来吃的。"野人婆临走的时候又问"两个女儿"："孩子们，这门是'吱'地开起还是'咚'地关了？"姐姐还没回答妹妹就说："你把门'咚'地关了吧。"野人婆听了妹妹的话，"咚"的一声把那两扇巨大的石门关了以后就走了。野

---

①以：彝语，一种粮食作物。
②猜：彝语，小米。

人婆走了好一会儿，姐妹俩才敢下楼来。姐姐急忙走到门边一看，只见两扇门已紧紧地合在一起。姐姐从灶台上拿出了一把菜刀和一把镰刀，把镰刀递给妹妹，叫她用镰刀在石门的左边挖洞，自己用那把菜刀在石门的右边挖，以便把土壁挖通后逃出去。姐姐不怕震痛手心，使尽全身力气拼命地挖。姐姐挖的洞可以进去一个拳头的时候，妹妹挖的才能进一根大拇指。妹妹把洞挖得能进出一个拳头的时候，姐姐挖的可以伸出一个头了。等妹妹挖的洞可以伸出一个头的时候，姐姐挖的可以进出一个人了。姐姐先把妹妹从自己挖的洞里推出去，接着自己也钻出去了。姐妹俩逃出洞后跑到一棵柿子树下，因为害怕再碰到野人婆，就爬到柿子树上藏了起来。

再说野人婆背着两个女儿的头走到一座小山边，只见一只老鸹一边在她的头上盘旋，一边叫："哇，哇，你两个女儿的脑壳装在你的背篼里。"野人婆一听，骂那老鸹："你这该死的东西！"往前走了几步，那老鸹又开叫了："哇，哇，你的背篼里装的是你两个女儿的头。"野人婆一边骂那老鸹一边把背篼放下来看，里头装的果然是她女儿以马和猜马的头，这才知道上了姐妹俩的当。她当时瘫倒在地，号啕大哭起来，哭了一阵，急匆匆地跑回去想收拾姐妹俩。

野人婆来到姐妹俩藏着的那棵柿子树下。姐妹俩见野人婆来了，吓得偷偷地哭起来，恰巧，一滴眼泪落在野人婆的手背上。野人婆伸出舌头舔了一下，自言自语："咦？还有点眼泪味。"话刚说完，一滴泪又落在手背上，她感到奇怪，抬头往上一看，原来是姐妹俩藏在树上。野人婆低头一想，我只能来软的，就和声平气地对姐妹俩说："孩子们，你们俩在这儿摘柿子吃，我也要爬上来摘几个吃。"姐姐听后害怕野人婆爬上来，就说："婆婆，你先用牛屎糊在树上才爬得上来。"野人婆从路上抓了几泡牛屎涂在树干上，然后往上爬，哪里爬得上去？野人婆绕着树干爬了一阵，实在爬不上去了，就一屁股坐在地上对姐妹俩说："孩子们，你两个摘几个柿子给婆婆吃吧。"姐姐说："婆婆，你先把阿普的长矛拿来，我们才好给你弄柿子吃。"野人婆跑回屋拿了一柄长矛递给姐姐，接着说："孩子们，你们俩要好好摘给婆婆吃，千万不要害婆婆的命。如果你们害死了婆婆，婆婆的骨头就会变成悬崖，血将会变成湖，肉就会变成刺。"姐妹俩连声说是。接着姐姐用矛尖刺柿子给野人婆吃，妹妹用手摘来丢给她吃。摘着摘着，姐姐因害怕野人婆吃掉妹妹和自己，不顾野人婆说的她死后要变成什么什么的话，用尽全身力气，一矛刺下去，把吃人魔刺死在树下。果然如野人婆所说，她的骨头变成了悬崖，鲜血变成了深湖，筋肉变成了毒刺。姐妹俩看着树下这些，害怕得哭起来。正当姐妹俩无法下来的时候，一只公獐子吐着舌头喘着粗气朝柿子树跑来，一直跑到树下的湖边。姐姐对它说："你如把我们姐妹救下树去，我们就做你的妻子。"獐子说："后面有狗和人在撵我，我不能救你们。"獐子跑过去没有多久，一对撵山狗果然追来了。等狗跑到树下的湖边时，姐姐又对狗说了同样的话。狗对她们说："我们要撵獐子去，没有时间救你们。"说完就朝獐子跑去的方向追去了。没有多久，两个猎人呼哧呼哧地跑来了。姐姐等他们跑到湖边，就对他们说："两个小伙子，把我们姐妹救下树去吧。如果你们救了我们，我们就做你们的妻子。"两个猎人对她俩说："等我们把獐子逮到以后再来救你们。"等猎人们朝前追去以后，姐姐口里不停地念："獐子，你快快消失，獐子，你快快消失……"说来也怪，正当撵山狗就要逮住那只獐子的时候，獐子突然在他们的面前消失了。逮不到獐子，两个猎人只好带着撵山狗回来。他们来到那棵柿子树下问姐妹俩："我们咋个救你们？"姐姐说："你们把自己的衣襟兜起来接我们。"两个猎人兜起自己的衣襟，姐妹俩一个一个跳下去。两个猎人把她们救下去以后，对她们说："我俩都还没有娶妻子，就照你俩刚才说的，做我们的妻子去吧。"姐妹俩没说什么，就跟着他们走了。

牧羊人与妖婆

从前，有个种地人，他为人老实，从来只晓得勤勤恳恳地在地里做活。

有一天，他正在耕地，忽然从林子里走出一个妖婆，对着他狞笑一声，说："种地人，走过来，我要吃掉你。"

种地人一惊，一时无法藏躲，只好说："哎呀，你何必吃我呢？我家里还有一只阉鸡，等我今晚把鸡打了作帛，明天带来给你吃吧！"

妖婆说："行，今天暂且饶了你，但你明天一定要带鸡来啊！"

种地人答应了。回家后，因为怕妖婆寻到家里来，他只好把大阉鸡打了。

第二天清早，他心里十分不情愿地带着鸡出了门，预备把鸡给妖婆吃。

走到路上他碰见了一个牧羊人，牧羊人问他道："种地的大哥，你带鸡到哪儿去？是到田坎上去喝酒吗？"

种地人连忙摇头，结结巴巴地说："不是，因为我遇见了妖婆，她要我今天带鸡给她吃。唉！今天她吃了鸡，说不定明天她还要吃我！"说着，不觉流下泪来。

牧羊人哈哈大笑道："种地的大哥呀！你这样怕有什么用？你知道为什么妖婆怕牧羊人吗？就因为牧羊人不怕她呀！来，把鸡留下，放在这个小土洞里。照着我的话做，你以后就再不会怕妖婆了。对妖婆单是怕可不行啊！"

于是，聪明的牧羊人就把他的聪明主意告诉了种地人。种地人听了连连点头，就照着他的话做，把鸡藏在土洞里，自己仍然去种地，并在地里插了一根竹竿。

不久，妖婆来了，问道："你的鸡带来了吗？"

种地人假装吃惊地说道："哎呀，真糟糕！我完全忘记了！"

妖婆一下生了气，说："岂有此理！这下我非吃你不可了。"

种地人恳求道："请你等等吧！等我挖到竹竿那里，你再吃我吧！"

妖婆才吃了东西，还没有饿，就答应了他，坐在田坎边稀里呼噜地打瞌睡。

种地人一面挖，一面暗中把竹竿往前移。因此，他挖了许久，也没有挖到竹竿面前。

不久，那牧羊人把他所有的羊都赶到山上来了，让羊群在山后跑着，扬起很多灰尘，就像有许多人来了一样。然后他远远地向种地人喊道："喂！那个种地的，你侧边蹲着的是个什么东西？"

妖婆醒来看见满天灰尘，以为是很多人来了，心里害怕，急忙对种地人说："你快回答他吧！就说是根木头。"

种地人照样回答了。牧羊人又问："木头是长的，这不像木头。这究竟是什么东西？"

妖婆又忙着对种地人说："你快说，是个石头。"

种地人照样回答了。牧羊人假装不相信地说："也不像石头。快告诉我那究竟是什么东西？你用棍子打给我看看，是木头它会'砰砰'地响，是石头它会'嗒嗒'地响，一听我就知道了。"

种地人对妖婆说："阿婆，阿婆，这样我非打给他看不可了。不过，你告诉我你致命的地方在哪里，免得我打错了，把你打死了。"

妖婆指着自己的太阳穴说："种地人，我致命的地方就在这里，你到处都打得，千万莫打这里啊！你只高高举起，轻轻放下，打个样子给他看就行了！"

种地人说："好，阿婆，我一定不打那里，并且只高高举起，轻轻放下，打个样子给他看。"

随后，他使尽全身力气，向她的太阳穴打去，只一下就把这凶恶的妖婆打死了。

这一切都是牧羊人预先嘱咐种地人这样做的。

这时，牧羊人走下山来，问种地人："种地的大哥，你看，是妖婆怕我们，还是我们怕妖婆？"

种地人把妖婆的尸体看了半天，才相信自己也能打死妖婆。这时他很有信心地说："是的，是的，是妖婆怕我们！"

于是他们从小土洞里拿出香喷喷的鸡来一同吃着，庆祝他们的胜利。

老虎和山妹

　　很久很久以前，乌蒙山到处都是大森林，人们和各种动物和睦相处。

　　有一个姑娘，名叫山妹。山妹快要长成大人时，母亲不幸去世了，山妹哭了几天几夜。不久，父亲又一次娶亲，后娘是一个小心眼的女人，她看自己的容貌没有山妹的漂亮，很是嫉妒。当山妹和父亲都在的时候，她尽量表现出母亲的慈爱；当山妹的父亲不在时，就对山妹又打又骂，给山妹吃的饭是用鸡屎拌的。因此，山妹一天一天地消瘦下去。父亲觉得山妹的脸色不好看，就问山妹是不是生病了，可父亲不管问什么，她都不吭气。

　　山妹的舅舅来了，看到山妹面黄肌瘦，知道山妹过的是什么样的日子，就想了个办法，在山上搭了一个草棚，拿了些吃的和种子，叫山妹搬到山上去住，山妹答应了。从此山妹开荒种地，养猪喂鸡，独自生活。

　　有一天，一对老虎从山妹的门前过，它们饿了，要找吃的。老虎看见山妹，就说："姑娘，请你给我们一点吃的。"

　　"可以的，你们要吃什么呢？"

　　"我们很久没有吃到猪肉了。"

　　山妹说："饥寒的日子我曾经过过，饱汉不知饿汉饥的人我是最恨的。如果你们前去的路途还远，吃饱之后，还可以带些晌午。"

　　两只老虎饱餐了一顿，说了几句悄悄话，互相点了点头，请山妹跟它们

341

一起去生活。原来这对老虎的家业很大，就是没有儿女，现在它们已经老了，渴望有一个儿女来继承财产。多年来，它们走遍了乌蒙山，走遍了草海边，一直没有遇见过这样善良、勤劳、聪明的姑娘。山妹不好拒绝两只老虎诚恳的请求，就高高兴兴地答应了。

这对老虎的家业确实很大，应有尽有。两只老虎把山妹当作心肝宝贝，山妹在老虎家里过着公主一样的生活。转眼间三年过去了，山妹长得像一朵杜鹃花那样诱人，她的美名传遍了山山水水，前来提亲的人络绎不绝，却都被她拒绝了。这是什么原因呢？山妹想，老虎待自己如亲生父母对儿女一般，现在它们都老了，等它们百年归天后再谈自己的事吧。

母老虎知道了山妹的心事，心里既高兴又难过，独自在屋里轻声哼着：

　　　杜鹃花开，
　　　岩心痛。
　　　岩心痛它的，
　　　杜鹃花不开不行。
　　　荞子开花，
　　　荞心惨，
　　　荞心惨它的，
　　　荞花不开不行。
　　　姑娘要嫁，
　　　娘心惨，
　　　娘心惨她的，
　　　姑娘不嫁不行。

母老虎的歌声被山妹听见了，山妹激动得一下扑到母老虎的身上哭了起来。

母老虎和公老虎商量，趁自己还在，要把山妹的婚事安排好，就问山妹喜欢什么样的人。山妹说："我喜欢勤劳善良的人，只要他的心好，哪怕出身卑贱我也心甘情愿。"

第二天，公老虎和母老虎把山妹叫到身边说："现在，你可以去找你的意中人了，去吧。"山妹说："我的意中人就是每天在对面山上砍柴的小伙子。"两只老虎对视了一下，露出了满意的笑容。山妹得到了允许，来到小伙子身边，像一个顽皮的小妹妹一样拉着小伙子边讲，边笑，边跑。诚实的小伙子感到喜从天降。他们来到公老虎和母老虎的身边，双双磕头谢恩。

两只老虎认为该办的事情已经办完，该离开人世了，就对山妹和小伙子说："我们需要你们做一顿饭菜，如果我们吃了之后，感觉满意了，我们就会睡着，我们就会离去；如果我们没有睡着，就是还有不满意的地方。"山妹和小伙子做了一顿饭菜给老虎吃了，两只老虎睡着了，从此再也没有醒来。

山妹继承了老虎的家业后，与小伙子一起勤劳持家，持续发展着家业。有一年天旱，地里的庄稼颗粒无收，很多老弱的人都饿死了。山妹知道后，赶快叫人开仓放粮，并告诉大家凡是没有粮吃的人都可以到山妹家来背。山妹开仓放粮的消息一传十，十传百，传到了正在饿饭的后娘耳朵里，后娘不好意思前去要粮食吃，家中又颗粒无收，最后，就活活地饿死了。

为了纪念两只老虎的恩德，山妹把它们合墓安葬。老虎墓竟然越长越大，大得像一座山，像一个巨大的虎头。

三姑娘和癞蛤蟆

很久很久以前，有一个彝族老人，名叫俄伯娓姆。他有三个女儿，大姑娘姑娓，为人刁钻刻薄；二女儿纳娓，虽然勤劳，却很傲慢，什么也不放在眼里；三女儿依娓，勤劳、纯朴、善良，父亲很喜欢她。他们在离家很远的地方有三丘望天田。

有一年，天大旱，俄伯娓姆家的三丘田干得泥土发白，一道道裂缝能藏下一把把锄头，插下的秧苗全枯黄了。

一天，俄伯娓姆来到他的田边，看到快要干死的禾苗，流着眼泪自言自语："唉！要是有谁能引水灌满我这三丘田，救活这些秧苗，我一定把一个女儿嫁给他。"

他话音刚落，一只巴掌大的癞蛤蟆一蹦一跳地来到他的脚边，把肚子一鼓，"呼"的一声喷出一道白花花的水来。不一会儿，三丘干裂的田盛满了水。俄伯娓姆听到干裂的泥土和枯黄的禾苗吸水发出的"咝咝"声，高兴地对癞蛤蟆说："谢谢你，蛤蟆，你选一个日子到我家来向姑娘求婚吧。"

俄伯娓姆在家里等癞蛤蟆。一天过去了，不见癞蛤蟆来。两天过去了，还不见癞蛤蟆来。第三天，太阳从东边山上升起不久，院里传来狗叫声，俄伯娓姆对大女儿说："大女儿，院里狗在叫，你出去看看是谁来了，请他进屋来喝碗茶吧。"

姑娌嘟哝着去开门，她见门槛上爬着一只蛤蟆，恼怒地骂道："呸！你这只癞蛤蟆，到这里来做什么？"说完"嘭"的一声把门关上。

癞蛤蟆跳回俄伯娌姆的田边，"唰"的一声，三丘田的水被它收尽了。俄伯娌姆的田又干裂了，眼看禾苗又一天天地枯黄下去，他只好向癞蛤蟆求情。

俄伯娌姆来到田边，对着癞蛤蟆最初出现的方向说："癞蛤蟆，请你把水再灌到我的田里吧！我还有二姑娘和三姑娘，随你挑哪一个吧。"

俄伯娌姆的话音刚落，癞蛤蟆就跳到他的脚边，肚子一鼓，"呼"的一声喷出白花花的水，那三丘田又被灌满了水。

俄伯娌姆高兴地说："谢谢你了，蛤蟆，你选个好日子到我家来求亲吧！"俄伯娌姆在家等着癞蛤蟆来求亲。一天过去了，癞蛤蟆没有来。两天过去了，癞蛤蟆还没有来。第三天，太阳刚从东边山上升起，院里传来狗叫声。俄伯娌姆对二女儿说："二女儿，院里狗叫了，你出去看看是谁来了，请他进屋来喝碗茶吧。"

二女儿纳娌唤住狗，打开院门，看到趴在门槛上的是一只癞蛤蟆，说："哼！什么东西，癞蛤蟆也往我家闯！去！"说完"嘭"的一声，也把癞蛤蟆关在门外。

癞蛤蟆又跳回到俄伯娌姆的田边，"唰"的一声，又把三丘田的水收完了。

俄伯娌姆的田又干裂了，眼看即将吐穗的禾苗又一天天地枯黄。他气大女、二女不体谅老爹，为了来年的生活，只得又向癞蛤蟆求救。他又来到田边，对着癞蛤蟆来的方向说："癞蛤蟆，求求你了，请你再把水灌到我的田里去，救救这些禾苗吧！我一定把三姑娘嫁给你。"

俄伯娌姆的话音刚落，癞蛤蟆就跳到他的脚边，肚子一鼓，"呼"的一声，把白花花的水喷到田里，不一会儿，三丘田又被灌满了水。老俄伯娌姆高兴地对癞蛤蟆说："谢谢你了，癞蛤蟆，你选好日子到我家来向三姑娘求婚吧。"

俄伯娓姆在家等着癞蛤蟆。一天过去了，不见癞蛤蟆来。两天过去了，还不见癞蛤蟆来。第三天，东山顶上太阳还没露脸，院里就传来狗叫声。俄伯娓姆对三女儿说："三女儿，狗在院中叫，你出去看看，是谁来了，请他到屋里来喝茶吧！"三女儿依娓跑出去，唤住狗开了院门，她见到门坎上的癞蛤蟆，轻声对它说："癞蛤蟆来啦？我爹请你到屋里坐，喝碗茶。"说着在前面引路，把癞蛤蟆带到屋里。

这时，正在梳头的大姐、打鞋底的二姐见到小妹把癞蛤蟆带到屋里来，都向她翻白眼。依娓只装作没看见，直朝着在灶边抽烟的父亲说："爹，来客带到了。"说完便回自己的房间绣花去了。

依娓回到小房间，还没绣上几针，父亲进来对她说明要把她嫁给癞蛤蟆的原因，最后他说："孩子，爹对不起你啊！你是我最喜欢的女儿，可是爹没有办法，你就跟着癞蛤蟆去吧！以后，不管是大冷天还是大热天，你都只有自己照顾自己了。"

依娓很听父亲的话，现在听父亲说癞蛤蟆救活了庄稼，很感激它救了自己一家，便卷起简单的行李跟着癞蛤蟆走了。

大姐看到三妹跟着癞蛤蟆去，很高兴，想到今后自己能多吃点东西了。

二姐看到小妹跟着癞蛤蟆走，不免流下眼泪，她想，妹妹怎能跟癞蛤蟆过一辈呢？

依娓跟着一蹦一跳往前跳去的癞蛤蟆，很心酸，但想到自己这一去，三丘田就有了水，父亲和姐姐就有救了，她的心又踏实了。

癞蛤蟆带着依娓，翻过四座山，蹚过四条河，来到一座山边。这里山清水秀，鸟语花香，却没有村落。癞蛤蟆把依娓带到一个石缝前，转头看了一下依娓，就进去了。依娓勉强能挤得进去，可是一到里面却越走越宽。癞蛤蟆带着依娓拐了个弯，啊！前面是一座金碧辉煌的宫殿！依娓呆住了。往前跳去的癞蛤蟆见依娓没跟上来，又一蹦一跳地跳回到依娓的脚边，转头向宫殿点了一下头，好像在说："走吧，这就是我们的家呀。"

癞蛤蟆把依娓领到布置着银床缎被的房间，停了下来。它在依娓面前慢慢地脱去那身粗糙的皮，一转眼变成一个年轻英俊的后生，手里捧着刚脱下来的癞蛤蟆皮，轻声地对依娓说："这张皮交给你保管，遇到干旱的时候，我一穿上它，禾苗就有救了。"

依娓双手接过癞蛤蟆皮，拿出绣花手帕，小心地将它包起来。

后生看着依娓把用绣花手帕包着的癞蛤蟆皮放在梳妆台上，又说："你莫只看到我们这里的富丽堂皇，这里没有丫鬟仆人，洗菜煮饭、养牛喂马、耕田种地、割草砍柴，一切活路都得靠我们自己的双手去做。"

依娓深情地点点头。

败家子的故事

  远古时，有一户人家非常富有。这户人家有一个独子，家里供他上学，让他读很多书。这个独子长到十七八岁，家里一直很不顺，而且这孩子从小淘气，很败家。为此，家里请来一个巫婆，看看为什么家里这么不顺。巫婆占卜后说："你们家本来很富有，日子很好过，但是，你们的儿子是个败家子。这个儿子日后一定会把家败完、败光。"父母一听慌了，就问怎么才能解。巫婆说："不用怎么解，只要找一个叫花子做儿媳，这样就不会不顺了。"于是，这家人就一直等着叫花子的到来。

  一天，一位衣衫破烂、蓬头垢面的女叫花子上门来要饭，这家人就把这姑娘领进门给儿子做媳妇。儿子读书回来后，看不上这个女叫花子，并狠狠地痛骂父母，又打骂女叫花子。无奈，姑娘就跟其父母说："您儿子这么打我、骂我，我不能待在这个家了。"他父母出于遵从巫婆的告诫，想让家里好起来、顺起来，但是没曾想儿子却不同意这门亲事。

  他们家儿子对姑娘说："我不要你，你赶紧走吧！"父母看此情景，只能让叫花子走了，就对她说："阿图，你走吧，你要什么我们就给你什么。只要你开口，家里有什么就给你什么，金元财宝你背得了多少就背多少走。"姑娘回答："不用给我什么，我什么财宝也不要，只要家里那匹白马。"父母说："既然这样，就给你白马吧。你可以让它驮上任何你想要的东西。"姑娘又答道："什么也不用让我驮走。我只要这匹马，其他什么都不要。"

随后，姑娘向他们道别："那么我就要走了。"说完牵来白马骑上，顺围墙绕了三圈后出了大门。姑娘在马背上对白马说："我没有要他们家任何东西，只要了你。今天，你把我带到哪里我就在哪里安家了。你如果把我带到叫花子那儿或其他什么地方，我也就在那儿成家了。"

姑娘骑着白马，一直走，走到密林深处，什么也没遇着，又走了三天三夜后，来到一个衣着破破烂烂、蓬头垢面，在阳光下找虱子的老妇人身边。说来也怪，白马立刻停下跪在老妇人跟前。姑娘开口对老妇人说："大妈，让我做你女儿吧，如果你有儿子就让我做你的儿媳吧。"老妇人说："不行啊，我没有什么可以给你吃的。我们娘儿俩是叫花子，我儿子每天只讨得回够我们俩吃的。"姑娘说："不怕，不怕，我和你们娘儿俩一起分着吃嘛，每个人吃一点。就让我做你儿媳妇吧。"

正说着，老妇人的儿子挎着棕皮蓑衣袋回来了。他一进门就说："阿嫫①，今天什么也没讨到，有一户富人家只给了这个。"只见儿子手里拿着一个金元宝。老妇人发愁地说："那今天我们吃什么呀？"姑娘见到金元宝，安慰他们说："不怕，明天用这个到集市上去，可以换回很多东西，用马驮回家。"第二天，姑娘骑着白马到集市上，拿金元宝换到很多东西，并用马驮了回来。

姑娘回到家，老妇人的儿子见那个东西能换回这么多东西，就对姑娘说道："这种东西嘛，在我每天砍柴和割马料草的地方，一堆一堆的，有很多呢。""你说在哪里？"姑娘急切地问道。于是，他们赶紧骑着马到他每天砍柴、割马料草的地方去。一到那儿，姑娘见真的堆着很多金元宝，他们兴奋地捡起来装进袋子驮回家。后来，他们用金元宝起屋盖房，添置各种用具，成了一户很富裕的人家。

---

①阿嫫：彝语，对母亲的称呼。

彝族民间故事

有一天，一个男人挑着一担柴来他们家门前卖。每次，姑娘收他一担柴后，就让他吃一顿饱饭，还让他带几升米回去。男人回去吃完这几升米，到下一个赶场天又挑一担来卖，姑娘又给他几升米和几个金元宝。男人又回去吃完她所给的东西，便接着挑一担柴来卖，反反复复，很有规律。

后来，姑娘认出了这个前来卖柴的人就是当年嫌弃他的男人，但败家子却没有认出眼前的姑娘就是当年的叫花子！姑娘心生怜悯，就对男人说："你不用这样挑柴来卖了。你就在我家里面找找，看到什么就挑什么，带回去给你双亲吧。"男人犹豫了一下，就开始找了起来。最后，他找到一挑柴、一挑米、两三个金元宝等，姑娘就让他挑着这些东西回去了。

过了些时日，男人又前来挑柴卖，说是上次给的东西吃完了。姑娘只好又对他说："这样吧，你顺着数下这几道门，数到哪儿你就可以住在那间房里。"败家子于是顺着数那几道门，一数却数到马厩门。姑娘只好对他说："那你就在这儿给我们牧马吧，把你的双亲也带来一起过吧。"于是败家子回家把双亲接来，他自己从此就给这家人牧马了。

代鹅姑娘

  从前，有对双胞胎兄弟，一个叫曲木奔沙，一个叫曲木勒依。一天，奔沙和勒依来到一个叫目朵的地方，这里方圆几十里荒无人烟，太阳辣得像火，树木干枯，溪水断流。兄弟俩渴得不得了，正要往回赶，突然，远处传来一阵歌声。他俩你看看我，我看看你，最后，手牵着手朝传来歌声的地方走去。在一个小平坝上，他俩见到那个唱歌的人，是一个仙女一样的姑娘。她边唱歌边抹泪。兄弟俩走近了，也轻轻地哼起了花歌：

  美丽的姑娘呀，你怎么住在这样的地方？是你赶牛迷了路？还是这里就是你的家乡？给我们说一说吧，你需要什么帮助？我们乐意为你伸出臂膀。

姑娘用歌回答：

  远方来的哥哥呀，你们不知道啊，这里原来山清水秀花开满山，只因旱魔要娶我当儿媳妇，我不肯，他便降下这场灾难。他要让树木都枯死，他要把水源都干断。阿哥啊，为这个我才哭得断心肠。

彝族民间故事

　　兄弟俩听了，一起问道："阿妹，我们能帮你什么忙呢？"姑娘说："从这里上去一里地，那里有眼泉水，把盖在泉水上的石头搬开，水就会流出来。谁能办到，我代鹅愿跟他过一辈子。"兄弟俩说："我们不要什么报答，但我们一定帮你这个忙。"兄弟俩砍来木头，找来藤条，把盖在泉水上的一块块沉重的石块撬起来，又把大石块敲碎抬到远远的地方去。姑娘天天给兄弟俩送饭送水。日子长了，兄弟俩都爱上了这位美丽、善良的代鹅姑娘。

　　日子一天天过去，石块一天天减少，兄弟俩的心一天天紧起来。奔沙想：代鹅姑娘说过，谁帮她取走石块，她就愿跟谁过一辈子。如今这石块抬完了，为了让勒依得到这美丽的姑娘，到时我就悄悄溜走，不让姑娘和兄弟为难。谁知勒依也是这样想。只有代鹅姑娘照常那样温柔，那样热心，天天准时给他们送饭送水。

　　没几天，最后一块石块被撬开了，清清的泉水涌进了田野，干焦的土地重新长起青苗绿叶。这一天，不知为什么代鹅姑娘送饭的时间拖延了。兄弟俩在清清的泉水里洗着满身的污泥，心里像装着蜜糖。奔沙突然想到自己该走了，就对弟弟撒谎："勒依弟弟，你留在这里等代鹅，我到那边树林里解个手就回来。"弟弟也想到自己该走了，就对哥哥说："奔沙哥哥，解手何必去那么远？我到山边摘几朵花，等下好送给代鹅。你就在这里解吧，饭来了你再喊我。"兄弟俩就这样各自借故溜掉了。

　　代鹅送饭来了，却不见两个年轻人的踪影，她放开嗓子喊起来，却没人应一声。她伤心地哭了起来，哭声把两个躲藏着的年轻人感动了，他们从躲藏的地方走出来。三个人站在泉水边，互相望着不说话。过了一会儿奔沙开口了："勒依和代鹅，如今这个地方是天下最美好的了。你们俩结为夫妻，就在这里生活吧！家里的父母由我去赡养。"勒依急了："哥哥，你跟代鹅在这里生活吧！家里的父母由我去赡养。"代鹅姑娘听了兄弟俩的话，才知道他们躲开的原因，心想：真是一对傻瓜兄弟啊！她让兄弟俩都闭上眼睛，说："你们兄弟俩都是好样的。这样吧，你们谁也不要睁眼，只准用手摸。谁抓到了我，我就跟谁。"兄弟俩只好赞同。奔沙一摸，竟然摸到了代鹅。

他想：放了她吧！让兄弟抓着就好了。不料，勒依已经摸了过来，知道哥哥和代鹅在一起了，心里的石头落了地，就睁开了眼睛。他吓了一跳，只见一个代鹅在哥哥身边，另一个代鹅却站在自己面前，对自己温柔地微笑。他正要开口问，面前的代鹅说话了："哥哥，你们真笨！我们姐妹俩一天一个轮流给你们送饭，你们怎么就认不出来呢？我们也是双胞胎呢！"兄弟俩笑了，各人拉住一个"代鹅"，就在这里生活了下去。

青蛙仙子

很久很久以前,一个晴朗的早晨,三个女人一起去背水。她们到了一条沟边,一只乌鸦在梨树上叫:"哇啊!哇啊!走在前面的女人膝盖要生蛋。"走在前面的那个女人吓得赶紧跳到中间,没有走两步,乌鸦又叫:"哇啊!哇啊!走在中间的女人膝盖要生蛋。"这个女人更吓得一头又跳到最后,没走两步,乌鸦又叫:"哇啊!哇啊!走在后面的女人膝盖要生蛋。"这个女人吓得浑身发抖。乌鸦又叫了三遍,这女人更害怕得全身无力,拎着空水桶往回跑。她气喘吁吁地到了家,她的男人粗着嗓子问:"你的水背到哪里去了?"她把路上遇见乌鸦叫的事告诉了他。他觉得很奇怪,说:"奇怪奇怪真奇怪,乌鸦会这样叫,可能家里要出什么不吉利的事。"话音刚落,那个女人一下叫了起来:"哎哟,我的膝盖又痒又痛,哎哟!"她抱着膝盖痛得直叫。不一会儿,她的右膝盖真的生了一个像鸡蛋一样的蛋。夫妻俩吓呆了,男人说:"丢了,这是个不吉利的东西。"女人说:"拿给母鸡孵着,看以后是个啥东西。"男人争不赢女人,把蛋拿来抹了一层锅烟,做一个记号。过了三七二十一天,小鸡们叽叽喳喳地叫了。她跑去一看,做了记号的那个蛋孵出了一只青蛙。

丈夫生气地说:"我早就说过,叫你把它扔掉,你偏不信。现在快把它丢出去,还要请一个毕摩来送鬼,不然我看你的命也难保。"于是,她慌忙拿火钳去夹青蛙。可是刚动手，青蛙说话了："爸爸、妈妈，你们不应该把我扔了，我是你们的儿子啊！"两口子又惊又喜，喜的是两人都五十好几了，还没有一个孩子；惊的是乌鸦说的话成真了。这是不是个不吉利的兆头呢？两口子为这事一直坐立不安。

这样过了十三天，青蛙对父母说："爸爸、妈妈，你们老了，我也是个无力的儿子，拾不起柴，推不起磨，背不起水，连饭也煮不来。我想去娶一个美丽、善良、能干的姑娘来伺候你们。"老两口听了哈哈大笑："儿啊！你没有看见吗？你一身黑不溜秋的，只有手指那么大，不要说娶个妻子，连想也不应该想。"青蛙生气地说："只要你们同意，拿些炒面和酒给我，是不是能娶到新娘，那就看我的本事。"天色已经很晚了，老两口怎么劝也劝不住青蛙，只好给它准备了一些炒面和酒，把炒面装在鼠皮做的小口袋里，把酒装在鸡蛋壳里。青蛙背上干粮，高高兴兴地上路了。

青蛙三步两步跳到屋后面的沟里，就把皮子脱了，变成了一个英俊魁梧的小伙子。他唤来一匹神马，跳上马背，飞也似的跑到了皇宫。宫殿里静悄悄的，人们都睡了。他跳下马，套上青蛙皮，又变成一只青蛙，从门缝里钻了进去，跳到皇帝的卧室门外，高声喊："国王！快来开门，我要娶你家公主。"国王被吵醒了，在床上吼叫："谁敢在半夜里叫醒我？我要杀了他！"青蛙听了国王的话，更是生气，它大声叫道："难道你还不知道我是谁吗？快开门，我要娶你家公主。"这一回，国王听清了，更是火冒三丈，一骨碌爬起来打开门一看，原来是一只鼓眼睛的小青蛙，他怒吼道："难道你没有看见自己的那副丑相吗？还想娶我家公主，妄想！"青蛙说："国王，你不要瞧不起我，我虽是一只青蛙，但是没有一点真本事我是不会来的。我想，你还是答应吧，不然你会后悔的。"国王根本不听，轻蔑地瞧了一眼小青蛙，转身把门关上了。青蛙气愤极了，朝天哈哈大笑起来。这时，突然起了大风，把国王的宫殿吹得摇摇晃晃的，屋上的瓦片被吹落了，树木也倒了，王宫里一片混乱，去修房顶的佣人们也被吹得晕头转向。风越吹越大，不一会儿，整个宫殿好像要倒塌了。这时国王认输了，要求青蛙只

要把风停了，就答应把大女儿嫁给它。青蛙停了风，跨进屋里一看，啊！国王被风吹倒了，碰得头破血流，眼也睁不开，只是伸手招呼青蛙坐下，又叫自己的大女儿出来见青蛙。青蛙看了一眼就知道她心不善、貌不端，便要求国王把三个女儿都叫来随它选。国王想了一下，只有听从。当三个公主都出现时，青蛙被幺女的美貌惊呆了，她有弯弯的眉毛，一双大眼睛，高高的鼻梁，樱桃小嘴，白白的皮肤，杨柳般的腰肢，而且心地也善良。青蛙向国王提出要娶幺女儿，国王不答应，只许他娶大女儿或二女儿。因为他没有儿子，幺女是他的继承人。青蛙不满地说："国王，你同意把幺女嫁给我吗？若不同意，你等着瞧吧！"于是青蛙就哭了起来。它一哭，暴雨就像水桶里的水往下倒似的，只一杆烟的功夫，宫殿就垮了一半，人们被淋得像落汤鸡，唯独幺女身上一滴雨也没有。幺女觉得这个青蛙很神奇，若父亲再不答应全家就要完蛋了，便要求父亲同意把她嫁给青蛙。国王想了一下，也只好同意，他高声喊道："青蛙，你听着，赶快把雨停了。"国王叫宫人收拾好给幺女的嫁妆，还牵来了一匹好马。青蛙谢绝了那匹马，叫新娘把衣服穿上，朝天叫了一声"哇"，空中突然飞来一匹神马。国王露出了苦笑，命令人们把幺女扶上马背，准备出发了。这时幺女的心里很难受，她想：一样的高山，结出不一样的果；一样的平坝，收不出一样的籽；一样的女儿啊，有不一样的命。往年英俊的小伙子不知来了几百几千，礼品不知见了几千几万，可女儿为父母的心愿，没有应过半句话。妈妈啊！今夜女儿就要走了，就要和一只青蛙成亲了，这是为什么？为什么？也许是老天爷的安排吧！假如我的沙伍①是个仙子，那我一定会幸福的，如不是……想到这里，她的泪水像断了线的珠子一般落了下来。青蛙对国王说："国王，现在你是我的岳父了，有句话你要记住，从此以后，不要欺压百姓，不要无故杀人，如果违抗，我会像今夜一样来收拾你的。"吓得一直抬不起头的国王，听了青蛙的话更是心惊胆战，连忙弯腰点头表示同意。

①沙伍：彝族对丈夫的称呼。

他们走过树林，青蛙对新娘说："媳嬷①，请你闭上眼睛，一会儿我们就到家了。"当她闭上眼睛时，觉得身后有一个人，而且双手紧拉住缰绳。她觉得奇怪，是谁呢？贴得这么紧，连心脏在跳动都听得见，她感到浑身不自在。

　　一会儿，马停了下来，背后的人不见了。她只听见青蛙在喊："爸爸，妈妈，快开门，我把媳妇娶回来了。"妈妈在梦中听见儿子在叫开门，就叫儿子从门槛下进来。青蛙听了大声叫道："妈，我进得来，我的媳妇进不来，快开门！"父母不相信："这深更半夜的，你娶个什么媳妇回来，不要骗我们老人了。"当青蛙的母亲点燃火把来开门一看，啊！真的，她一生中还没有见过这么漂亮的姑娘呢！新娘的到来让老两口乐得闭不上嘴，青蛙自然也很高兴。只有新娘一直闷闷不乐，因为她怀疑她的沙伍是仙子，当晚在树林里跳上马背的人是不是它呢？如果是，那这么久了为什么从来没有看到过它变成人？"看来我的命苦，只好一辈子守在这个青蛙身边了。"她伤心地想。

　　一年一度的赛马节到了，青蛙的母亲和它的媳嬷要去看赛马，叫青蛙好好守屋。他们到了赛马场，那里早已挤满了人。骑手们一听口令，便扬鞭催马飞快地奔跑。这时后面赶来一匹白色的骏马，骑手是一位英俊的小伙子。只见他一扬鞭子，骏马飞也似的超过了其他的马，他最终夺得了第一名。多少美丽的姑娘向他投来爱慕的眼光，可他一刻也没有停，又飞快地跑了。

　　婆媳俩回到家看见青蛙在锅庄边坐着，母亲看了一眼儿子说："唉，别人的儿子长得多么漂亮啊！只有……"青蛙哭着问母亲："今天的赛马哪一匹马得胜？哪一个小伙最英俊？"母亲伤心地说："名叫青蛙仙子的小伙子最俊，名叫斯木赛木②的马得胜。"这时青蛙喜得忘了保守秘密，一下跳到媳嬷面前说："青蛙仙子就是我，斯木赛木就是我的马。"母亲根本不相

----

①媳嬷：彝族对妻子的称呼。
②斯木赛木：彝语，白色骏马之意。

彝族民间故事

信，只有他的媳嫫半信半疑，心中暗暗祈祷："但愿沙伍说的是真的。"

　　转眼间，又到了第二个赛马节，青蛙的母亲和媳嫫日夜思念的日子到了。青蛙叫她俩先走一步，它随后就来。婆媳俩假装走了，却躲在门后观看。不一会儿，青蛙把自己的皮子脱下来，变成一个漂亮的小伙子，又把皮子装在筷子笼里，骑着那匹神马飞也似的跑了。青蛙的母亲和媳嫫想：如果青蛙没了这张皮就永远变成那英俊的小伙子了。于是，她们就把青蛙的皮子丢进火塘里烧了。谁知小伙子刚到赛场，人们正在迎接他的到来时，他的肚子突然痛了起来。他知道自己要出事了，连忙往回跑去。一进门，就看见媳嫫和母亲在烧他的皮子。他痛心地说："亲爱的妈妈和我的好媳嫫，你们不应该烧我的皮子，还差两天，我就成仙了，我就可以除掉一切害人的东西，帮助穷苦的百姓了，可现在一切都晚了。"说完就死了。青蛙最终未成仙，没能实现他的理想。

神雁羽毛

　　很久以前，在一个偏僻的村庄，住有一户黑彝。黑彝家里有很多娃子，其中有个才貌双全的男娃子叫木呷。木呷经常想些对付黑彝的好办法来解救娃子们，受到娃子们的赞扬，这就引起黑彝对木呷的不满。

　　有一天，黑彝对木呷说："从今天起，你要离开这里，走得越远越好，不准再回来。"说完给了他一把锄头和一把弯刀。木呷敢怒不敢言，只好出走了。他漫无目的地走呀走，走了好几天才来到一个深山老林，便在一个很高的山上用树枝搭成一个小棚住下来，准备开荒。

　　木呷虽然有了一个暂时的落脚之处，但他仍很悲观失望，无心开荒种地。他常常到山顶上去吹笛子，用笛声诉说黑彝的残酷无情和娃子的苦难经历。

　　有一天，木呷在山顶上吹笛子，从远方飞来一群大雁。这群大雁听见笛声后，总在木呷头上徘徊。木呷抬头一看，空中落下一片雁毛，恰好落在他面前，闪闪发光。木呷将那羽毛捡起来看了许久又丢下地，雁毛刚一落地，跳了几下便跳回到原处。这使木呷觉得很奇怪，便将雁毛故意移开，但它仍然跳回原处。他便将雁毛捡回去，插在屋子的竹笆壁上。

　　从那以后，木呷每天从地里劳动回来，就见到已做好的饭菜热气腾腾地摆着。木呷从来没有吃过这样的佳肴，觉得奇怪，又找不着缘由，便想暗暗地看个究竟。

　　有一天，木呷照往常一样出去劳动，走到半路后，就悄悄返回等在房檐下偷看。到了该煮饭的时候，只见挂在竹笆壁上的那片雁毛摆动了几下便跳落到地上，变成一个美丽的姑娘。木呷不相信自己的眼睛，便用手搓了搓双眼，死死地盯着。只见那美丽的姑娘将袖口一挽，很熟练地生火、做饭。木呷全明白了，便轻脚轻手地来到姑娘背后，伸出双手将姑娘紧紧抱住说："嗨！我不知道是你在帮我天天煮饭，太谢谢你了！"那姑娘吓了一跳，往后一看，是木呷，便说："不要这样，请你放开我。我俩现在这样太早了，会造成不良后果的。"木呷对姑娘说："不早！不早！一点也不早！只要你愿意与我生活在一起，今后不会发生不良后果。"这时，姑娘对他说："既然这样，你要向我保证：如果我俩成了夫妻，今后不管发生什么事，都不能争吵；如果要争吵，你不能说我是雁毛变的，我也不说你是穷娃子。"木呷说："可以，完全可以，只要你不离开我，什么都依你。"这样，两人便结成了夫妻。

　　几年后，他俩生育了三个孩子，个个都长得健康、活泼、聪明，很逗人喜爱。夫妇俩看在眼里喜在心里，一家人过得很幸福。有一天，夫妻俩为了孩子的小事争吵起来，木呷一怒之下，不知不觉地说出了她是雁毛变的。妻子一听便气呆了，她用怨恨而失望的眼睛盯了一眼丈夫后，倒在地上挣扎了几下，就变成了一只大雁，从窗口飞出去了。木呷带着孩子拼命追喊，可是，只见那大雁已飞到空中，越飞越远，最后消失了。木呷拖着沉重的脚步，带着孩子回家。孩子们哭着要妈妈，就是在梦中也在喊："妈妈呀！妈妈呀！我要妈妈！"木呷听了喊声，心如刀绞，后悔莫及。

　　到了第二年大雁来临之前，木呷对孩子们说："孩子们，你们和别的孩子不一样，你们是天上鸿雁的孩子。如果你们想念妈妈，看见大雁飞过时就齐声喊：'大雁呀大雁，飞在前面的是我公公，中间的是我婆婆，最后的是我妈妈。妈妈呀妈妈，快回来！'这样喊，你们的妈妈就会回来。"

　　孩子们听到父亲这么说，十分高兴。从此以后，孩子们每天只要看见天空有雁飞过，就照父亲说的喊。那喊声十分凄惨，使飞过的大雁心中涌起阵阵疼痛和怜悯，便回答孩子们说："可怜的孩子们，你们的妈妈没和我们在一起。"

到了秋天，最后一批大雁飞过时，孩子们仍然和往常一样喊个不停。这群大雁在孩子们的上空盘旋，不愿离开。孩子们的喊声更凄凉更悲伤了，飞在最后的那只大雁回答了孩子："咕咕……可怜的孩子们，你们的妈妈回来了……"它边回答边往下飞，落到孩子们身边时，因太过悲伤而死了。

木呷清楚地知道这就是他心爱的妻子。木呷流着伤心的泪水，带着孩子们将大雁火化，把骨灰安葬了。后来，埋骨灰的地方长出一棵槐树，树上每天都有不少小鸟叫个不停，木呷经常带着孩子们到树下去坐。

有一天，木呷坐在树下正因回忆往事而感到悲伤时，忽然从远方飞来一只喜鹊，站在树上对木呷说："喳喳……舅舅，您不要这样悲伤，您妻子叫我捎话来，喊您将这棵槐树砍来做喂羊的盐槽，您将会走运的。"木呷听了很高兴，便将大树砍来做盐槽。说来也怪，木呷家的羊子喝着这个盐槽内的盐水长得又壮又肥，卖价总比别人的羊高。这样一来，他们的生活一天比一天好起来，木呷心里很高兴。

不久，这事传到了黑彝的耳朵里。黑彝听了又惊又喜，便亲自带着一群走狗来到木呷家，见确有其事，便命令手下人将羊群和盐槽一起抢走了。黑彝把从木呷家抢来的羊宰杀了吃掉，又将盐槽用来喂他们家的羊群。黑彝为了使羊子长得壮，将他所有的羊子都赶来喝盐水。结果，黑彝家的羊子凡在这槽内喝过盐水的，都一只只死了。黑彝暴跳如雷，命令娃子们用斧头将盐槽砍碎烧掉。

木呷为了救他的盐槽来到黑彝家时，看到盐槽已被烧掉，只剩一块碎木片了。木呷只好把那块木片捡回去，做成一把梳子做纪念。木呷和三个孩子经常用这把梳子来梳头。说来也怪，木呷一家的头发越梳越好看，连白发也变黑了。

后来，这件事又传到黑彝老婆的耳里，因黑彝老婆的头发少而白，平常就担心丈夫因此不爱她，所以一听说有这样一把梳子，她高兴极了，便背

彝族民间故事

着丈夫跑到木呷那里去借梳子。黑彝老婆将梳子拿回来便梳起头来，梳了几下，头发全掉光了，她成了一个光头。她倒在地上哭呀，滚呀，骂呀，并把梳子砸成碎渣丢掉了。

第二天，木呷来到黑彝家要梳子，见梳子已成碎渣了。为了纪念妻子，木呷捡了一片渣子回去，将渣子做成鱼钩，用这钩下河钓鱼，钓着很多鱼。木呷就用这钩钓鱼为生，使全家人不愁吃穿，过上了幸福生活。

后来黑彝家虽然又知道了，但不敢再去欺负木呷了。

喜鹊告状

一对花喜鹊在一条奔腾咆哮的河边大树上做了个窝，孵出四只非常美丽的小喜鹊。大喜鹊非常喜爱自己的小喜鹊，一天到晚忙着找食哺育，为小喜鹊一天天长大而高兴。

有一天傍晚，太阳落山了，天擦黑的时候，有一只路过的蝗虫，落在喜鹊窝边，打算在那里过夜。喜鹊见了蝗虫，想吃掉它，可仔细一看，这只蝗虫大得出奇，两条锯子般的腿就像一张大弓。喜鹊越看越害怕，担心这只蝗虫会给小喜鹊带来危害，于是壮着胆子说："你这只大蝗虫，来这里干什么？赶紧飞到别处去吧！"

蝗虫说："我飞得很累了，已经一步也挪不动了，而且现在天已黑了，求求你们让我在你们的窝边过一夜，天一亮我就走。"

喜鹊见他态度诚恳，就答应了他，但心里总有点不安稳，临睡前还特别吩咐道："晚上可不许叫闹，不然会吓坏我几个孩子的。"

谁知，到了半夜，可怕的事情还是发生了。一只在河边吃草的麂子突然大叫一声，吓着了蝗虫，蝗虫双脚不由得一蹬，把喜鹊窝蹬翻了，四只小喜鹊不幸掉到奔腾咆哮的大河里。两只大喜鹊和蝗虫也在茫茫黑夜里乱飞乱撞，幸好落到一个安全的平地上，总算保住了性命。

第二天天一亮，喜鹊抓住了蝗虫，要把它带到天神面前去告状。它们飞

彝族民间故事

了三天三夜，一直飞到九天之上，来到了天神的宫殿里。喜鹊把告状的理由讲给天神听，天神听了，认为蝗虫伤害无辜，判准斩首。蝗虫一听，泪眼汪汪地说："天神，我冤枉啊！"

天神问道："怎么个冤枉法？"

蝗虫说："那天我飞得很累，在喜鹊窝边，一下子睡着了，半夜里有一只麂子大叫了一声，吓了我一跳，喜鹊窝就被我蹬翻了。要不是麂子半夜里无缘无故地那么叫一声，我也就不会蹬翻喜鹊窝，闯下这大祸的。"

天神听了，点着头说："照这样说来，你确实是无罪的。那么应该追究麂子的责任。去把麂子找来！"天神对天兵说。

麂子找来了。天神说道："你无缘无故地在半夜里乱喊乱叫，吓着了蝗虫，蝗虫因此把喜鹊窝蹬翻了，害死了四只小喜鹊，这罪恶的根源就在你身上，现在我判你斩首。"

麂子一听，吓坏了，连声大叫冤枉。天神又问："咋个冤枉法？把理由说出来！"

麂子说："我啊，好苦的我啊，白天被人打狗撵，弄得我整天躲进密林不敢出来，饿得头昏眼花，只好半夜里偷偷溜出来找一点草吃。那天晚上我正在一棵大树下吃草，忽然旁边的另一棵大树倒了下来，树枝砸断了我的一只角，我忍不住叫了几声，没想到竟惹来了杀身之祸。天神，你说我冤枉不冤枉呀！"

天神一听，又点点头："是呀，这样看来，你确实是冤枉了。那么这个罪得大树背了。"天神对天兵说："去，把树神找来！"

天兵找来了白发苍苍的老树神，天神说："老树神，因为你半夜里突然倒下，砸伤了在你身边吃草的麂子，疼得麂子大叫一声，吓坏了喜鹊窝边的蝗虫，蝗虫一脚把喜鹊的四个孩子蹬进河里淹死了，这罪恶的根在你的身上，我现在判你斩首。"

树神说："我的树已经倒了，我无处依附，死和活也只是一回事，只是这事我冤枉啊！"

天神问："怎么又是冤枉？"

树神说："我那晚上倒下是因为黄蚂蚁成年累月吃我的心，把我的心吃空了，最后只剩了一张皮。那天晚上我支撑不住，只得倒下，没想到……唉！"

天神听了，又说："是呀，这确实不是你的罪。去，把黄蚂蚁找来！"天神命令道。

天兵把黄蚂蚁找了来，天神说："你这该死的黄蚂蚁，为什么要去吃树心？你吃也罢了，为什么把树心吃空了？你半夜三更咬断了大树，树砸断了麂子角，疼得麂子大叫一声，吓坏了喜鹊窝边的蝗虫，蝗虫不小心把喜鹊窝蹬进河水，淹死了四只小喜鹊。这一切都是你的罪，现在我判你斩首。"

黄蚂蚁说："这虽然是我的罪，但开天辟地时，你创造了我，不是你叫我以吃树度日的吗？"

天神一听，心想：这也是呀。于是他说："那好，我不杀你，改判你一百大棍。"

天兵们用绳子捆住黄蚂蚁的腰，把它吊在树上狠狠地打了一百大棍，一直打了一天一夜，打得黄蚂蚁死去活来，然后，把它扔到了山沟里。黄蚂蚁虽然没有死，但腰已被勒细了，直到现在还是那副样子。

彝族民间故事

猴子与蟋蟀

　　猴子和水獭是新交上的朋友。有一天，水獭请猴子去它家里吃饭。猴子从来没有下过水，心里害怕。水獭便搓了一根草绳，一头套在猴子的脖子上，一头拴在自己的脚上，拉着它往水底游去。愈往下游，水就愈深，呛得猴子出不赢气，喊又喊不出声。慢慢地，猴子被灌了一肚皮水，淹死了。

　　水獭游啊，游啊，游到一个石缝边才停下来，它想请猴子在这儿休息休息。它转身一看，才发现猴子的脸皱得很紧，眼睛也不那么灵动了。它心想：准是得急症了，于是连忙把猴子背上岸，安置在一丛荞秆旁，又请住在那儿的蟋蟀帮忙照看一下，它才急急忙忙跑去找医生。

　　这只猴子出门以后，它的父兄等了一天，不见它回来，等了两天，还不见它回来。等到第三天，它的父兄就率领着亲戚朋友，一道出去寻找。

　　它们找呀找，找到了荞秆旁，一看，那只猴子都死硬了。大家非常气愤，但又不知谁是凶手，正感到有冤无处申时，猛听得荞秆旁有蟋蟀的叫声。它们想，在这荒坡野地里，没有别的野兽来过，猴兄弟准是被蟋蟀咬死的，于是便愤怒地责问蟋蟀："嘿，小虫子，你为什么咬死我们的猴兄弟？"

　　"请不要怪张怪李！它是被水獭背来的，谁咬死它，我们怎么知道？"

　　"胡说！水獭在水里，猴子在山上，怎能扯到一起？这分明是狡辩！"

　　他们争执了很久，谁也不认输。最后，群猴向蟋蟀提出了"打冤家"的挑战，并约定了时间，然后才怒气冲冲地把猴兄弟的尸体搬回去了。

交战的这一天来到了。

猴子出动了大批猴兵，声势浩大，占了九条沟和九座山；蟋蟀被迫抵抗，也出动了大量蟋蟀兵，但是，只占了九个牛脚窝。

猴子向来是看不起蟋蟀的，觉得这样小的虫子不可能有什么力量，只稍轻轻动一下指头，就能把它们全部消灭。难怪猴子是那样高傲，在蟋蟀的队伍面前抓耳挠腮，挤眉眨眼，还拍着屁股讪笑呢！

蟋蟀并不理睬它们，神情很沉着，怒火却在心底燃烧。本来嘛！猴子欺辱它们也太过分了。当它们在草丛里寻食的时候，常常被猴子无端地踏死。它们老早就下定决心，要和猴子决一死战，表明它们并不是软弱可欺的。

一声号令，双方正式交锋了。

猴子满不在乎地冲锋，蟋蟀英勇顽强地抵抗。猴子挥动前爪后腿，又打又踩，蟋蟀死伤不少；但蟋蟀蹦跳灵活，一忽儿跳到猴子头上，一忽儿跳到猴子背上，东咬咬，西啃啃，咬得猴子兵有的背上出了血，有的脸上起了疙瘩，有的眼睛红肿了，也吃了不少亏。

这一次算是不分胜负，双方约定时间再战。

猴子吃了苦头，知道对付蟋蟀也并不那么容易，便连日连夜开会，研究战略。最后，它们决定派遣使节去向青蛙请教。虽然青蛙身小无力，也被猴子看不起，但青蛙的聪明确实是动物之中有名的。

猴子使节刚离开青蛙的家，蟋蟀使节又登门来拜访了。

青蛙对蟋蟀的遭遇非常同情，特别是素以聪明著称的青蛙，有时也免不了遭受猴子的轻蔑，便更为蟋蟀抱不平，决心要想出一条妙计来帮助蟋蟀打败猴子。

想来想去，妙计终于被它想出来了。它在蟋蟀使节耳边悄悄地咕噜了一阵，蟋蟀使节便欢欢喜喜地回去了。

第二次交战的时刻到了，双方又在山头上摆开了阵势。这一回双方都是向青蛙请教过的，战斗前都充满了勇气和信心。

战斗开始了。蟋蟀找寻一切机会往猴子的头上跳。没有多久，猴子兵的头上就爬满了蟋蟀。猴子兵则遵照青蛙的嘱咐，只要看见蟋蟀，不问大小老幼，抡起棍子就打。谁知棍子打下去，蟋蟀一闪就躲开了，反把猴子兵的脑袋打得稀烂。就这样，你打我，我敲你，猴子兵死伤无数，落得个大败而归。

猴子万万没有料到，蟋蟀竟有如此厉害，本领竟有如此高强。猴子撤回洞中，开了三天三夜的会，决定从此以后再也不欺负蟋蟀，再也不跟他们打冤家了。当然，它们也不再相信青蛙的话了。事情很明白，青蛙出的主意并没有帮助它们取得胜利。

于是和平的日子重新又到来。蟋蟀伏在荞秆旁边，唧唧唧地殷勤歌唱，正唱得起劲，青蛙来了，它是来祝贺蟋蟀的胜利的。于是它们便在一块儿欢乐地唱起来。

它们唱得正起劲，水獭也来了。它东找找，西看看，连声呼唤着它的朋友。忽然，它瞧见了唱歌的蟋蟀，便问道："蟋蟀呀！我的朋友哪儿去了？我游遍五湖四海，请来了医生，要接它去看病呢！"

"你问你的朋友么？让我告诉你。"

蟋蟀把水獭请到荞地里坐着，一五一十地向它讲了它走后发生的事。青蛙也在一旁做证，对事情的前前后后又做了详尽的补充。水獭终于明白过来了，恳切地对蟋蟀说道："猴子那样蛮横，我不和它们做朋友了，我要和你们做朋友。让我请医生给你们那些受伤的弟兄治疗吧！"

蟋蟀非常感激，连连致谢。青蛙看得乐了，鼓着它的大肚子，笑着说："对呀，让我们从此做好朋友吧！"

狐狸为什么是花的

　　从前狐狸、猴子、狼是好朋友。他们三个一起吃、一起住，相互舍不得分离。

　　狼和猴子很勤快，从不偷懒。天刚蒙蒙亮，它俩就上山找野味，回来和大伙一起吃。

　　狐狸却很懒惰，天天都睡大觉，专吃狼和猴子找来的野味，从来不出去干活。

　　日子久了，猴子和狼不满意狐狸了，不再给它吃的。他们俩把找来的野味都贮藏起来，准备过冬吃。吃惯了现成的狐狸，趁猴子和狼走了以后，又把贮藏的野味偷吃了个精光。

　　狼很气愤地对猴子说："狐狸太不够朋友了，过去它总吃现成的，我们就不去计较了，现在竟然把过冬的食物也偷吃了，这成啥话？我们得想点办法整治整治它！让它知道懒惰的下场！"

　　"要整治它还不太容易呢！硬的主意不行，我倒有个办法。"猴子把计策告诉了狼。

　　一天，它们三个在一块儿玩耍，讲着各种野味的味道。狼好奇地问狐狸："狐狸大哥，世上什么东西最好吃？"

　　狐狸回答："我也不知道啊！"

猴子抢着说："我早就听说过了，世上最好吃的是马屁股，可惜我的尾巴短，没有这个福气，不然我早就美美地享受一餐了。"

狐狸听了，恨不得立即吃到马屁股，急忙问猴子："猴弟弟，我的尾巴倒是很长，就是不知道咋个吃法？"

猴子告诉狐狸，要把尾巴拴在马尾巴上，吊着身子，才好自由自在地吃马屁股。

狐狸照着猴子说的办法，把自己的尾巴紧紧拴在一只大黄马的尾巴上。狐狸想吃马屁股心切，刚拴好便使劲咬了马屁股一大口。大黄马被咬痛了，跳起一丈多高，狠狠地朝狐狸踢了几脚，把狐狸踢得个半死，踢完一看，狐狸仍然坠在自己尾巴上，大黄马惊慌得不得了，撒腿飞跑起来。

猴子看见这情景，欢喜得拍手叫好，从这棵树跳到那棵树，"吱吱吱"地叫个不停。猴子太高兴了，一不小心从树上掉了下来，跌了个"坐蹲儿"，屁股上的毛跌掉了，屁股也跌红了。现在猴子的屁股红红的，没有毛，喜欢在树枝上跳来跳去，就是从这儿来的。

狐狸被大黄马拖得青一块、黄一块、白一块的，从此，狐狸就变成花狐狸了。

公鸡、蜈蚣和梅花鹿

传说，原来公鸡有一对漂亮的三枝两叉的角，蜈蚣的身子是圆的，梅花鹿身上没有斑点。

有一天，梅花鹿要去做客，想好好打扮一下，就跑到公鸡家，对公鸡说："朋友，请把你的角借我去做客。"公鸡说："朋友，对不起，我的角不借。"梅花鹿见公鸡不肯借，又说："我做客回来就还。你若不放心，我请蜈蚣来担保。"公鸡说："那你去请蜈蚣来吧！"梅花鹿跑到蜈蚣家说："蜈蚣弟弟，我向公鸡借那对角去做客，他怕我借了不还，请你给我担个保吧！"

蜈蚣听了，一口答应，就跟着梅花鹿来到公鸡家。梅花鹿对公鸡说："朋友，我请蜈蚣担保，现在把它请来了。"

蜈蚣说："要是它不还，我保证找来赔你。"公鸡听了点点头，同意借了。梅花鹿借到了角，打扮得漂漂亮亮地做客去了。客人们个个都羡慕地望着它那对角，称赞道："三枝两叉的角，多美啊！"梅花鹿听了乐呵呵的，心里可得意了。它做完客回家就舍不得把角还给公鸡了，于是就跑到树林里躲了起来。

公鸡把角借给梅花鹿后，总是放不下心。它左不见梅花鹿来还，右不见梅花鹿来还，急得跑到蜈蚣家，对蜈蚣说："蜈蚣弟弟，你担保了，我才把

角借给梅花鹿的。现在它不来还，请你去给我要回来。"

蜈蚣领着公鸡去找梅花鹿。它们找呀找，终于在树林里找到了梅花鹿。它们向梅花鹿要角，梅花鹿就是不愿还。公鸡逼着蜈蚣，蜈蚣就死死咬住梅花鹿的身子不放。梅花鹿被咬得耐不住，就在地下打滚，滚了几下，溜进树林里去了，可它身上被咬成了斑斑点点的样子。蜈蚣在梅花鹿打滚时给压扁了，而角没有要回来，它只有钻进土里躲起来了。公鸡看见蜈蚣躲进土里，它就一边扒土，一边伸长脖子叫着："角还我，角还我！"

直到如今，公鸡还在不住地叫着："角还我！角还我！"

牛为什么没有上门牙

很早以前，牛的上颚和下颚都有门牙。有一天，一个小娃娃驾着牛犁地，犁了一阵之后回家吃饭去了，把牛留在地边吃草。这时，来了一只老虎，老虎看不起牛，取笑牛说："老牛呀！瞧你白长这么大个子，力气比七八个人还大，可是你还得听一个小娃娃使唤，挨人的鞭子，简直是废物。"牛说："老虎呀！你不知道，人虽然个头儿不如我，但是人很聪明，办法多，我是斗不过的。"老虎听了不以为然，满不在乎地说："人只有那么一点儿大，我一爪子就能抓住，怕什么？"正说着，小娃娃吃完饭回来了。

小娃娃刚准备驾牛犁地，看见一只老虎气势汹汹地坐在地边上。小娃娃问老虎："你来干什么？"老虎说："我要吃你。"小娃娃冷笑了两声，不慌不忙地说："就怕你吃不了。"老虎听了，气得眼珠子都红了，张开血盆大口吼叫了一声，说："别看牛怕你，我可不怕。我今天倒要看一看，究竟是你人本事大，还是我老虎本事大。"小娃娃说："好，不过你真要吃我的话，还得把牙齿磨快一点。"老虎听了真的到一边磨牙去了。

在老虎磨牙的时候，小娃娃把衣服脱下来，披在一棵腐朽的树桩上，自己躲在旁边。老虎磨完牙回来，看见树桩，以为是小娃娃，便纵身跳起，猛扑过去，一口咬在树桩上，腐枝朽木塞了它一嘴，它的牙缝里嵌进许多木渣。老虎觉得十分难受，赶忙蹲下来剔牙。小娃娃趁机穿好衣服走出来说：

"这次你的牙没有磨快，还得再磨，下一次一定要一口就把我咬死，不然就算你输了。"老虎心里很生气，嘴里又不好说什么，只得又磨牙去了。

这一次，小娃娃把衣服脱下来披在一块石头上，自己躲在旁边。老虎磨完牙回来，看见石头，以为是小娃娃，便张开大口用力咬去。因为它用力过猛，牙齿被磕掉不少，满嘴鲜血，痛得在地上打滚。小娃娃又穿上衣服走出来说："哎呀！我不是让你把牙齿磨快些吗？这次怎么又没有磨快？"

老虎又气又羞，扑过来就要吃小娃娃。小娃娃说："现在我饿了，吃了我也不算你有本事。等我回去吃饱了饭再来，不用说你一只老虎，就是再多几只我也不怕。"老虎听了这话，嘴都气歪了，便说："好吧，你去吃饭，我等着你。"

小娃娃假装走了几步，忽然又转过头来说："不行，我看你是害怕了，等我回去吃饭你就跑掉了。"老虎说："你去吧，我不跑。"小娃娃说："我不信！你一定不会在这里等着我了。"老虎说："不会的，我一定等你。"小娃娃说："那你一定不能跑掉。"老虎说："一定不跑。"

小娃娃又假装走了几步，然后转过头来对老虎说："我还是不放心。要不这样，我先用拴牛的绳子把你拴起来，等我吃完饭回来把你解开，你再吃我。"老虎心想：拴起来就拴起来，反正我要吃掉你。于是它乖乖地让小娃娃把四条腿拴起来了。

小娃娃拴好了老虎，拿起牛鞭子就照着老虎头上狠狠地打，打得老虎乱吼乱叫，苦苦求饶。牛在旁边看见了，高兴得哈哈大笑，又蹦又跳，一不小心，摔倒在一块大石头上，把上颚的门牙磕掉了。从那以后，牛就没有上门牙了。

乌鸦为什么是黑的

古时候，乌鸦有一身五颜六色的羽毛，森林里除了凤凰以外，数它最美丽。

一天，孔雀、画眉、鹦鹉和喜鹊对乌鸦说："我们的朋友，你的羽毛太漂亮了。"

乌鸦说："为什么你们的羽毛这样难看呀？"说完就走了，还边飞边唱："美丽的鸟儿呀，美丽的鸟儿呀，森林里要数我最漂亮啦！"

当它飞过孔雀、画眉、鹦鹉和喜鹊身边的时候，昂着头说："让开，让开，我来了，不要把我的羽毛弄脏了。"

又一天，森林里燃起了一堆熊熊的篝火，太阳照在火上，现出了红黄蓝靛紫五种颜色。乌鸦看见了，昂着头对火说："你是什么鸟，敢与我比美吗？"

火没有理它。

乌鸦生气了，用力扑向火堆，一头栽进火堆里，火烧得它"呜哇、呜哇"直叫，美丽的羽毛被烧光了，痛得它在地上直打滚。

从此以后，乌鸦的羽毛就变成黑色了。

彝族民间故事

乌鸦学歌

在一个风景秀丽的山林里，住着一只百灵鸟，很会唱歌。只要它一开口，树林里马上就会静下来，鸟儿们落在树枝上听，蜜蜂停在花瓣上听，小羊依偎在妈妈怀里听，小鹿停止了吃草张望着听，就连一天到晚叽叽喳喳吵个不停的小麻雀也停止了争吵，大家都静静地听百灵鸟唱歌。

乌鸦见百灵鸟会唱歌，很受大家尊敬，也想学唱歌，于是放开嗓子，"哇啦，哇啦"地叫了两声，觉得自己的嗓子还不错。它心想，只要想办法请百灵鸟指点一下，自己一定能学会唱歌，那时，说不定比它还受欢迎呢！

一天，乌鸦飞到森林里，找到了百灵鸟，恭敬地说："百灵鸟阿姐，我很想唱歌，你教教我行吗？"

百灵鸟听了很高兴，诚恳地对它说："学唱歌，第一要认真，你能做到吗？"乌鸦点了点头。

百灵鸟又说："第二要肯下功夫苦练，你有耐心吗？"乌鸦又点了点头。

于是，百灵鸟就开始教乌鸦唱歌了，谁知才教了几句，乌鸦就拍着翅膀满足地说："学会了，学会了！"说完就"哇啦，哇啦"地叫着飞走了。

从此，它一天从早到晚"哇啦，哇啦"地叫着，谁知它的叫声不仅没有受到人们的欢迎，反而被认为是不吉利的，受到人们的谩骂与唾弃。

猫为什么怕狗

从前，有母子二人，很穷很穷，老妈妈眼睛不好，啥都不能做，靠儿子卖柴糊口。有一回，儿子上山砍柴，砍到一根藤子，很长很长，可以围着大山绕一圈。他把藤子拖回家来，挽好往神龛上搁，忽然抖落下来几瓣金子，恰好够他眼前急用。他想多抖一点，却怎么抖也不落金子了。可是，等到他有了困难，急需用钱时去抖，又可以抖得几瓣，又是刚好够吃够用。但要是他不劳动，想要吃喝现成的，那么即使困难再大，用度再急，也抖不下金子来。因此，那人照旧天天去干活。

一天，有个自称做生意的人来他家找歇处，儿子不在家，老妈妈看不见，那人把宝藤偷走了。儿子回来急得要死，问妈妈有啥人来过，妈妈告诉他说："有个商人来找歇处，我说屋子窄，请他去别处找，那人就走了。"儿子急得哭起来，伤心极了。

他家的狗和猫看到了，问他为啥这样伤心，他说宝藤被偷了。狗和猫说："不要紧，你让我们吃饱了，我们去找回来。"

主人拿肉给狗和猫吃了个饱，它俩就出发了。狗在前面一边闻气味一边走，猫儿紧紧跟着。他们追到了那人家，原来他是一个大财主，是假装商人去偷宝藤的。

狗对猫说："我在大门外等，你进屋里去找。"

猫从窗子上爬进去，找了半天没找到，回来对狗说："没有呀！你是不是闻错气味了？"

"没错，我哄你是狗！"

"哈！你不是狗是啥？"

"真的没有闻错，我敢赌咒发誓！"

"那咋找不到呢？"

"人家藏起来了嘛。你叫老鼠给你找。"

猫儿又爬进去，追赶一只大老鼠，一边追一边喊："莫跑！莫跑！再跑咬死你！"

大老鼠趴在地上哀求道："猫老太爷，饶命吧！要金子给你金子，要银子给你银子。"

猫说："金子我不要，银子我也不要。你家这强盗财主偷了我家主人的宝藤，你快找来还给我，要不，我就把你全家咬死！"

大老鼠说："这个容易，请你等一下。"

大老鼠回去叫它全家出动去找，谷仓里没找到，碗柜里没找到，在红漆木箱子里找到了。大老鼠将宝藤拿出来交给猫，猫拿出来交给狗。狗衔起来就往回跑，猫紧紧跟在后头。它俩来到大河边，猫哭起来，说："我过不去啦！"狗说："来，我背你过去！"

狗衔着宝藤，猫儿趴在狗背上，正游到河中间，忽然一只老鹰冲下来抓猫。猫"哇"地大叫一声，老鹰倒吓跑了，可也把狗吓了一跳，忙问："怎么啦？"一张口，宝藤掉下河去啦！好不容易游到对岸，狗累得直喘气。

猫问它："宝藤呢？"

狗生气地说："我刚才问你话，一张口，掉下河去了。"

"那咋办呀？"

狗说："不要紧，等歇一下，我去找来。"

歇了一会儿，狗就去追赶水獭，一边追一边喊："莫跑！莫跑！再跑我咬死你！"

水獭趴在地上哀求道："狗老太爷，饶命吧！要金子给你金子，要银子给你银子。"

狗说："金子我不要，银子我也不要。我的宝藤掉下河去了，你快去找来给我，要不，我咬死你全家。"

水獭说："这个容易，请你等一下。"

水獭回去叫全家下河去找，河头没有找到，河尾没有找到，在河中间找到了。水獭拿来交给狗，狗衔起来就往家里跑，猫在后边紧紧跟着。

天黑的时候，狗和猫回到家里，把宝藤交给主人，主人夸它俩立了大功，准备杀只大母鸡犒赏它们。

狗说："我太累了，先在大门外睡一会儿，也好顺便看守大门。"

猫说："我汗水出多了，有点冷，先去灶火炕边躺一会儿。等主人收拾好了，我去喊你。"

一会儿，主人把鸡砍成两半，交给猫说："你俩一个一半。"说完就睡觉去了。

这时，狗正睡得香甜，还在梦里追赶水獭呢。

猫吃完自己的半边鸡，舔舔嘴皮不过瘾，又将狗的那一半也吃了。恰在这时，狗饿醒了，跳进屋来问："主人整的鸡在哪里呀？"

猫指着地上两堆骨头说："你牙齿好，就啃这个，肉没哪样好吃。"

狗一听火冒三丈，吼道："功劳是我们两个的，主人杀鸡也是犒赏我们两个的，你咋独吞啦？"

猫自知理亏，没话可说。

狗越想越气，扑上去要咬死猫。猫手脚灵巧，一跳就上房去了。

从此，狗和猫结下了仇，狗最见不得猫，一见就追；猫也最怕狗，一见就逃。

懒猴是怎样来的

从前，有一家人生了七个儿子，前六个生得高大漂亮，能言会讲，最小的一个矮小丑陋，但却规矩老实。这家父母喜欢外貌，因此只爱前六个儿子，为他们娶了六个漂亮的媳妇，但对小儿子却极厌恶，给他娶了个又矮又丑的媳妇。

六个哥哥和嫂嫂因父母溺爱，常常贪玩喝酒，不下地干活。而可怜的弟弟和弟媳平时吃得坏，却每天都要下地使劲干活。但即使这样，他们还是得不到父母和哥嫂的欢心，平时，不是挨骂就是挨打。

有一天，弟媳上山去砍柴，柴很重，背不动。当她放下柴歇气时，想到自己的苦命和哥嫂们的虐待，一个人在路旁哭了起来，哭着哭着就睡着了。

这时，阿蓍久玛①骑着马走来了。看见一个姑娘掉着眼泪睡在路旁，他觉得奇怪，就喊醒她问道："你是谁家的姑娘？为什么跑到路旁来睡，还掉着眼泪呢？"

姑娘就把她和她的丈夫在家里如何受苦，如何被哥嫂轻视、打骂的情形都说了，最后说："他们说我又矮又丑，还有麻子，不好看，所以就那样侮辱

---

①阿蓍久玛：彝族传说中的神人。他断案公平，救人于苦难中，是群众幻想中救苦救难的神人的化身。

我，打骂我。但是矮丑有啥办法呢？这是天生的呀！"说着哭得更伤心了。

阿菩久玛非常同情她，给了她一张漂亮的洗面布，叮嘱她说："你把这洗面布拿回去，每天你们两人用它来洗脸。但千万不要让你哥哥嫂嫂和爸爸妈妈看见，他们看见了会抢去的。"

于是，她把洗面布拿了回去。每天早上趁哥嫂们没起床，她就把布拿来和丈夫洗脸。这样洗了不久，两人个子也高了，人也长漂亮了，麻斑也没有了。那爱外貌的爸爸妈妈对他们也慢慢心疼和爱惜起来了。

哥哥嫂嫂们很怄气，一心要打听他们是怎样长高大和漂亮的。有一天哥嫂们一早起来偷看，看见他们正用一张漂亮的洗面布洗着脸。于是他们就来夺走了洗面布。

哥嫂们轮流用这洗面布洗脸。此后，他们比原来更光润更漂亮了。爸妈又变了心，又只爱哥哥嫂嫂，不爱她和她的丈夫了。

姑娘很悲伤。有一天她上山砍柴，走到原来那个地方，想起一切，忍不住又哭起来。

阿菩久玛又骑着马来了，看见她哭，又停马问她。

她把她和她丈夫用了洗面布如何变高大、变漂亮的经过告诉了他，又把洗面布被哥嫂们夺去的事也告诉了他。

阿菩久玛又给她一张更漂亮的洗面布，对她说："这张洗面布拿回去，你和你的丈夫千万不要用，当你的哥嫂们看见要抢时，你叫他们把旧的还你才拿与他们，千万记着！"

姑娘把洗面布缠在头上回家了。哥嫂们看见这条比以前还漂亮的洗面布，就都来抢。

姑娘说："你们要这张新的，应该把旧的还我啊！"

于是哥嫂们把旧的丢给她，把新的抢去了。

第二天哥嫂们你争我夺地用新洗面布洗脸。刚洗完不久，哥嫂们都吃惊地相互指着说："怎么你脸变红了？怎么你脸上长毛了？"

慢慢地，六个哥哥和嫂嫂的脸上都生出了毛，非常难看。

彝族民间故事

他们从此不好意思见人，就一起躲到山上林子里去藏着，只有肚子饿了时，才偷偷地从山上跑回来吃饭。

这样一来，弟弟和弟媳日夜耕种养出的庄稼还不够住在山上的哥嫂们吃，两人的生活过得比从前更苦了。

姑娘心里很难受，走到原来那个地方，不觉又坐在那里哭了起来。

不久，阿菩久玛又骑着马来了，问她为啥哭泣。她把哥嫂脸上怎样生毛，怎样不好意思见人躲在山上，怎样吃光他们两人种的粮食的事都说了。

阿菩久玛想了又想，教她说：“这回这么办吧！你回去找十二块石板烧红，一边放六块，在火塘边照往常一样把饭摆好，让他们来吃吧！”

姑娘回家照样办了。

这天，哥嫂们又下山来吃饭了。当他们往石板上一坐时，火红的石板把他们的皮烫得“嗞嗞嗞”地响。他们一下跳了起来，惊叫道：“阿兹格，阿兹格！”①就一股风似的往山上跑了。

他们从此再没有回来，都变成山上的猴子了。

猴子脸上为什么有毛，就是因为洗了阿菩久玛最后那张更漂亮的洗面布的缘故。

猴子臀部为什么那样红，就是因为坐了那烧红了的石板的缘故。

至于为什么有种懒猴，每天只坐在树上打盹，不觅食也不跑动，那就是这六对不体面的哥嫂的子孙。因为他们从来不劳动、不耕种，只爱吃别人耕种出来的现成庄稼。

---

①阿兹格：哎哟。

猫头鹰的来历

很久以前，祖先们夏秋季节吃果子，冬春吃的是天上下的雪。那时的雪香气扑鼻，美味可口。每次下雪，人们就要把雪收进家里，如同现在的粮食一样保管起来，收不完的，太阳出来才慢慢地融化，没有人敢践踏。

有个懒婆娘贪心，将雪搬进屋里，吃不完的就用来铺开睡觉，还用来垫屁股坐。这一来激怒了天帝，把雪花变得冰冷无味，不能吃了，这就饿死了许多人。懒婆娘却没有死，被人们恨透了。

天帝看到人们可怜，就赐给人们粮食种子。人们靠辛苦劳动才能得食。那时的玉米，每一棵都结很多棒子，撕起来顺手，产量也很高，懒婆娘却说："天啊！少生几个嘛，把我的手都掰痛喽！"

天帝一气之下，不再让玉米多结棒子。后来，一棵玉米只结一两个玉米棒。

那时的柴不用人们上山去捡，烧完了它自己会来到家里；水也不用人们去挑去背，一天三次会"哗哗哗"地淌到家里，只管用盆或桶去接。

一天，公婆们都出门干活去了，懒婆娘装病留在家里。她悄悄地走到甑子边抓饭吃，突然"哗啦"一声，她吓了一跳，跑去一看，原来是柴回来了。她恼怒地说："谁叫你来的？吓我一跳。你在山上人家不会自己来捡吗？我还以为是老公公回来了呢。"一席话把柴给说气了，回来给山一讲，

彝族民间故事

山就让树定了根，不再走动了。

懒婆娘又回到家里，正揭开锅盖偷鸡肉吃，突然"哗哗哗"地响了起来，吓得鸡肉哽在她的喉咙。她忙跑出来一看，原来是水来了。她更气愤地说："谁叫你来的？你在井中人家不会自己来挑来背吗？我还以为老婆婆回来了呢。"水也生了气，从此不肯自己来了。人们更恨透了懒婆娘。

冬天来临，天气冷了。家里人都出去挖地，懒婆娘却躲在家里，连老公公的烟杆、老婆婆的机床都被她烧来烤火了。

懒婆娘得罪了天，得罪了地，得罪了山水，得罪了公婆，更得罪了世人。丈夫忍无可忍，几棒把她打了出去。她走投无路，没脸见人，就披着破破烂烂的衣服，蓬着头发花着脸，来到崖上想跳崖。可是她又害怕，只得缩成一团钻进岩洞里。

懒婆娘又冷又饿，慢慢变成了猫头鹰。白天她没脸见人，只在晚上出来啄点牛屎马粪吃。

从此，妇女都像男子一样勤劳、勇敢，因为她们恨透了懒婆娘。

鹌鹑为什么尾巴短

有一对喜鹊，在一棵大树上筑了一个巢，养育着七只小喜鹊。

有一天，公喜鹊出去了，只有母喜鹊在巢里陪伴着小喜鹊。这时，一只到处游荡的狐狸听见小喜鹊的叫声，就来到树下坐着，贪婪地向树上张望。母喜鹊吃了一惊，赶忙问："喳喳喳！你是干什么的？你来做什么？"

狐狸看见母喜鹊露出惊慌的样子便说："我吗？我是兽王，想吃你儿子的肉，快丢一个下来！"

"你胡说八道，怎么想起吃我儿子的肉来了！"

"你不丢下来，我就不走。"

"你不走，就让你一直坐在那儿。"

"好啊，等我爬上树，吃得你一个不留。"

喜鹊听了这话，吓得不知道如何是好。她琢磨着：与其让他爬上来吃个干净，不如牺牲一个，保全六个。于是，她含着泪把最小的一个孩子推了下去。狐狸扑上来，几口就吃掉了，还舔着嘴唇说："这个太瘦，不够吃，再丢一个下来！"

母喜鹊哭着求饶，狐狸却张牙舞爪，做出要爬上树的样子。母喜鹊吓慌了，赶忙又推了一只小喜鹊下去，狐狸吃完后，才摇摇摆摆地走了。

公喜鹊回来，看见母喜鹊眼泪巴巴的，很为诧异，一问，才知出了这么

一桩痛心事。但他也拿不出什么好主意来，老两口急得放声痛哭。

就这样，狐狸第二天又来吃掉了两只小喜鹊，临走时，还威胁说："快给我准备好！明天我还要来吃。"

狐狸走后，喜鹊老两口守着剩下的三个儿女，哭个不停。搬家吗？来不及筑巢，儿女太小，搬起来也不方便；不搬呢？眼看几个儿女都活不成了。他俩左思右想，实在想不出什么办法。这时，小喜鹊的肚子又饿了，不断地啼叫，使得老两口更加伤心。最后，他们想，既然终归免不了一死，与其让儿女们饿着死，不如让他们吃饱了再死。于是，母喜鹊便飞出巢找吃的去了。

母喜鹊飞到一片绿油油的草坪上，找到许多吃食，感到非常高兴，但一想到剩下的三个儿女终不免要被狐狸吃掉时，不禁又痛哭起来。正在这时，飞来一只鹌鹑，看见喜鹊哭得很凄惨，就问道："老婆婆，你为什么这样悲伤？"

母喜鹊讲了自己的遭遇，鹌鹑听罢，十分不解地问："小喜鹊都在巢里呀！怎么会被狐狸吃掉？"

"唉！狐狸守在树下，口口声声叫我们丢给他吃，不然，就要爬上树来。你想想，它要是爬上树来还了得吗？岂不是要吃得一个不剩了！"

"你们真是太糊涂了，谁听说过狐狸会爬树？"

"当真不会爬树吗？你可不要欺哄我这老年人啊！"

"嗨，要是他会爬，我们鸟类怕老早就被他吃光了。"

母喜鹊听了，恍然大悟，欢喜得马上就要飞回巢去，把这个消息告诉公喜鹊。鹌鹑连忙挡住她，叮嘱道："老婆婆，以后你们不必再怕狐狸了。可是，千万不要对他说这是我告诉你们的。"

"你尽管放心，我才不会那么傻呢！"

母喜鹊说完，就欢欢喜喜地飞回家去了。

第三天早晨，喜鹊一家正在巢里高兴地谈笑，狐狸就跑来了。他老远就吼叫了几声，显示他的威风。到了树下，他鼓起两只绿眼睛，叫道："蠢货，快丢下两只来。我今天有事，不能久等。"

母喜鹊露出鄙夷的神情说："今天我可不受你的骗了。你愿怎么样就怎么样吧！"

"你知趣点！若不快丢下来，我就爬上树去吃把你们吃干净。"

狐狸说着，就伸出前爪来抓树根。公喜鹊拍拍翅膀，大笑道："哈哈！你有本事就爬上来。前两天算是被你骗了，今天我们再不会上你的当了。"

狐狸明白自己的骗局被识破了，气得闷声不响，好半天才哀求说："你们把最后的三只小喜鹊丢给我吧。不然，我就要饿死了。"老喜鹊当然没有那样办，狐狸气恼了，心想：老喜鹊怎么知道我不会爬树，必定有人告诉了他们。于是，他又假装威风地说："蠢货！你们不要瞎猜，以为我说的是假话。我真的要爬上来了。"

狐狸向着树干蹦跳了一下。老喜鹊却不慌不忙地说："别吓唬人了！小鹌鹑亲口告诉我，你根本不会爬树。"

话说出口，老喜鹊明白说漏了嘴，可是，后悔已来不及了。这一下，狐狸知道是鹌鹑截了他的口粮，愤愤地骂了几声，就转身找鹌鹑去了。

鹌鹑正在草坝上玩得高兴，冷不防一下被狐狸抓住。狐狸气势汹汹地说："谁叫你泄漏我的秘密，让我吃不到小喜鹊。现在我饿了，要吃你的肉。"

鹌鹑一听，知道是老喜鹊坏了事，不过，现在埋怨她又有什么用呢？便对狐狸说："我已经落到你手里，跑是跑不脱的。待我问你几句话，你再吃我好吗？"

"好，你说！"

"我只有这么一点点大，够你吃一顿吗？"

"当然不够。可是，不吃了你，我咽不下这口气！"

"你确实该吃掉我。可是，我的胆液有毒，你若不小心咬破了，就会被毒死。倒不如我另外找点好东西给你吃。"

"哼！狡猾的东西，你想逃走吗？"

"你就是叫我逃，我也不敢逃呀！"

彝族民间故事

"谅你也不敢！"狐狸把脖子一伸，表示自己威力无穷，接着说，"你快讲，请我吃什么好东西？"

"我想请你先吃一次'便宜'，然后再吃一次'大亏'，吃得饱，玩得痛快，你看怎么样？"

"好，你带我去吧！"

鹌鹑带着狐狸来到一座山头，四面一望，看见大路上走来一位送午饭的人，端着一钵饭和一钵肉。鹌鹑对狐狸说："看呀！'便宜'来了。待我去引诱他，让他放下饭和肉。他追我进沟里时，你就去吃掉饭和肉，吃饱了大叫几声，跑回到这儿来。"

狐狸连声说："好极了！"

于是，鹌鹑飞到大路上躺着。那个人走来，看见一只小鸟睡在地上，想捉回去给孩子玩，便放下饭和肉，伸手去捉。鹌鹑假装飞不动的样子，向坡下滚去，那人也跟着追来。一个前面滚，一个后面追，渐渐追到山沟底下去了。这时，狐狸赶忙跑下山头，吃光了饭和肉，懒洋洋地叫了几声，就跑回山上去了。鹌鹑一听叫声，便展翅飞了回来。那人没捉住鸟儿，回来又不见了饭和肉，气得一面咒骂偷饭偷肉的贼，一面折了回去。

狐狸吃得心满意足，暗想："便宜"都如此好吃，"大亏"就更不消说了。当鹌鹑飞回来时，他就要鹌鹑立即带他去吃"大亏"。鹌鹑没有推辞，就带着他继续往前走。他们经过几处丛林，来到一座高高的山头。鹌鹑很熟悉这一带的情况，晓得山脚下那户人家养着几条凶猛的猎狗，许多野兽都不敢走近。于是，他便问狐狸："你真想吃'大亏'吗？"

"怎么不想吃？我还巴望不得早一点吃呢！"

"好！那么你看，山下边有一户人家，那户人家屋背后有一丛竹林。你只消跑到竹林里去，大吼几声，'大亏'自然就会来找你的。"

"好，我马上就去。若是吃不到，我可要惩罚你啊！"

狐狸高兴地跑到那丛竹林里，大声吼叫起来。屋里的猎狗听见狐狸吼叫，一个紧跟一个地跳出来，直向竹林撵来，吓得狐狸没命地逃跑，足足翻了九座大山，蹚过九条大河，才摆脱了危险。狐狸累得筋疲力尽，在岩洞里睡了三天三夜。

狐狸从此恨透了鹌鹑，决心捉住他，撕成块块来吃个干净，出出这口气。有一天，他又把鹌鹑捉住了，一句话不讲，张嘴就咬。鹌鹑拍拍翅膀，说道："你真不讲情理！那一次吃'大亏'是你自己要求的，难道找有罪？"

"管你有没有罪，总之我要吃掉你！"

"那你就吃吧，只可惜真正的、最好的那种'大亏'，你再也吃不到了！"

"啊！还有真正的、最好的'大亏'吗？"狐狸一下放了鹌鹑，催促他说，"我不吃你了，你快带我去吃真正的、最好的'大亏'。"

鹌鹑和狐狸又一道走了。天黑时，他们来到一个岩洞跟前，狐狸提议进岩洞去睡，鹌鹑却说岩洞里臭，睡不好觉，不如到蕨芨草堆里去，暖暖和和地睡一夜。狐狸寻思了一下，也就同意了。

他们找到了蕨芨草堆后，鹌鹑对狐狸说："你是长辈，应该睡在里面，免得遭到风吹雨打；我是晚辈，睡在外面，稍稍养会儿神也就够了。"

狐狸非常满意，觉得鹌鹑毕竟懂得礼貌，才这样尊敬他，于是，就钻到草堆里面去躺着。半夜，鹌鹑摸出火镰来打火，"咔嚓咔嚓"的响声惊醒了狐狸。他立刻问："鹌鹑，你在干什么？"

"唉，我翻身翻得太厉害，压得草秆儿咔咔响，把你吵醒了，真该死！"

狐狸又睡熟了。一会儿，火燃起来，蕨芨草发出"哔剥哔剥"的声音。狐狸又问："鹌鹑，什么东西在响？"

"天要下雨了，眼下正打雷，你钻进去点睡吧！"

不一会儿，火光已映红了四周，晃着了狐狸的眼睛。他急忙问："怎么会有火光？"

"那是闪电。你放心，闭紧眼睛睡吧！"

狐狸睡熟以后，鹌鹑悄悄钻出来，把草堆的四周都点燃了，然后跳到远处去张望。

顷刻间，熊熊大火包围了草堆，并迅速往草堆中心烧去。草堆塌了下来，露出了狐狸的头，他惊慌地张望号叫着。鹌鹑立刻飞过去，拍着翅膀大叫："狐狸大哥，不要慌！你往里躲一躲吧！我马上来救你。"

狐狸当了真，又往里躲。这时，风吹起来了，风助火势，大火越烧越猛。不一会儿，草堆就烧成了灰烬，灰里发出狐狸被烧焦的臭味。鹌鹑这下放心了，便蹲在草地上，舒舒服服地睡了一个大觉。

第二天，鹌鹑把老喜鹊约来，用木棍拨开灰烬一看，狐狸已化成了一团灰，但是，还保持着它那蜷缩着的样子。老喜鹊欢喜得不得了，连声向鹌鹑称谢。可是，当她看见鹌鹑那美丽的尾巴已被烈火烧掉，变成齐刷刷的一撮时，又感到很过意不去。鹌鹑却不以为然。

"这没什么！为了除掉这个坏蛋，不用说损失几根羽毛，就是豁出性命我也甘心呀！"鹌鹑这样说道。

直到今天，我们看到的鹌鹑，都只长着一个齐刷刷的尾巴，就是因为这个缘故。

猫头鹰替喜鹊报仇

秋天，一对喜鹊在新造的窝里抱①出了两只绒花球般的小喜鹊。它俩多么高兴啊！它们白天一起去打食来喂喜鹊崽，晚上又轮流照顾。等小喜鹊吃饱睡足了，它们就站在高高的树梢上，雌喜鹊乐呵呵地高声唱着：

> 喳喳喳
> 我的崽崽最乖巧！
> 我的崽崽长得好！

雄喜鹊也跟着高声唱：

> 喳喳喳
> 我的崽崽最乖巧！
> 我的崽崽长得好！

①抱：孵。

有一天，一只狐狸出来觅食，老远听见喜鹊的叫声，想到鲜嫩的小喜鹊肉，口水顺着嘴角淌。可它自己又不会爬树，怎么才能抓住呢？狐狸心里打着鬼主意，悄悄顺着土坎脚走去。快到喜鹊住的树下时，正好有一只山耗子从土洞里钻出来，它一下逮住了山耗子。山耗子吓得全身像筛糠，苦苦哀求狐狸不要吃它。

狐狸一双贼眼滴溜溜转，细声细气地说："不要怕，我是想请你帮我一下忙。"山耗子说："我知道你是天底下最好心最善良的！我愿终身与你做伴，为你效劳！"狐狸说："好吧，现在我们在这里等着，只要那老喜鹊飞走，你就赶快爬上树去，把那些小鹊崽推下来给我吃。它窝里还有许多好吃的东西，全部归你。"山耗子点头哈腰："一定照办！"

不一会儿，两只老喜鹊又飞出去打食去了。狐狸说："快！"它俩赶紧跑到树下。山耗子"嗖嗖嗖"几下爬到鹊窝里，将小喜鹊一只一只推了下来。可怜的小喜鹊拼命地喊呀，叫呀。

老喜鹊远远地听见小喜鹊的哭声，知道出了事，急忙往回飞。回到窝前，看到山耗子埋着头，正吞食自己准备过冬的粮食，它们愤怒地一嘴啄去，啄掉了山耗子的两只灰眼睛。山耗子痛得大叫，急忙喊狐狸救它。可是狐狸早已衔着两只小喜鹊跑了。山耗子哭着供出这事是狐狸的主谋，自己实在出于无奈。老喜鹊哪里肯饶它，愤怒地把它啄死了。狐狸跑进岩洞里，大嚼大吃，吃够了就呼呼睡觉。

两只喜鹊哭啊，叫啊，哭了三天，叫了三夜。悲惨的哭叫声惊动了过路的猫头鹰。猫头鹰亲切地问："阿遮①，出了什么事？为哪样这么伤心？"喜鹊哽咽着说："嘎无姆阿普②，我们的三个崽被狐狸偷吃了。求求您老，给我们报仇吧！"猫头鹰听了，气得两眼瞪得圆圆的。它安慰了喜鹊，叫它们等着，听候消息。

---

①阿遮：彝语，喜鹊。
②嘎无姆阿普：彝语，猫头鹰爷爷。

过了两天，狐狸饿得不行了，又跑出来觅食。猫头鹰飞去问它："狐狸，狐狸，你饿不饿呀？"狐狸说："饿哟！饿得眼睛都发花了。"猫头鹰说："前面有好东西吃，我带你去。"

　　猫头鹰在前面飞，狐狸跟在后头跑，它们来到一块麦地中间。猫头鹰说："我们就蹲在这里不要声张，那边有一大帮人在割麦子，一会儿有很多雀子和耗子会被撵过来，我们就可以好好地大干一顿了。"

　　太阳快落坡了，麦子也只剩下不大的一块，人们从四面八方围着割过来了。"唰唰唰"的割麦声越来越近，狐狸见事情不妙，想跑，刚一动，弄响了麦子，被人们发觉了。人们提着镰刀来打，猫头鹰飞走了。狐狸东躲西躲，眼看逃不掉了，幸而麦地中间有一块大石头，下面有一个很深的洞，它急忙钻了进去。人们见它钻进了洞，一时捉不到，有一个人随手取下腰里挂着的装水的葫芦，把洞口塞住，大家就收工回去了。

　　到了半夜，狐狸想逃跑，轻轻摸到洞口。一阵风吹来，葫芦口被吹得"呜呜呜"地叫。它以为人还没有走，吓得赶快缩了回来，蜷缩在深洞里，整夜都被这"呜呜呜"的叫声吓得一点都不敢动。快天亮了，猫头鹰来找狐狸，搬开了洞口的葫芦，告诉它人们早都走了，它才敢爬出来。

　　狐狸本来就很久都没吃一点东西了，加上这一场惊吓，全身软得像一摊泥。它抬眼看见洞旁的葫芦，怒火直往喉咙冒，抓起来想砸个稀巴烂。猫头鹰连忙阻止说："不要砸，留着有好处呢！"狐狸说："就是它晚上'呜呜呜'地怪叫，吓得我不敢动。早晓得是它，我也不会被整成这个样。"猫头鹰说："我知道你饿得很恼火，昨天晚上捉了许多耗子关在河对面的山脚洞洞头，走！快去饱饱地吃一顿。"狐狸说："你倒是会飞，可我咋个过河？"猫头鹰说："我叫你不要砸烂葫芦，就是要让它帮助你浮水过去嘛！"狐狸一下明白了，催着猫头鹰快走。

　　到了河边，河水涨得很大，狐狸有些害怕。猫头鹰给它壮胆，把葫芦捆在狐狸的颈子上。狐狸就靠着葫芦的浮力慢慢向河对岸游去。当他游到河中间时，猫头鹰踩了葫芦口一下，葫芦"嘟噜"一声，灌进了一些水，过一会

彝族民间故事

儿又踩一下，"嘟噜"一声，又灌进了一些水。起初，狐狸还夸赞猫头鹰会玩，随着葫芦里的水越来越多，葫芦越来越重，狐狸的身子越来越往下沉。这时，猫头鹰连着踩了葫芦几下，只听见"嘟噜嘟噜"的声音，最后，灌满了水的葫芦将狐狸带着一直沉到了河底。

几天后，河水消退了，河边沙滩上躺着一只死狐狸，颈子上还吊着一个葫芦呢。猫头鹰去把两只喜鹊叫了来，看那恶狐狸的下场。

蛤蟆和水獭

　　从前，世界上生得最美丽的动物有两种：一种是蛤蟆，一种是水獭。它俩因为自己生得美丽，常常看不起其他动物，不愿和它们在一起玩耍。

　　有一天，一只麻雀飞到草丛中去找小虫吃。蛤蟆正在那里玩，看见了麻雀，惊奇地大笑道："哈哈！看你生得嘴尖额大的，好丑呀！"

　　麻雀听了很不高兴，生气地飞走了。

　　麻雀飞到一个清水湖边，正低着头喝水的时候，又被水獭看见了。水獭拉长着脸，很不高兴地说："哼！看你这个丑样子，也好意思飞到我这湖边来喝水哟！"

　　麻雀听了更加生气，不等水獭把话说完，一展翅又飞走了。

　　蛤蟆和水獭经常在一起玩，但是，它们自以为是世界上最美丽、最聪明的动物，因此互相都瞧不起。

　　有一天，它们在一条小溪边游玩，走呀走，走到了一张石桌旁边，蛤蟆用半命令半商量的口气说："水獭，我们坐下来吹一吹牛吧！"

　　水獭毫不客气地回答："好！你坐下面，我坐上面。"

　　蛤蟆反驳说："不对！不对！应该是你坐下面，我坐上面。"

　　水獭不等蛤蟆说完，争着说："你才不对，应该我坐上面，你坐下面。"

　　它俩为了争座位，你一言，我一语，争了好半天，最后没办法，只好并

彝族民间故事

肩同坐。

坐好后，水獭又心平气和地问蛤蟆："你说一说，世界上最美丽的是谁呀？"

蛤蟆毫不迟疑地回答："这还用说吗？当然算是我们两个啰！"

水獭听了，点点头说："对！对！你说得对！"

停了一下，蛤蟆反问水獭："你说一说，世界上最聪明的是谁呀？"

水獭也毫不迟疑地说："这不用说，当然要算我俩啰！"

蛤蟆听了，哈哈大笑道："真对！真对！你说得真对！"

停了一会儿，水獭皱了皱眉头，又问蛤蟆："世界上既然没有任何东西比得上我俩，那么现在你再说一说，我俩中又是谁最美丽、最聪明呢？"

蛤蟆立即回答说："那当然算我啰！"

水獭听了，连忙转身分辩说："你不要胡说，世界上要算我最美丽、最聪明。"

蛤蟆立起身来，红着两眼气冲冲地说："你才胡说！谁都知道，世界上数我最美丽、最聪明，你还不承认？"

它俩越争越激烈，争呀争，争了七天七夜，还没有争完。双方正争得又气又累的时候，那只麻雀飞来了。水獭看到麻雀，忙上前拦住它说："世界上你最公道。你说一说，我和蛤蟆谁最美丽、最聪明？"

麻雀原来受过它俩的气，看也不看水獭，生气地说："你美丽！你聪明！你像条老牯牛那样聪明、美丽！"

水獭听了，信以为真，认为自己是世界上最美丽、最聪明的动物，高兴得像疯了一样，摆着前腿笑，弯着身子笑，笑呀，笑呀，笑了九天九夜都没笑完。结果，它把嘴笑长了、笑尖了，脖子也笑粗了。从此以后，水獭的嘴巴就变得又长又尖，脖子变得又短又粗。

蛤蟆听了麻雀的话，也信以为真，认为自己不如水獭，就跑回家去，肚子一鼓一鼓地怄气，气呀，气呀，气得话也说不出了，饭也吃不下了，有时还气得抱头大哭。结果，它的肚子气大了，眼睛气凸了，身上也起泡了。从此以后，蛤蟆的肚子变大了，眼睛凸出来了，身上也长满了许多气泡。

附　录
本书所选故事的资料来源

1. 开天辟地　讲述者：保木和铁；翻译者：芦芙阿梅；采录者：白芝；采录时间、地点：1988年5月于四川省雷波县文化馆。选自《中国民间故事集成·四川卷》编辑委员会编：《中国民间故事集成·四川卷》（下册），北京：中国ISBN中心，1998年，第749—750页。

2. 更资天神　讲述者：曲木阿石等；采录者：罗有能；流传地区：云南省永仁县。选自楚雄彝族自治州文化局编：《彝族民间故事》，昆明：云南人民出版社，1988年，第1—12页。

3. 哥哥留在月亮上　讲述者：李如珍；采录者：罗有金；采录时间、地点：1980年于四川省攀枝花市仁和区啊喇乡。选自《中国民间故事集成·四川卷》编辑委员会编：《中国民间故事集成·四川卷》（下册），北京：中国ISBN中心，1998年，第752—753页。

4. 寻天地相连的地方　采录者：司徒波尔；采录时间、地点：1986年11月于四川省峨边县河西区。选自《中国民间故事集成·四川卷》编辑委员会编：《中国民间故事集成·四川卷》（下册），北京：中国ISBN中心，1998年，第779—780页。

5. 拆掉通天的桥　讲述者：王小二；采录者：石磊；采录时间、地点：1987年7月于贵州省威宁彝族回族苗族自治县。选自《中国民间故事集成·贵州卷》编辑委员会编：《中国民间故事集成·贵州卷》，北京：中国ISBN中心，2003年，第70—71页。

6. 洪水漫天地　讲述者：沈伍己；采录者：邹志诚；采录时间、地点：1960年于四川省昭觉县。选自《中国民间故事集成·四川卷》编辑委员会编：《中国民间故事集成·四川卷》（下册），北京：新华书店北京发行所，1998年，第756—768页。

7. 人祖的由来　讲述者：阿危热默；搜集整理者：阿乍芮芝。选自楚雄彝族自治州文化局编：《彝族民间故事》，昆明：云南人民出版社，1988年，第13—16页。

8. 雪子十二支 讲述者：俫木和铁；采录者：白芝；采录时间、地点：1988年5月于四川省喜德县城郊。选自《中国民间故事集成·四川卷》编辑委员会编：《中国民间故事集成·四川卷》（下册），北京：中国ISBN中心，1998年，第753—754页。

9. 诸神争大 讲述者：王海清；采录者：石磊；采录时间、地点：1987年于贵州省威宁县彝族回族苗族自治县。选自《中国民间故事集成·贵州卷》编辑委员会编：《中国民间故事集成·贵州卷》，北京：中国ISBN中心，2003年，第28—30页。

10. 笃 米 讲述者：王朝方；采录者：石磊；采录时间、地点：1987年7月于贵州省威宁彝族回族苗族自治县。选自《中国民间故事集成·贵州卷》编辑委员会编：《中国民间故事集成·贵州卷》，北京：中国ISBN中心，2003年，第48—49页。

11. 阿什色色和布阿诗嘎娓 讲述者：曲木阿石；采录者：罗有芬；流传地区：云南省永仁县。选自楚雄彝族自治州文化局编：《彝族民间故事》，昆明：云南人民出版社，1988年，第51—59页。

12. 智水和哑水 讲述者：厅木铁钉；采录者：沙光荣、呷呷尔日；采录时间、地点：1987年于四川省甘洛县玉田呷日乡。选自《中国民间故事集成·四川卷》编辑委员会编：《中国民间故事集成·四川卷》（下册），北京：中国ISBN中心，1998年，第754—756页。

13. 毕摩撰字 讲述者：毕世荣；采录者：郭春泉；采录时间、地点：1988年于云南省昆明市官渡区矣六乡大耳村。选自罗新元主编：《中国民间故事全书·云南昆明卷·市卷》（上），北京：知识产权出版社，2012年，第33—34页。

14. 阿苏拉则变鸟传字 讲述者：乌呷呷；翻译者：沈伍己；采录者：肖

398

崇素；采录时间、地点：1959年于四川省布拖县。选自《中国民间故事集成·四川卷》编辑委员会编：《中国民间故事集成·四川卷》（下册），北京：中国ISBN中心，1998年，第788—789页。

15. 毕·阿苏拉则　讲述者：吉吾木各；采录者：白芝；采录时间、地点：1986年于四川省喜德县城郊。选自《中国民间故事集成·四川卷》编辑委员会编：《中国民间故事集成·四川卷》（下册），北京：中国ISBN中心，1998年，第789—792页。

16. 人死做斋的由来　讲述者：文道华；采录者：石磊；采录时间、地点：1987年8月于贵州省威宁彝族回族苗族自治县。选自《中国民间故事集成·贵州卷》编辑委员会编：《中国民间故事集成·贵州卷》，北京：中国ISBN中心，2003年，第497—498页。

17. 阿鲁举热　讲述者：肖开亮、黑朝亮、李守芳；采录者：李世忠、祈树森；流传地区：四川省金沙江沿岸。选自楚雄彝族自治州文化局编：《彝族民间故事》，昆明：云南人民出版社，1988年，第20—69页。

18. 英雄支格阿鲁　认妈妈　讲述者：比雀阿立；翻译者：摩依；采录者：上元、邹志诚。**寻找天界**　讲述者：吉木吉哈；翻译者：沈伍己；采录者：萧崇素。**射太阳和月亮**　讲述者：赤哈子；采录者：上元、邹志诚。**降雷**　讲述者：墨色夫哈；翻译者：沈伍己；采录者：胡云、邹志诚。**平地**　采录者：沈伍己。**驯动物**　讲述者：吉拉马恼；翻译者：沈伍己；采录者：胡云、邹志诚。**降马**　讲述者：沈伍己；采录者：萧崇素。**打蚊子、青蛙和蛇**　讲述者：赤哈子；采录者：上元、邹志诚；流传地区：四川省凉山彝族自治州。选自李德君，陶学良编：《彝族民间故事选》，上海：上海文艺出版社，1981年，第1—15页。

19. 兹兹尼扎　讲述者：巴久大且；采录者：白芝；采录时间、地点：1985年8月于四川省喜德县则莫乡。选自《中国民间故事集成·四川卷》编辑委员会编：《中国民间故事集成·四川卷》（下册），北京：中国ISBN

中心，1998年，第883—885页。

20. 火把节的传说 采录者：罗希吾戈；采录地点：云南省路南县。选自《中国民间故事集成·云南卷》编辑委员会编：《中国民间故事集成·云南卷》（下册），北京：中国ISBN中心，2003年，第810—811页。

21. 火把节的来历 讲述者：杨鲁日；采录者：阿苦史格；采录时间、地点：1987年于四川省金阳县。选自《中国民间故事集成·四川卷》编辑委员会编：《中国民间故事集成·四川卷》（下册），北京：中国ISBN中心，1998年，第828—830页。

22. 彝族为啥十月过年 讲述者：立罗周信；采录者：钱正杰；采录时间、地点：1987年于四川省屏山县。选自《中国民间故事集成·四川卷》编辑委员会编：《中国民间故事集成·四川卷》（下册），北京：中国ISBN中心，1998年，第830—831页。

23. 错尔木呷的故事 采录者：萧崇素；流传地区：四川省凉山彝族自治州。选自李德君，陶学良编：《彝族民间故事选》，上海：上海文艺出版社，1981年，第358—363页。

24. 罗牧阿智的故事 案子断颠倒了 流传地区：云南禄劝县。**世代的规矩** 讲述者：张本仁、王罗开等；流传地区：云南省禄劝县。**只吃米饭的狗** 讲述者：张英；采录者：陶学良；流传地区：云南省禄劝县。**打土蜂** 讲述者：李德中；采录者：陶学良；流传地区：云南省禄劝县。**烧碓** 讲述者：张本仁；采录者：陶学良；流传地区：云南省禄劝县。选自李德君，陶学良编：《彝族民间故事选》，上海：上海文艺出版社，1981年，第364—370页。

25. 松谷克忍的故事 犁地 讲述者：阿树才脂；采录者：陶学良；流传地区：云南省宁蒗县。**打麦子** 采录者：陶学良；流传地区：云南省小凉山地区。**敬祖的供品** 采录者：杞家望、陶学良；流传地区：云南省宁蒗县。**捞鱼** 讲述者：余双都、阿树才脂；采录者：陶学良；流传地区：云南省宁蒗县。**哭** 采录者：李乔；流传地区：云南省宁蒗县。选自李德君，陶学良编：《彝族民间故事选》，上海：上海文艺出版社，1981年，第377—383页。

26. 张沙则的故事　洗不清　采录者：陶学良；流传地区：云南省楚雄彝族自治州。**沙则弹琴**　讲述者：张正荣、张寿云；采录者：陶学良；流传地区：云南省楚雄彝族自治州。**迎土司**　讲述者：张先富；采录者：陶学良；流传地区：云南省楚雄彝族自治州。**捉沙则**　讲述者：张寿云、张兆富、张正景；采录者：陶学良；流传地区：云南省楚雄彝族自治州。**沙则坐牢**　采录者：陶学良；流传地区：云南省楚雄彝族自治州。选自李德君，陶学良编：《彝族民间故事选》，上海：上海文艺出版社，1981年，第371—376页。

27. 么刀爸的故事　讲述者：罗长匡、者家旺、周敬章、史开富、普元；采录者：浪智侃；流传地区：云南省新平县。选自李德君，陶学良编：《彝族民间故事选》，上海：上海文艺出版社，1981年，第384—389页。

28. 普丕的故事　烧蜂　讲述者：李成富。**平分秋实**　讲述者：龙应祥。选自《峨山民间文学故事集成》编辑委员会编：《峨山民间文学故事集成》，昆明：云南民族出版社，1989年，第129—177页。

29. 南诏始祖细奴逻　讲述者：赫青龙；采录者：王丽珠；流传地区：云南省巍山县。选自楚雄彝族自治州文化局编：《彝族民间故事》，昆明：云南人民出版社，1988年，第70—75页。

30. 奢香夫人　讲述者：李苏文；采录者：魏绪文；采录时间、地点：1967年6月于贵州省黔西县城关。选自《中国民间故事集成·贵州卷》编辑委员会编：《中国民间故事集成·贵州卷》，北京：中国ISBN中心，2003年，第90—91页。

31. 阿诗玛　讲述者：高玉明；采录者：龚明华、高登智；采录时间、地点：1985年9月于云南省石林镇月湖村。选自罗新元主编：《中国民间故事全书·云南昆明卷·市卷》（上），北京：知识产权出版社，2012年，第119—122页。

32. 咪依鲁姑娘　讲述者：杨森；采录者：罗布吾戈；采录地点：云南省大姚县。选自《中国民间故事集成·云南卷》编辑委员会编：《中国民间故事集成·云南卷》（下册），北京：中国ISBN中心，2003年，第1024—1028页。

33. 祖先牌位阿普科的来历　讲述者：瓦渣木牛；采录者：白芝；采录时间、地点：1985年10月于四川省喜德县。选自《中国民间故事集成·四川卷》编辑委员会编：《中国民间故事集成·四川卷》（下册），北京：新华书店北京发行所，1998年，第831—836页。

34. 石林的传说　讲述者：黄石玉；采录者：陈思清；流传地区：云南省路南县。选自李德君，陶学良编：《彝族民间故事选》，上海：上海文艺出版社，1981年，第90—91页。

35. 罕亦跌古　讲述者：海来拉莫；采录者：白芝；采录时间、地点：1985年8月于四川省昭觉县城。选自《中国民间故事集成·四川卷》编辑委员会编：《中国民间故事集成·四川卷》（下册），北京：中国ISBN中心，1998年，第796—802页。

36. 彝海结盟的传说　讲述者：吴有伦；采录者：耿德铨；采录时间、地点：1986年于四川省冕宁县。选自《中国民间故事集成·四川卷》编辑委员会编：《中国民间故事集成·四川卷》（下册），北京：中国ISBN中心，1998年，第814页。

37. 摔跤的来历　讲述者：云金；采录者：毕有光。选自楚雄彝族自治州文化局编：《彝族民间故事》，昆明：云南人民出版社，1988年，第141—142页。

38. 铜鼓的来历　讲述者：黄贵福；采录者：王名良；采录时间、地点：1983年3月于云南省富宁县。选自《中国民间故事集成·云南卷》编辑委员会编：《中国民间故事集成·云南卷》（下册），北京：中国ISBN中心，2003年，第788—790页。

39. **阿细跳月**　摘自http://www.jpgushi.com/m/m/13136.html

40. **三弦的来历**　讲述者：者从政；采录者：者厚培；流传地区：云南省楚雄市三街区一带。选自楚雄彝族自治州文化局编：《彝族民间故事》，昆明：云南人民出版社，1988年，第159—162页。

41. **月琴的来历**　讲述者：阿牛日洛；采录者：罗海正；采录时间、地点：1986年于四川省盐源县。选自《中国民间故事集成·四川卷》编辑委员会编：《中国民间故事集成·四川卷》（下册），北京：新华书店北京发行所，1998年，第826页。

42. **口　弦**　采录者：陶学良；流传地区：云南省。选自李德君，陶学良编：《彝族民间故事》，上海：上海文艺出版社，1981年，第84页。

43. **彝族姑娘的鸡冠帽**　讲述者：张才、李家福；采录者：华光。选自罗新元主编：《中国民间故事全书·云南昆明卷·市卷》（上），北京：知识产权出版社，2012年，第386—388页。

44. **彝家护心帕的来历**　讲述者：克其依坡；采录者：尤加；采录时间、地点：1987年5月于四川省美姑县。选自《中国民间故事集成·四川卷》编辑委员会编：《中国民间故事集成·四川卷》（下册），北京：新华书店北京发行所，1998年，第836—837页。

45. **彝族妇女花围腰的由来**　讲述者：李琼山；采录者：黄龙光；采录时间：2007年2月；流传地区：云南省峨山彝族自治县。选自黄龙光：《历史记忆与女性叙事——以彝族妇女围腰传说为例》，《民间文化论坛》，2012年，第6期。

46. **彝族人为什么不吃狗肉**　讲述者：龚少贵；采录者：祁开虹；采录时间、地点：1986年12月于四川省会理县太平区。选自《中国民间故事集成·四川卷》编辑委员会编：《中国民间故事集成·四川卷》（下册），北京：中国ISBN中心，1998年，第837—838页。

47. **盐的由来**　讲述者：马日里；采录者：彭德发；采录时间、地点：

1986年7月于四川省德昌县大山乡烟坪村。选自《中国民间故事集成·四川卷》编辑委员会编：《中国民间故事集成·四川卷》（下册），北京：中国ISBN中心，1998年，第781页。

48. **祭　竹**　讲述者：胡老玉；采录者：龚云峰；采录时间、地点：1985年6月于云南省会泽县。选自《中国民间故事集成·云南卷》编辑委员会编：《中国民间故事集成·云南卷》（下册），北京：中国ISBN中心，2003年，第883—884页。

49. **大米的故事**　采录者：施复清；采录时间：1984年3月；流传地区：云南省峨山彝族自治县。选自峨山彝族自治县民族事务委员会编：《嶍峨风情》，1986年，第205—206页。（内部资料）

50. **甜荞秆红**　讲述者：侯吐阿鲁；采录者：龙正清男；采录时间、地点：1987年8月于贵州省赫章县珠市乡。选自《中国民间故事集成·贵州卷》编辑委员会编：《中国民间故事集成·贵州卷》，北京：中国ISBN中心，2003年，第400—401页。

51. **阿妈的一匹花丝绸**　讲述者：阿尔拉曲；采录者：刘明泰；采录时间、地点：1986年于四川省越西县林产公司。选自《中国民间故事集成·四川卷》编辑委员会编：《中国民间故事集成·四川卷》（下册），北京：中国ISBN中心，1998年，第853—856页。

52. **跑齿和跑撒**　讲述者：以嫫牛妞；采录者：肖玉富；采录时间、地点：1986年于四川省宁南县。选自《中国民间故事集成·四川卷》编辑委员会编：《中国民间故事集成·四川卷》（下册），北京：中国ISBN中心，1998年，第856—858页。

53. **阿尺尺和阿闪闪**　讲述者：呷呷；采录者：江新；采录时间、地点：1986年于四川省甘洛县。选自《中国民间故事集成·四川卷》编辑委员会编：《中国民间故事集成·四川卷》（下册），北京：中国ISBN中心，1998年，第860—866页。

54. 神奇的木鱼板　讲述者：安占云；采录者：罗向如；采录时间、地点：1986年于四川省石棉县栗子坪乡。选自《中国民间故事集成·四川卷》编辑委员会编：《中国民间故事集成·四川卷》（下册），北京：中国ISBN中心，1998年，第878—879页。

55. 十只金鸡　讲述者：胡俊；采录者：夏扬、罗金宝；采录地点：云南省楚雄市。选自《中国民间故事集成·云南卷》编辑委员会编：《中国民间故事集成·云南卷》（下册），北京：中国ISBN中心，2003：1031—1034页。

56. 铁匠降怪　讲述者：罗政洪；翻译者：冯元蔚；整理者：冯元蔚、方赫。选自四川省民间文艺研究会编：《大凉山彝族民间故事选》，成都：四川人民出版社，1960年，第39—43页。

57. 勇敢的阿苏诗惹　讲述者：吉智巫控；采录者：阿鲁斯基；采录时间、地点：1982年于四川省美姑县大桥乡。选自《中国民间故事集成·四川卷》编辑委员会编：《中国民间故事集成·四川卷》（下册），北京：中国ISBN中心，1998年，第792—795页。

58. 聪明的莫克苏阿沙　讲述者：麻喀打波；翻译者：沙玛伍哈；采录者：萧崇素。选自四川省民间文艺研究会编：《大凉山彝族民间故事选》，成都：四川人民出版社，1960年，第85—92页。

59. 聪明儿媳的故事　讲述者：李法珍；整理者：罗桂森。选自楚雄彝族自治州文化局编：《彝族民间故事》，昆明：云南人民出版社，1988年，第299—301页。

60. 聪明的阿丝木呷　讲述者：麻里索格；翻译者：沙玛伍哈；采录者：肖崇素；采录时间、地点：1960年于四川省昭觉县。选自《中国民间故事集成·四川卷》编辑委员会编：《中国民间故事集成·四川卷》（下册），北京：中国ISBN中心，1998年，第895—897页。

61. 聪明的阿路　讲述者：王秀丽；采录者：罗德健；采录时间、地点：1983年于广西省隆林各族自治县德峨乡八科村塘实寨。选自《中国民间故事集成·广西卷》编辑委员会编：《中国民间故事集·广西卷》（下册），北京：中国ISBN中心，1998年，第789—790页。

62. **捕虎勇士拉玛洛基**　讲述者：勒鸟章加；翻译者：沙玛伍哈；采录者：萧崇素。选自四川省民间文艺研究会编：《大凉山彝族民间故事选》，成都：四川人民出版社，1960年，第102—106页。

63. **阿茨姑娘**　讲述者：特古阿妞、沙玛伍哈；采录者：萧崇素。选自四川省民间文艺研究会编：《大凉山彝族民间故事选》，成都：四川人民出版社，1960年，第114—136页。

64. **摔父亲的儿子**　讲述者：吉姑打吠；翻译者：沈伍己；采录者：萧崇素。选自四川省民间文艺研究会编：《大凉山彝族民间故事选》，成都：四川人民出版社，1960年，第150页。

65. **阿杜的故事**　讲述者：胡德全；采录者：杨宗汉；采录时间、地点：1987年于四川省米易县胜利乡。选自《中国民间故事集成·四川卷》编辑委员会编：《中国民间故事集成·四川卷》（下册），北京：中国ISBN中心，1998年，第889页。

66. **格里、培里斗恶魔**　讲述者：水洛里古；采录者：黄文光；采录时间、地点：1980年于四川省峨边县斯合乡。选自《中国民间故事集成·四川卷》编辑委员会编：《中国民间故事集成·四川卷》（下册），北京：中国ISBN中心，1998年，第890—891页。

67. **悬崖下有金子**　讲述者：里来叶吉；翻译者：沈伍己；采录者：胡云；采录时间、地点：1959年于四川省金阳县。选自《中国民间故事集成·四川卷》编辑委员会编：《中国民间故事集成·四川卷》（下册），北京：中国ISBN中心，1998年，第892—894页。

68. **五指相争**　讲述者：张智明；采录者：刘平；采录时间、地点：1984年于四川省越西县。选自《中国民间故事集成·四川卷》编辑委员会编：《中国民间故事集成·四川卷》（下册），北京：中国ISBN中心，1998

年，第923—924页。

69. 叉戛拉 讲述者：李代闻；采录者：代俄勾兔汝；采录时间、地点：1973年于贵州省威宁彝族回族苗族自治县。选自《中国民间故事集成·贵州卷》编辑委员会编：《中国民间故事集成·贵州卷》，北京：中国ISBN中心，2003年，第115页。

70. 络洪阿拉与络洪阿尼 讲述者：张文华；采录者：文道贤；采录时间、地点：1980年于贵州省赫章县妈姑区。选自《中国民间故事集成·贵州卷》编辑委员会编：《中国民间故事集成·贵州卷》，北京，中国ISBN中心，2003年，第605—607页。

71. 札　西 讲述者：杨和庆；采录者：安文新；采录时间、地点：1985年于贵州省黔西县。选自《中国民间故事集成·贵州卷》编辑委员会编：《中国民间故事集成·贵州卷》，北京：中国ISBN中心，2003年，第610—614页。

72. 还谷子 讲述者：姜连英；整理者：张金生。选自楚雄彝族自治州文化局编：《彝族民间故事》，昆明：云南人民出版社，1988年，第305—307页。

73. 铁妹树 讲述者：张白狗；采录者：卢树雄；采录时间、地点：1987年于贵州省盘县特区普古镇。选自《中国民间故事集成·贵州卷》编辑委员会编：《中国民间故事集成·贵州卷》，北京：中国ISBN中心，2003年，第643—645页。

74. 果雅和梅依纳 讲述者：罗兴顺；采录者：安文新；采录时间、地点：1987年于贵州省黔西县六广河。选自《中国民间故事集成·贵州卷》编辑委员会编：《中国民间故事集成·贵州卷》，北京：中国ISBN中心，2003年，第649—656页。

75. 桓苏博朵 讲述者：高亮德；采录者：李光平；采录时间、地点：1991年于贵州省金沙县安洛乡。选自《中国民间故事集成·贵州卷》编辑委员会编：《中国民间故事集成·贵州卷》，北京：中国ISBN中心，2003年，第665—667页。

76. 威志和米义兄妹　讲述者：梁绍安；采录者：王光荣；采录时间、地点：1984年于广西省那坡县城厢镇达腊村。选自《中国民间故事集成·广西卷》编辑委员会编：《中国民间故事集成·广西卷》（上册），北京：中国ISBN中心，1998年，第63—66页。

77. 阿　扎　讲述者：科元庆；采录者：王光荣；采录时间、地点：1983年于广西省那坡县城厢镇达腊村。选自《中国民间故事集成·广西卷》编辑委员会编：《中国民间故事集成·广西卷》（下册），北京：中国ISBN中心，1998年，第553—559页。

78. 银花与金花　讲述者：包张氏；采录者：包勇；采录地点：云南省会泽县。选自《中国民间故事集成·云南卷》编辑委员会编：《中国民间故事集成·云南卷》（下册），北京：中国ISBN中心，2003年，第1028—1031页。

79. 朵莎和朵坡　讲述者：熊正光；采录者：岑护双；采录时间、地点：1987年于广西省西林县岩茶村。选自《中国民间故事集成·广西卷》编辑委员会编：《中国民间故事集成·广西卷》（下册），北京：中国ISBN中心，1998年，第596—601页。

80. 姐妹俩和野人婆　讲述者：木呷补初；采录者：呷呷尔日；采录时间、地点：1987年于四川省甘洛县玉田镇团结乡。选自《中国民间故事集成·四川卷》编辑委员会编：《中国民间故事集成·四川卷》（下册），北京：新华书店北京发行所，1998年，第879—882页。

81. 牧羊人与妖婆　讲述者：曲木约古；采录者：萧崇素。选自四川省民间文艺研究会编：《大凉山彝族民间故事选》，成都：四川人民出版社，1960年，第151—154页。

82. 老虎和山妹　讲述者：王正美；采录者：聂宗泽；采录时间、地点：1987年于贵州省威宁县龙街区。选自《中国民间故事集成·贵州卷》编辑委员会编：《中国民间故事集成·贵州卷》，北京，中国ISBN中心，2003年，第672—673页。

83. 三姑娘和癞蛤蟆　讲述者：黄志禄；采录者：农巧玉、黄国政；采录时间、地点：1963年于广西省隆林县德峨乡那地村。选自《中国民间故事集成·广西卷》编辑委员会编：《中国民间故事集成·广西卷》（下册），北京：中国ISBN中心，1998年，第623—625页。

84. 败家子的故事　讲述者：李琼山；采录者：黄龙光；采录时间：2007年；流传地区：云南省峨山彝族自治县。

85. 代鹅姑娘　讲述者：曲木卑目；采录者：杨光富；采录时间、地点：1983年于广西省隆林县德峨乡弄保寨。选自《中国民间故事集成·广西卷》编辑委员会编：《中国民间故事集成·广西卷》（下册），北京：中国ISBN中心，1998年，第765—766页。

86. 青蛙仙子　讲述者：依则；采录者：依果史格；采录时间、地点：1986年于四川省金阳县树坪区。选自《中国民间故事集成·四川卷》编辑委员会编：《中国民间故事集成·四川卷》（下册），北京：中国ISBN中心，1998年，第866—869页。

87. 神雁羽毛　讲述者：沙玛政府；采录者：鲁国清；采录时间、地点：1981年于四川省峨边县西河乡。选自《中国民间故事集成·四川卷》编辑委员会编：《中国民间故事集成·四川卷》（下册），北京：中国ISBN中心，1998年，第869—871页。

88. 喜鹊告状　讲述者：陆洪英；采录者：罗有芬；整理者：罗有能；流传地区：云南省永仁县。选自楚雄彝族自治州文化局编：《彝族民间故事》，昆明：云南人民出版社，1988年，第321—323页。

89. 猴子与蟋蟀　讲述者：塞惹之提；采录者：张润泉、方赫。选自四川省民间文艺研究会编：《大凉山彝族民间故事选》，成都：四川人民出版社，1960年，第155—158页。

90. 狐狸为什么是花的　采录者：小凉山民族文学调查队；整理者：陶学良；流传地区：云南省小凉山地区。选自李德君，陶学良编：《彝族民间故事》，上海：上海文艺出版社，1981年，第447—448页。

91. 公鸡、蜈蚣和梅花鹿　采录者：者厚培。选自楚雄彝族自治州文化局编：《彝族民间故事》，昆明：云南人民出版社，1988年，第331—332页。

92. 牛为什么没有上门牙　讲述者：昂宗培；采录者：李德君；流传地区：云南省路南县圭山地区。选自李德君，陶学良编：《彝族民间故事》，上海：上海文艺出版社，1981年，第426—428页。

93. 乌鸦为什么是黑的　采录者：王启愚、胡云、邹志诚。选自四川省民间文艺研究会编：《大凉山彝族民间故事选》，成都：四川人民出版社，1960年，第169—170页。

94. 乌鸦学歌　讲述者：阿呷；采录者：李明；采录时间、地点：1959年于四川省西昌市。选自《中国民间故事集成·四川卷》编辑委员会编：《中国民间故事集成·四川卷》（下册），北京：中国ISBN中心，1998年，第923页。

95. 猫为什么怕狗　讲述者：代俄沟兔汝；采录者：燕宝；流传地区：贵州省威宁县。选自李德君，陶学良编：《彝族民间故事》，上海：上海文艺出版社，1981年，第411—414页。

96. 懒猴是怎样来的　讲述者：沙玛伍哈；采录者：萧崇素。选自四川省民间文艺研究会编：《大凉山彝族民间故事选》，成都：四川人民出版社，1960年，第173—176页。

97. 猫头鹰的来历　讲述者：龙翔；采录者：张华荣；采录时间、地点：1985年于贵州省赫章县妈姑区平桥乡。选自《中国民间故事集成·贵州卷》编辑委员会编：《中国民间故事集成·贵州卷》，北京：中国ISBN中心，2003年，第387—388页。

98. 鹌鹑为什么尾巴短　采录者：慕理、袁白；翻译者：慕理；流传地区：

四川省凉山彝族自治州。选自李德君，陶学良编：《彝族民间故事》，上
海：上海文艺出版社，1981年，第403—410页。

99. 猫头鹰替喜鹊报仇　　讲述者：高义明；采录者：张人弘；采录时间、
地点：1987年于贵州省水城县。选自《中国民间故事集成·贵州卷》编辑
委员会编：《中国民间故事集成·贵州卷》，北京：中国ISBN中心，2003
年，第571—572页。

100. 蛤蟆和水獭　　采录者：沈伍己；流传地区：四川省凉山彝族自治州。
选自李德君，陶学良编：《彝族民间故事》，上海：上海文艺出版社，
1981年，第442—444页。